劫后余笙 下

蒙面悟空 著

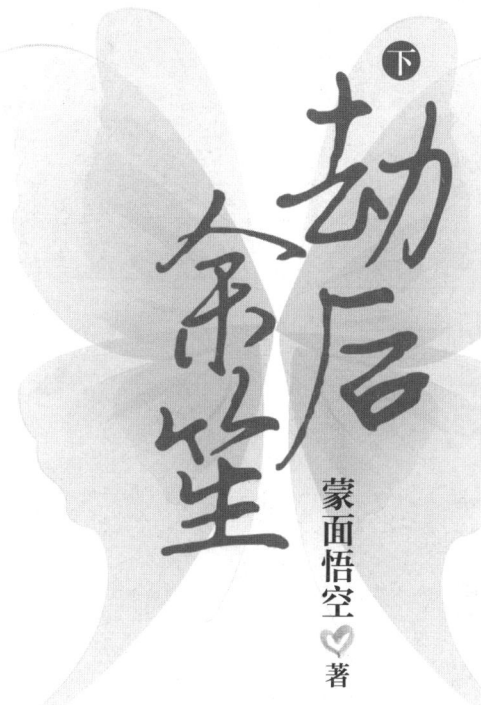

目录

第十一章
<<< 爱情与你,扬帆起航 / 253

第十二章
<<< 朝前看,朝钱看 / 271

第十三章
<<< 明天与意外 / 295

第十四章
<<< 当爱已成往事 / 312

第十五章
<<< 才下眉头,却上心头 / 337

第十六章
<<< 唯有认真二字　/373

第十七章
<<< 名分,是相当严肃的大事　/392

第十八章
<<< 你愿意嫁给我吗　/423

第十九章
<<< 忙碌的人生总是特别有意义　/442

第二十章
<<< 余生是你　/468

番外
<<< 疯城　/500

番外
<<< 父子秘密　/509

第十一章　爱情与你，扬帆起航

老实说，像我这么一把年纪还坐在这样浪漫的地方和恋人一起约会，真的很需要厚脸皮。

毕竟，我们身边的情侣起码都比我们小十岁左右，还好随着年龄增长，脸皮也变得比原来更坚挺。

这个海大的情侣胜地，我当初在校的时候也没机会切身实地地体会，没想到今天居然和唐诀一起重温学生时代的憧憬了。

我说："你是早就想好来这里的吗？"

唐诀拿起一块点心塞进我嘴里："大概是吧，原本我想着我们婚礼之前来一次的，结果……世事无常啊。"

我低下头假装清嗓子，想缓解一下尴尬。和唐诀小坐了一会儿，这初春的时节还是有几分寒意，还好唐诀还带了热乎的红茶，我喝了一杯觉得肚子里暖烘烘的，连带着身体也暖了起来。

正想着收拾东西离开的时候，我突然看见不远处的小树林后面有两个抱在一起的人。这里是情侣约会的主战场，有情侣拥抱不稀奇，稀奇的是那个男人我认识，是唐晓！

唐诀顺着我的目光也看到了唐晓，我好奇地问他："今天是工作日，你们公司两大老板都在外面谈恋爱，这要紧吗？"

唐诀不自然地咳了一声："他今天休息。"

"所以你是翘班？"我反应很快。

唐诀岔开话题："你看，那个就是我哥的女朋友。"

我只能看到侧脸，是个很白净的女孩，头发只到齐肩，从我的角度看上去很娇小的感觉。

原来唐晓喜欢这样的呀。

我和唐诀看了一会儿，决定悄悄地离开，从后面绕了一大圈才走出海大的校门。

去接两个鱼的路上，我试探地问起："你爸这两天还好吗？"

唐诀却说："我哥也要搬出去住了。"

低头细想，我很快明白了唐诀的意思，唐晓也要搬出去住，意味着整个

253

劫后余笙。

唐家老宅就只剩一个唐云山。这么想想，还真有点孤家寡人的寂寞感。唐云山的状态再老当益壮，也好不到哪去。

不过看唐诀没发表意见，我也犯不着去关心唐云山。我也知道，唐云山在积极地撮合李小西和唐诀，他一直没放弃过和李家的联姻。

至少在现在，唐云山还站在我的对立面，对他我无法施展我的同情心。

第二天，我就直接找到了韩叙，和他说了风唐愿意并购的事，并选择了第二种方案。

韩叙很开心："我就知道你会选择第二种。"

"长期持有，钱当然是越多越好。"我很看重星源能给多少股份，这关乎我未来是否能在S市真的立足。

想要和唐诀比肩，仅有我现在拥有的，根本不值一提。

我让韩叙草拟合同，约好了合同一敲定就签字合并。韩叙见我这么痛快就答应，忍不住问："你不怕我坑你吗？"

我笑笑："反正风唐也是别人送我的，你坑我，我最多得不到，谈不上失去。"

韩叙摸摸鼻子："你不是应该回答，因为你是韩叙，所以我不怕吗？"

好吧，我无奈："我以为你很认真地在问我。"

韩叙的行动很快，没过两三天，我就得到了一份正式的并购合同。

在合同上清楚地写着：兑现10%的星源股份。在任职那一栏里，韩叙留了空白，让我自己填。

像我这样被并购的公司副总，就算要了星源的管理层职位，估计穷极一生也进不去核心层，只会是个被架空的领导。

况且，我也不想插手星源的管理层，事多麻烦，不如带新人。

我刷刷写下了"独立经纪人"这五个大字，说："就这吧。"

韩叙挑眉："你不要个经理当当？"

我摇头："管理层我没兴趣，不如踏踏实实地做这个，我也喜欢。"

韩叙又问："这个独立经纪人是什么意思？"

"就是新人我自己选，资源你看着给。"我似笑非笑地看着韩叙。

韩叙愣了，过一会儿才笑起来："还担心我坑你，没想到是你坑我。不错，有当经纪人的潜力。"

和韩叙签好合同，婉拒了韩叙的吃饭邀请，我计划去关真尧的拍摄地点探班。在之前，我就弄到了关真尧的行程，她现在手头在拍的电影只有一部，就是上次在K市取景的青春爱情片《宁夏与海》，不是什么大制作，看来是打算赶上今年的暑期档。

第十一章 <<< 爱情与你，扬帆起航

按照行程安排，关真尧的戏份就在这星期杀青，S市的取景点离市区有些距离，而我当年的小破车早就被唐诀处理了，我要怎么去呢？

没车就买车！这是我做过最果断的决定，没有之一。

唐诀知道我的想法，说："下周有个车展，你跟我去吧，看中了就定下来。"

这就意味着，我不能去等关真尧的戏杀青了，有些可惜。给关真尧说了之后，这小丫头一脸平静，说："去了星源，我要你跟我。"

"那肯定。"我满口保证。

转眼到了车展的时间，唐诀把两个鱼送去托班后，就开着车带我去了博览中心。车展上少不了有各式各样妖娆的车模，周围的男人都不知道是看车还是看车模了。

车展里的各种新车让人眼花缭乱，很多牌子我都不认识，只跟着唐诀四处闲逛，名曰长长见识。

这种场合难免会遇到熟人，唐诀和我没走几步，就遇见了几拨生意伙伴，最后碰见的人更是热情，把唐诀和我拉去了旁边的会客区，看样子是要详谈。

我可不想跟着唐诀去谈生意，便推辞了，打算自己逛逛。唐诀再三叮嘱我，要我注意安全，听得旁边的人都在笑，连声说："唐总真是心疼人，好男人呀。"

车展里的空间很大，有各种表演和介绍，我也没有方向，随意逛着。突然，我看见了不远处一个熟悉的身影，李小曼！

她正温柔地笑着，手挽着一位年纪足以做她老爸的男人，一身银色的裹身长裙，看上去耀眼极了。

只是，李小曼这样的人怎么会出现在车展里？

就在这时，原本李小曼挽着的男人将她推给了另一个男人，李小曼虽然笑着，可眼底那浓浓的厌恶很难遮掩。我就看着李小曼被另一个男人搂在怀里，那男人的大手还在她光洁裸露的背后不停地摩挲着。

突然，李小曼的视线锁定了我，她的笑容僵在了脸上几秒，随后挪开了视线。

我也觉得尴尬，索性换了个方向继续逛。

看来李小曼在盛世的日子也不好混，不然以她的名气和身份怎么也不会沦落到这样的境地。绕过一排休息区后，我走到工作人员才能进入的区域，刚想回去，转头却看见了李小曼在我身后不远处。

李小曼脸色不太好，即便她上着浓妆，也能看出气色不佳。她主动开

255

劫后余笙

口:"好久不见了。"

"好久不见。"我淡淡地说。

我和李小曼有冤有仇,就是没有恩。说起来,我对李小曼的感觉很复杂。她害过我,我也狠狠还击过,可看到她现在这样,那些缠绕的往事都烟消云散了。

我从不是个拘泥于仇恨的人,只是,李小曼于我而言永远不是朋友。

李小曼说:"你和……唐诀一起来的?"

"嗯。"我没有否认。

李小曼突然笑起来,我能感觉到她这一刻的笑容是发自内心的高兴。她说:"比起是我那个疯姐姐,我倒宁愿是你,看到她挫败,真是这几年最好的消息了。"

我微微皱眉:"是吗?"

李小曼笑着向我走了几步:"怎么样?要不要跟我合作?我们一起扳倒李小西那个女人,我要李家的财产,你要堂堂正正待在唐诀身边的位置,我们各得所需,如何?"

"李家的财产,你一分没有吗?"我不太信任李小曼。

李小曼嗤笑了一声:"给我一套所谓的豪宅就是分财产了?李家是不如现在的唐家,可当年退出S市商圈的时候,那也是如日中天。怎么可能只有这么点?老头子偏心眼,喜欢李小西,所以把剩下的都给她,凭什么呢?按理说,我才是李家名正言顺的大小姐吧?她李小西一开始根本不姓李。"

看来李小曼和李小西这对姐妹积怨已久,我笑笑说:"就算这样,那也是你和她的矛盾。唐诀肯定选我,李小西就没有胜算。"

李小曼轻蔑地笑了:"你还真是天真,我听说唐家老头子根本不同意你和唐诀的婚事吧。他很满意我姐姐呢,这个唐云山可不是什么简单的人物。只要李小西一天不倒,她就一天不会善罢甘休。你记住,疯子都是不达目的不收手的。"

这点我信,李小西不择手段是秉性,可这不代表我会相信李小曼。我说:"那我凭什么相信你呢?你也让人袭击过我,本质上说,你和李小西差不多。"

李小曼弯起嘴角:"那你拭目以待吧,过不了多久,她就会对你出手了。"李小曼说完转身袅袅婷婷地走了,她说的话我半信半疑。

李家姐妹不睦已久,想也想得到,祖辈一碗水端不平,一样是李家千金,一个是肆意妄为大小姐,一个却要为了自己的事业出卖美色,怎么想都不公平。

第十一章 <<< 爱情与你，扬帆起航

李小曼心有怨怼很正常，不怨怼那是圣人了。

我绕了好大一圈才找到唐诀，他也在找我，他说："看中了吗？"

他问的是车，可我并没有仔细看车，只得摇头："太多了，实在不知道选哪个好。"

就在这时，洪辰雪给我打电话了，告诉我 K 市的店长人选有了眉目。当问我在做什么时，她听到就说："买宝马买宝马！女人就该开这个，你买了到时候也给我过过瘾。"

唐诀也听到电话里洪辰雪的声音，等我挂了电话，问我："确定要宝马？"

我脸上尴尬："那就这个吧。"

唐诀感慨："我都不如你闺蜜对你的影响大，她说买什么就买什么。"

我心道，你闺女儿子还吵吵着要见小雪阿姨呢，也许在那两个小家伙的心里，你还真不如洪辰雪。我这样想着，嘴上却说："哪有。"

唐诀刮了我鼻子一下："就知道忽悠人。"

我对车不是很了解，唐诀只问了我牌子和喜欢的颜色，之后我就不管了。等唐诀通知我车到了时，才刚刚过去了几天而已。

我好奇："这么快？"

"现提的，你赶着用。"唐诀把车钥匙给我，然后又陪着我去给车上了牌照，一切搞定后，我就开着这辆全新的米银色宝马上路了。

我要去探关真尧的班，因为天气的原因，本来上周剧组就可以杀青了，生生延迟到今天。没办法，谁叫 S 市气候潮湿，一连下了十多天的雨，从昨天才开始放晴。

在 S 市取景的位置是靠近郊区的海边，我驾车足足开了快一小时才到，找到他们剧组的时候已经下午快两点了。

我停好车，拿着带给关真尧和小悦的东西走过去。

因为是陌生人，剧组工作人员一开始没有让我靠近，我给小悦打了电话，她急匆匆地出来拉我进去。

我带了整整一箱的零食，里面大部分都是关真尧和小悦喜欢吃的，进去的时候关真尧正在拍戏。我让小悦一会儿把零食分给剧组的其他人，然后退到一旁静静看着关真尧。

不得不承认，几年的打磨，关真尧的演技有质的飞跃，像这样题材的电影对她而言已经是小菜一碟，很多镜头几乎一条就过。

一天的拍摄结束了，关真尧走出来看见我倒是一点都不惊讶，她说："走吧，请我吃饭。"

257

劫后余笙。

　　我笑笑："想吃什么？尽管说。"
　　"日料，越贵越好。"关真尧还真是不客气。
　　带着关真尧和小悦来到市中心最贵的日料店，点了一堆海鲜刺身，关真尧和小悦大快朵颐，连喝了半壶清酒才把速度放缓。
　　关真尧连声说："好吃好吃。"
　　我吃得少，看着她这样觉得很有意思，说："剧组的伙食有那么差吗？看你俩这饥渴的样子。"
　　小悦傻呵呵地说："剧组伙食也就是盒饭啦，处在能吃的及格线。"
　　关真尧盯了她一眼："那是你，我可半点胃口都没有。"她转而又小声地说，"偏偏现在剧组里还不能随便得罪人，真要命。吃个饭都得小心翼翼！"
　　"好了，告诉你们一个好消息，我已经正式和星源签订了并购合同，从下个月开始，我们就正式成为星源的一分子了。"我轻酌一口，轻快地说。
　　关真尧嘴角上扬："你动作比我想象的要快。"她又称赞了一句，"不错，你再不来，我就撑不下去了。"
　　关真尧这句话倒是大实话，她这部电影杀青之后，就一个广告在等着拍摄，然后整个档期就是空的。可见他们为了收购风唐打压关真尧，控制了多少资源。反正都是要被收购，我倒宁愿给韩叙。
　　吃完了晚饭，把两人送回酒店，我再回到家里时已经快晚上十点了。唐诀早就哄了两个鱼睡觉，没想到他还有这个技能，真是无师自通啊。
　　唐诀轻轻关上房门，我一阵紧张，他说："该训练两个孩子单独睡觉了。"
　　我顿了顿："还是太早了，他们才刚刚三岁。"
　　唐诀看着我："你在怕什么？"
　　我一时语塞："……我，没怕什么啊，我只是觉得……"好吧，我编不下去了。我就是怕和唐诀睡在一张床上，仿佛那种隔阂和不安还没有彻底消除。
　　唐诀轻叹："咱们两条被子，可以吗？"
　　我知道这是唐诀的让步了，只得点点头表示同意。
　　一人一条被子盖好，我居然有些安心。唐诀就躺在我身边，在这张我曾经无比熟悉的大床上。我突然说："不知道大鱼小鱼有没有盖好被子。"
　　唐诀闷声笑了，在黑暗里我能感觉到他的呼吸，是那样让我觉得心跳加速，我忍不住把脸埋进了被子里，问："你笑什么？"
　　唐诀说："笑你胆小。"
　　我忍不住问："我胆小？要是你你会怎么做？"

第十一章 <<< 爱情与你，扬帆起航

唐诀说："首先我不会逃避，这是肯定的。"

"哪怕我爸妈不同意？"我反问。

谁知，唐诀这厮十分自恋地说："我这么好，你爸妈不可能不同意。"

我说："那你的意思就是我不够好，所以你爸才看中李小西那个疯子？"抱歉，黑暗里我感觉很安全，也就略微有些口无遮拦。

唐诀赞同："你看你都知道李小西是个疯子，我家老头子却看不清，所以是他瞎，跟你无关。"

我得承认，唐诀这么说让我开心多了，只是心里默默替唐云山掬一把同情泪，被自己儿子这么说，也是很值得同情了。

"我想……好好地做自己的事业。"我终于说出了心里话，"我想能真的配得上你。"

唐诀声音中带着高兴，他说："好，我们一起努力。"

第二天一大早，唐诀就出门了，我把两个鱼收拾了一下送去托班，然后下午的时候由唐诀接回唐氏集团，晚上一起带回家。

我刚弄好一切，韩叙的电话打进来，他说："中午有个局，一起去吧，带上你们小关。"

我和关真尧说了一下，她的戏也快杀青了，工作量不多，挪了中午三个小时的时间出来。这次不方便带助理，索性放了小悦半天假。

饭局在国泰饭店的包厢里，别看饭店这个名字起得有点大众，但是绝对是高端大气上档次、低调奢华有内涵，算得上S市排名前三的饭店了。这么大手笔吃一顿午餐，又特别嘱咐我把关真尧带上，看来韩叙是有新的资源了。

包厢里四男一女，韩叙还带着周苿，另外三个男人有两个不认识，有一个很眼熟，再一想，这不是金韶吗！

见我来了，韩叙起来介绍："这是余小姐，这是小关，不用介绍了吧，你们合作过的。"

金韶沧桑了一些，看来这几年风吹日晒的没少折腾。

金韶这人才华横溢，又偏有几分恃才傲物的性子，凡事亲力亲为要求严苛，是个全才。跟过他剧组的演员没有不喊累的，但是都不敢说出口。那是金牌导演的戏，谁上谁红，你以为是没营养的偶像剧吗？

我立马微笑着说："你好，我是余笙，关真尧的经纪人。今天能再次见到金导，三生有幸。"

金韶冲我点点头，然后看了一眼关真尧："我记得你，你之前在我的戏里演过一个女配，是你吧？"

259

劫后余笙

关真尧连忙行礼:"是我,没想到金导还记得我。"

韩叙打圆场:"都坐吧,都是认识的,就不用站着这么拘礼了。"

韩叙订的这一桌堪称海陆空盛宴,各种奇珍佳肴摆了满满一桌子,他们聊天的时候我算是明白了七七八八。原来金韶这回带着编剧、制片人一起来挑演员,因为到了S市,在韩叙的地盘总要给星源一点薄面,所以才有了这一场私底下的饭局。

金韶说:"韩总,你知道我的脾气的。我要是相中了的演员,管你是新人也好天后也罢,我都会排除万难让她拿角色,要是相不中,你的面子我只能驳了。"

韩叙笑道:"金导哪里话,今天我们就是老友相聚吃顿饭,你们来我的地盘我做东,这是天经地义的。"

金韶脾气古怪,这么直接的话也能当着面直说,果然是有实力才有魄力。金韶的新戏这回还是古装片,偏搞笑奇幻类,缺一个女主角。金韶三人组跑了很多地方都没敲定这个角色,所以索性来S市碰碰运气。

这里我得夸一句韩叙很仗义了,这种事他完全可以只推自己的人,无论是周茉或是其他人都可以,星源里最不缺的就是女演员了,各式各样、各型各色,任君挑选。但他还是通知我,给了关真尧这个机会。

金韶说:"虽然人人都说我金韶古怪,但人情道理我都懂。总归还是要看她们自己,你放心,只要她们有这个实力,我自然会推她们。"

韩叙见目的达到了,笑道:"那就多谢金导提携她们了。"

酒过三巡,大家都有些微醺,我是开车来的所以不喝酒,吃到一半的时候起身去洗手间,却在走廊的尽头看见了李小西和李小曼!

我赶忙找了个拐角躲了起来,只见李家姐妹俩似乎在争执,李小西的声音远远地传来还颇为清晰。

她说:"我拜托你有点脑子,你是李家的女儿,不要在这里丢人现眼好不好?你不要脸,我还要呢!"

这话说得真好,不过她真应该拿这话说说自己。

李小曼冷笑:"你不就是怕我有丑闻爆出来,影响你和唐诀结婚吗?"

鬼使神差地,我立马拿出手机,对着这李家姐妹俩打开摄影功能。

李小曼继续笑道:"我的好姐姐,只怕是你自己一厢情愿了吧?唐家二少从来都没有正面回应过任何一家媒体说要娶你。那些八卦新闻,都是你自己放出去的。"

"啪"的一声,李小西甩了她一记耳光:"那也轮不到你!李家能和唐诀联姻的只有我,绝对不是你这个不要脸的戏子!"李小西失控的声音在走廊里回荡，她说完就头也不回地走了。

李小曼摸了摸脸，转身向我这边走来，看样子是要去洗手间，她再靠近我就藏不住了，索性站出来也走进洗手间。

李小曼看见我很诧异，但很快镇定了下来，等我出来的时候，她还在化妆镜前等我。

"你都看到了吧？"她对着镜子补妆，试图掩饰脸上被打的痕迹。

我也不想否认，走到洗手台前："嗯。"

李小曼又拿出唇膏："我跟你讲过，她下面就要对付你了，不信你等着看。"她笑得媚极了，完全没有被打过之后的挫败感。

"你怎么会在这？"我好奇地问。

"饭局，拿角色。"李小曼利落地收起化妆品，"你知道的，在这行混有时候这也是一种办法。"

"拜拜了，余小姐，有想法随时通知我。"李小曼对着镜子里的我抛了个媚眼，转身离开。

我回去的时候，韩叙已经把金韶为首的三人喝趴下了，他倒是依然精神得很，正在安排酒店住宿。

看见我回来，他说："过两天来公司拿剧本，具体的角色敲定，还是要看试镜的结果。"

一顿饭能达到这个结果，我已经很惊讶了，不得不佩服韩叙的办事能力。

就在这饭局结束两天后，我还没动身去星源拿剧本，一大早的八卦新闻就把我淹没了。无论是都市早报，还是街边的娱乐杂志，S市的头版都是关于我的！

标题用黑体加粗写着：神秘女插足李、唐联姻，李小西伤心夜半买醉！

配图居然是坐在唐诀车里的我以及蹲坐在街边埋头的李小西。下面还有对我身份的详细描述，不用说，肯定是李小西给的第一手资料。不然只凭这两张模糊到五官都看不清的照片，怎么可能查得如此清楚。

想到李小曼的话我瞬间明白了，看来李小西是打算用舆论造势了，把我营造成插足她和唐诀感情的第三者。这是逼着唐诀正面给回应吗？

真是有意思。我翻了一圈新闻，看得津津有味。唐诀问我："什么这么好看？"

"当然好看啦，上面写我是小三，插足你和李小西呢。"我说着忍不住笑起来。

大鱼儿天真无邪，一马当先地问："妈妈，什么是小三？"

劫后余笙.

唐诀脸黑了一半,把报纸从我手里抽走,说:"安心吃饭!你不是说今天还要去星源拿剧本吗,看这些垃圾玩意儿干什么?"说着,唐诀还把麦片粥向我推得更近。

我说:"你不要出手,这事我有更有趣的解决方式。"

唐诀看着我:"你确定?"

我想到手机里那段关于李家姐妹的视频,点点头:"确定。"

李小西以为八卦杂志会为她主持公道吗?怎么可能?她能向杂志爆料,我也可以,更不要说我爆料的还有视频为证,可不是几张模糊不清的照片能相比的。

以前做主编的时候,那些手下的小杂志小报纸都靠娱乐新闻博出位,这一期如果刊物大卖,他们得到的就是货真价实的钞票,没有人会跟钱过不去。

等吃完了早餐,送了两个鱼去托班,我坐在车里翻了翻手机里的通讯簿,找到一个号码,给他发了条信息:李家的豪门恩怨,有兴趣爆料吗?有照片有视频。

我向来喜欢直接,果然,没过一分钟,对方就回信息了。

他说:哪儿见?

我回:平海路8889号,上岛咖啡。

我给的是星源所在的大楼的地址,离上岛咖啡开门还有一会儿时间,我打算先去公司拿剧本。

踏进韩叙的办公室,他快速从一堆资料里抬眼看我,然后说:"大红人来了,上新闻的感觉怎么样呀?"

"拍得太模糊了,谁知道是我啊!"我直接没把韩叙的打趣当回事,"剧本呢?具体试镜时间是什么时候?"

韩叙叹口气,从抽屉里拿出几页纸交给我:"这是一部分内容,试镜的时候会在这里面挑,回去好好看看。这次试镜也会公开,这算是我能力范围内能够开的最大的后门了。"

我懂,能在试镜消息流出之前拿到剧本,有时间练习,这个后门开得还真是有效果。

我拿好剧本,小心翼翼地用薄膜袋装好,又放进文件夹里。

"谢啦!"我冲韩叙摆摆手,准备离开。

韩叙不满:"这就走了?不去收拾一下你的新办公室?"

"不了,我请人喝咖啡。"

从星源出来,我径直选择了上岛咖啡的楼层,看了眼时间,刚刚十点过十五分。一进去,我一眼就看到了那个坐在沙发上的男人。

他其貌不扬,绝对是丢进人群中,你一眼找不出来的大众脸。穿着一身略有皱褶的黄色外衣,端着一杯咖啡,还时不时四处张望,好像在等什么人。

就是他了,狗仔秦!

我轻快地走过去,在他对面坐了下来:"小秦,还记得我吗?"

狗仔秦一愣,上下仔细端详了我一会儿,说:"余姐?"

别看狗仔秦看上去很嫩,好像刚进大学校门的新生,但实际上他比我小不了几岁。刚毕业的时候,他选择了我当初所在的杂志社,我就是他的面试官之一。后来面试失败,是我介绍他去了现在所在的娱乐杂志,专门做娱乐八卦的板块,混得很好。

业内称他狗仔秦,他并不觉得这个称号是贬义,反而觉得是对他工作的极大认可。也可能他天生就是吃这碗饭的料,基本上出任务,必会带回头条爆料。

"好久不见了。"我微笑。

"是啊,你离开杂志社也有好几年了,一直都没你的消息。"狗仔秦也很惊讶,他又问:"给我发信息的……是你?"

我点头微笑。

为什么找狗仔秦,我也有过考虑。

S市里控制全国舆论的主流报纸和杂志就有三四家,这些部门可是不喜欢娱乐八卦新闻的,而李小西找的舆论杂志报纸,除了一家《娱乐看看看》之外,其他都是不入流的小杂志。

被这样的对手抢走这半个月的头条,如果狗仔秦再没有新的爆料拿出来,那他这一季度的奖金就泡汤了。不管你是金牌爆料人还是职业狗仔队,杂志社最终都是以发行量和购买力来说话的,总而言之,能赚钱就是王道。

狗仔秦不会放过这个机会,他只会配合我把这个新闻炒大。

我喝了一口香喷喷的咖啡,还真是提神。

狗仔秦忍不住问:"余姐,你说的料是真的吗?在你手上?"

我浅笑:"当然了,不然我喊你出来难道只是为了跟你喝咖啡?你我都很忙,就不要这样浪费时间了。"

狗仔秦松了口气,连声赞同:"我也是这么想的。"

"东西我可以给你,不过我有个要求。"我一字一句地说。

狗仔秦问:"什么要求?"

我笑笑:"我要你在爆料的时候,把风吹得更远一点。当你发现无辜可

263

劫后余笙。

怜千金只不过是塑造的一个形象,那你就得推翻这个虚假的人设。"我说着晃了晃手里的移动硬盘,"明白吗?"

狗仔秦眼里精光一闪:"我懂了。对门那家杂志写的余姓女子,就是余姐?"

我既不承认也不否认:"小秦,你一直很聪明。所以当初我才会向你们老板推荐了你,希望这次你不要让我失望。"

狗仔秦笑了:"只要有料,我会炒得整个S市都知道她是什么人。"

我点头:"那我们随时联系,我等你好消息。"

狗仔秦没喝完咖啡就离开了,他急着回去看移动硬盘里的东西,我独自一人坐在沙发上,缓缓地喝完整杯咖啡才离开。

狗仔秦的爆炸新闻还在酝酿,这边关真尧的戏已经杀青了。在我给她送剧本的路上,她就通知我:"戏份提前杀青,可以离开剧组了!"

我说:"你们不用吃散伙饭?"剧组杀青的时候总会聚餐的,这是惯例。

关真尧不耐烦:"算了吧,吃不起,看到某些人的脸就够了。"

我笑笑没开口,在剧组里总会遇到各种各样的人,也难免会有让人受不了的怪脾气。

"你不用再去剧组了吗?"我好奇地看着她。

"这两天不用了,等宣传的时候再去吧。"关真尧顺了顺自己的长发。

我把档案袋交给她:"拿去好好看,试镜的日期还没定下来,你还有时间准备。"

关真尧有些苦涩地笑了:"我其实……不想跟周茉抢角色。"

我不置可否:"这不是抢,这是公平竞争,你故意让给她,她也未必会高兴。"

关真尧低头沉思了一会儿,说:"也许你是对的,周茉那个人很要强。我要是不去试镜直接推掉,她说不定会生气。"

我也笑了:"对啊,再说,你拿什么理由推?除了组合的通告之外,你现在手上就一个广告的工作待拍摄,拍广告能要多久?根本不影响试镜的。"

关真尧叹气:"有道理,我都快失业了,还想这个干什么。"

"所以这个角色,你得全力以赴。"我说。

S市的娱乐新闻越炒越烈,大家都在论坛猜测那个让李家大小姐伤心欲绝的小三是谁,唐诀也被炒成了S市第一负心汉。李小西甚至又出了一篇新闻,说是不怪唐诀,她能理解男人事业上的需求。

我看着新闻越来越乐,晚上睡觉的时候忍不住问他:"我是你事业上的需求吗?"

唐诀白了我一眼："是生理和精神上的需求。"这家伙一点都不害臊的，脸皮越来越厚。

唐诀沉得住气，唐云山就不这样想了，他的电话直接打给我，从暴跳如雷到语重心长各自演绎了一番，最后痛心疾首地跟我说："小笙，你要什么你就直接说，不要坏阿诀的姻缘啊！"

他要是说不要坏了唐家的生意我还能有所动容，可唐云山说的是坏唐诀的姻缘，我就不满了。

我笑着回："爸，为了阿诀的姻缘我才更不能让他和李小西在一起啊。"

唐云山估计气得不轻："你跟你父亲一样，不到黄河不死心！"

我回："有其父必有其女，您应该明白这个道理。"

唐云山气呼呼地挂断电话，可让他更吃惊的新闻还在后面，就在李小西的可怜千金形象几乎要成为一块金字招牌的时候，狗仔秦的爆料上线了！

我浏览了一遍狗仔秦编排的新闻，果然是爆料的老手，没有第一时间全部爆出，只截图了部分照片，标题也写得是很委婉的：李家千金内讧，大小姐大打出手！

前一篇还是李小西的可怜柔弱，后一篇就变成李小西彪悍地甩妹妹耳光！这一下，就如同一滴水掉进了热油锅里，那炸得叫一个热闹。

我估计李小西雇了不少人在网上给她洗白，试图扭转舆论的风向。无非就是说妹妹李小曼行为不检，姐姐李小西怒其不争才出手教训。

洗白进行得热热闹闹，我也看得开心，狗仔秦下一波爆料紧跟其后。他这次爆出一段十几秒的视频，里面李小西和李小曼最后一段对话听得特别清楚。

当看到这个视频时，我都可以猜到李小西脸上此刻精彩的表情了。

李小曼，机会我已经给了，你说的要合作下面就看你怎么做了。

这段视频引起轩然大波，无疑会将这段时间以来李小西自我标榜的人设彻底推翻。

原来之前李、唐两家的绯闻都是李小西一厢情愿地买通舆论，原来李小西并不是展现给大众的那样温和娇弱！对自己的妹妹都可以下重手甩耳光、言辞侮辱，这样的女人怎么让人相信之前所谓第三者的爆料是真的？

李小曼就算现在人气下滑，那大小也是个二三线女星，她的追捧者自然不乐意自家偶像被扇耳光，纷纷加入与李小西洗白者的对抗中。

网上争论愈演愈烈，直到李小曼出面视频澄清，我才切身实地地感觉到，李小西这回跳进黄河也洗不清了。

视频里，李小曼眼眶微红，满脸委屈地澄清这只是姐妹间的日常打闹，劫后余笙。

姐姐只是一时失手而已。这澄清的内容还不如不说呢,明面上是澄清,实际上是把李小西的罪名给坐实了。

李小西就是个仗势欺人,欺负妹妹,编造唐家二少与其有婚约的伪善千金!尤其是与唐家二少的婚约新闻,可是在S市闹得沸沸扬扬,传了好几年都没有下文。网上的围观群众都在猜测,难怪唐家二少迟迟没有表态,根本没影的事你叫人家怎么表态嘛。

直接否定就是打李家的脸,让李小西这个千金大小姐下不来台;不否定就只能任由李小西各种舆论轰炸,势要拿下唐家二少!

这么一来,唐诀反而取代了李小曼成为网上评选的S市年度最值得同情人物之首。底下众人都在回评论:钻石级男神还没有结婚是有原因的!

我看着论坛笑得乐不可支,唐诀却不满意:"我说你整天看这些有意思吗?有那个时间看帖子,不如来帮我端个碗。"

唐诀说这话的时候,正围着围裙。嗯,今天是唐大厨掌勺,两个鱼兴奋得很,一直围着他转。

"得了,唐大厨,我这就来。"推开电脑,我去厨房帮忙了。

多久没有这样和唐诀一起坐下来吃饭了,身边还有我的两个鱼,人生足矣!

我这边觉得事事顺心、处处满意,可是唐云山就不这么想了,只是眼下我没有心思去顾及他,因为洪辰雪终于要来了。

新店的装修早就弄好了,就等洪辰雪这员大将归来。

她回来的那天,我特地开车去机场接她。她穿着一身米白色的连衣裙,戴着一副几乎遮了半边脸的大墨镜。

一看见我下车,她惊呼:"我的个乖乖,你还真买了啊!真是漂亮,一会儿给我开开。"

洪辰雪一边说着,一边摘掉墨镜,在我的新车旁边来来回回摸了好几次。

"对了,我的两个鱼呢?"洪辰雪第二件事就是问大鱼儿和小鱼儿。

我心里一暖:"他们在唐诀安排的托班里上课呢。"

见洪辰雪一脸不满意,我又说:"走啦,带你去看看你的新地盘。"

她这才露出笑容:"那还等什么,对了,晚上我要吃神户牛排。"

我笑呵呵地说:"听你的。"

洪辰雪是热爱八卦的女人,她坐在车上就在翻手机,边翻边说:"你还别说,S市里的新闻真是好玩,你看你看这个标题写得真好,哈哈哈,是说的那个李小西吗?"

266

洪辰雪也知道一些李小西和我的事，那年在K市，每当心情难过到不能自已的时候，难免会对她说起。

我点头："是啊，这料是我爆出去的，怎么样？"

洪辰雪连连称赞："妹子，有前途啊！比当初什么都不要，灰溜溜地走强多了。"

我没搭话，只专心开车，不一会儿就到了新店。

新店的门口早就摆好了洪辰雪喜欢的绿萝，缠缠绕绕的藤钩在铁制的店标上，看上去十分有情调。

洪辰雪大喜过望，我对她说："快进去看看。"

我把钥匙交给洪辰雪，她轻轻打开店门，走进去一看，里面满是优雅的檀木色，配着线条简约甜美的装饰，确实有让人想在这里待上一下午的冲动。

洪辰雪又惊又喜："这不是和我们之前的店一样吗？"

我笑着点头："说好了是分店嘛！也许以后还能开更多，当然要有自己的风格。"靠着一张桌子，我说，"这叫统一着装。"

远在K市的那家店，当初也是洪辰雪负责大部分装修监工，店里的设计也是她拿的主意，我只不过是照搬了K市的店面风格，却把洪辰雪感动得不行。

我问她："那边的店怎么安排的？"

洪辰雪这才回神："我已经安排好了两个临时店长，相互监督，员工又招了两名。我每个月回去一星期，总是不去我也不放心。"

也是，K市的店凝结了洪辰雪大部分的心血，好在分店刚刚起步，她这样的管理模式倒也足够应付。

在店里待了好一会儿，我们又商量了招工计划和进货的流程，看看天色，已经是下午的光景。

我一拍脑袋："我给忘了，你饿了吧。我们去吃饭！"

说巧也巧，韩叙也在这时候给我电话，说晚上约饭局，他得到试镜的具体日期了。

我说："恐怕不行，我有朋友在这，晚上我得陪她。日期的话，你直接发给我就好。"

韩叙有些纳闷："什么朋友这么要好？"

"跟亲姐妹似的朋友。"我解释道。

韩叙说："那带过来一起吃饭啊，正好我也认识一下。"

我抬头问洪辰雪："有帅哥要请你吃饭，去吗？"

劫后余笙。

洪辰雪还在纸上涂涂改改她的新店计划，猛一听我这么说，她乐得站起来："去啊去啊，这帅哥我认不认识？"

我又对韩叙说："我姐妹说了，她想吃神户牛排。"

韩叙沉默了一会儿，有些肉痛地说："好。"

原本我还想喊上唐诀，带上两个鱼，但是又一想这么正大光明地去蹭饭有些不太好，打电话又向唐诀请示。

唐诀说："跟他去吃神户牛排？那你得放开了吃，吃穷他。"

好吧，得到唐诀的首肯，我终于可以放心地去吃大餐了。

开着车，载着洪辰雪，我们一路兴奋高歌来到韩叙说的高档餐厅。

据说整个S市只有这里有正宗的神户牛排卖，而且还得提前预订。韩叙真不愧神通广大，居然能说吃就能吃，连队都不用排。

洪辰雪在车里就看到了韩叙，连声尖叫："就是那个帅哥嘛！之前找你的那个。"

我无奈："是啊是啊。"

洪辰雪说："你现在有唐诀了，那这个你不要了，我就捡了啊。姐姐我也年纪不小了，逮着一个是一个。"

我大笑："你加油。"

三人入座，开始享用美食。韩叙跟我说了金韶新电影的试镜日期，还说了这次又增加了配角的试镜。我摇摇头："关真尧就得去竞争女主，女配最好不要。"

韩叙看着我，饮了一口红酒："看不出来，你野心不小。"

"不管她现在名气如何，起码她出道的时候就是金韶电影里的女配。混了这几年，演技名气都有不小的增长，再去演女配，怎么能突破自己？"我吃了一口牛排，那滋味简直香而不腻、入口即化，好吃得几乎让我差点把舌头给吞下去。

韩叙点头："你说的也有道理，但这是金韶的戏，主演竞争非常激烈。"

我笑了："算了吧，据我所知他戏里有些配角也是让人塞了钱的。带资进组，金导演也是凡人，再激烈拿出实力来就好。"

我和韩叙在谈事，洪辰雪坐在一旁时不时打量着韩叙，估计是越看越满意，这妹子的嘴角就没合拢过。

终于，我故意把话题停了下来，韩叙问洪辰雪："洪小姐，觉得怎么样？还合你胃口吗？"

洪辰雪却答非所问地来了句："韩总电话多少？咱们加个微信吧。"

韩叙根本没搞懂洪辰雪的套路，还没来得及反应就报出了自己的电话，洪辰雪一脸喜滋滋地拿着手机加了韩叙的微信。我在一旁看着，时不时端起酒杯自饮，来掩饰自己忍不住想笑的表情。

突然觉得眼前两人很有意思，说不定能擦出不一样的火花。

一顿饭吃得人心满意足，我们在餐厅门口跟韩叙告别，把洪辰雪送到早就预订好的酒店，我说："明天我约的钟点工会上门，我留了你的电话，把你的小窝收拾一下好住。"

洪辰雪今天晚上又吃了美食又见了美男，心情大好，扑到我面前在我脸上亲了一口："你可千万记得，明天我要跟你一起去接两个鱼。"

看来这家伙还没有彻底被美男迷晕，我笑着说："知道啦。"

洪辰雪回来S市为我平添了许多温暖和依靠，这种踏实的感觉来自于可以信任的朋友，我开车回去的时候都满心欢喜。

我把试镜时间和我的意思都转告给关真尧，关真尧倒是与我出奇地一致："是啊，出道的时候就演的配角，我不想时隔几年，我还是在演配角。"

关真尧这几年赚的虽然没有一线大牌多，但也很可观。

她买下了S市市郊的一处高档小区里的联排别墅，面积比一般独栋小了一点，但是只住关真尧和小悦倒是绰绰有余。

关真尧光着两条腿走在冰凉的大理石上，她自己说是在找角色的灵感。我摊手："那你记得试镜的时间，我到时候来接你。"

关真尧点点头，没有搭理我的意思，倒是小悦拿出了她新烤的吐司，给我装了两大条，说："余姐，带回去当早餐吃。"

走到门口，关真尧说："你脚边那个袋子是给你的礼物。"

我回头，关真尧有些不自在："也不是给你的，拿回去你就知道了。"

我看了一眼外包装的品牌，心里明白了，笑道："谢了。"

关真尧买的是儿童玩具，男童女童各一套。其实我也只是偶然提起两个鱼，没想到这姑娘倒是上心了。

这一次金韶面试的地点很奇怪，直接在剧组敲定的一个取景点面试，而且是在傍晚。这取景点靠近与S市临近的另个省市，原本是一个古色古香的度假山庄，被剧组临时征用了。

金韶有才有脾气，至少我是想不出为什么要在这里试镜，难道是金韶已经敲定了主角人选？

因为试镜时间的特殊，我晚上又不能陪着两个鱼吃晚饭了。好在关真尧的礼物很及时，两个鱼看在礼物的分上也特别好说话，果然人情社会从小时候就是如此。

到了试镜这天，我载着关真尧和小悦提前去了试镜的地方。

劫后余笙。

果不其然,这一次试镜的人数远比上一次的少得多。一眼看去,我估摸了一下,连配角在内,也不过只有二十来个人。

金韶见我们来了,远远地点头示意。我明白他的意思,索性也就不上前去熟络了,也礼貌地微笑示好。

带着关真尧拿到了试镜的编号,身旁一个个子高挑的姑娘向我们打招呼:"嗨,关真。"

关真尧笑容放大:"周茉!你一个人?"

周茉向后抬了抬下巴:"还有我的经纪人。"远处一个短小精干的男人正在打电话。

几年不见了,周茉越发高瘦,身上的帅气气质更为明显,她和关真尧站在一起特别招人目光,周围有不少人都认出来,这是人气颇高的"cold"组合!

关真尧小鼻子一皱,说:"这次咱们是竞争对手了。"

周茉却不以为意:"我算是陪练吧,我志不在演戏,你知道的。"

关真尧点头,叹口气。

周茉又说:"关真加油,给我们星源长长脸。"

关真尧这才笑出声:"好。"

看起来周茉还是很好相处的一个人,起码关真尧是真的把她当朋友。后来关真尧说起过,刚认识的时候周茉说了,她喊关真尧名字是三个字,太吃亏了,还是叫关真!跟她一样是两个字,好听好记。

后来就这么一直"关真关真"地叫下去,倒是一种特别的熟稔。

突然周茉看着我和关真尧说:"我知道一个消息,还是想提前跟你们说。这次的女主角已经内定了。"

第十二章　朝前看，朝钱看

我诧异："那今天这试镜是……什么意思？"

"最主要的女主角已经内定了，但是还有其他主要的女角未定。"周茉微微皱眉，看了一眼正在往这边走的经纪人，说："总之好好加油。"

这突如其来的消息倒是让我有些意外，心里愤愤不平了一会儿冷静下来。再看关真尧，她却是一脸平静，我问她："不觉得生气？"

关真尧摇摇头："生什么气呢？真以为一顿饭金导就能把最重要的女主角给我吗？这样也好，看看内定的女主角是谁吧。"

这次试镜的女角色一共四个，两个主角两个配角。

看来金韶表面功夫做得还是很像样的，起码没有在试镜的时候公布两个女主。关真尧直奔着女主角而去，周茉则选择了女配去试镜。

严格来说，试镜的时候并不是演员自己能够自由选择主角或者配角，还是要根据试镜的结果，由导演组最后决定是适合演主角还是配角。但是如果演员自身要求，且实力够强、发挥够好的话，也不是不可以自己选。

试镜正式开始了，我也站在外围看着各家花旦的演出。两个演员刚刚试完戏，这时从人群外挤进来一个人，高呼着："金导金导，我们来迟了，抱歉！"

金韶的脸上快速闪过一丝不满，说："来迟了就去领号码，在这里喊什么？没看到试镜已经开始了？你这样会影响其他人的。"

挤进来的人也不觉尴尬，还是面不改色地笑着，从旁边拿了编号。

我觉得奇怪得很，按照金韶古怪的脾气应该最不喜欢别人迟到，尤其是试镜这种事。居然这么轻描淡写就过了，还给了试镜的机会。

我也没空看其他人了，心里盘算着该如何胜出。关真尧的剧本我也是看过的，从给的短短几页纸可以看出，这部戏最重要的冲突就是在这试镜的角色上。

这角色的设定是一位亡国公主，流离失所后落入烟花之地，最后被男主解救，恢复了公主的身份。但是无奈的是，公主已有污点，即便是恢复了身份也没能得到男主的爱。最后男主无法抗旨，被迫要娶公主。公主最终以死换得了男主的自由，却让男主陷入了深深的自责中。

我当时看到还觉得，不是说好是偏搞笑奇幻类的古装片吗？怎么正式拿到剧本又是另外一个风格？

试镜的这场戏就是公主最后一夜与男主自白的一幕。

没有定妆没有服饰，甚至连灯光效果都没有，看来金韶是不打算依靠这些附加手段来选角色。

这样要入戏，不是一般的难。

很快，到关真尧上场了。我微微眯起眼睛，为她捏了把汗。这时我身边站了个人，他说："关真尧不错的，应该没问题。"

我侧过脸一看，居然是周茉的经纪人，礼貌地笑笑："承您吉言。"

没过一会儿，关真尧试镜表演结束了，我迎上去问："怎么样？"

关真尧一脸轻松："反正我尽力了。"

剩下的试镜演员还有很多，我想等全部结束后和金韶套套关系，说两句好话，可现在看来根本不切实际。这么多家公司和演员等着呢，哪里是我想挤就能挤进去的。这一刻我倒是无比怀念韩叙了，他要是在这里铁定能约到金韶。

我突然想起车里的保温箱里还有一壶我今天刚炖的银耳莲子汤，原本是带给关真尧吃的，结果她没吃就留到现在。

我把那壶银耳莲子汤拿出来，趁着中途休息的时候，逮着了那位一直跟着金韶的编剧，说："您好，还记得我吗？我们一起吃过饭的。"

倒不是我不想逮着金韶，只是金韶太过尽责，就是在中途休息的时候也不离开试镜的会场。我总不能堂而皇之地端着去找他吧！

编剧微微回神，说："噢噢，我记得我记得，你好。"

"上次太过匆忙，还没能请教您贵姓？"我笑呵呵地说。

"我姓海。"他也没拒绝。

我说："那我就叫您一声海哥了。"

海编剧连连摆手："不敢不敢。"

"海哥，这是我准备的甜汤，我看你们都很辛苦。这还有好多演员没有试镜结束，等会儿饿了这前不着村后不着店的，又没个地方及时吃饭，吃这个可以垫垫。"

海编剧又摆手："这怎么好意思。"

"海哥你就不要不好意思了，这也是我们小关的一点心意。我们试镜已经结束了，可你们还要忙，一点甜汤而已。"我满脸堆笑，总算是让海编剧把我那壶银耳莲子汤给收下了。

做完这一切，我才带着关真尧离开。

第十二章 <<< 朝前看,朝钱看

上路没多久,天开始下起大雨,我一边感叹着天有不测风云,一边慢慢行驶着,多花了四十分钟的时间才将关真尧和小悦送回家。我这才能往家里赶,刚驶进小区大门,手机响了,我一看,居然是唐云山。

唐云山给我打电话的目的只有一个,那就是关于李小西!

果不其然,电话里的唐云山声音颓废,他说:"看在我和你父亲相识多年的分上,来医院一趟吧。"

说实话,我的人生自从夏颜颜回来之后好像跟医院就有脱不开的关系,总是在往医院跑。听到医院这两个字,我下意识有点紧张。

"您……身体不舒服吗?"我问。

唐云山说:"你把人家好好的一个姑娘逼得自杀,你还想怎么样,你来医院,当着李老和李小西的面说清楚,就说你不会再纠缠唐诀!"

在这大雨倾盆的夜晚,听到唐云山这样说,我觉得莫名好笑。

我说:"我叫您一声爸,是因为您是唐诀的父亲。但是不代表您可以随意插手别人的人生,强迫您儿子娶一个他不喜欢的女人,这样有意思吗?"

唐云山气急:"我就问你来不来医院?"

"李小西死了吗?还是现在在重症监护?我去了她也见不到我吧?"我冷冷地说,"一个真的想死的人,是不会让人这么及时地救她的。随便找个无人的海边,跳下去完事,何必这么大费周章?"

唐云山怒道:"好,你有能耐!李小西要是有什么,我不会让你进门的!绝对不会!"

我挂断了电话,心里一时五味杂陈,很不是滋味。

我到底还是心软,尤其是有了孩子之后。停好车回家,唐诀还在灯下看书,我走到他身边坐下来。

唐诀把视线从书页上挪开,盯着我,问:"怎么了?老头子给你打电话了?"

看样子什么都瞒不过唐诀,我无力地点点头,抹了一把额前的刘海:"是……"

看唐诀的样子,他肯定是知道李小西出事了。他居然还能这么四平八稳地坐着看书,对于这一点我是佩服至极。

他合上书:"那你在烦什么呢?"

我揉揉头发:"我也不知道。我讨厌李小西,但是……我从没想要她真的去死。"

唐诀微笑起来:"她跟你想的一样,也不会真的去死。"他顿了顿,说,"不然也不会在大家都在的时候,在家里烧炭了。"

劫后余笙。

自杀？李小西还真是想得出来！

唐诀轻叹："我最不喜欢这样极端又让人厌恶的行为了，所以老头子叫我去医院探望，我只说明天有空再看。下这么大的雨你又没回来，我怎么可能把我的孩子单独丢在家里。"

我心里一暖，看着坐在灯下的唐诀，只见融融暖光洒在他的头发上，流出浅金色的光彩。忍不住伸手想要去碰一碰，手才伸了一半就被唐诀截住，然后反握在掌心里。

"明天我跟你一起去吧。"我说。

唐诀的双眸极黑，他说："不用勉强，不过我很好奇你为什么想去。"

我突然笑起来："想去看看她死了没。"

唐诀也笑了："好坏啊你。"

我说："我去洗澡，雨下得好大，袜子都湿了。"

想要从唐诀的掌心抽离，他却没有松手，对视着他的眼睛，我的心跳不由自主地加速。

他越靠越近，我这次终于没有躲开，这个吻没有强迫没有突如其来，只是看着他的眼睛我就已经沉醉。

最后气喘吁吁地跑进卫生间，我看到镜子里的我双唇微微泛着红肿，两眼春波荡漾，忍不住捂脸。

余笙啊余笙，怎么一靠近唐诀就这样把持不住呢？

在洗手间里磨蹭了差不多一小时，直到唐诀来敲门，我才从里面钻出来。

我又去看了两个鱼，挨个给他们盖好被子亲亲脸，这才回到房间。

我说："那个……不早了，睡觉吧。"

唐诀早就换了睡衣躺在床上，床上两条被子摆得像模像样，他说："嗯，睡觉吧。"

我能察觉到他的语气里带着笑意，分明就是在笑我是个胆小鬼！胆小鬼就胆小鬼吧……起码现在的我还没完全蓄满力。

很快钻进被窝，我背对着唐诀躺了下来，然后没一会儿唐诀关了夜灯，也躺了下来。

过了一会儿，唐诀问："你准备这样伪分居到什么时候？"

不知道怎么回答，还是装睡吧……

唐诀的爪子从被子的另一边伸了过来，说："不许装睡！"

我这个人最怕的就是被人挠痒，也不知道唐诀是如何办到的，能在黑乎乎、伸手不见五指的情况下，准确无误地找到我的软肋。

第十二章 朝前看,朝钱看

我忍不住边笑边躲,最后恼羞成怒,大喊他的名字:"唐诀!"

唐诀也笑得气喘:"你还装睡不?"

"你不睡觉在这里干吗?"我忍不住掐了他胳膊一把。

怎知唐诀似乎一直在等着我的手,我还没掐过瘾,就被他大手一揽,紧紧地扣在怀里。我说:"我的被子。"它滑落在床下了。

"没关系,我的被子在。"唐诀身上热乎乎的,让我觉得格外有安全感。

脸上控制不住地涨红起来,我正庆幸这会儿黑漆漆的什么都看不清,我说:"你要干什么?我很累,我要睡觉。"

唐诀的笑意从嗓子眼里就冒了出来:"我知道啊,我也累我也想睡觉。"

我恶狠狠地说:"你要是不想睡觉,我就去别的房间睡了,省得你打扰我。"我把最后三个字说得咬牙切齿。

"睡,怎么可能不睡。"唐诀说着就合上眼睛,不再理我了。

我蜷缩在他的怀里觉得有点闷热,想要挣脱却无功而返。算了,就这么睡吧。我又用既来之则安之来安慰自己,不一会儿,我也睡着了。

和唐诀的生活如果能这样不紧不慢地继续,看着两个孩子长大,守着彼此到老,也不失为一种人生乐趣。

我也经常想象着这种细水长流的节奏,仿佛一眨眼就能过一辈子。把一切美好锁进记忆里,等到老到创造不了美好的时候,再翻出来细细品味。

所谓夫妻,大概就是如此。

少年时的夫妻总归会经历一些风雨和历练,风雨也罢,历练也好,只要不是对方亲手铸成的伤害,一切都尚可挽回。

我问唐诀:"如果你爱上的不是我,是李小西,你该怎么办?"

唐诀皱眉说:"不要整天想这些让人觉得可怕的东西。"

好吧,在唐诀心里,李小西是可怕的存在。不得不说,这个认知让我很开心。一直到去医院的路上,我的心情都很好。

去看李小西这样的疯子自然不能带着孩子,只有我和唐诀二人。说实话,唐诀不想去,所以一路上我开车,他在旁边一门心思地发邮件,试图用工作来麻醉自己的厌恶。

我开着车兜兜转转了好一阵子才到了李小西住院的地方,还没到病房门口,我就在想象李小西会是什么样,会不会拿起茶杯就丢我,然后叫我滚出去?

然而,她倒是很想丢东西叫我滚,却是心有余而力不足。

床上的李小西醒了,但是状态很不好,想抽枕头砸我都抽不动,我有些无语。

劫后余笙。

她勉强吐了一句："你来干什么？"

"探病。"我想了想，找了个自认为最确切的词。

我又补了一句："唐老爷子让我们来的。"

李小西脸色苍白，手上挂着点滴。据说昨天在抢救室抢救了一下午，可算把一条命给捡回来了。医生说，要不是年轻，说不定就真的没希望了。

她的眼神直勾勾地看着唐诀，拼命地做着下咽的动作，似乎要喝水。李小西身边是李家专门请来的看护，这会儿李家人都不在。看护给她倒了杯清水，她喝完就把杯子砸了，溅起一地的玻璃碴。

我以为李小西还会有一番唇枪舌剑，结果她砸了杯子之后只能用眼神杀来对付我，我摸摸鼻子觉得甚是寡味。

唐诀凑在我耳边，轻声说："她呼吸道受伤，估计不能长时间说话。"

我了然地点头，正打算离去的时候，李巍和唐云山来了！

其实我和唐诀探病探得确实敷衍了事，你见过两手空空去探病的吗？再不济，也得给个信封包些钱才像话啊。

可我们呢？一个是不想去，忙着工作赚钱，压根没想过买礼物；一个是想着见面了会不愉快，所以根本不需要带东西，带东西又不能当武器使。

两个人空着手在病房里没话找话说了半天正要走，却被李、唐两家的家长堵在了门口。

李巍看了我一眼，问看护："小姐怎么样了？"

看护正在收拾地上的玻璃碴子，说："医生来检查过了，情况还好，下午还有四瓶水要挂。小姐现在只能吃流质的食物，不能说话。"这看护口齿倒伶俐，跟倒豆子似的一股脑都说了。

唐云山瞪起眼睛刚要说什么，李巍又瞟了我一眼，说："出来谈吧，让小西好好休息。"

李巍这一眼看得我浑身一抖，唐诀从身后扶着我的背，跟着走出了病房。

李巍说："我李家哪里对不起你？唐诀你可以直说，不用这样逼我孙女去寻短见。"

唐诀只是略微低头："您言重了。"

"言重？还要怎么严重？"李巍眼里的锐光一闪，"小西都被你逼成这样，你还不肯娶她？这几年整个S市都在传你们交往的事，我以为你们发展得不错，也就没有管太多。现在是什么意思？你过河拆桥，准备不负责了是吗？"

唐云山在一旁不停地用手帕擦着额上的冷汗，说："是我教子无方。"

李巍全然无视我，他又说："我不管你有什么理由，最多下个月，我们小西出了院你就得和她完婚！"

唐诀抬眼，我能感觉到他眼里的冰冷。

唐诀说："我从来没有和您的孙女在交往，那些新闻都是您孙女自己放出去的。没错，在唐家情况危难的时候，您帮过我。这点我不会忘记，也在努力地回报，不然您以为这些年坐拥的财富是从天上掉下来的吗？"

李巍气结："唐二，你是什么意思？"

唐诀依旧冷淡，完全没有因为李巍的气势而退让，反倒是唐云山一直在说："李老你别气，他就是个孩子，我回去说他。"

唐诀打断了唐云山的话："爸，您不用回去说。我现在就在这里说清楚，我不会娶李小西，从来没想过，以后更不会想。我既配不上李家小姐，更是心有所属。至于她今天住院的事，我表示很遗憾，我以为李小姐是我认识的女孩中最洒脱不羁的人。"

唐诀又对着李巍说："如果您愿意，这次的医疗费都算我头上，出院之后的康复我也会尽力安排。"

唐诀的话还没说完，李巍扬手就是一记耳光，重重地打在唐诀的脸上！

我又气又急，喊道："你怎么可以这样？倚老卖老吗？若是他们真的两情相悦，我离开这几年他们早就会在一起了！"

李巍又想扬手打我，我倒是不惧，甚至准备反击。唐诀却一把将我拉到他身后，一手挡住了李巍下一步的行动。

李巍气冲冲："你以为我李家差这几个治病的钱？"

唐诀依旧淡然："那您以为我唐家当初真的差你李家帮助的款项吗？"

李巍愣在了当场，颤颤巍巍地说不出一句话来。

倒是旁边的唐云山脸色一变，说："你这个混小子，还嫌惹的事不够多？在这里胡说八道什么？"

唐云山又把苗头对着我："还有你，不要缠着我儿子了，要多少钱才肯离开，你就说个数。"

我眼底一片凉薄，说："您说真的？"

唐云山眼睛眯起："我就说你要钱，我儿子还不信。"

我冷笑着扬起头："是啊，我是喜欢钱。所以您听好，想让我离开唐诀，就把唐氏集团给我，少一分免谈。"

唐云山和李巍都露出了难以置信的表情，唐云山说："你是不是疯了？吃下我们一家子公司还不够，你还想要整个唐氏集团？也不怕把你给撑死了！"

"我才不要你的公司实体，我要的是相较于你们唐家差不多的钱，钞票，

277

劫后余笙。

懂吗?我对管理你们公司没有半分兴趣。"我慢慢地说。

唐云山气得说不出话来,李巍却冷静了下来:"看不出来,余小姐也是做大事的人。不鸣则已,一鸣惊人啊。"

"怎么能跟李老相比呢?"我浅笑,"这是唐老先生主动问我,我才给的答案啊。要知道,说出这样的答案我也很苦恼的。"

"啊,对了,李老看新闻了吗?"我突然发问。

李巍警惕起来:"什么新闻?"

我笑笑:"我觉得您有工夫处理李大小姐的婚事,不如先给水火不容的姐妹俩想想办法。李家就这么两个千金,李老可不要厚此薄彼,亏待了李二小姐。"

"当然了,我倒是可以不把李小姐住院的事情爆出去。"我很诚心地说,"您也知道,自杀并不是什么光彩的事。"

李巍眼角的皮肤都颤抖起来,他闭上眼睛,过了一会儿说:"你们都滚,我不想再在这里看见你们!"

唐云山慌道:"李老别生气,这小丫头片子说话不顶事。"

唐诀拆台:"既然这样我们就先走了。"

唐云山怒极:"逆子!你刚才没听到这女人说的什么话吗?她要的是我们唐家的一切,你还不清醒一点,和她分开!"

唐诀冷冷地说:"您放心,就算是她要,也要不走全部。您和我哥那部分我不会动。"

唐诀这话的意思很明显了,他的那部分可以无条件给我。大概是没想到唐诀会这样说,唐云山直接怔住了,目瞪口呆。

直到我和唐诀离开,我都没听到唐云山再说一句话。

坐在车上,我问唐诀:"你为了我和你父亲闹掰,值得吗?"

唐诀说:"你放心吧没有闹掰,说起来,也是我对不住你。"

什么意思?我倒听不明白了,还想再问清楚一些,唐诀却顾左右而言他不肯再说。不说就不说吧,我心里虽然不安,但没有再问。

快到家的时候,唐诀突然又问我:"如果真的给你唐氏集团,你会离开我吗?"

我突然笑出声:"我离开了,你就不会追过来?"

唐诀也笑了:"我以为你说真的,没想到在这里等着我,厉害厉害。"

我回:"那是。"

医院的事暂告一个段落,没过多久关真尧的试镜通知到了,她顺利地拿到了那个唯二女主的角色,我由韩叙陪同,带着关真尧去签了合同。

第十二章 朝前看，朝钱看

我现在对关真尧的身价还处在一个模糊的状态，当看到韩叙游刃有余地和对方谈价格时，我才发现自己要学的东西还有很多。

等双方都签好了合同，我由衷地对韩叙说了句谢谢。

韩叙收起钢笔，放在上衣口袋里，问："谢什么？"

"谢你不辞辛苦，亲身示范。"我也开门见山。

韩叙现在已经是星源的一把手，他根本不需要出现在这种场合，但他还是来了，还带着我走完全部的流程。我明白，韩叙这是在教我怎么去做一个合格的经纪人。

他笑道："你知道就好。自己艺人的身价是要靠经纪人去维护的，团队会打造艺人的路线和风格，但是经纪人就得做得更多。你要时刻记住一点，艺人赚得多你就拿得多。"

真是万变不离其宗，有钱能使鬼推磨啊！

我刚才看到了关真尧最后签下的片酬，确实是个不错的数目。按照公司抽成之后，我和关真尧五五分，我可以拿到将近六位数。

不得不说，这样的数字让我有些开心得不能自已。并非我没见过这么多钱，而是我自己第一次能赚这么多钱。

韩叙又说："小关能不能大红，就看这部戏了。"

他这么一说我点头："我明白。"

这是关真尧第二次上金韶的电影了，第一次是配角，一炮走红打响了名声，然后一直在二线左右徘徊。虽然电影也拍了不少，女主也有过，可真正叫好又叫座的代表作根本拿不出来，没有混成李小曼那样的"票房毒药"就算不错了。

韩叙像是想起来什么似的，说："对了，公司最近会招一批新人，你可以带一个练练手。"

风唐正式被星源并购，其他的训练团队和设施由星源管理层接手，而我就带着关真尧和小悦直接去报到，换了新地方新办公室，整个人的心情都不一样了。

搬到星源的第二天，关真尧马不停蹄地去剧组报到了，我让小悦跟着她，韩叙又派给了她们两个生活助理和一辆保姆车。

韩叙对我说："这是我跟高层争取的结果，你们家小关要是一年内不能给公司赚个八位数以上，我可就要丢脸了。"

我反驳了他一句："你不就是高层吗？装什么。"

韩叙笑呵呵："这是分给你的新人，你看着办吧。"

分给我的新人比刚认识关真尧那会儿的她还小了一岁，刚刚十九岁，大

劫后余笙.

二的年纪。我看了一眼她的履历表，居然是海大的！还没有正式出道过，只是在街头被星探发掘，拍过几次时尚杂志的封面。

不是科班出身，而且还没毕业，这丫头只能从基础的训练开始了。

在我办公室里，我第一次见到了这姑娘，她叫朱明媚。

我第一次见她的时候觉得莫名熟悉，女孩很年轻，皮肤白净得有些苍白，肩膀窄窄的看上去很娇小，约莫不到一米六五的身高。她的气质有些像伪装过的李小曼，但是没有李小曼甜美，却别有一种孱弱的气质。

原本我想的是让这女孩走跟关真尧一样的路，先从基础课学起，但我看到她拍摄的时尚杂志后我改变了主意。

这女孩的镜头感很不错，虽然现实里看气质孱弱得很，可在镜头里却显示出了不一样的美感。有一种别于关真尧的大气，也跟周茉的帅气不一样，她有一种淡淡的忧伤，很特别。

还是继续先从时尚圈捞资源吧，我记得S市最大的时尚杂志，也就是我从前的老东家，在每年夏天都会举办一个"summergirl"（夏日女孩，下同）的大赛，只要是为期一年内拍摄过各家杂志封面的女模特，都有机会参赛。

新人本身素质不错，又是星源签的艺人，这个比赛说什么也得拿下冠军。这样想着，我又通过渠道给朱明媚争取到了两个杂志封面的拍摄，虽然都不是大社，可在小范围内很能吸粉。

我对她说："你换个艺名吧，把姓去掉，就叫明媚。"

她倒是不反驳，爽快地点点头："好。"

不拍摄的时候，我还给明媚的课余时间安排了培训课程，打好基本功才是头等大事。

我也问过明媚将来想往哪条路发展，她笑着说："能赚钱就好。"

这妹子倒是单纯得够直接，想赚钱，那当然是拍戏了。

我喜欢这么直接的妹子，最烦说什么你的音乐梦想是什么之类的真人秀了。对了，说到真人秀，如果这妹子私底下的性格具备反差萌，真人秀倒也是吸粉涨人气的一大利器。不过这是后话了，还得再看看她杂志拍摄的程度。

如果能顺利拿到"summergirl"的冠军，真人秀噱头也有了。这个急不来，凡事得慢慢地一步步走。

给明媚安排好，我就准备奔赴关真尧的剧组，在临出发前，洪辰雪给我打来了电话，我不得不暂缓计划，先去咖啡店看看情况。

咖啡店顺利开张已经有一周的时间了，因为关真尧在微博上的软广告，咖啡店的生意异常火爆，招募了十几个服务生才勉强够用，把洪辰雪这个老板娘忙得团团转。

我推门进去的时候,店里恰好清闲。见到我来,她把我拉进里面的员工休息室。

我笑着问:"什么情况啊你,是太忙了吗?看你一脸菜色的,赚钱不开心啊?"

洪辰雪叹气:"赚钱当然开心啦!可是……那个帅哥都不搭理我,你说怎么办?"

"哪个帅哥?"我脱口而出,随即后知后觉:"你说的是韩叙?"

"是啊,"洪辰雪一脸惆怅,"怎么办?我好像真的喜欢上他了。"

我说:"那怎么办?追啊。"

"他微信都不回我!"洪辰雪有些急躁。

我说:"微信不回打他电话啊,笨!"

"可是我又怕他在忙,你知道的……他那种级别的老板每天都在忙工作。"洪辰雪意外地小女人情怀爆棚。

我哭笑不得,想也不想就出了个馊主意:"现在关真尧也在星源了,这咖啡也是她爱喝的,你可以去星源找韩叙说,免费提供工作咖啡啊!也算是花钱赚吆喝嘛!"

洪辰雪眼睛一亮:"对哟,这真是个好主意!我的宝贝儿,你太棒了,你赶紧走吧,我要去给韩叙打电话了。"

我对洪辰雪这种见色忘友的行为很不齿,走出咖啡店大门,突然很想唐诀,正想给他电话,仿佛心有灵犀一般,他比我先一步行动了。

"我正好要去出差,就在你们剧组旁边的城市,怎么样,要不要一起?"唐诀问。

心里流过一丝甜蜜,我说:"那……两个鱼呢?"

"他们已经和我在一起了。"唐诀发出诱人的邀请:"怎么样,来不来?"

我抑制不住微笑:"我在咖啡店这里,你过来找我,还是我去接你?"

唐诀说:"能坐你的车,三生有幸。"

我大笑:"那等着我吧。"

一路春光宜人,两个鱼也是第一次跟着我和唐诀出远门,全程兴奋得不行。我也被两个孩子的情绪感染,觉得很开心。

心情好开车也轻快,没过多久就到了剧组所在的影视城,我先把唐诀和两个孩子送到出差所在的公司。准备先去剧组后,晚上再过来与他们会合。

我不太放心唐诀带孩子,叮嘱了好几遍,搞得大鱼儿很不耐烦,说:"妈妈,你去忙吧,我和妹妹会照顾好爸爸的。"

劫后余笙。

小鱼儿还点头:"妈妈,放心吧。"
唐诀一脸无奈:"所以我才是需要被照顾的那个?"
我说:"看起来是这样。"
我赶去了剧组,关真尧昨天已经定妆了,今天金韶导演给演员讲戏,所有演职人员都要参加。这是金韶的电影剧组里永远不会缺少的一个环节,认真做事也体现了金韶电影的金字招牌。我站在外围仔细地听着,眼神扫了一圈这里面的演员。

有好几个眼熟的,周苿没有被选上,看来正如她自己上次说的那样,她志不在此。

突然,我看到了一个熟人!她也看到了我,她的目光一黯,很快便移开了。

她是白安然!她难道就是那个传闻里的女主角?
我很快排除了这个判断,白安然所在的位置不是女主角该在的位置,而且她看我的表情很奇怪,有种淡淡的尴尬。

白安然如果不是女主角,那就是女配了,这样一想难怪显得尴尬。
想当初,关真尧出道的时候给白安然做女配,今天却反了过来,白安然给关真尧做女配,这世事无常还真是一言难尽。

等关真尧讲戏结束,我把带来的东西都放到保姆车上,告诉关真尧晚上我有饭局,不过来了。

关真尧这小妮子嘴巴一撇:"我就知道,你现在有了新人不要旧人了。"
我知道她是说星源给我安排新艺人的事,哭笑不得:"怎么能呢?不要谁都不可能不要你呀!"

关真尧这才满意地笑了:"明天早点过来,我有对手戏。"
"好。"我答应了,又开着车和唐诀会合。
我们原本打算一家人私底下自己解决晚餐,谁料与唐诀有公事要谈的老板真的是盛情难却,早就订好了酒店,说带孩子去吃也没关系。我们两大两小推辞不过,只能去了。

酒店订得高大上,唐诀在一旁跟人谈事,边吃边聊。我伺候着两个小的吃饭,时间过得倒也快。眼看着公事谈完了,饭也吃好了,我们准备回宾馆。就在这时,有一个人从包厢外面进来,连声说着"抱歉"。

对方老板有些不高兴,说:"梁工,你怎么到现在才来?客人都快回去了。"

那人说:"对不住对不住,因为厂里有些东西需要盯着,走不开。"
他看到我的时候,目光凝滞了。

我也是觉得挺意外，可心里再无波澜。那老板见梁修杰眼神不对劲，又问："你们认识啊？"

唐诀淡漠地笑了："曾经是校友。"

梁修杰低下头，很快也笑了："是的，是校友。"

我和梁修杰没再有其他的眼神交汇。到了晚上睡在被窝里的时候，唐诀说："他们离婚了。"

我没反应过来："谁离婚了？"

我还在想唐诀怎么没头没脑地说这个，唐诀又说："梁修杰和夏颜颜离婚了。"

我长久地呆了一会儿，说："噢。"

然后又说："你怎么知道的？"

唐诀靠在枕头上把我揽在怀里，他的身旁是已经沉睡的两个鱼，看着这一幕我心里暖意融融，忍不住伸手去戳大鱼儿圆乎乎的脸蛋。

唐诀一把拍掉我的手，瞪着我轻声说："就在你离开的第二年，他们就离婚了。当时闹得沸沸扬扬。对了，他们之间还有一个孩子，好像归梁修杰带走了。"

心里一阵唏嘘，我说："所以他就离开 S 市到这里来了吗？"世界真是小啊。

我有多久没想过梁修杰这个名字了，却从唐诀口里知道他的近况，真是物是人非事事休。原以为他和夏颜颜能一直走下去，毕竟费尽周折才在一起，结果就维持了短短不到两年的婚姻。岂不是比我当初还要惨？

我正胡思乱想着，唐诀突然搂紧了我，在我的耳边轻轻咬了一下，瞬间仿佛一股电流从我的全身窜过，引起一阵战栗。

唐诀说："我不想你提他。"

我说："快睡觉，我明天还得去剧组呢！"

唐诀颇为不满，他说："剧组剧组，你都快成那个女明星的老公了。"

我不以为意地笑笑，心情很好："闭上眼睛，睡觉！晚安。"

过了一会儿，我才听见唐诀关了灯，用无奈的声音说："晚安。"这家伙，怨气够大的。

第二天一大早，我吃了早饭就匆匆带着点心赶往剧组。又得麻烦唐诀这个奶爸带娃了，看他一本正经地一边听公事汇报，一边喂孩子麦片粥的样子，我觉得这男人又帅出了一个新高度。

匆匆忙忙赶到剧组，他们已经开始了新一天的拍摄。果不其然，白安然是其中一名女配，关真尧昨天说的对手戏，就是和白安然。

劫后余笙。

我找到小悦和其他两名助理，把带来的点心分了分，我发觉我在片场最爱干的事就是送吃的了。

小悦看见我就问："余姐，有好吃的吗？"看看这姑娘，已经被我惯坏了。

关真尧和白安然合作过，一段对手戏几乎一条就过，金韶很满意："很好，下一场！"

白安然退下，关真尧是女主戏份多，还得继续拍。我看到白安然过来了，冲她主动笑了笑，白安然也勉强弯弯嘴角，坐在离我不远处的地方。

我加入星源之后已经知道，白安然在和韩叙分手后不久与星源的合约就到期了，纵然星源高层再三挽留，白安然还是执意离开，签了另外一家盛世公司，也就是和李小曼同一家公司。这公司连签两名人气明星，自然在业内风头正劲。

可惜，这个公司刚刚起步，团队包装都不成熟。

白白地浪费了白安然之前打下的江山，接了一些乱七八糟完全没水准的剧。本来白安然走的也是大荧幕的路线，盛世为了赚钱居然让她连泡沫偶像剧都接。也难怪现在白安然只能混个女配了。

我递给白安然一份点心，怎么说我和她也有一面之缘，我多少知道内情，也明白这个看似清冷的女演员其实内里十分高傲。她离开星源，无非是想韩叙挽留她，可是事与愿违，一步错步步错，大概就是这样。

白安然没有拒绝，接受了我的好意，说："没想到还能在这里看见你，很意外。"

我笑笑："我们也是老熟人了，不意外。"

就在这时，一个身穿戏服的年轻女孩从旁边窜了过来，一下打翻了白安然摆在旁边的食盒，里面的点心撒出来，落了一地。

没等我们开口，对方先呛声了："你怎么回事？你把我衣服弄脏了，我这马上就要开拍了，你说怎么办？你还不道歉是吧？"

我抬头看，眼前这个女孩很年轻，脸上堆着浓浓的妆，十分艳丽夺目。

我也禁不住在心里赞叹一声，长得确实漂亮！就算在这美女如云的演艺圈，这女孩的容貌也算得上是上佳了，只是这个态度让人不敢恭维。

白安然没有开口，只是把地上的点心用纸包好，让助理丢进垃圾桶。

那女孩生气道："我当是谁呢？原来是过气的影后啊。怎么着，混了个配角来演不甘心，就故意弄脏我的戏服吗？我告诉你，你今天不道歉就别想离开。"

我皱皱眉，说："美女，何必这么大火气呢？你也说了你的戏份快到了，我要是你现在就去温习剧本，一会儿好尽快入戏。"

女孩哼笑："你又是什么东西？在我面前也有你说话的份？"

我礼貌地笑笑："我自然不如你是个东西。"

女孩反应过来，正准备反驳，她身边跟着的一个助理提醒她："快到你了，咱们别在这里浪费时间了。"

女孩反手对着助理的胳膊拧了一下，说："要你废话，什么本事没有就知道息事宁人，真不知道为什么老爹把你安排给我，废物！"

女孩大概也知道时间来不及了，瞪了一眼说："你等着，回来再找你算账。"

看着女孩远去的背影，我忍不住咂舌："乖乖，好嚣张的美女，这是谁啊？"

白安然苦笑："这是盛世今年新捧的艺人，张羽昕。也是盛世老总的独生女。"

我顿时明白了："她就是那个内定的女主角？"

白安然惊讶地看着我，说："原来你也知道啊。"她垂下眼睑，用手托腮，看上去十分美好。

"张羽昕背景大得很，老爸有钱又肯砸钱。她们这样的人来拍戏，就是玩票性质的。能红一把，就过过当明星的瘾，不能红的话，就当来玩的。"

我了解地点点头，原来是带资进组，看来之前我猜测得不错。

"她老爸跟制片关系好，又投了不少的钞票，金导也没办法，只得让出一个不需要什么演技含量的角色，并让编剧改了剧本，加了戏份，变成了女主角。"白安然将额前的头发抹了抹，说："她呢，只要本色出演就好了。"

看来这个女主角的人设是个大美女，我这么判断着。

我俩还在咬耳朵，只见张羽昕上场了，和她演第一场对手戏的演员扮演的是她的奴婢。张羽昕演的就是不食人间烟火的绝色富贵花，与关真尧饰演的亡国公主形成反差对比。

我叹气，这样的角色在演绎上的难度要比亡国公主简单多了，稍微有点演技，再配上张羽昕的容貌绝对能红一把。

可惜事与愿违，这么简单的一场戏，张羽昕美女硬生生地被喊停了四次！

喊到最后金导都不耐烦了，说："你到底会不会演戏？不会演戏为什么昨天没有来听讲戏？你看看你眼神、姿态、走位都不对，这场戏很难吗？你要是不能演，那就换人！"

我特别佩服金韶导演有时候的暴脾气，张羽昕被骂得眼泪汪汪，可在场劫后余笙。

那么多人看着,她又不能耍小姐脾气,只得咬着唇站在当场。

金韶回神叹气,说:"你先下去看看剧本,等会儿再叫你,我们先拍下一场。"

张羽昕小妹妹一从摄影机前离开,就不是刚才那副红着眼眶、楚楚可怜的形象了,为了不花妆,她只能硬生生地把眼泪给逼回去,然后一屁股坐在了白安然对面的椅子上。

她趾高气扬地说:"都怪你,要不是你弄脏了我的戏服,我怎么可能演砸?"旁边的助理连忙给她找来了化妆师补妆。

白安然不想搭理张羽昕,起身离开。

到了剧组吃午饭的时候,张羽昕总算过了前两场戏,我能感觉到整个剧组的气氛都很压抑。要知道女主角的戏份是最多的,张羽昕戏这么差,半天才过两场,而且是最简单的那种。

如果后期拍到对手戏,岂不是两三天才能完成一场?那么整个剧组的进度都会被拖下来,剧组里其他演员的档期也会受影响。

大家虽然都不说,但是表情上都带着不悦。关真尧捧着盒饭和我坐在一起,她问我:"你上午的时候和白安然说什么了?"

我也吃着盒饭:"没说什么,回忆一下往事。"

关真尧不信:"你不会是想把她劝回来吧?"这小姑娘说话怪怪的,总是充满了醋意。自从我带了那个新人之后,她就是这样子。

关真尧又补充道:"你别看白安然现在这样,其实啊我听说她离开星源是因为和公司高层不睦,所以你就别操心把她劝回来了。我听说她和盛世签了十年呢,违约金就是一笔天文数字。"

我觉得很无语,说:"你想什么呢?我就是跟她叙旧了而已。"

别看白安然现在人气下滑,但她有演技有口碑,该拿的奖项都拿过,圈里的人脉绝对要比我广。就算她现在人气不足,也只是因为运营公司的不重视,给的都是些什么资源!都是在给公司推的新人做女配,整一个奶妈的角色。

很快,我进入剧组也有一个多星期了。这天拍摄进行得很顺利,除了张羽昕之外大家的进度都不错。等吃了午饭,下午的戏又紧锣密鼓地开拍了。我起来给两个助理交代事情,又让小悦去买了红茶和零食。

转身去找关真尧的时候,她已经去换下一套戏服了,我在道具间外徘徊了一会儿,突然听见一声清脆的"啪!"

转身看去,只见白安然步伐匆匆却面容轻松地出来,她身后张羽昕也冲了出来,一把扯住白安然的衣服说:"你打了人还想跑?"

这一声尖锐划破剧组安静的气氛,大家纷纷朝这里看来,张羽昕红肿着半张脸,气急败坏地扯着白安然的衣裙,说:"姓白的,你敢动手打我?你等着,我回去一定让我爸解雇你!"

白安然一脸沉静,说:"张小姐,请你自重。你说我打你了,有证据吗?"

金韶听到这里的动静,颇为不满。本来因为张羽昕就拖延了进度,这会儿又在剧组闹出打人风波,金韶的头都疼了。

他说:"什么情况?"

张羽昕怒吼:"什么情况?她打我,你看我的脸都肿成这样了,我要你把她开除,这个角色不给她了!"

金韶的太阳穴突起,看样子也是努力在克制情绪,说:"你们私人的事情私下解决,不要在剧组里闹。"

白安然垂了垂眼睑,说:"金导抱歉。"

金韶这才"哼"了一声,表情有所缓解,刚准备平息事态继续开工的时候,张羽昕跳了出来,说:"你们根本就是一伙的!我被打了就想这样了事?没门!"

见金韶不理她,张羽昕直跳脚:"我要你换了她,不准她再演了,不然我叫我爸撤资,你一毛钱都别想拿到,一毛钱都别想!"

金韶也怒了:"你口口声声说白安然打你了,你拿得出证据吗?你脸上的伤说是自己打的都有可能。你一天到晚在剧组里不研究怎么提高演技,整天搞这些小动作。撤资?行啊,从现在开始你也不是女主角了,把衣服换下来给我滚蛋!"

张羽昕气呼呼的,简直不敢相信自己的耳朵。金韶要把她撤了?开什么玩笑!自己老爸可是盛世的老总,盛世公司又不止是一家娱乐公司,那可是庞大的商业帝国。他一个小小的导演,凭什么?

张羽昕一把扯下头上的饰物和发套扔在地下,抬手指着我说:"你,你刚才就站在门外,你肯定看到了,你来说,是不是白安然打的我?"

这一下,众人的目光全都集中在我身上。

我不慌不忙地笑笑:"我没看到谁在打谁,我过来的时候白小姐已经站在这里了,然后我才看见张小姐追出来。具体什么情况,我真的不知道。"

张羽昕一下被我的话给点爆了,指着我的鼻子就骂:"你怎么可能不知道?你想包庇姓白的是不是?你是星源的人,姓白的之前也是星源的,所以你想帮自己人是吧?"

见张羽昕越说越离谱,我忍不住打断她:"张小姐,我想你得明白一点。"

劫后余笙。

我到星源的时候白小姐早就结束和星源的合约,现在她是你们盛世的人。按照你的理论,你们是一个公司的,你为什么连自己人都污蔑?"

在场的人一听我的话,纷纷开始议论。这几天张羽昕的所作所为很多人都看在眼里,她又是带资进组的关系户,本身没什么实力,偏偏态度还特别嚣张跋扈。剧组里除了她自己带来的助理,几乎没人给她好脸色。

再看看白安然,她拍戏多年,演技有口碑也有,这次却被挤得只拿到一个女配角。本就让人唏嘘,现在又爆出这样的新闻,自然成为人人同情的角色。

白安然很快低下头去,她恰到好处地表现了自己的大度和隐忍,就连金韶看她的眼光都带着歉意。

张羽昕气结,抖着手指一句话也说不出来,好半天才哭着跑了出去,边跑边说:"我不演了!"

事情来得快,处理得也快。到了晚上就有消息传来,白安然代替张羽昕,成为和关真尧对戏的女主角。

在剧组里,白安然还是对我不冷不热,仿佛那天我的帮忙她都丝毫不在意。

又过了一些天,唐诀要带着两个鱼先回去了,他特地叫了司机过来接。我因为剧组的事,暂时不能和他们一起回家,只能摸着两个鱼的脸说抱歉。

其实在剧组的这几天,我们两大两小每天晚上都在一起吃晚饭,在一起休息,然后我第二天再开车去剧组。搞得关真尧都在打趣我,说什么出来工作都不忘谈恋爱。当她知道唐诀也是公事出差的时候,她沉默了,过了一会儿才说我们真是太无耻了。

好吧,无耻就无耻吧。

就在唐诀和两个鱼走后的第二天,白安然用信息联系我,表示晚上要请我吃饭。

看来是私下的邀约,偏偏挑在这个时候,不得不说白安然确实有过人之处。我没理由拒绝,那天我撒下去的网,也到了该收的时候。

白安然挑的是一家专做私房菜的私人菜馆,这里需要最少提前一周预约,看来白安然是早有准备。

私人菜馆的手艺就是精湛得多,每一道菜都有自己的特色和极致的美味。吃到一半的时候,白安然放下筷子,说:"这顿饭是感谢你,怎么样,还合你口味吗?"

我笑着点头:"白小姐眼光过人,挑的餐厅都这么叫人无可挑剔。"

白安然掏出一支女士香烟,问我:"介意我抽烟吗?"

第十二章 <<< 朝前看,朝钱看

"没关系,你自便。"我吃着菜,心情很好。

白安然点起烟,深深吸了一口,吐出袅袅青烟,居然是薄荷味的。她问:"你要来一支吗?"

"不了,我不抽烟。"

白安然笑起来,当真嫣然妩媚,她说:"你真幸福。"

我不置可否地笑笑,然后转移话题问:"你找我想说什么呢?不仅仅是感谢这么简单吧?"

白安然也不搭话,从名片夹里掏出一张暗金色的卡片递给我,说:"这个人你应该用得上,就说是我介绍的。"

我接过名片,上面只写了龙飞凤舞的几个英文字母,看起来是个名字,下面还有一连串的阿拉伯数字,应该是这人的电话。

"谢谢,不过……他是谁呀?"

我有些纳闷,虽然我帮白安然是为了能从她这里打通一些人脉关系,毕竟白安然的地位在这,有些门路她比我清。只是她什么也不说,就给了我这张名片,我实在好奇。

白安然说:"这人手上有很多稀缺的资源,前提是你得跟他关系好。"她优雅地弹了一下烟灰,说,"我介绍给你,也不过是给你开了个门,进去之后怎么走就看你自己的了。"

说完,她又感慨道:"我现在是因为合约受限,没办法。人嘛,意气用事,总是要付出代价的。"白安然苦笑着。

我仔细看着她,其实这几年来白安然保养得很不错,三十几岁的人了,看上去皮肤状态和普通人二十多岁差不多。只是眼神里的疲态和沧桑,是多少保养品和妆容都掩盖不住的。

她抽烟的样子很美,但却始终让我无法把她和接下来要演绎的角色想象在一起,白安然的美丽似乎离无忧无虑的人间富贵花太远。

"多谢了。"这是吃完饭后,白安然再一次道谢。

"不客气。"我微笑。

与白安危分开后,我拿着那张名片直接在市中心的酒店入住。为了避嫌,我不会选择和白安然一起回剧组的宾馆。

刚到酒店房间,我给唐诀打了电话报平安,就把手机丢在床上去洗澡了。等我出来的时候,手机上俨然三十多个未接,全是洪辰雪的!

我赶忙回拨,对方秒接,我还没开口,洪辰雪就扯着嗓子嚎:"你去哪里了?为什么不接我电话?"

我连连安抚:"我刚刚忙完,才洗完澡。你什么情况呀?"

劫后余笙．

从洪辰雪絮絮叨叨的废话里，我总算得出了一个结论，这家伙倒追韩叙被无情地拒绝了，所以这会儿在这里伤心到无法自拔。

安慰了她好一会儿，洪辰雪这才挂断了电话。

想着刚才洪辰雪的话觉得很有意思，这大概就是女人吧。一直兜兜转转的，都是围着一个爱字，无论是十七八岁的青葱少女，还是三十而立的熟女，女人的主题似乎都离不开这个字。

我是这样，洪辰雪是这样，李小西更是这样。

时间匆匆而过，转眼我回到S市也快半年了，这期间我给关真尧又拿到两部电影和三个代言以及一家综艺真人秀的通告。

最近我觉得新人明媚有些奇怪。之前我让她参加了"summergirl"的封面模特大赛，星源造势砸了一些钱，将她捧成了冠军。后来，明媚顶着冠军的头衔也上了不少综艺节目，人气有小范围的提升。

因为她还是学生，课业限制的缘故，我给她的通告安排还是以轻松不用占据太多时间的为主。本打算今年内给她接到网剧的女主或者在制作精良的剧里演个小配角，可她最近似乎越来越不听安排了。

训练课的老师刚给我电话，说是明媚今天又没有来培训。

我看了一眼明媚新给我的课程表，上面写着有课，我松了口气说："她今天可能是有课吧，我等等把她的行程再重新安排一下。"

我本以为明媚是真的在上课，谁料下午公司安排我去接触一个制片时，居然在酒店里看见了她。我看错了吧？我揉揉眼睛，最后看着明媚进了一间房间，而那间房里正是我要去拜访的制片人。拿起手机试图联系对方时，却得到了今日不方便，明天再来的通知。

我有些恼火，虽然不愿往那方面去想，可心里还是觉得气愤。为什么明媚会知道这个制片人的行踪？还这么恰好送货上门？

我现在也不好冲进去，只得耐住性子重新安排了计划。

等过了几天，这制片人给了星源新的剧，点名就要明媚做女主角。这部剧跟之前公司沟通的那部网剧不是同一个资源，在配置、剧本和投资上，明显新剧要远胜于之前的剧本。我不得不在心里感叹，这个明媚比我想象的还要不简单。

我正想着怎么旁敲侧击地提醒一下她，即便这样的行为是个人意愿，在这个圈子里这种情况也并不少见，可我始终觉得既然签了星源，就应该有不一样的路可以走。

可惜，我还没找到机会，另一件事就让我措手不及。

我的继母丁慧兰回国了！

第十二章 朝前看，朝钱看

她在电话里说得很含糊不清，只说自己到了机场，让我去接她。好奇怪，为什么继母回国却没有提前通知一声？我只得推掉手头的事情，赶往机场去接丁慧兰。

算算我和继母也有三四年没见面了，这一见面，我发觉丁慧兰老了许多，比起那一年在S市的时候，她明显带着更多沧桑。

我说："您累了吧，我给您订酒店让您先住下？还是住我那里？"

丁慧兰揉着眉心，说："不用，送我去唐家老宅。"

我心头一跳："去唐家老宅做什么？"

丁慧兰叹气："有些事情，我要去和唐云山当面谈谈。"

我下意识地以为是我的事，赶忙说："我的事没什么好谈的了，我看您脸色不太好，还是先去休息一下。"

丁慧兰却意外地坚持："去唐家老宅，我再不去，有些事情就真的没办法收场了。"

路口等红绿灯的时候，我趁机发了条信息给唐诀。对于继母突然归国，又这样反常的态度，我心里没个底。

很快，唐家老宅到了，原本还在车上眯着眼打盹的丁慧兰一下跳下车，快步向门内走去。常妈迎了出来，看见丁慧兰她略微吃惊，问："余太太，您怎么来了？"

丁慧兰冷笑："唐云山呢？叫他出来见我！"

唐云山身影从二楼闪出，见到是她脸上一惊，问："你怎么来了？老余也跟你一起回国了吗？"

丁慧兰丝毫不理会唐云山的问话，反而张口质问："你当初答应我什么，你忘记了吗？你以为你有今天的一切，都是你自己努力得来的吗？我告诉你唐云山，别想着往高枝上去攀，小心摔烂你的脑袋！"

我跟在后面，听到这样的话诧异极了。我之前就怀疑过丁慧兰和唐家也许关系匪浅，可没想到她骂唐云山也是这样毫不留情。

奇怪的是，唐云山居然一点没发作，只是脸色铁青地扫了我一眼，说："在这里说这些不方便，你跟我去书房吧。"

丁慧兰嗤笑几声："好，我倒想看看你还能说出什么名堂。"

说着，丁慧兰就跟着唐云山上楼了。

我看着他们的身影消失在拐弯处，心里莫名不安了起来。常妈走了过来，说："您要吃点什么吗？少爷今日回来吗？"

对，我给唐诀发过信息了，他应该会回来的吧。

我要不要给父亲打个电话，告诉他我接到丁慧兰了？丁慧兰与我父亲相劫后余笙。

敬如宾多年,彼此相依相伴,不可能丁慧兰回国了,我父亲一无所知。

父亲不打电话给我,是知道她回来了吗?

我越想越觉得奇怪,一颗心怦怦狂跳,忍不住走出客厅来到外面僻静的地方拨通父亲的电话,我也无心去算时差了。等了好一会儿,电话终于被接起,父亲熟悉的声音传来:"小笙?这么晚了,出什么事了吗?"

我这才反应过来,我这里是大白天,父亲那边还是深夜,他肯定已经睡下了。

我说:"没事,那个……我妈回国了,我刚接到她。她执意要来唐家,我也送她来了。"

父亲轻叹:"她走得匆忙,跟唐云山有些私事未了。"

既然父亲说是私事,我也不方便过问长辈的事,只要父亲没事就好了。

父亲问:"我听说,你和唐诀和好了?"

我支支吾吾了半天说:"算是吧……可是,他爸不同意。"

父亲沉默了一会儿,开口道:"虽然说婚姻大事要听父母之言,但归根结底幸福还是要靠你们自己去创造,明白吗?"

我有些哽咽:"我明白。"

"只可惜……爸爸无能,没能给你守住一个余家。"父亲的声音低沉了下去。

我赶忙擦掉眼泪:"爸,您怎么能这么说?商海浮浮沉沉、世事难料,跟咱们家一样甚至比咱们家惨的多了去了。再说了,我现在不是好好的吗?咖啡店也开分店了,我也开始着手别的事业了。"

父亲终于笑了:"那就好,对了,我让你兰姨给你带了东西,是给两个孩子的。"

我也破涕为笑:"您又乱买东西了?"

"没有,只是你妈妈留下来的老物件,给孩子戴正好。"父亲如此说。

电话里父亲的声音是那样让我觉得安全和温暖,挂了电话,只见丁慧兰从唐家大门出来,她对我说:"走吧,没什么事了。"

坐在车上的时候,她把父亲说的东西交给了我,是两套精致的金锁,难怪父亲说适合给孩子戴。

把丁慧兰送去了酒店,我这才放心回家。

到了晚上,一个噩耗像是在我的头顶响了个惊雷,几乎要把我痛得生不如死。

电话是丁萧打来的,他说:"小笙,你尽快过来一趟,爸快不行了。"

"你说什么?"我简直不敢相信自己的耳朵,明明白天的时候我还跟父亲通过电话，他没有任何异常的反应啊！

"丁萧，你骗我的吧？"我的脑子像被掏空了一块，只晓得重复这一句话，最后还是唐诀在一旁夺走我的手机和丁萧了解清楚。

唐诀放下手机，我已经控制不住眼泪狂流，慌得手脚都在抖，我勉强冲出房间翻找我的护照以及证件。我要出国，我要去爸爸的身边！

"余笙，你冷静一点！现在订机票也赶不上晚上的航班了，我们只能坐明天早上最早的班机过去。"唐诀紧紧握住我的手。

"唐诀，那是我爸爸，我必须去！"我哭喊着，声音根本不受控制，惊醒了隔壁房间睡觉的两个鱼。

两个孩子站在我们房门外忐忑不安地朝里看，最后还是小鱼儿问："爸爸妈妈，你们吵架了吗？"

我的小鱼儿最是敏感，她总是能比大鱼儿更快地理解情感。我赶忙勉强稳住了情绪，抹了抹脸，说："没有，爸爸妈妈只是在讨论明天要出远门的事。"

小鱼儿扬起天真的脸，问："要去哪里呢？能带上我们吗？"

对了，我现在不是一个人，去国外那么远的地方，孩子们吃得消吗？再说了，事态紧急，两个鱼根本没办过护照，怎么出国？我的心一团乱麻，只能仰着头努力不让情绪宣泄。

唐诀走过去抱了抱两个鱼，说："妈妈的爸爸生病了，所以我们得到很远的地方去看他，你们乖乖的，明天爸爸让小雪阿姨来陪你们，好不好？"

我听到唐诀说的第一句话，就差点流出泪来，紧紧咬着下唇才勉强控制住情绪，过了好一会儿终于走过去跟两个鱼道了晚安，又把他们安抚好上床睡觉。

唐诀说得对，现在订机票也来不及晚上出发，只能赶明天早上的航班了。我给洪辰雪打了电话说明情况，她二话不说就答应了，说明天会在我们出门前过来。

挂了电话，我抱着膝坐在床上，最初的着急过后我开始无限地盼望丁萧说的情况是夸大其词。可我心里明白，丁萧那样稳重的性子，除非是真的到了万不得已，他不会跟我这样说的。如此想着，眼泪又忍不住落下。

唐诀拍拍我的背，说："还有我在，我陪着你。"

我再也克制不住，躲进了唐诀的怀里，我不敢大声地哭，只能无声地抽泣。

几乎一夜未眠，我早上肿着眼睛给两个鱼交代好事情，洪辰雪果然守时，她早早地买了早点过来，我把家里的房门钥匙给她。

劫后余笙。

　　说实话，亏得有洪辰雪在，否则我的孩子交给谁都不放心。

　　洪辰雪抱了抱我说："你放心，两个鱼也是我的孩子，是我一直带着长大的，别担心他们。"

　　走之前，我还给韩叙发了信息，并拜托他如果有需要，请他务必帮一帮洪辰雪。

　　就这样，我和唐诀出发了，登机的时候天色刚蒙蒙亮，东方的朝霞满天，像是一幅被金色渲染了的油画。我看了一眼这美丽的景色，踏上了前往父亲所在地的航班。

　　十多个小时的飞行后，我终于和唐诀降落在陌生的土地上，我按照丁萧给我的地址去找医院。好不容易坐上一辆出租车，结果心慌意乱地词不达意，那司机先生没有明白我的意思，最后还是唐诀搞定了司机，车顺利地向医院驶去。

　　一下车，我疯狂地向医院大门跑去，丁萧已经接到我到了的信息，他高大的身影一出现，我就赶忙扑了过去。

　　"我爸呢？我爸怎么样了？"我急切地问。

第十三章 明天与意外

谁也不知道明天和意外究竟哪一个会先来,在我活到快三十岁的时候,一向身体健康的父亲去世了,居然是因为心脏病突发。看过父亲最后一面后,我蹲在走廊上许久,丁萧和唐诀在离我不远的地方。

我站起身走过去说:"不可能,我爸从没有心脏的问题,这绝对不可能。"

丁萧说:"这是医生的诊断。"说着,他递给我一张打印好了的纸,上面龙飞凤舞写满了外文。

我现在这个脑子怎么可能看得明白这个,我说:"我不看,你拿开,我要带我爸回去。"

丁萧说:"你别闹了!"

我抬眼看着这个与我没有任何血缘关系的哥哥,他的眼里全是血丝,看样子好久都没休息了。

我说:"我就要带他回去,我不相信!"

可是说再多的不相信,父亲还是去了。

很奇怪,我没有哭,面对爸爸遗体的时候我只觉得灵魂被掏空了一块,脑海里反反复复想的全是中学时学的课文。那一篇回忆父亲的散文,竟然在我脑海浮现,一字一句如此清晰。

我好想哭出来,我觉得我应该哭出来,比起巨大的悲痛我更怕我这样空荡荡的心。父亲的后事我要亲自去办,我像个没事人似的忙前忙后,唐诀几次关切地抱着我看我。

我知道他想问我要不要紧,我先开口阻止了他:"去帮帮我哥吧,还有别的很多事情。"

是的,我要唐诀忙起来,忙到没空去管我的情绪。我更要自己忙起来,忙到没办法去想关于父亲的点点滴滴。

父亲火化的当天,丁慧兰从国内回来了,她一路跌跌撞撞,最后还是只来得及送我爸最后一程。那天是个大晴天,她站在屋外哭得像个孩子,我看着她仿佛看见了我自己。

我提出要带父亲的骨灰回国,丁慧兰迟疑了一会儿,还是同意了。她是父亲的法定配偶,如果她不同意,我倒真没辙。

劫后余笙.

对于这个继母，我心里是感激的，我说："您永远是我的妈妈，这点不会改变。"

丁慧兰像是老了十岁，她说："看缘分吧。"

两周后，办妥了一系列事情，我和唐诀带着父亲的骨灰归国。坐在飞机上，我抱着黑色的骨灰盒，终于抑制不住，泪水落下。

唐诀搂着我的肩，他说："你看，你怎么能当着爸爸的面哭？不然他该不放心了，万一以为我欺负你，那可怎么办？"

我知道他是想逗我笑，我手心里一阵温凉，早已全是汗，只能一头倒在唐诀的怀里用他的大衣来掩饰我的情绪。

良久，我说："唐诀，我没有妈妈，也没有爸爸了……"

唐诀将我搂得很紧，他说："你还有我。"

回到S市，我将父亲的墓地选在了靠近母亲的旁边，但是我没有让他们合葬。父亲曾经说过，他这辈子没资格和她葬在一起。上一辈人的故事，也许就此结束，我不需要知道也不想知道。

心情低沉了许久，我都没能彻底走出来，一想起父亲总会忍不住难过，所以我把更多的注意力和精力放在了孩子和工作上。

那一天，我在客厅里给两个鱼读绘本，偶然抬头看见唐诀在洗碗的背影，我难掩心里的情绪涌动，几乎来不及思考，我说："唐诀，我们……要不要结婚？"

唐诀回头看着我，一脸不解。我赶忙解释："我是说……我们要不要去重新领下证？"

唐诀笑了笑："不用。"

我失落无比："那好吧。"

唐诀又说："我们都没去离婚，哪里需要重新领证。"

我这才恍然大悟，当初我只签了离婚协议就急着逃离了这里，完全没在意离婚证的事。我有些哑然，说："我真是……太蠢了。"

唐诀得意扬扬："那是，不然你以为孩子怎么上的户口？怎么报名入园的？"

我扶额，我早该想到的，唐诀就算在S市财可通神，有些地方该要的资料手续还是得要的。S市这样的大都市，居民管理很严格。

我说："是我没想到。"说着，我心情突然好了起来。

原来，唐诀一直没想过和我分开；原来，我的身边一直有他。

岁月似乎又恢复了往日的宁静，我正准备在这种安稳里慢慢治愈心里的伤时，唐晓找到了我。

第十三章 <<< 明天与意外

看见唐晓时,我有些忐忑,因为好像每次唐晓主动找我都没什么好事。

对于这个外貌极为出众的唐家大哥,我已经抛弃了之前的看法,唐晓这个人自有一套为人处世的道理。在他面前,一般人能理解的常规,也许都是玩笑。他可以二话不说就把风唐的股份都给我,只是为了配合唐云山演戏。也许在他本人看来,他对我并没有什么成见。

唐晓脸色很黑,看起来心情很差,见到我他开门见山地问:"明媚是你新接手的艺人,对吗?"

明媚?朱明媚?我说:"是。"

唐晓"啪"地甩了一叠纸在我办公桌上,说:"这是明天要出版的新闻,你说说这是你指使的吗?是你让明媚走这条道的吗?"

我拿起来一看,上面整版都是人气模特明媚与金牌制片人宋某某开房间的新闻!上面配图的照片也是有根有据,看来这次狗仔是下了苦功夫蹲点盯梢的了,就连吃饭的时候明媚坐在宋某某的大腿上都拍得一清二楚。

我心里觉得恶心气愤,皱眉说:"不是我。"

唐晓不信,说:"不是你?你是她的经纪人,不是你给她安排和这个人认识,还有谁?"

我说:"她现在几乎已经完全不听我管,有什么资源来找她,都是点名要求她上,价格什么的给得十分好看,叫我挑不出毛病。公司高层下达的任务,她自己也欣然接受,你以为我有办法?我是真不想她走这条路,还没有在这个圈子里有什么大作为,黑料太多以后要怎么混?"

说了一通之后,我反应过来:"这个明媚是你什么人?为了她你好端端地跑过来质疑我?"

唐晓合上眼睛,半晌才说:"她是我的女朋友。"

我瞪圆了眼睛,几乎不敢相信自己的耳朵:"啊?"

唐晓这才放松一点,坐在了沙发上:"但是她不知道我的身份。"

看来又是个扮猪吃老虎的,唐晓此人是个深藏不露的老狐狸,这话一点不假。我说:"那你是怎么得到这些的?"

"一个知道内情的人通知我了。"唐晓一双好看的桃花眼看着我,"我花了好大一笔钱将这件事压下去,不然明天新闻肯定会飞得满世界都是。"

朱明媚居然是唐晓的女朋友!这还真叫我没有料到。

我说:"所以你就找我了?"我不知道怎么安慰唐晓,不过看他的样子似乎也不用我安慰。

唐晓说:"我希望你能和她解约。"

我立马说:"这个不归我管,这是公司签的新人。"

劫后余笙。

唐晓笑起来："是吗？那我就把这爆料重新卖出去。应该可以卖一个好价钱。"

疯子，绝对的疯子！

我反笑："这话你不该跟我说，你应该去找韩叙。"我摊手，"我只是一个小小的经纪人，高层的事情我没资格参与。"

唐晓用手指敲着桌面，说："那这个新闻，就放在这里，等她来的时候给她看。"

"什么意思？"我有些不明白。

"然后，把她的反应录下来发给我。"比起刚才，唐晓的情绪已然稳定了许多，"记得，这是我给你的最后一个选择。"唐晓说完头也不回地离开了我的办公室。

此时小悦进门，正好跟唐晓擦肩而过，她惊讶极了，兴奋地问我："余姐，刚才那个人是不是唐氏的大少爷？哇，真的好帅啊！"

看看，不怪我小时候为了唐晓着迷，是个女人第一次见唐晓都会是这样一副惊艳的表情。

我叹气，说："嗯，我也觉得挺帅的。"

小悦见我桌上乱糟糟的，刚要过来给我收拾，我赶紧拒绝："对了，明媚呢？"

小悦说："她下午有公司安排的培训课，应该会来。"

"我知道了。"我扶着额头，觉得头大。自从上次发现明媚的小动作之后，我也旁敲侧击地提醒过，但是她我行我素，丝毫没有把我的话听进去，加上公司对她这种行为也是睁只眼闭只眼，我更没有立场说什么了。

对于公司而言，新人能凭自己拉到资源就是不错的新人了，我这个经纪人没资格说什么。

可我怎么也没想到，明媚居然会是唐晓的女朋友！虽然唐晓隐瞒了身份，可这个消息也足以让我震惊了。唐晓是什么人？唐氏集团的继承人之一，唐家大少爷，S市上流圈赫赫有名的钻石级花美男单身汉，能和这样的人交往，该会让多少女孩向往啊！

这么一想，我顿时觉得明媚之前种种行为完全就是自掘坟墓，自己把自己坑了。唐晓岂是一个金牌制片人能比得上的。

我坐在办公室里胡思乱想，连明媚走进来都没注意到。

还是她开口问："余姐，有什么事吗？"

我这才回神，看着眼前袅袅婷婷的少女，不得不感叹年轻真好啊。看这皮肤状态，几乎吹弹可破，楚楚动人的气质我见犹怜，原来唐晓喜欢这一款的。

我说:"你坐吧,我这里有一些东西给你看。"说着,我不动声色地打开录音。

明媚拿着我给她的一叠新闻,看着看着脸色发白,最后一脸惊慌失措地抬起脸看着我,说:"我……这,这怎么会在余姐这里?这是,这是今天的新闻吗?"

我说:"这是明天的新闻,今天的排版。"

明媚一双眼睛里很快泛出泪光:"那,那我现在要怎么办?"

我知道唐晓想听什么,所以我问:"你能告诉我为什么这么做吗?你知道的,公司对新人一向很重视。就算你不去以身犯险地接近这些人,你还是能拿到该拿的资源的。"

明媚仰头笑了起来,反问:"那我能拿到像今天这样多的资源吗?新人,你也说了是新人,新人不得在底下拼几年才能出头吗?不,说不定还不能出头,一辈子都默默无名着。"

明媚看着我,她的眉眼真的生得极好,尤其是眼波流转、梨花带雨的风情,确实有别于与她同年纪的一般女孩。她有少女的单纯娇弱感,可眉眼又偏偏带着风情,唐晓会喜欢她一点都不奇怪。

明媚说:"我说了,我要钱,要大笔的钱。做新人接的通告远远不够,我必须要这样,我想快速地红起来。女人和男人不同,年轻光鲜也就那么几年,保养得再好老了终究是老了。"

这话够直白的,我没好意思提醒她,你身边就有一个绝世金矿。

所以我说:"你为什么这么急切地要钱?是不是有什么难言之隐?说出来,我也许可以帮你。"

明媚笑起来,抹去了脸上的泪痕,说:"余姐,你是不是言情小说看多了?觉得每个出卖自己的女孩都是身不由己?都是背后有什么人需要养有什么病需要治?我告诉你,我没有,我就是想红。"

她坐在了我对面的椅子上,"你看我在星源的新人里难道不是最出众的吗?我凭什么跟他们一起慢慢熬?关真尧那样的好运气,不是每个人都有的,一出道就是大制作的电影,和各种大牌搭戏。我羡慕她,只可惜我自己没赶上。"

这两段话真是说得既现实又残忍,可我却没理由反驳她,因为在这个圈子里像她这样想的艺人太多了,几乎可以说是习以为常。

我说:"明媚,这是你自己选的路,我没有阻拦你的权利。我只想问你,你是不是心甘情愿的?"

劫后余笙。

明媚声音突然哽咽了一下,说:"当然是情愿的。"

看着她想哭又忍着不哭的样子,我终于问:"你有男朋友吗?"

明媚听了我的问题后,目不转睛地盯着我,我赶忙解释:"不是因为公司禁止恋爱,我只是私人想问问。"

明媚低垂着眼睑,长长的睫毛上仿佛还带着雾气,思索片刻后,她抬头说:"我没有男朋友。"

我心猛跳了一下,说:"好吧,对不起,我多嘴了。"说到这里,我按下了录音的停止键,唐晓听到这里应该能明白自己想知道的一切了。

明媚扯着嘴角勉强笑了:"那现在能说说,这个该怎么办吗?"她指着办公桌上的资料。

我说:"我会想办法的,你放心吧。"

明媚松了口气:"谢谢你,余姐。"

我有些心虚,毕竟压下这些新闻的人不是我,而是唐晓。我硬着头皮说:"不用道谢。"

明媚转身离开的时候,我突然问:"明媚,你认识唐晓吗?"

明媚一脸茫然:"不认识。"

我心里明白了几分,说:"没关系了,你去忙吧。"

看来唐晓连自己的真名都没告诉过她,何其可悲!我找出了明媚的资料再一次翻看起来,这个来自农村的女孩天生丽质,没有在S市久待过,也是考上海大才来到这里,不了解唐晓也在情理之中。

我看着手机里的录音,左思右想后,还是选择发给了唐晓,并在后面留了一句话:她连你叫什么都不知道,你真的是她男朋友吗?

我知道我不该问的,但不知道为什么我总觉得唐晓和明媚之间还会有更多的故事。

明媚的事情过去没多久,她的状态就变得很差,整天魂不守舍,就连培训课都神游天外,我不得已给她请了几天假。

我问她:"怎么了?"其实,我猜得到,明媚估计是失恋了。

明媚摇摇头:"只是不舒服,没什么的。"

我想说些什么,又觉得不知从何说起,只说了句:"好好照顾自己。"

下午刚到公司的时候,就得到一个天大的好消息,关真尧之前参演的那部金韶的电影让她在这次电影节上获得最佳女主角的提名!

关真尧乐疯了,给我打电话说:"怎么办?我会不会得奖?我要穿什么礼服?余姐,你跟我一起去吧,带上你老公!"

我也高兴得不行,这是第一次目睹关真尧去参加这样的电影界盛事,我

第十三章 <<< 明天与意外

连声安抚,这才勉强将她的兴奋平复了一些。

我说:"礼服的问题不用我们操心,公司团队肯定会给你准备的。我只想跟你说一点,不管最后奖咱们拿没拿到手,你都已经是电影圈的一线花旦了,明白吗?"

情绪稍缓的关真尧沉默了一会儿,依旧欢快地说:"我知道,可是我真的十分期待,如果没拿到,我也会继续努力,安然姐不也是失望了好几次才最后封后了吗,我也会的!"

看来经过这几年的沉浮,关真尧确实成长了,我说:"那到时候我们就一起去吧。"

关真尧笑得贼兮兮:"记得带上你老公哟。"

说得容易,像这样的场合入场都得凭邀请卡,关真尧最多能拿两张,我要去就得带着唐诀,还有我们家两个鱼。

我跟唐诀一抱怨,唐诀说:"这有什么难的,我早就有邀请卡了,只是想退掉不愿去,你若是想去我们就一起吧。"

我难得高兴起来,这是父亲去世之后第一次觉得很开心,我说:"那能带着两个孩子吗?我也想带他们去玩,见见世面嘛。"

唐诀无奈地笑:"那当然要一起去啦,你总不能一直叫人家洪辰雪帮你看孩子吧?你也得想想人家,她也到了谈婚论嫁的时候了。"

唐诀确实比我心细,我说:"那是那是。"

带着两个鱼去挑了正式场合穿的衣服,我也选了一套杏色的连衣裙,款式简单大方,裙摆刚刚过膝,很适合我现在的身份。我又不是女明星,不用去争奇斗艳。等那天到了现场之后我才发现,原来唐诀出席的身份居然是颁奖嘉宾!

唐诀是S市青年企业家协会的副会长。

两个鱼也是第一次来这样的场合,大鱼儿好奇地四处看,因为提前做了功课,他这会儿乖得很。而小鱼儿呢,一身浅绿色碎花的小蓬蓬裙穿着看上去就像个小天使。唐诀不停地看着她闺女,时不时来句:"我女儿就是像我。"

看把他得意的,我在心里默默地翻了个白眼。

远远地看到了关真尧,她这次是和金韶所在的电影剧组一起出席,她一身拖地海蓝色的丝质长裙,深深浅浅的蓝色交错着,让她看上去宛如深海的人鱼公主,美丽中带着神秘。

她也看见了我,冲我眨了眨眼睛,我禁不住笑了,侧过去跟唐诀耳语:"你一会儿会给谁颁奖呢?"

劫后余笙。

唐诀翻着手里的册子，说："不知道啊，也许颁最重要的奖项吧。"

台上很快开始歌舞表演，前排坐着的都是入选的各路明星大腕还有各个剧组成员，我一眼看过去，居然好多都在电视上看见过。总算在这时，我有了一种跨界的错觉。

歌舞表演结束后，正式的颁奖典礼终于开始了。

我们身后坐着的是各家精选出来的粉丝，每一位艺人出场，都会引起各方的尖叫，场面实在很热闹。我原以为两个鱼会看着看着睡着了，可没想到他们比我还兴奋，时不时地跟着人鼓掌，笑得满脸花开。

终于到了最重要的奖项了——今晚的最佳男女主角奖。

主持人说："欢迎今天的颁奖嘉宾，S市青年企业家协会副会长唐诀先生以及李唐珠宝的总裁李小西小姐！"

什么？

在入场之前我就知道，李唐珠宝是一家兴起没多久的珠宝连锁商行，它也是这次盛会的主要赞助商之一，那叫一个财大气粗。可我万万没想到，这个李唐珠宝的背后拥有者竟然会是李小西。

这会是一场巧合吗？

不，绝无可能。

看着李小西一身雅致到极点的旗袍，我心口微微紧了起来。李唐珠宝原本打的招牌就是传统古典首饰和现代工艺相结合的特色，她穿着旗袍，短短的头发被一丝不苟地束在脑后，用一支牡丹花纹金图案的发夹固定，看上去平添了几分端庄秀美。

主持人开口就打趣："今天这对嘉宾真是我们S市十分有名的绯闻男女，我想在这里冒昧地问一下，唐诀先生，您觉得您身边这位女士今天漂亮吗？"

唐诀带着礼貌地笑了："李小姐一直都很美丽。"

底下观众也笑了起来，主持人见气氛很好，又问："那其实我们在座的很多人都想知道，这李唐珠宝的名字是如何来的呢？李小姐可以为我们解惑吗？"

李小西温柔地笑笑："所谓李唐盛世，那个繁荣鼎盛的朝代也是我心中古典美的代名词，也就是中国女性自己的美丽。但是后来我发现，李唐珠宝也镶嵌着我和我心爱的人的名字，所以对我来说更是意义非凡。"

说着，李小西貌似无辜地看了一眼唐诀。这一眼饱含情意和羞怯，配上她略带娇羞的笑容，真是此时无声胜有声。

唐诀笑道："那我就在这里预祝李小姐能与自己心爱的人早日共结连理。"

主持人也笑了起来:"看来我们唐诀先生是迫不及待想要娶李小姐了,今天真是个大好日子。"

李小西笑得越发动人,唐诀的眼神冰冷,显然他也对此安排毫不知情。

颁奖的流程开始了,随着大屏幕的定格,我看见了关真尧那双充满惊喜和泪光的眼睛!

只听唐诀说:"今年最佳女主角奖的获得者是关真尧!"

关真尧喜不自胜地上台,她步伐轻快、姿态优雅,在台上接过由李小西双手捧给她的奖杯,她兴奋得几乎哽咽。

关真尧一番感谢说完后,情绪总算稳定了下来,她说:"在这里我要特别感谢唐诀先生。"

主持人很纳闷,问:"为什么要特别感谢唐诀先生呢?"

关真尧笑眯眯地说:"因为他带回了一个对我来说至关重要的人,那就是我的经纪人余笙小姐。余姐,我在这里特别感谢你。没有你就没有现在的关真尧!"

只觉得脸颊一热,我竟然流泪了。不过,这不是伤心的泪,只是高兴到难以表达。

关真尧又打趣似的对唐诀说:"你可要对我们余姐好一点哟,不然我可不会放过你。"

唐诀的表情总算放松起来,说:"一定,因为她是我唐诀的太太。"

唐诀这话一出,全场哗然。主持人一脸惊愕,仿佛刚才促成唐诀和李小西的互动只是一场玩笑,再看看李小西的脸,早已煞白,只是在灯光下她强撑着不流露出真实的情绪。

大鱼儿和小鱼儿纷纷钻到我怀里,我搂着两个孩子,心里一片甜蜜。

颁完了最重要的奖项之后,又是一番歌舞表演,今天的颁奖典礼上太多乌龙和爆料,明天足够娱记们写好多的。

手机发出振动声,我打开一看,只见是关真尧的信息,上面写着:我干得漂不漂亮?

看着信息上的内容,我都可以想象到关真尧一脸得意的鬼样子,嘴角忍不住地上扬。看来几年的打拼,关真尧骨子里的东西还是保留了下来。

我回她:跟你的人一样漂亮!

恰到好处地拍马屁,可以更好地激发员工积极性,再远远看关真尧的侧脸,发觉她的眼里始终闪着狡黠的神采,整个人看上去熠熠生辉。

唐诀终于坐到我身边来,我轻声问:"怎么这么久?"

唐诀长叹:"在后台被缠住了,好不容易才脱身。"

我心下了然:"你可怎么办?这李小西是非你不嫁了。"

唐诀皱眉:"这么美好的晚上,就不要提这些不开心的事了,一会儿散场了我们走快一点。"

到了散场的时候,两个鱼终于还是没撑住,一边一个趴在唐诀的肩头呼呼大睡,无论身边什么杂声,他们依旧睡得香喷喷。

唐诀抱着孩子,我拿车钥匙,匆匆离场。

刚走到车旁边,突然李小西闪了出来,吓了我一跳。

我说:"你怎么在这?"

李小西也不看我,只直勾勾地看着我身后的唐诀,说:"为什么是她?"

唐诀淡淡地看了她一眼,对我说:"开车啊。"

我拿出车钥匙打开车门,李小西近乎绝望地哭号:"为什么是她?"

唐诀让我先进车内,安顿好两个鱼后,他关上车门,转身对李小西说:"这跟你有关系吗?"

我悄悄地把车窗打开一条细缝,想听听李小西究竟要说什么。

李小西脸上的妆早就花了一大半,看样子之前就哭过,在这光线不明的停车场里都能看出她脸色灰白。

李小西看了一眼车里,说:"你知道的,你的孩子我也会当亲生的一样对待,所以为什么不能是我?这几年我做的还不够多吗?"

唐诀沉默,李小西又颤抖地说:"你觉得我哪里不够好,你说出来,我改还不行吗?"

唐诀说:"你没有哪里不好,只是我不需要。"

李小西不甘心:"你既然对我没意思,为什么要赞助我开创李唐珠宝?这启动资金是你给我爷爷转交给我的,我以为你想通了……"

原来李唐珠宝还是唐诀出钱创办的,我的心一下泛酸起来,一股闷气藏在里面,说不出的难受。

唐诀的声音始终淡淡的,他说:"这是作为你当初帮助过我们唐家的回报,之所以让李巍先生转交,就是为了避免和你接触。我唐诀不是忘恩负义的人,这是你该得的,我一分不会少给。"

李小西终于哭出声来:"你知道的,我要的不是这个,我当初说服我爷爷出钱,我难道就只是为了投资吗?"

李小西大声说:"唐诀,我爱你,我要的是你爱我。"

唐诀斩钉截铁没有任何犹豫地说:"抱歉,只有这个我给不了你。"

李小西的眼神绝望起来,说:"那为什么是她?任何一个世家的小姐都可以,为什么是她?"

第十三章 <<< 明天与意外

唐诀快速地从车窗缝里看了我一眼,那眼神里有笑意,他说:"我也不知道,这大概就是命。"

就是命吗?我和唐诀从相遇到现在,他用一个命来解释,毫无逻辑又理所当然的强大。李小西愣在了当场,唐诀也没有再跟她废话,开着车带我们回家。

我陪着两个鱼坐在后面,他在前排当司机。

开了一会儿,他问:"怎么不说话?你是真把我当司机了?"

我还在乱想,被他冷不丁地打断,才磕磕巴巴地说:"没有啊……只是有点困了。"

唐诀笑了:"你是吃醋了吧。"

我被他点明心思赶忙反驳:"我好好的吃什么醋啊?你别胡说八道。"

唐诀说:"是吗?我怎么觉得酸酸的呢?你是不是在介意我出资给李小西的事?"

是啊,当然介意了。你花钱,她开了一家以你们俩姓氏为招牌的珠宝店,这肯定让我心里难受。

心里难受归难受,可我还是嘴硬:"你不是说了吗?那是给她之前帮你的回报,她应该得的。"

唐诀很耐心地说:"事先说好啊,我可不知道她会做珠宝生意,更不知道她会起这样一个名字,我只是把钱给了李巍,剩下的我就不管了。"

"我是怕你多想才没说的,本来就想着了断和李家的来往了,谁知道她今天这么想不开。"唐诀还在解释。

我突然觉得好笑,只是微笑着不说话。

唐诀见我沉默不语,他又说:"好,我以后有超过五百块的支出就一定跟你报备好不好?"

我终于笑出声:"开你的车!"

回到家给两个孩子弄好抱上床,两个鱼依然睡得像小猪,丝毫没有醒的意思。唐诀伸手点了点他们的小鼻尖说:"把你们卖了都不知道。"

我正好洗完澡,拿着毛巾擦着头发,头发上有发胶,不洗干净我根本睡不着。

我说:"别吵他们睡觉了,出来。"

唐诀乖乖地出来关好门,然后坐在我身边,拿起毛巾给我擦头发,他说:"要不吹一下吧,不然干不了。"

我摇头:"太吵了,已经很晚了,不想那么吵。"

我的头发已经长到很长了,缠缠绵绵的黑丝落在背后,几乎占据了一大半的面积。头发长就越发地难干,唐诀很细心,一直帮我擦到发尾才停。

他突然说:"我记得小时候,你都是短发来着。"

我想了想说:"那是因为我没有妈妈,后来我继母也不会给我打理头发,索性就剪短了。"

说到这里,我突然觉得有些怪异,我总觉得丁慧兰对我很好,算得上一个合格的继母,可从有记忆以来,似乎丁慧兰从没有对我有女孩子那方面的教导,就连初潮之后,也是我自己摸索着长大。

唐诀笑道:"那是你小时候就是个假小子,整天跟在我们身后要打架要爬树的。"

我大窘:"谁小时候没这样过?"

唐诀揉着我的头发:"是啊,我爸那时候说你是余家的千金,我还不相信,觉得你是从哪个煤矿堆里跑出来的。每年暑假那晒得叫一个黑啊!"

我听不下去了,伸手去抢唐诀手里的毛巾,说:"你就会埋汰我!拿来,我自己擦。"

唐诀把毛巾扔得远远的,一把将我环抱住,贴在我的耳边说:"已经擦干了。"

灼热的呼吸冲刷着我耳旁的敏感,我忍不住避开:"我有点冷,我们去睡觉吧。"

唐诀不知道从哪里拿出了一张大毯子把我和他都裹在里面,顿时毯子里狭小的空间变得暧昧火热起来。

唐诀说:"对,我们得睡觉。"

然后他的手开始四处游走,我只穿了一套贴身的睡衣,哪里禁得住他这样撩拨,没过一会儿我就觉得脸红心跳浑身燥热起来。

我说:"你干吗啦?"

我脸涨热起来,哀求地说:"明天啦,好不好?"

唐诀的手更加肆无忌惮,他说:"不好,我已经等得够久了。"

我还想说什么,他不由分说地吻上来,把我的话堵在了嗓子眼里。他的气息一下充斥着我的大脑,我仿佛本能一般合上眼睛,慢慢地开始回应着他的吻。

他用略带粗糙的手指摸着我小腹的疤痕,那是生两个鱼的时候留下的刀口。

他问:"还疼吗?"

我情绪上涌,仰起头说:"已经不疼了。"

他吻了上去:"对不起,那时候没在你身边。"

第十三章 <<< 明天与意外

我眼泪又出来了,拜托!这么激情的时候不要煽情好不好?

我说:"我也有不好……这不能全怪你。"

第二天早上醒来时已经快九点了,我快速地洗漱好冲到楼下,餐厅里,唐诀已经做好了早餐,正和两个鱼美滋滋地吃着。一见到我来,大鱼儿率先说:"妈妈,你起迟了。"

小鱼儿贴心地推了推盘子:"妈妈,这是你的早餐,是爸爸做的。"

还是闺女好啊!我瞪了一眼旁边吃得半张脸都花成大花猫的大鱼儿,然后坐下来吃饭。反正已经注定要迟到,也不在乎这点用餐时间,我的工作时间比较自由,今天也只是去几家杂志社走动,看看能不能拉到适合明媚或者关真尧的通告。

反倒是唐诀还不慌不忙的,我好奇:"你不用上班吗?"

唐诀往吐司上抹了巧克力酱,说:"上班啊,不急。"说着,他抬眼暧昧地冲我笑了笑,然后把手里的吐司递给我,"累了吧?来,这个给你吃。"

我脸上一红,接过吐司啃了一口不打算再理他。

一家人吃了早餐,唐诀这才把两个鱼送去了幼儿园,明显又迟到了,唐诀又跟老师好一通解释。

我开着车向目的地驶去,约好的一家杂志社我打算先去探探口风。早上起迟了不说,车刚开上高架就开始堵车,我有些心烦意乱,便打开车窗透透气。

刚打开窗户,突然后面一辆奥迪变道插了过来,稳稳地停在了我左前方不远处,而从副驾驶半开着的车窗里,我看到一个让我意想不到的人!

我的继母,丁慧兰!

奥迪比我开得快,前面的路一松动它就开了出去,我跟在后面远远地看清了车牌。这是唐家的车,我回来之后不止一次在唐家老宅看见过。

丁慧兰怎么会在这里?怎么又会坐着唐家的车?

她坐在副驾驶上,那么开车的未必会是老严,难不成是唐晓?

巨大的疑问笼罩着我,丁慧兰归国为什么没有告诉我?她难道觉得我爸去世之后,和我就不是亲人了吗?不可能呀,在国外处理父亲后事的时候,我自动放弃了我爸国外的财产,全部留给了丁慧兰。

按理说,她不可能这样啊!

恍惚间,前面的奥迪已经失去了踪迹,我好不容易开到了目的地,停在车位上好半天没有下车。想来想去,我给丁慧兰打了电话。

电话响了半天,才被接起,丁慧兰温柔的声音说:"小笙啊。"

我问:"您最近身体怎么样?我现在给您打电话没有影响您吧?您睡了

307

吗?"试探性的问题,我只是想知道她是不是在国内,我都有点怀疑是我眼花看错了。

丁慧兰说:"还没有睡呢,我很好,你不用担心,你自己也要照顾好自己。"说着,她那头突然传来了汽车鸣笛的声音。

她的声音慌了一下,说:"我现在就休息了,我先挂了啊。"没等我应答,那头就把电话掐断了。

奇怪,真的很奇怪!如果丁慧兰现在还在国外,那么就是深夜时分,这么晚了怎么还会有这么明显的汽车鸣笛声?如果丁慧兰在国内,她为什么不告诉我呢?

思来想去觉得没结果,我叹口气只能作罢。她毕竟不是我的亲妈,我父亲去世后,她有自由选择去哪里。也许,是我想得太多了。

我摒除杂念锁好车,信步往杂志社所在的楼层走去。

一上午的交流和博弈,我又请了一顿死贵死贵的午餐,这才把两个下季度的封面名额给拿下,一个给关真尧,一个给明媚。我感叹着时尚资源真是紧张,开着车准备回一趟星源。

回到星源,我进门就看见了一个熟人,洪辰雪!

她抱着一盒咖啡,看见我眼睛一亮,又不敢飞奔而来怕弄洒了怀里的咖啡,她说:"快来,你带我上去,你们前台不让我进去。"

前台妹子有些委屈,说:"余小姐,不是我不让她进去,而是总裁说了以后公司的咖啡由专人去采办,不需要直接推销的。"

我心里明白了几分,清了清嗓子说:"咖啡是我买的,她是来找我的,韩总问起来你就这么说。"

想了想,我又安抚了前台妹子一句:"放心,她只会在我办公室里。"

前台妹子这才松了口气,露出甜美的笑容点点头。

带着洪辰雪回到办公室,我拿起一杯咖啡喝着提神:"说吧,你想干什么呀?店里生意不管了吗?"

见我调笑她,洪辰雪也打开了一杯咖啡,坐在椅子上:"哎……你说我喜欢个男人怎么这么困难啊?我追了他多久了,他都一直回避,我就这么差吗?"

我忍俊不禁:"当然不是。"

洪辰雪容貌秀美,虽然现在已经是大龄剩女一枚,可看上去依然充满青春活力,尤其是古灵精怪的性格叫人又爱又恨。

洪辰雪显然不满意我的说辞,她说:"那你说为什么啊?"

我放下手里的咖啡:"那你想过没有?像韩叙那样的人需要什么样的女

朋友?"

洪辰雪的表情落寞下来,她迟疑了好一会儿才说:"我也知道他那样的人,要什么女人没有,可我也不是冲着他的钱去的……我只是难得遇到一个顺眼的,觉得就这么错过太可惜了。"

我摇头:"我指的不是这个。"

我酝酿了一会儿开口:"韩叙的身世比较特别,一般的大家小姐可能不适合他。"

洪辰雪很快明白我话里的意思,她兴奋起来:"你是说,也许我这样的很适合他?"

我笑着点头:"也说不定啊。"

洪辰雪一下振作起来:"我知道了,我不能太主动,整天追着他跑,他就不在意了。我明天开始要走柔情路线!"

说完,她丢下剩下的几杯咖啡跳起来就要走人,我说:"你的咖啡不要啦?"

洪辰雪冲我挥挥小手:"你留着喝,姑娘我要回店里去赚钱了!"

我看着桌子上剩下的四杯咖啡,想了想用座机给韩叙打了过去:"韩总,你在不在办公室啊?"

一般这个时候,韩叙刚刚开完会,八成在公司里。果不其然,韩叙说:"刚回办公室,有什么事吗?"

我笑笑:"喝不喝咖啡呀?"

韩叙如临大敌:"是有谁跟你说什么了?"

我否认:"没有啊。只是买多了咖啡,想请朋友一起分享。"

韩叙轻叹:"那你来我办公室一趟吧,正好有个事要跟你商量。"

我抱着咖啡,一路送给了同事几杯,带着仅存的最后一杯敲开了韩叙办公室的大门。

韩叙一见咖啡杯上的标志,脸色不自然了起来,说:"这是你店里的咖啡。"

我摇头:"现在不是我的店,是我朋友的。"

韩叙端着喝了一口:"咖啡不错。"

我说:"什么事要商量?"

韩叙揉了揉掌心,看起来他也忙碌了一天,说:"就是之前你还在风唐的时候,我们跟你签订的那个合作,还记得吗?"

韩叙这么一说,我想起来了,那是以双方公司为主体,打造新人的全新计划。只是现在风唐已经被星源并购了,这合约应该也失效了吧?

劫后余笙.

"这个合约……是取消了吗?"我试探地问。

韩叙说:"并不是,那时候我是代表星源跟你签订的合约,现在情况跟那个时候不一样了,所以我推荐了你作为我的代替,继续履行这个合约。"

"啊?"我被韩叙说得一时没转过弯来。

韩叙又笑着补充:"你要知道,当初跟星源签订这样合约的公司不止风唐一家。"

我明白了,韩叙这是让我去其他公司履行合约义务,我问:"那你现在最看重哪一家公司的新人?"

"未必是新人。"韩叙顿了顿,"我看中盛世。"

我顿时露出了我明白的表情,韩叙尴尬起来:"新人是一方面,有些老人的资源和名气也很不错,你要好好利用。"

我笑得意味深长:"比如……白安然?"

在这之前,我始终觉得韩叙是个深藏不露的略微冷血的人,他心底的秘密也许永远只有他知道。他的身份注定了他不可能轻易与人交心,哪怕是曾经和他相恋的白安然。

可今天一看,我觉得韩叙也许不是我想的那样。

或许,人性就是复杂的。

韩叙摸了摸鼻子:"你知道吗?有时候你这么直接真的很讨人厌。"他又笑起来,"好吧,是我不好,我请你吃晚餐?"

"不了,我晚上要回去陪孩子。"我直接拒绝。

韩叙眼里滑过一丝落寞,他说:"如果……我和她在一起,也许现在也会有孩子了。"

他说的"她",应该指的是白安然。

我自己也是个胆小鬼,面对唐诀那样坚定的爱,我都能逃离和退缩,更不要说韩叙了。

我没有立场也站不住脚去劝他,我说:"她……当初离开星源,是因为你吗?"

韩叙闭上眼睛揉了揉眉心,然后点点头:"是,她试图用这种方式来反抗我提出的分手,我以为她不会用自己的前途做赌注的……可是我想错了。"

是的,韩叙想错了。白安然还是赌了,她赌输了。所以被迫离开了星源,去了盛世,导致现在星途惨淡。白安然是韩叙一手带出来的艺人,他们之间除了爱情也有一起打拼的羁绊,韩叙舍不得看白安然现在这样,我很理解。

对于经纪人来说,带出一个好艺人是多么不容易,艺人就像是经纪人的作品，更不要说韩叙曾经喜欢过她。

我想起洪辰雪，终于开口问："那你……是想和她和好吗？"

韩叙苦笑起来："和好？谈何容易？别说她走之前和其他高层闹得那么不愉快，就说我现在的身份，我怎么可能……"

我打断了他的话："韩叙，是你不爱她了，还是你真的看不起她？你一直在说身份，是在对自己的身世耿耿于怀，所以对谁都放不下心防吗？"

韩叙、白安然、洪辰雪，这三个人里洪辰雪对我来说意义最重要。韩叙是工作伙伴也是朋友，白安然则总是让我心生怜悯。

我不想看着洪辰雪一路横冲直撞地受伤，也不想看韩叙这样一直封闭自己，更不想看到这三个人以后纠缠不清。

韩叙终于说："也许你说得对，我只是不爱她了，爱她的话也不会让她受那么多委屈。现在做的，也只是想弥补一二。毕竟，现在的我跟那时候的我不一样了。"

当然不一样了，现在的韩叙已经地位稳固，和那时候刚刚接手星源的他相比，韩叙在星源已经是说一不二的老总。

我叹气："我知道了，我会尽力的。但是她愿不愿意回来，我就不保证了。"

我可以肯定白安然还爱着韩叙，要不然凭她的资本和人脉，随便攀上一个金主，也不至于混到现在这个地步。听说上次那部电影，白安然拿了原本给张羽昕的女主角之后，她在盛世就一直处于被雪藏的状态。

韩叙说："谢谢你。"

我转身要离开的时候，看见韩叙又端起咖啡喝了一口，我忍不住问："咖啡真的很好喝吗？"

韩叙有些迷惑，不明白我为什么又再次问，他下意识地回答："好喝，合我的口味。"

我莞尔："如果好喝，你就不该拒绝，不是所有人送来的咖啡都那么恰好对自己的口味。别人也是用心了，好好品尝。"

韩叙看着手里的咖啡呆住了，我转身离开了他的办公室，拿起手机找出白安然的电话拨了过去。

第十四章　当爱已成往事

你会很回忆从前吗？从前的恋人，一切的往事，你以为你可以放下，却在不经意间想起，瞬间又是满怀惆怅。

还在感情里享受的男女是不会想起从前的，能想起从前只说明两点：第一，分开的时间不够长；第二，新欢不够好。

可是，时间多长才算长呢？一年？三年？抑或是十年？人生匆匆，女人的年华比钻石还要珍贵，往往一晃神间，你就和从前的你离得太远。

时光磨平了你的棱角，把你从一个灵动鲜活的女人变得圆滑世故。你可能会带着优雅的微笑去面对一切，但却在无人的背后暗自伤心。最后碌碌一生，变成一个符号，终归淹没在芸芸大众之间。

我看见白安然的时候，我想的就是这些。白安然没有立刻答应我的邀约，她拖了差不多一周的时间才出来与我见面。

她很美，时间仿佛特别善待她，几年的时光里白安然已经变得十分成熟、独具魅力，可她的眼睛却沉淀了太多的东西。还记得那一年第一次见到她，那时候的白安然眼里还透着鲜活的光彩，那是名为爱情的东西。

她还在抽着烟，不得不说白安然抽烟的姿势很漂亮，纤细的两指之间一根长长的女士香烟正慢慢氤氲着雾气，散发着淡淡的甜香。

白安然问："怎么想到找我出来？"

我回神："你最近怎么样？"

白安然淡褐色的眼睛露出一丝惊讶，然后失笑："我如果说我很好，你相信吗？"

对的，我不信。虽然白安然被雪藏的消息没有外露，但是圈子里的人该知道的都知道了，这不是什么新闻。

白安然又吸了一口，缓缓地吐出来："我很好，真的。没有其他的烦恼，也没有饿肚子到街上去乞讨，我还有哪里不好的？"

她低垂着眼睛，伸手将还剩一半的烟按在了烟灰缸里，又问："韩叙叫你找我有什么事吗？"

我惊讶于白安然的敏感聪明，也索性开门见山："他是想用之前星源有的那套艺人共同培养计划，然后……把你捞出来。"

白安然笑起来:"我知道那个计划,那天他想这个计划的时候还把各大公司一字排开,在我家里挑挑选选,最后拿了风唐试刀。"
　　说着说着,她的声音黯淡了下去:"那是以前了……"
　　我说:"那你现在觉得怎么样?难道打算就这样一直下去?据我所知,你和盛世还有合约,这样盛世会先提出解约吗?"
　　白安然快速地抹了一下眼角,说:"不知道,但肯定不想这样下去。"
　　然后她看着我:"如果韩叙想捞我出来,让他自己来跟我说。"
　　我摊手:"你知道的,这应该不可能。"
　　白安然又点燃了一支烟:"所以,你知道我和他之前是恋人。"
　　我点头:"知道,我撞见过一次你们在……嗯,比较亲密。"我没有说出韩叙和我谈心的那次,我又补充:"后来那天在剧组,车抛锚了,你又是第一个冲下来找他的。我看得出来,你很在乎他。"
　　白安然笑着扶额:"是吗?原来这么明显啊!"
　　"爱得这么明显,却从来见不得光,从开始到结束,都是如此。"白安然做了一个自我总结,"可能是我太傻吧,不过我没有后悔过。"
　　她深深吸了一口烟:"我还是那句话,想要捞我,或者说觉得对我有亏欠,那就让韩叙自己跟我联系。我的联系方式从来没变过,他知道。"
　　白安然抽完了烟,拎起包:"我先回去了,谢谢你的下午茶。"
　　白安然走得很干脆,我叹口气继续坐着,又电联了几家公司预约面谈合作的时间。面前的奶茶已经凉了一半,我喝了一口也准备起身走人。
　　在结账的时候,我看着街角对面的商城发了一会儿呆,突然一个熟悉的人影从店门前一晃而过,我愣在了原地,甚至差点来不及拿我的卡就追了出去。
　　前面穿着墨绿色长裙的女人背影看上去依旧美好,她的手里拿着几只包装袋,看样子刚刚从商场采购归来。我还没来得及喊她,只见她已经轻快地坐上了一辆停在路边的车,看样子是专程在等她。
　　那是一辆奥迪,我认识的、熟悉的奥迪。
　　她也是我认识的、熟悉的。她是丁慧兰!
　　如果说上一次我还能骗我自己说是眼花看错了,这一次我无论如何都骗不过去。手有些颤抖地拿起手机拨通丁慧兰的电话,等待了几秒后,却得到了这是空号的提示。
　　一周前打的电话还在通话中,为什么到了现在就变成了空号?
　　也许父亲去世后丁慧兰想与我划清界限,这个我也能理解,可是明知道我和唐诀的关系,还与唐云山似乎牵扯不清,这怎么看都不是要与我划清界限的做法啊。

　　想了想又打了电话给丁萧，不知道是信号问题还是什么，丁萧的电话也是一直打不通的状态。总觉得有事要发生的我，顿时如热锅上的蚂蚁团团转。

　　万般无奈下，我给唐诀打了电话，我张口就问："要不要回你家去看看你爸？"

　　好吧，我是真的没辙了，只能想出这样一个主意。唐诀也很意外，要知道唐云山不喜欢我，我也不愿搭理他，彼此互不干扰倒也相安无事。今天我突然提出要去看唐云山，也难怪唐诀会意外了。

　　唐诀却说："今天是什么日子？我爸也说让我空了带你回家看看，我还在想他是不是转性了，这样也好。我本来还想怎么跟你说，怎么争取你的同意，结果你倒自己先提出来了。"

　　奇怪，真的很奇怪。

　　先是看见丁慧兰归国，又是丁慧兰拒不承认，然后又联系不上，这会儿唐云山态度突然软化，让我不由得心生警惕。

　　可是话已经说出口，我只能说："那好吧，你看什么时候方便，就一起回去看看吧。"

　　挂上和唐诀的电话后，我才觉得浑身无力，心口像压了一块大石头一般沉重，每走一步路都觉得脚下不稳，像在踩棉花。

　　我强行按捺住心里的不安，自我安慰道：没事的，这也许会是一个好的开端，毕竟唐诀他爸态度松动，也许我和唐诀能很快办婚礼了。

　　虽然不想承认，我这样的人还是很期待结婚的时候有父母双方都在场祝福。现在我父母都不在，一个继母丁慧兰还拒绝联系，我只能寄希望于唐诀那边了。

　　唐诀把见面的时间安排在了周末，我办完公事后就和唐诀一起领着两个鱼准备回去，路过礼品店的时候，我说："要不要给你爸买点东西？"

　　唐诀最近事情很多，夜里总是睡不好，他说："我准备了，在后备箱。"

　　见他眼下青黑很重，我心疼不已："还是我来开车吧，你休息一会儿。"

　　唐诀笑着说："对于现在的我来说，能为你开车的时间都是格外珍贵，你就别跟我抢了。"

　　心里涌起一股甜蜜，稍稍缓解了不安，我说："那你可要好好开，不然大刑伺候。"

　　唐诀嘴快："我更喜欢在家里大刑伺候。"

　　想到车后座还有两个孩子，我有些尴尬地脸烫，清了清嗓子："乱说什么？好好开车！"

不一会儿，唐家老宅就到了，两个鱼再次来到这里明显有些兴奋。我从后备箱拿出礼盒，深吸一口气。我既害怕在唐诀家里看到丁慧兰，又怕看不到。因为越是隐藏着的，越让人不安。

跟着唐诀迈入唐家老宅的大门，唐云山笑呵呵地看着两个鱼。有段时间没见了，唐云山看上去很想两个孩子，而两个鱼也很配合，不停地叫爷爷。把唐云山哄得红光满面，笑得合不拢嘴。

家里的餐桌上已经摆满了常妈准备的各种菜肴，看样子今天是要在家里大吃一顿了。我和唐云山简单打了招呼，唐云山眼里闪着我看不懂的暗芒，他只是轻描淡写地说了句："回来了就好，回来了就行。"

我偷偷四下打量了一下，除了一进门看见的那辆奥迪，我似乎还没看见其他和丁慧兰有关的迹象。我坐在沙发上有些惴惴不安地等着，也许丁慧兰会从楼上的房间下来也不一定。

就这样一直担心到了吃午饭，唐晓也回来了，算上我们家四口人，一家六人终于算是把餐桌的四个面都坐齐全了。

唐云山看上去心情很好，连连招呼："吃饭吃饭，都吃饭！"

到吃饭的时候，我才放心下来，丁慧兰不在，我松了口气。

按照计划，我们是要待到晚上吃了晚饭才回去，所以下午的时候我们又在唐家老宅待了半日。两个鱼跟着唐云山在花园里看花除草，玩得不亦乐乎，连午觉都没顾得上睡。

到了傍晚的时候，我主动去厨房帮忙，心想着已经到了这一步，不管之前如何，起码现在柳暗花明了。

正拿起一根胡萝卜准备切丝的时候，常妈突然凑到我耳边快速地说了一句："你还是不要留在这里吃晚饭了，带着两个孩子回去吧。"

这一句让我刚刚才安定不久的心又忽上忽下起来，再看常妈的脸，她已经恢复了往日的表情，那恬淡劲儿，我想要多问一句似乎都无从开口。

一个晃神间，唐诀从外面进来："常妈，晚上做什么好吃的？"

常妈温柔地笑着："有少爷爱吃的，不过我看小少爷和小小姐都玩累了，要不要早点回去？对于孩子啊，睡觉才是最重要的。"

这是常妈第二次提醒要我回去，我看着唐诀，唐诀似乎也觉得有点奇怪，但没有顺着常妈的话往下说，只是来到我身边。

我欲言又止了一会儿，说："要不，我先带着孩子回去休息吧。"

唐诀微微皱眉，我知道他心里想的，难得这样双方都软化态度能坐下来好好吃饭，唐诀想趁晚上的时候讨论好我们的婚礼方案。这一次，他无论如何都不想再出差错了。

　　我立刻心软了下来，做了一个足以让我悔恨的决定："那就吃了晚饭再回去吧。"

　　唐诀离开后，常妈轻不可闻地叹息一声，我听在耳里觉得分外难受。

　　我忍不住问："常妈……"

　　可是刚喊出她的名字，厨房外，唐云山笑眯眯地问："晚饭准备好了吗？我的宝贝孙孙们都饿了。"

　　常妈麻利地收拾起来："马上就好了。"

　　很快就吃晚饭了，我如坐针毡，巴不得快点吃完。正吃着饭的时候，唐诀就提出了他和我的婚礼诸事。唐诀的主要意思不是让他们提意见，而是邀请他们参加。

　　唐晓说："你订好了通知我就行。"他只稍稍吃了几口菜就要离开，说是还有公事要处理。

　　唐云山也没有挽留，只叮嘱了唐晓路上小心。唐晓这一走，餐桌上就只剩我和唐诀一家，还有坐在上席的唐云山。

　　唐云山尝了一口菜，说："常妈，天气有些冷，去把大门关上，这菜都吹凉了。"

　　常妈应了一声："嗳。"然后将别墅的大门关上了，重重的关门声抨击着我的心，平添了几分不安。

　　唐云山又说："常妈，你累了，去休息吧。"

　　常妈快速地看了我一眼，然后转身离开。

　　唐诀此时也觉得有些不对了，他说："爸，婚礼的事我安排好就会通知你，等会儿我们就先回去了，孩子们也得早点休息。"

　　唐云山点点头，看着我说："不急，难得回家，在这里住一夜也没关系。反正之前也住过，你怕什么呢？"

　　他锐利的眼神仿佛能穿透我的想法，让我浑身寒毛直竖。

　　唐云山又说："你们的事情我不想过问了，只是有件事我想和小笙聊一聊。阿诀，孩子们累了，你就先带他们上楼去睡一会儿。"

　　唐诀眯起眼睛："我觉得我也可以听。"

　　唐云山叹气："我是你爸，我还能害了她不成？我是看孩子都累了，心疼而已。再说，有些事情小笙对我有误会，我想亲自跟她说几句。"

　　旁边的两个鱼已经在揉眼睛了，看样子午觉没睡他们根本撑不到这么晚。

　　唐诀看着我，我只能说："你先带着孩子去房间吧。"

唐诀思索过后点头:"你有什么事就喊我。"

我心下安定许多:"好。"

看着唐诀带着两个孩子上楼去,餐桌前就只剩下我和唐云山。这是第三次和唐云山面对面地坐下来谈,此时此刻我竟然还是无法从容。

唐云山说:"之前的种种是我处理的方式不够好,让你觉得委屈了,我很抱歉。"

我连忙说:"您是长辈,从您的角度来看,您并没有错。"是的,唐云山想救唐氏,他看不上我很正常。因为爱我的人是唐诀,而不是唐云山。

这段对话后,似乎我和他的气氛缓和了许多。

可唐云山下一句话就让我无法接受了,他说:"有件事我想我还是事先告诉你,你兰姨现在住在我家里。本来这件事呢,不需要经过你同意的,我告诉你也只是尊重你。"

这短短的一段话在我耳边仿佛响了个惊雷,我差点从椅子上跳了起来:"您说什么?"

我难以置信:"不可能,兰姨是我父亲——"

唐云山打断了我的话:"你父亲已经死了。"

唐云山的话仿佛带着嗡鸣声,在我耳边一阵阵地回响,我有些转不过弯来,我说:"您不该这样……兰姨不是这样的人!"

是啊,丁慧兰与我父亲相濡以沫了二十多年,如今我父亲尸骨未寒,她就要跟唐诀的父亲在一起了?这简直是一个笑话!

唐云山的脸上始终带着笑意,此时在我看来就觉得讽刺多了。我不相信他是我父亲的世交和朋友,他刚才的话里,我听不出任何忏悔和悲痛。

反而是一种残忍,是的……残忍。

唐云山说:"我知道没办法把你从唐诀身边真的赶走,我认输了,所以我希望我和你兰姨的事,你也能退一步。"

他笑着说:"本来这事情就不需要经过你的同意,但你兰姨说了,她以后不想见到你难堪,我才勉为其难跟你谈。"

这是什么意思?这是拿我和唐诀的婚事作为交换吗?

我冷笑:"您也说了,这是你们之间的事情,和我无关。我父亲去世了,和他也无关。所以这样的事你们高兴就好,不需要来告诉我。"

唐云山点头:"过几天,我会在家里办一个小型的宴会,来正式接纳你兰姨,我希望到时候你会来参加,并说些致辞。这些对你来说,应该不难吧?"

他脸上最后的试探性微笑让我心头生起一股恶气,我还是强行按捺了下劫后余笙。

去，说："这是什么意思？"这是要我出面，给他们两个颜面吗？

听到这里，我再傻也明白了，丁慧兰和唐云山之间从前就肯定有联系。否则这么短的时间内，丁慧兰怎么可能让唐家的老爷子开口迎她进门？

想想多可笑啊，一个月前我父亲还在的时候，丁慧兰还是我的继母。这转眼间，她就要变成唐诀的继母，我的婆婆了？

唐云山说："你是兰姨亲自带大的，难道你不想看到她幸福吗？你父亲是离开了，你总不能叫你兰姨一直为你父亲守寡吧？"

还是抑制不住地心生恶心，我出口就是拒绝："我觉得你们的事情自己开心就好了，何必叫我去添堵。"

唐云山眼里飞快地闪过一抹戾气，他说："你是打定主意不肯露面了？"

如果兰姨是在我父亲过世后一两年再和唐云山在一起，我想我不会这样反感。我父亲才离开多久？前前后后还不到两个月的时间！她就能这样？我突然想起父亲过世前，丁慧兰回国找唐云山时的场景。

也许那个时候他们就已经暗通款曲了，可笑的是我还亲自送了丁慧兰过来。

我倔强道："我的脾气不适合出席这样的场合，您还是另请高明吧。"

唐云山点点头："我明白了。"说着，他侧过脸对旁边喊了一声："把她丢出去吧，以后也不要让她踏进我们唐家的大门。"

他的话音刚落，不知从哪窜出来了几个身穿黑色西装的男人，一把控制住我的胳膊将我带离了餐桌，一下甩出了唐家大门外！

我跌坐在地，回头扑过去想阻止关上的大门，却是徒劳无功。

"唐诀！"我大声喊着他的名字，"唐诀！"

声音划破了夜色，在空荡荡的别墅区上空回响着，可是除了回响没有其他任何的作用。唐家老宅仿佛沉睡了一般，没有半点反应。

我反复喊着唐诀和两个鱼的名字，不断拍打着唐家的大门，但一切如石沉大海，安静到几乎让我绝望。

唐诀也被控制起来了吗？那我的孩子呢？为什么会这样？心底的寒意一点点地蔓延，手脚都禁不住瑟瑟发抖。

也不知在门口无助地多久，突然灵光一现，我想起了常妈！

对了，常妈，常妈提醒过我，她肯定知道些什么！

我赶忙绕到常妈所在的佣人房那一扇窗下，轻轻地敲敲玻璃："常妈……"

敲了许久，然而窗子里面还是一片沉寂。

我很后悔，为什么之前没有听常妈的劝告，现在沦落到被人撵出大门的境地。心慌得不行，我甚至想到了报警。

可报警有什么用呢？说我老公和孩子丢了吗？唐诀和两个鱼是在一起的，但他们都在唐诀自己家。有在自己家里丢了的道理吗？报警也不会被受理，那也是无用功。

我徘徊在唐家老宅下面，看着渐渐夜深露重，唐家老宅里还是一片暗沉。

我要怎么办？如今我该向谁求助？

正茫然无措的时候，突然身后的窗户响了，一个东西被扔了出来，然后窗户很快又关上。

是常妈！

我赶忙跑过去捡起来一看，居然是我的包。想想也是，这是常妈能给我最大的帮助了，起码不用让我从这里步行回去。

可我怎么能回去？我的爱人和孩子都还在这间宅子里面。

可我不回去又能怎么样？守在这里就能见到他们吗？

唐云山既然敢把我丢出来，肯定是也把唐诀控制住了。他怎么说也是唐诀的父亲，两个鱼的爷爷，应该不会威胁到他们的生命安全，唐云山只是想把我赶走而已。

抹了一把脸上有些干涸的泪痕，我知道守在这里没有用，我得回去，去找能帮我的人！

常妈扔出来的包里有家里的大门钥匙，还有唐诀的车钥匙，我开着唐诀的车离开了唐家老宅，看了一眼时间：凌晨两点四十七分。

我会永远记住这一天，唐云山，这是你逼我的！

我快速盘算了一下能帮我的人，一个是韩叙，一个是唐晓。虽然唐晓这人我信不过，但是能自由出入唐家并带出消息的人，只有他。至于韩叙，我暂时不想麻烦他，这是我和唐家的家务事，不到万不得已，我不会开这个口。

回到家里，我只睡了三四个小时就起来，我要去唐氏集团堵唐晓。

我知道我的脸色不太好，经历了一夜的折磨我能勉强着控制住情绪已经是天大的进步，我说："唐晓，看在我喊你那么多年哥哥的分上，你帮我这一次。我只想知道唐诀和我两个孩子现在怎么样了。"

唐晓一手握着钢笔，一手翻着文件，他头也不抬："那是我爸和我弟的事，我不插手。你们办婚礼我就去，办不成我就不去。"

我早料到唐晓此人冷淡，但是真的见识到他的冷血后才让我心惊肉跳。

我说："即便兰姨要成为你妈，你也不介意也不插手？"

劫后余笙。

唐晓手上顿了一下，依旧没有抬头："那是我爸和兰姨的事，我一个晚辈插手？怎么插手？怎么管？"

看来这条路也行不通了，我咬咬牙："你要是不帮我，我明天就给明媚安排各种制片人、投资商，让她去陪客陪酒陪上床！"

我在心底默默地跟明媚道歉，抱歉了，我只能想出这个办法。

果不其然，唐晓终于从一堆文件中抬起了头，只是他的表情充满阴霾，他说："你再说一遍。"

我挺着背脊："如果你不帮我，我明天就让明媚去陪那些能给她资源的人，潜规则嘛，她又不是没做过。"

唐晓怒起，冲到我身边就是一记耳光："上次的事果然就是你安排的吧？你信不信我端了你们星源？"

脸上火辣辣地疼，半张脸都肿起来了，我还是毫不畏惧："有能耐你就试试啊！为了一个女人你唐晓能这样失控，却不肯为了弟弟帮一次忙，活该明媚看不上你！"

唐晓明明挚爱朱明媚，却始终向她隐瞒身份，就连最后分手也是没有说出来。他心底还是眷恋着那个看上去柔美却行事不拘小节的女子。

唐晓狰狞地笑了："好，那我就帮你这一次。"

这世间，能用钱解决的事都不叫事。最难还的也不是钱，而是人情。人情债是最叫人坐卧不宁的。

唐晓虽然答应帮我，可我心里也不是完全相信他，所以我找到了明媚，也许从这个女人身上我能找到突破口，毕竟唐晓心里还是那么在意她。我脸上被唐晓打的痕迹还很清晰，明媚惊讶地看着我。

我说明了来意："也许试试，你们还能和好。"

明媚却摇头："我和他已经分手了。"

我还想努力一把，劝说道："你知道他是谁吗？你要是知道他是谁，也许你就不会这样想了。"

明媚还很年轻的脸上露出不是她这个年纪该有的忧伤："我一开始就猜到他身份不一般，他选择隐瞒我，我也没必要对他很真诚不是吗？"

明媚说着看着我："一个对恋人不诚实的男人，有什么资格要求恋人对他百分百坦诚？我以为他要的只是和我这个年轻女孩谈一场恋爱而已，跟忠诚无关跟爱情更无关。"

原来，明媚早就猜到唐晓身份不简单，难怪她会那样对待她和唐晓的这份感情。我看着明媚，心里忍不住唏嘘不已。

我说："也许你们还有机会的……"

明媚苦笑:"之前他瞒着我,无非就是觉得我配不上他,省得我生出攀龙附凤的野心。如今我已经不复单纯,他还会要我吗?"

她笑着自顾自地摇头,"不会了,再也不会了。"

我竟一句话都说不出来。

爱人于我,曾经是依赖是眷恋,现在却成了一种信仰。我以为我和唐诀在一起,就是最好的爱情,可身边的一切都告诉我,不是这样的。

我和唐诀之间,究竟为什么会走到今天这一步?我们并不像唐晓和明媚这样互相不坦诚,也不像韩叙和白安然那样相互猜疑,可为什么还是会这样?

脑海中,有个声音让我颤抖,它在说因为你懦弱。

是的,因为我懦弱。那个时候我如果没有一意孤行地离开,如果我留下来和唐诀一起面对,也许就不会有今天我回来之后种种不顺。

余笙啊余笙,你自以为不肯吃亏,却不承想如此懦弱!

收起脑海里的繁琐,想起还无法联系到的唐诀和两个鱼,我的心就像被揉起的一团纸,纵然展平依旧伤痕累累。

明媚见我脸色不佳,她又说:"或许,我可以去试试,但是你不要抱希望。"明媚到底是年轻,心软得不行。

我摇摇头:"我来求你本来就不该,我自己想办法吧。"

遭遇这样的事,我根本无心工作,超过三十个小时没有睡觉后,我终于得到了唐晓的消息。

唐晓说:"你放弃吧,也许还能带回两个孩子。"

又是放弃……为什么要让我放弃?

我忍了忍说:"你只要告诉我什么情况就好,其他的我自己会看着办的。"

唐晓的声音仿佛没有带任何感情,他说:"我弟应该近期就会跟李小西结婚了,你如果愿意就来把孩子带走,如果不愿意唐家也养得下。"

唐晓停顿了一下,说:"这是我爸的意思。"

我差点笑出声,眼泪却无声地落下:"你现在在家里吗?你爸呢?我能亲自和他谈谈吗?"

不一会儿,唐晓回复我:"没有谈的必要了。"

瞬间,我的心凉成一片,木然地挂断了电话,我坐在门口泣不成声。哭了半天,电话响了,拿起来一看是洪辰雪。

我仿佛像溺水的人抓住了眼前最后一丝浮萍,我拿起电话就嚎:"洪辰雪……"

劫后余笙

洪辰雪被我吓了一跳："你什么情况？"

我尽量把事件完整地给洪辰雪捋了一遍，然后说："我要怎么办？"

洪辰雪问我："你和唐诀当初离婚证拿了吗？"

这个问题仿佛点亮了我心底的光，我说："没拿，结婚证还在家呢。"

洪辰雪说："那你就随他们闹去呗，那个唐家的老头肯定不知道你们没离婚，不然他不会这样的。"

我带着哭腔问："那他们要是办婚礼了呢？"

洪辰雪乐了："办婚礼好啊，那李小西的钱不就是你的钱了吗？她领不到证，你慌什么？顶多是唐诀借她用几天，你怕什么？"

我这才止住了眼泪："可我也不想借……"

"你是笨蛋啊？"洪辰雪恨铁不成钢，"我说余笙，你能不能争气一点？唐诀等了你几年，一直都没放弃过，你能不能稍微勇敢一些？"

洪辰雪的话让我醍醐灌顶，我说："可是……唐云山根本不待见我。"

我没敢和洪辰雪说唐云山和丁慧兰的事，这事关我父亲，总觉得难以启齿。

洪辰雪无奈地叹气："余笙，你之前跟梁修杰的婚都白结了啊？婚姻是失败了，但是你学到的经验总得把它用起来吧？梁修杰是渣男，可人家唐诀又不是，你凭什么对渣男那么耐心，对唐诀那么决绝？"

电话里洪辰雪的大嗓门震得我的耳朵嗡嗡作响，却把我给炸醒了。

是啊，当初梁修杰那样对我，我都能耐着性子去为他做这做那，甚至不惜卖掉一套祖产来为他母亲治病。反观现在和唐诀，我一遇到困难就往后退，一遇到挫折就想着逃避，全然没有真正地替唐诀想过。

难道是因为之前我受过伤，所以到这一步就变得如此迟钝和多疑吗？

洪辰雪电话里告诉我，明天有一批新的咖啡豆到，她想请我带一些给韩叙，顺便自己再拿一点。

我问洪辰雪："你就那么喜欢韩叙？喜欢他什么呢？"

洪辰雪欢快地回答我："我不知道啊，喜欢就喜欢呗。我喜欢他，我想对他好，就是这么简单。"

我又忍不住问："哪怕他不喜欢你？"

洪辰雪更爽快了："我喜欢他在先，我付出啊。不过，他要是喜欢我了，我当然会要求他。只不过不是现在这个阶段，眼下我还没拿下他呢。"

结束了和洪辰雪的对话后，我久久不能平静，我好像看到了一路以来我身上的不足。这些不足和唐诀的付出比起来，完全成反比。我越不足，他越付出，最后却让我变成这样一个软弱的女人。

第十四章 <<< 当爱已成往事

洪辰雪说得对,我爱唐诀,我就应该为他做些什么。

想通了这一切后,巨大的困意袭来,我就这样趴在沙发上睡了一夜。第二天起来的时候,半个胳膊都麻了。

我每天都要去唐家老宅,每天都带了自己亲手做的点心或者菜肴,有时候也会带煲的高汤。我也不说见唐诀,只是让常妈帮我转交。

第一天去的时候,唐家老宅依旧不欢迎我,没关系,我住进来过一次,以后还会继续住进来,我有信心。

终于连续送了半个月,这天两个鱼从楼上下来,一路扑进了我的怀里。我喜极而泣,忍不住腹诽:这是唐云山格外开恩的意思吗?

我没有带走两个鱼,因为唐诀也需要他们,我一个人要顾工作和孩子根本忙不过来,如果这时候我真的带两个孩子离开,等于就告诉唐云山,我妥协了选择了。

我带着两个鱼出去玩了一大圈,在傍晚的时候又送回了唐家老宅,这一次唐云山在。

他看着我,说:"为什么不把孩子带走?"

我笑笑:"这里也是孩子的家,难道不是吗?"

唐云山对着两个可爱的孙辈,到底没有再说难听的话,他只是问我:"下周,我和你兰姨会在家里办一个私人宴会,你来吗?"

来了,终于还是来了!

我强忍着屈辱感,轻淡地笑了:"您邀请我,我自然得来。"

唐云山意味深长地笑了:"不勉强?要知道你来了可不是简单吃吃喝喝就能过场的。"

我努力使情绪平稳下来,直视着唐云山的眼睛:"我知道。"

唐云山轻咳了一声,点点头表示同意,然后说:"你回去吧。"

我站着没动,问:"我能在那天见唐诀一面吗?"

唐云山盯着我看,直看得我背后一阵寒意,他说:"你不后悔的话,当然可以。"

我已经超过两个星期没有唐诀的消息了,此刻他的安好对我来说比什么都重要,我微笑着微微颔首:"多谢您。"

走出唐家老宅,仿佛脱了一层皮,我坐在车里早已满头大汗。已经晚餐时分,家家户户亮起了灯火,在这万家温馨的时刻,我却只能遥遥看着那扇属于唐诀房间的窗户。

只可惜,那窗户依旧是暗的。

傻傻地坐在车里半天,我才开车离开,明天还有关真尧的新戏宣传,我

323

很忙，忙到没空去想这些难受。

我要的只能是一手顾着工作，一手抓住唐诀。工作是我立身之本，唐诀是我毕生挚爱，这两样我都不能丢！

关真尧一脸浓妆坐在后台吃着棒棒糖，我上前拿掉："就快开始了，你也不怕花了你的妆。"

她笑得一脸无害，又说："我要喝水。"

小悦忙不迭地给她拿来了吸管和水壶："给，我尧。"

自从关真尧和小悦住在一起后，这两人的关系简直可以用日进千里来形容，关真尧在生活上十分依赖小悦，而小悦这姑娘虽然也混在这个圈子有几年了，但依旧保持着天真单纯的心。

这大概就是关真尧放心和她住在一起的原因吧，怎么说呢，傻人有傻福。

关真尧一身丝质的黑色长裤，上身是同质地白色无袖短装，头发披在脑后看上去十分干练，她拿起化妆镜对着看了看，又补了一下唇膏的颜色，说："得了，大功告成。"

我目送关真尧去参加活动，这是身为主演必不可少的行程。

只有这时候我才有片刻空闲坐下来想想以后该怎么办，我正想得出神，突然手机响了起来，是唐晓。

说来真是奇怪，我和唐晓之前几乎没有私下联系，自从上次我拜托他之后，他这电话倒是来得频繁起来。

"喂？"我边接听边走到安静的角落。

唐晓的声音包含着怒气："你告诉她我的身份了？"

我一下反应过来，唐晓说的是明媚，我说："怎么可能，我要说早说了，现在说什么？"

唐晓不解地发问："那她怎么知道的？她说我身份特殊，她不适合和我在一起。"

我真是无语了，我说："唐晓先生，你要知道你长期身处高位，又家大业大，身上自然有种常人没有的贵气。况且，你虽然没有表明你的身份，但是从你的穿衣举止，她很容易猜得出来你身份不一般。"

听电话那头唐晓没声音了，我又说："朱明媚虽然年轻，但她不是傻瓜，她看得出来。"

唐晓语塞："那她是什么时候知道的……"

很早就知道了，也许从你们一开始交往她就明白。可这实话我不能直接跟唐晓讲，于是我很诚恳地说："我也不知道啊。"

唐晓那头沉默不语地挂断了电话。

我以为这是唐晓最后一次和明媚有来往,后来我才发现,其实唐家两兄弟骨子里是一样的,他们面对自己爱的人的时候,往往充满了固执和偏狂。唐晓尤其是这样。

我正在纠结地准备唐云山私人宴会的腹稿时,另一个爆炸性的新闻在S市毫无征兆地蔓延开来。

等我拿到报纸的时候,已经是第三天的下午了。我看着头版头条上写着:唐氏总裁唐晓与人气模特明媚领证完婚!

我几乎不敢相信自己的眼睛!我看错了吧?我又反复地对了一遍报纸的日期。没错啊,是今天。

打开电脑,翻看了明媚的微博,发现上面早就被刷爆了。原因很简单,上面贴着一张照片,照片里是两只相握的手,手上的钻戒熠熠生辉,后面的背景居然是两张摆在一起的结婚证!

我心里咯噔一下,忽喜忽忧。

喜的是,唐晓成了出头鸟,这样唐云山不会只针对我一个了;忧的是,明媚是我的艺人,结婚这么大的消息,我作为经纪人居然是看报纸才知道的。

韩叙要是了解内情,会不会连皮吞了我?

坐在办公室里,我有些战战兢兢地等待韩叙的宣召。没过一小时,韩叙的内线电话就打来了,他说:"来我办公室一趟。"

这短短的七个字让我生出了几分不安,来到韩叙办公室的时候,他正揉着太阳穴,他说:"你们唐家是不是都喜欢这样干?"

我还没搭话,他又说:"我算是看透了,都是疯子神经病!"然后韩叙甩给我一叠资料,"拿去看看,把这个话题炒大炒热,反正已经曝光了,多买点热搜刷刷人气!"

我看了一眼,资料上全是公关的内容,没等我看仔细,韩叙又说:"拿了回你办公室看。"

我拿着资料没走几步,突然想起了那天白安然对我说的话,这段时间一直忙着自己家里的事倒把这给忘了。

转头说:"韩总,白小姐让我告诉你,如果想要捞她回来,你得亲自跟她联系。"

我知道这消息来得有点晚了,但韩叙的表情阴沉得像锅底,一双眼睛直勾勾地盯着我,在他正式发飙之前我赶忙大步一跨,离开了他的办公室。

这边唐晓和明媚的婚讯热度还没下去,那边唐家的私人宴会就开始了。

劫后余笙。

我不知道唐云山为什么还选在这时候介绍丁慧兰,可我明白这可能是我能见到唐诀的最后机会了!

又在心里顺了一遍腹稿,给自己做了强大的心理建设之后,我在傍晚时分开着车来到唐家老宅。我穿着简单的职业装,甚至没有过多地涂脂抹粉,几乎素颜出现在私人宴会的现场。

我深吸一口气,步伐轻快地走了进去。

事实证明了,无论你的社会地位提升到多高,你最后还是需要他人的认可来给你撑脸皮的。一人曲高和寡,终究是无趣。

以唐云山为主体举行的这次私人宴会,压根没有之前聚会里小年轻的打打闹闹,我也不用担心看到一些不想看到的人。

我一进门,远远地就感受到唐云山的目光,迎着这目光我硬着头皮走了过去,最后停在唐云山的面前。

眼前的一幕是多么的刺眼,我心中默念:为了唐诀,为了唐诀……小不忍则乱大谋!

丁慧兰看上去年轻了几分,果然是人逢喜事精神爽吗?我一时不知该如何开口,只能尴尬地对她笑笑,转而问唐云山:"唐诀人呢?"

唐云山一身灰蓝色的中山装,两鬓微微灰白,只是一双眼睛仍然透着不服输的锐利,而他身旁的丁慧兰则是与他穿着同色系的泛着哑光的旗袍,在双臂间挂了一条披肩,十分清雅动人。

她倒是没有尴尬,仿佛一切是水到渠成,只是看着我说:"难为你了,小笙。"

我终归是无法真的接受这一幕,勉强对她扯了扯嘴角,然后看着唐云山:"我做完这一切就可以见唐诀了吗?"

唐云山点点头:"我决不食言。"

不食言那就好。

我环顾四周,很快看见了两个鱼从楼上下来,两个孩子的脸上都带着郁郁之色,看起来很不开心。心头一酸,我连忙呼唤他们的名字。两个鱼惊喜地朝我扑过来,那动作快得唐云山想拦都拦不住。

唐云山带着丁慧兰暂时走开,只给我丢了一句:"等会儿过来。"

小鱼儿突然在我耳边说:"爸爸病了。"

我心里一紧,还是耐着性子问她:"你怎么知道爸爸病了?"

小鱼儿怯生生地说:"我晚上起来看见爸爸一个人躺在床上,他们总是在喂他吃药,爸爸病了对不对?生病才需要吃药。"

小鱼儿的话在我心里掀起惊涛骇浪,据我所知唐诀那天到这里来的时候,除了有点疲倦并无大碍。唐晓知道自己弟弟的情况吗?唐云山如果只是反对我和唐诀在一起,又为什么要对唐诀下手呢?那毕竟是他的亲儿子啊!

现在一切都未知,我只能稳住心神装作什么都不知道的样子,同两个鱼玩了一会儿,唐云山冲我点点头,我知道我该发挥作用了。

在场的很多人都是唐云山的旧友,未必不认识丁慧兰,认识丁慧兰就肯定知道她与我父亲的关系。这样一想,顿觉尴尬许多。

我端庄地站在正厅中央,用恰到好处的音量说:"今天非常感谢诸位的到来,我有几句话想当着大家的面送给一直照顾我的兰姨。"

听到我的称呼,丁慧兰温柔的双眸里似乎滑过一道不满,我看着她努力酝酿着感情,终于想起父亲,我声音哽咽地说:"从小我就没有母亲,是您一直伴着我长大,在我心里您和我的生母是一样的。今天,我能站在这里见证您获得幸福,我很开心。"

这段话在我心里曾经打过无数次的草稿,如今真的从我口中说出,却带着别样的酸涩。说到"幸福"二字的时候,眼前浮现的尽是父亲往日的种种。

我得说完,这是我见唐诀的唯一机会!

我已经失去父亲,我不能再失去唐诀!

我说:"唐伯伯,您一定要对我兰姨好,在场这么多叔叔、伯伯、阿姨都看着呢。"最后一句话说出口,我早已心如刀绞。

唐云山满意地笑着,正要回答我,大门口一阵骚动,只见唐晓携明媚出现在那里。

唐云山的表情顿时变得奇怪起来。

唐云山的表情奇怪,可明媚的表情更奇怪,她看起来像是被唐晓强行拖到这里的,一脸的愤愤不快。她一眼就在人群里看见我,明媚惊讶地瞪圆了眼睛,而后又瞪了唐晓一眼,低下头去没有说话。

唐云山深吸一口气:"你在这里做什么?我说了今天家里我有私人宴会,你不用回来的。"

唐晓微微一笑,一张俊脸简直倾倒众生,他说:"我带我媳妇回趟家而已,拿点东西,别慌。"说着,唐晓长腿一迈,带着明媚就直奔二楼的方向。

站在我身边的唐云山显然情绪不稳,他强忍着没发作,只是抿紧了双唇,死死瞪着唐晓的背影。

在大家都觉得这是一场偶然打破气氛的意外时,唐晓在楼梯间回头,对我说:"对了,明媚说有事跟你商量,你也上来一下,赶紧说完,我们一会儿还得赶回去。"

劫后余笙。

　　这么一说，我倒走也不是、不走也不是了，下意识看了唐云山一眼，只见唐云山沉着脸就差没有当场发作了。
　　不过现在的场合，他想发作也得掂量一下。
　　在唐晓再三的催促下，我赶忙赔笑说着"不好意思"，然后快步踩上二楼的阶梯，跟着唐晓来到这个我一直想来的地方。
　　唐晓塞给我一把钥匙，指了指走廊尽头的房间，说："你自己看着办了。"
　　我心慌得不行，但还是努力镇定下来，快步走向唐晓说的房间，站在门口，我试了几次才稳住手不颤抖，顺利地打开了锁。
　　房间里的床上，唐诀躺在那里，我一下扑到床边，使劲摇着他："唐诀，唐诀，你醒醒！"
　　还没喊两声，身后的唐晓说："他被爸灌了安眠药，整天都是这样昏昏沉沉的。"
　　我吃惊："不可能。"
　　唐晓摊手："我一开始也觉得不可能，但是事实就是这样。他是我弟弟，我总不能看着他出事，况且我爸最近确实很奇怪。"
　　我要怎么把唐诀弄出去？就凭我一个人怎么可能把唐诀一个大男人从二楼拖到楼下？何况楼下那么多双眼睛盯着，我如何能走出大门？还有我的孩子，我也要带走他们。唐诀现在根本没什么意识，要他配合显然也不可能。
　　我踌躇再三决定先离开，我说："先走吧，不然你爸要怀疑了。"
　　唐晓盯着我："不救他？"
　　我有些恼怒："当然不是，现在怎么救？我得想个最好的办法。"
　　唐晓笑了："看不出来你还挺有勇有谋的，我再告诉你一点，我爸之所以困着我弟，多半是打算让他直接和李小西进礼堂了。"
　　我闭上眼睛，片刻后睁开："如果是这样那就好了。"
　　我不能在这里久待，我推唐晓出去，又按照之前的样子锁好门，整理好情绪后跟明媚说了两句，然后步伐轻快地下楼。
　　一下楼，唐云山的眼睛就盯着我，我故意做出有些慌乱的样子走过去，问："唐诀在哪？现在能让我见他了吗？"
　　是的，我没有忘记唐云山承诺的话，我要见唐诀也得要见到他清醒着。
　　唐云山眯起眼睛打量了我几眼，说："等会儿结束让你见。"
　　我就这么看着唐晓带着明媚离开，看着两个鱼困了，被常妈带去睡觉。时间一分一秒地过去，转眼已经夜深，宾客们也觉得酒意甚浓，纷纷起身回家了，偌大的唐宅终于安静了下来。

第十四章 <<< 当爱已成往事

  我把唐晓给我的钥匙塞在我的鞋底,走起路来难免硌脚,我尽量表现得和平时一样。坐着等到常妈收拾完客厅的时候,楼上传来了缓慢的脚步声,我忍不住站起身向楼上看去。
  只见唐诀惨白着脸被丁慧兰搀扶着走了下来,他一见到我眼神顿时亮了起来!
  人生有多种活法,有的人平平庸庸却安稳一世,有的人轰轰烈烈如昙花一现。
  可,我要的是什么呢?
  在唐诀看着我的一瞬间,我脑海里涌出了各种想法,最后归于一点,那就是我想和唐诀在一起,我必须和唐诀在一起!
  我还没迎上去,唐云山就命人把唐诀安置在一把椅子上坐了下来。唐诀胸口不断起伏着,看起来下个楼梯都很费劲。心里一疼,我忍不住问:"你怎么了?"
  没等唐诀回答我,唐云山就说:"阿诀身体有些不适。"
  我脑海里回放着唐晓的话,心里笃定唐云山在撒谎,我说:"既然身体不适,为什么不去医院?关在家里做什么?"
  唐云山脸上闪过一抹不快,我坚持道:"现在就送医院。"
  当着唐诀和丁慧兰的面,这一次唐云山终于没有让人把我丢出去了,而是让老严开着车带唐诀去医院。
  这一次我终于能跟唐诀坐在一辆车上了,老严开车,唐云山坐在副驾驶,我陪着唐诀在后排。紧紧握着唐诀的手,深深感觉到他的无力和冰冷,我想要把全身的力量都给他。
  看着唐诀,我刚想说什么,只见他冲我做了一个微不可见的摇头。
  什么意思?
  我忍住了脱口而出的话,只是轻轻让唐诀依靠着。
  去医院的这一条路显得又漫长又焦急,我无比贪恋和他依偎在一起的时光,每一秒都倍感珍惜,可我同时又迫切想知道唐诀的身体情况,仿佛这车上的每一秒都是煎熬。这两种情绪纠缠着我,渐渐地,掌心微湿心口绷紧,最后化成了一声无奈的叹息。
  医院最终还是到了,这是唐氏麾下的医院,也是唐云山的必选。
  刚扶着唐诀下了车,只见医院大门口站着一个短发女人,夜色茫茫间,她嘴角的微笑依旧让我如临大敌。
  李小西微笑着迎上来,似乎没有看见我,她走过来殷勤地搀扶着唐诀的另一条胳膊,而唐诀挣扎了两下终究没能成功甩开。

劫后余笙。

我被晾在了原地,傻乎乎地看着他们一行人远去的身影。

古人云:"狭路相逢勇者胜。"

古人又云:"识时务者为俊杰。"

目前看来敌我双方实力悬殊,我就是再勇也不过是个伪匹夫,快速地左右权衡之后,我决定还是先当个俊杰吧。

我心里嘲讽地笑了,然后开口:"我可以带孩子们回去吗?"

唐云山顿住了身形,缓缓地转过身子回头看我,他说:"你决定好了?"

显然,唐云山是认为唐晓给我带的话我听进去了,既然唐诀已经无望陪在我身边,我不如退而求其次,只要孩子。

一瞬间心里五味杂陈,我叹气:"我还能怎么样?"

是的,在唐云山他们看来我还能怎么样呢?一个在S市没有任何根基的女人,如何去抗争两个家族的施压?能让我带走孩子,说不定还是李小西怂恿的,毕竟没有哪个女人喜欢一结婚就当后妈。

唐云山眨眨眼睛:"那你回去的时候坐老严的车吧,把孩子带回去也好。"

我明白,这是唐云山答应了。

双方似乎都很默契,达成了某种一直僵持不下的约定。李小西满意地看着我,嘴唇轻启,流露出淡淡的得意。

他们谁也不知道,我想的跟他们想的完全不是一回事。两个鱼我要先带走,这样才有工夫去把唐诀救出来。

李小西突然转头说:"啊,对了,余小姐,接下来的几天里我不希望在医院看见你。"

我强忍着心头的痛,缓缓点了点头:"我知道了。"

就这样目送着他们消失在医院的大门内,我环顾四周,茫茫暮色,天地间仿佛只剩下我一个人。站着良久,身后的老严还是出声提醒我:"时间不早了,要不要先回去?"

我说:"有劳了。"

回到唐家老宅的时候,两个鱼早就睡着了,可我一刻也不想耽搁,把睡着了的孩子抱到车上,常妈还给了我一盒吃食,说是可以做宵夜。

我现在可没有心情吃宵夜,亲手放开唐诀,把他送到李小西的身边,即便是权宜之计,不得已而为之,也让我难受得不行。

可常妈对我有恩,即便是我和唐诀当初没能领会,我还是收下了这份好意。

慢慢地开着车行驶在回家的路上,抬眼看,星光漫天。到了楼下,我把

330

车停好，趴在方向盘上默默平复了好久的情绪，这才抱着两个孩子回去。

两个三岁多的孩子加起来有五十多斤，我费了好大力气才安顿好两个鱼。看着床上睡得正香的孩子，我不禁感叹小孩的睡眠就是好，身边已经发生了这么多事，依然能睡得十分安稳。

全身无力地坐在床边许久，直到午夜时分我才草草冲洗过准备休息。

明明只睡了不到六个小时，可一大早我还是准时醒了。唐诀不在，也没有洪辰雪帮我，我得自己做早餐，然后送两个鱼去幼儿园。

两个孩子一觉醒来发现回到了自己家里，都兴奋得不行，两个人都是亢奋状态。我快速地做好早餐，收拾好一切，等把两个鱼送到幼儿园的时候，还是迟到了十分钟。

我不由得感叹，之前唐诀是怎么做到这些的，亏我还是辛辛苦苦一直带大了两个鱼的。怎么回到S市，过了几个月甩手掌柜的日子反倒变得不擅长了？

真是从俭入奢易，从奢入俭难啊！

我开着车准备往公司去，韩叙的电话却更快一步打给我，张口就问："明媚那事你处理得怎么样了？"

我打哈哈："处理过了啊。"处理过才有鬼呢，这几天都忙着自己的私事，哪里有精力买热搜误导风向。

韩叙气闷："真的？"然后他索性破罐子破摔，"这事我不管了，你看着办吧。"

所以领导你干吗打电话给我？我有些不解，说："我快到公司了，有事公司说吧。"

韩叙赶紧打断我："你今天要是没什么事的话，跟我去见一个人。"

没事？我怎么没事？空了几天的工作了。关真尧现在在拍广告，我也没工夫去探一次班，更不要说神龙见首不见尾的明媚了。

老实说，我确实这段时间有些懈怠，懈怠到关真尧对我意见非常大。

我忙说："我一会儿得去探班，还有几个资源还得确认签约。"

韩叙就像没听见似的，说："都放下都放下，你不要去公司，我给你个地址，到这里来。"

我无语，你要是早有安排还废那么多话做什么？不过韩叙是领导，领导说了算。我只得应了一声，然后看了眼地址把车调头。

韩叙约的地方很远，几乎要穿过半个S市的中心，又是早高峰，路上堵得很。饶是我这么好脾气的人，也等得有些焦躁。

韩叙耐性还不太好，一路上不停地电话催促，我忍不住反驳他："你到底要见谁啊？前女友白安然吗？急什么？姐姐我被堵在中环上下不来，就知道催催催。这么急，你干吗不早点通知我？或者干脆给我配一辆能飞的车。"

一连串的抱怨直接把韩叙给噎住，好半晌才说："我好像比你大吧？别没大没小的。"

得，又是个抓不住重点的人。

我好容易脱离了堵车圈，赶紧猛踩油门，勉强在二十分钟内到了地方。韩叙一见我来，连忙一只手拼命地招呼，那架势就像护崽的老母鸡。

韩叙怪异地看着我："你笑什么？"

我收起笑意："没笑啊。"

韩叙领着我进去，这是一家私人会所，看上去十分隐秘和高档。我也算是见过世面的，好歹没有露出惊愕的表情。

韩叙推开一扇黑色的门，里面堪堪是一个雅间，空间不大却布置得极有韵味，摆放的物件里随便一件都颇有来历，看得出来这里的主人有相当的财力和文化素养，就是不知道S市什么时候有这样的大腕存在。难道当真是大隐隐于市？

我正胡思乱想着，突然看到里面的两个人，有一个我居然认识。

只听韩叙介绍："这是张老，这是我朋友小笙。"

居然是张老。

看见是他，我倒明白了，也许这私人会所就是他的。

张老明显也认出了我，他推了推脸上的老花镜，说："这不是小唐家的媳妇吗？好久不见了。"

再次听到这个称呼，心里不免一阵唏嘘，我连忙笑道："张老，好久不见了。"

张老的面前摆着一盘棋，他对面坐着一个年轻人，看上去和唐诀差不多大，他一抬起脸我心里惊叫一声。长得好漂亮的男人！

如果说唐晓是谪仙般的优雅，那么眼前这个人就是妖孽般的风华，我第一次用漂亮形容男人，这男人实在长得让很多女人都自愧不如。

看着好看的人，我的职业病犯了，忍不住想问他有没有兴趣签约星源，张老见我的目光一直没离开他对面的男人，他笑了笑说："这是犬子张沛之。"

"妖孽"转头看着我，点头表示打过招呼了。

我也笑着点头："这是您儿子啊？长得真不像您。"

话一出口，我就知道自己说错了，急得韩叙在桌子下面狠狠踩了我一脚，我费了老大劲才没表现出龇牙咧嘴。

第十四章 <<< 当爱已成往事

我摆手道歉:"张老对不起,我是说您儿子长得太一表人才了,太出众了。真的是人中龙凤,叫人一见难忘。"

我几乎把我想到的好词都给这"妖孽"堆上了,"妖孽"无动于衷地瞥了我一眼,张老倒是哈哈笑起来:"那倒是,我这儿子啊长得像他母亲年轻的时候。"

后来我才知道,张沛之是张老最小的儿子,他上面还有两个姐姐,如此身份自然在家里倍受疼爱。张沛之之前的工作重心不在S市,只是近期才有计划转移。

原因很简单,张沛之的两个姐姐都已外嫁,S市只有张老两口子。老人膝下孤单,又没有孙辈可抱,只得软磨硬泡地把张沛之从外地挖了回来。

我打哈哈:"那是……真的太会长了,我怎么没那么会长呢。"

张老点头说:"你是真的不如我儿子会长,你母亲年轻的时候可是S市赫赫有名的大美人呢。"说着,他停下来仔细看了看我,"你只有眼睛长得最像她,其余的部分像你爸。"

我干巴巴地笑了,找不到话来接,只得拼命给韩叙使眼色,韩叙说:"今天我们是来找张总谈公事的。"

张老还在看棋局,听这话他又抬起头:"那这样我先走一步吧,不打扰你们年轻人。"

张沛之在一旁开口:"不用,今天我不谈公事。"

韩叙是什么人?是星源的一把手,韩家少爷。可以说S市能这样直接驳回韩叙,又不给他面子的人少之又少。

张沛之是第一个。

我说:"那不谈公事,我们谈谈私事吧,张先生有打算在S市怎么扩展生意吗?"

张沛之甩了我一个白眼:"这不是公事吗?"

"那不一样,如果是公事,我就应该询问是否有合作意向,而不是问您接下来的计划了。计划是您私有的一部分,当然算是私事。"我一套套地说。

虽然不清楚张沛之的主业是做什么的,但韩叙都纡尊降贵地前来巴结,那肯定是跟娱乐圈有关联,绝对跑不离。

张沛之盯着我看,说:"巧言令色。"

我笑得如花:"多谢夸奖。"

张老笑呵呵地站起来:"你们聊,我还有事先走了。对了,晚上记得回家吃饭,你堂妹过来。"

张沛之有些不耐烦地皱眉,嘴里还是顺从:"我知道了,您路上小心。"

333

劫后余笙。

张老走后，桌子前就只剩我、韩叙，还有张沛之。

张沛之把弄着手里的打火机，问："韩总有什么事就说吧，我初来乍到，有些情况还探不明，需要韩总多指点。"

韩叙笑笑："哪里话，我听说张总这次来是要接手盛世公司，是真的吗？"

张沛之倒也不含糊："韩总的消息够灵通的，确实是这样。盛世原本就是从我们主体公司分出去的，原本由我叔叔打理。但你也看到了，他明显不是这块料。"

我在大脑里飞快地过了一遍张沛之的话，然后绕到一个莫名其妙的点上：原来那次被换掉的女演员张羽昕小姐，可能就是张沛之的堂妹？

我好像知道韩叙的来意了，他还是为白安然出头了，他心里还是放不下她。这样想着，我不免为我的好闺蜜洪辰雪大小姐抹了一把辛酸泪。

韩叙不卑不亢地说："刚才张总说了不谈公事，那我倒是真有一件私事想麻烦张总。"

张沛之端起青花碧玺的小茶杯呷了一口："什么事，韩总说吧。"

"之前从我们星源过去盛世的一个女艺人，我想能不能让她再回星源？"韩叙直截了当地开口了，连个弯都不带转的。

张沛之的表情终于充满了兴趣："你是说……那位影后白安然？"

韩叙轻轻点头："没错。"

张沛之露出一个妖媚到不行的笑容："这可不行，那可是拿过国内含金量最高的电影奖项的女演员，我怎么能说放就放呢？"

我也笑笑说："既然盛世这么重视这样一位女演员，为什么又让她被雪藏这么久呢？您应该知道，在这行里人气和时间有多重要？不被观众记起的演员，就算是奖杯满座也无人问津吧。"

张沛之露出一个恍然大悟的表情："原来如此，那只能说我叔叔太蠢。但马上接手盛世的人是我，绝对不会有让明珠蒙尘的可能。"

韩叙也笑了："张总的意思，是要以后重用白安然吗？"

张沛之点头："自然，你要知道捧出一个影后有多么不容易，这样好的基础不好好抓住多可惜。我好奇的是，为什么当初星源会没有留住她？反而是现在才来跟我讨人？"

韩叙惋惜道："只能说那时候的我不是此时的张总。"这话说得既恭维了对方，又不显得自己很掉价，韩叙果然是个人才！

两个老总惺惺相惜了一番，又坐着喝了一会儿茶，这才告辞离开。我有点想不通，为什么韩叙要把我从那么远叫到这里来？明明我起的作用还不如一杯茶。

刚要出门的时候,张沛之递给我一张名片,说:"正式介绍一下,我是张沛之。"

我双手接下,从皮夹里拿出自己的名片奉上:"我是余笙,星源的经纪人。"

张沛之看着我的名片微微一笑:"安然小姐的旧相识吗?"

我突然好像明白了什么,笑着既不承认也不否认:"当然没有以后张总和白小姐熟。"

从私人会所出来,我发现韩叙居然连车都没带,我问:"你车呢?"别告诉我,你是坐公车来的。

韩叙厚着脸皮坐上了我的副驾驶:"在公司啊。"

"你司机呢?"我又问。

韩叙说:"开车回去了啊。"

我无语……敢情你就是让我来当司机的吗?

开到一半,韩叙说:"这样就行了,我也放心了。"

乍一听有些一头雾水,当我想到白安然的时候一切疑惑就自然而然地解开。我叹气:"你还真是费尽心思,这么在意为什么不追回来?"

韩叙今天所做的一切根本不是要真的把白安然从盛世要出来,这毕竟牵扯到合约和一大笔的违约金。

他要做的,只是让盛世重视白安然。虽然白安然是影后级的人物,可在新人辈出的娱乐圈里,浮浮沉沉的人太多了,一沉到底再也浮不上来的,更是数不胜数。

如今盛世换东家了,这东家什么脾气什么人脉,对我们来说几乎是两眼一抹黑。也许张沛之喜欢捧自己的人,又或许张沛之看不上过气艺人,这里面的种种可能实在是太多了。

但是今天韩叙来了这样一出,张沛之要么是放人,卖韩叙一个人情,还能收获一大笔的违约金;要么就是不放人,接下来重新重视白安然。

我问韩叙:"这样有用吗?万一他回去了以后还是放着她不管呢?你人情也做了,面子也给了,不还是一场空?"

韩叙笑而不语,沉默了一会儿才说:"你等着看。"

等晚上临睡前,我突发奇想从皮夹里翻出上次白安然给我的名片,我才发现原来张沛之才是那个老狐狸啊。张沛之给我的名片上的电话与白安然给我的那个电话居然一模一样,十一个阿拉伯数字不差分毫!

我坐在床边看着两张名片真是哭笑不得,我该不该告诉韩叙这个真劫后余笙。

相呢?

想了又想,还是不说了。领导的面子重要,万一领导面子挂不住发飙了,倒霉的还是我。

在床上翻来覆去了好一会儿,我无比思念唐诀。不知道他现在怎么样了,身体有没有好……想到现在陪在他身边的人不是我,我的心就一阵一阵地疼。

拿起手机看着唐诀那个我已经烂熟在心的号码,终于鼓足勇气拨了过去。

电话通了!

心跳加速,几乎让我不能呼吸,电话那头有人接起,她说:"余笙,你不是说好了放弃唐诀了吗?为什么还来电话?"

这声音是李小西!

我仓促地说了句:"打错了。"然后挂断电话,仓皇而逃。

第十五章　才下眉头，却上心头

你说感情究竟是什么？是至死不渝的信念，还是生死相依的牵绊？

明明你摸不着看不透，却始终有那么一个人在你心底。他像冬日的暖阳、夏天的凉风，总会在你觉得无比美好的时候，给你一个重击，然后茫然无措地留你一人在原地，他却不知所终。

一夜无梦，一夜好眠。我以为我会梦见唐诀，但实际上并没有。

我早起，系上唐诀之前买的围裙，在曾经充满他身影的地方忙碌着，好像我就是他。

直到把一切事情弄好，我准备收拾收拾带孩子去上学的时候，小鱼儿却说："妈妈，今天是星期六，不用上幼儿园。"

我一拍脑袋，原来如此！看着自己收好的东西顿时觉得很搞笑。自从昨天晚上那通电话之后，我似乎就怪怪的。

我叹气："那妈妈带你们去找小雪阿姨玩，好不好？"

纵然是周末我也得看着孩子，现在只有我一个人，我还得去一趟剧组。可是这么早，我也不想直接带着孩子去，只能先去洪辰雪那里打发时间了。

我以为洪辰雪还没有开门，谁知道她八点钟就守在店里了，见我联系她，她百无聊赖地说："好惨啊，单身人士不配过周末，连个约会都没有。"

咖啡店里透着初升的阳光，照在桌椅上反射出莹莹的光彩，我看着几乎眼花。身边的两个鱼正在对着绘本涂涂画画，我恍惚间抬头看去，看见洪辰雪穿着一身利落简约的连衣裙站在那里，仿佛还是在K市的画面。

洪辰雪见我看她，她说："盯着我看干吗？姑娘我漂亮，但是也看不上你。"

我失笑，这才回神："搞得我看得上你似的。"

洪辰雪又叹气："你说，我是不是该放弃了？独自喜欢一个人是很累的一件事，果然爱情还是要两情相悦才轻松美好。"

轻松美好？我和唐诀不也是心心相印，为什么我和他之间却平添了这么多磨难和波折？难不成真的是应了那句好事多磨吗？

我笑着不说话，只是认真地看着两个鱼在画画，他们讨论着颜色图形，嘴里还哼着幼儿园老师教的新儿歌。

劫后余笙。

洪辰雪再次叹气:"罢了,我再努力一次,不成就撤了。姑娘我不年轻了,该找个人结婚生孩子了。"然后她直勾勾地看着两个鱼,说,"生个闺女就嫁给大鱼儿,生个儿子就娶小鱼儿。"

我连忙笑骂:"那你也得先找到男人再说啊!"

我在洪辰雪这里坐了半日,吃了午饭之后打算去探班关真尧,咖啡店到了下午生意开始忙了起来,又逢周末人更多。

我也不好再叨扰她,于是带着两个孩子开车往关真尧拍广告的地方驶去。

在去的路上,关真尧又给我打了电话,问我在哪。

我赶紧表示我已经在去的路上了,绝对没有敷衍耽搁的意思。

关真尧在电话里哼了一声:"这还差不多。"

关真尧今年的代言拿得特别多,看来得了个影后奖杯还是有很大的效用,起码这个广告标语上就可以写"影视天后关真尧"。

艺人赚得多,经纪人收益也很好,不知不觉我的银行卡里已经积攒了一个相当惊人的数字。

现在我已经把关真尧当成了我的摇钱树,目标是把明媚培养成下一棵摇钱树。这样年复一年地栽培,我就可以过上坐拥良田千顷,整日调戏良家美男的生活了。

我胡思乱想着分散注意力,好让我自己不那么去想唐诀。

洪辰雪说得对,唐诀和我没有正式离婚,李小西是肯定会主动找我的,我与其莽莽撞撞地不知轻重,不如按兵不动。

我以为我要等很久的,结果我刚到片场,李小西的电话就到了。

其实我总会在想李小西究竟是一个怎么样的女人。

她漂亮、有钱,是个标准的白富美。她是李家最受宠的孩子,包括李小曼都比不过她,李巍几乎对这个孙女言听计从。她肆意张狂,却又灵动鲜活,只是当这份不羁变成求而不得之后,一切都变味了。

李小西缺爱吗?她似乎不缺,她得到的爱比绝大部分人都多。可她偏偏又是缺爱的,自小没有父母在身边,只有一个将她宠溺到大的爷爷。

李小西并不会爱人,因为没有人去真的爱她。

想通了这一点,我突然释怀了不少,电话里李小西对我说:"你和唐诀没有离婚?"

她的声音带着质问的尖锐,有种难以置信的抓狂,我心里莫名地肯定:机会终于来了!

我带着两个鱼锁好车,往片场里走去,边走边说:"我现在很忙,你等会儿再打过来吧。"

然后没有等李小西回复，我就直接切断电话，想了想我又随手按了静音。没把两个鱼安顿好，我是无暇去顾及这些事的。

关真尧正在补妆，她坐在椅子上，小口小口地用吸管喝着柠檬水。见我来，她满意地眨眨眼睛，随后招手让我过去。

我也不跟她客气，直接问："你的休息室呢？借我一下，孩子没地方玩，然后小悦……"我又扭头去找小悦，"小悦，就麻烦你帮我看一下孩子了。"

小悦正拿着一条大毛巾，听到我的吩咐她忙不迭地点头："好咧，余姐你放心。"

看着小悦带着两个鱼去关真尧的单独休息室，我才笑着说："怎么样，累不累？"

关真尧嘟起嘴："可累死我了，你都不来看我。"

"抱歉。"我真诚地道歉，这段时间确实忽略了工作，惹得关大摇钱树颇为不满。

我翻着她的行程："这支广告今天就能收官，你还有三四个代言没有拍，进度不错呀。"

这些代言有一半是我跑下来的，另一半是公司直接给的资源，其中大部分都是日用品和美妆大牌，有一个代言是国外的奢侈女装品牌，关真尧是今年的国内品牌代言人。

我看了一圈，心下满意："那你这段时间就只能拍广告了。"

关真尧叹息："其实还是拍电影好玩，虽然拍广告拿代言钱多曝光度高，可我还是觉得拍电影好玩。"

还是想有自己的作品啊，这家伙。

关真尧放下手里的柠檬水："怎么样，最近有好本子吗？我可不想拿了一个奖之后就再无水花了，那会被人笑死的。"

说起这个，我倒是想起了另外一件事，说："有一个时尚圈的宴会把邀请送到公司了。"

关真尧抬头："给我的？"

我挑眉："是啊，你是他们今年的代言人，肯定要去的。"

关真尧微微皱眉："那种争奇斗艳的场合其实我蛮不习惯的。"

"你得去，公司都把你的衣服准备好了，还有最好的团队。你得在红毯上大放光彩，知道吗？"我也笑着说。

关真尧忍不住笑了："好，好歹我今年也是有作品拿得出手的，也是代言人，不用被网民说是'毯星'了。"

339

劫后余笙。

我拿手里的文件轻轻拍了一下她的腿："胡说。"

关真尧的休息时间结束了，她很快又投入到了广告的拍摄中。我远远地站着看她，觉得像是自己一手栽培的小树如今已经亭亭如盖。

现在的关真尧出行都是必备三个助理、一个司机、一辆专用的保姆车。很多原本是我做的事，现在都由那两个生活助理搞定了，而小悦就是个大管家似的存在。我默默地看着，心里觉得很有趣。

突然，我觉得口袋里的手机微微发热，赶紧掏出来一看，上面显示着五十多个未接电话。我瞠目结舌，因为这些电话都是来自一个人，李小西！

看看时间，也不过刚刚过去了一个小时多一点，这个李小西比我想的还要疯狂。这打电话的频率，绝对是我不接她决不罢休的那种。

我摇摇头，删除了记录又把电话放进口袋，我想等吃了午饭再说，毕竟现在我还没想好怎么跟李小西谈判。

只有一点可以肯定：婚，我是不会离的！

我找了一家附近比较高档的餐厅给在场的所有人都订了一份午餐，以关真尧今天的地位，送这些人情根本不算什么。只是助理口袋里没那么多钱，一时囊中羞涩，也不好意思直接跟关真尧要。见我这么做，两个生活助理面红了一下，连声道谢。

关真尧卸了唇妆过来休息室，两个鱼这是第一次见关真尧，孩子看电视也只看动画片，估计熊大熊二在他俩心里都比关真尧来得出名。

不过这不妨碍两个鱼嘴甜，大鱼儿一马当先："这个姐姐长得好漂亮。"这称呼让我脸红了一下，居然不点自通地喊姐姐，小家伙有前途。

关真尧果然被这一声姐姐哄得开心，她微微俯下身子："真的吗？姐姐也觉得你长得很可爱呢！"

小鱼儿文静得多，把手边的套餐往关真尧面前推了推："姐姐，你吃。"

那怯生生的女孩模样又让关真尧满心欢喜："好乖，我们一起吃，好不好？"

小鱼儿乖巧地点头："好。"然后总算是没忘记我，"妈妈也吃。"

还是闺女好啊！儿子见到漂亮的姐姐就忘了我这个妈妈了。

休息室里就我和关真尧还有两个小的一起吃饭，小悦替我看了半天孩子，这会儿吃边出去处理事情了。

关真尧边吃边夸："好吃，会选。"

我得意："那是，也不看看什么价格。"

"什么价格？"关真尧看着手里的套餐问。

我吃得头也不抬："牛肉鳗鱼定食，八十八元一份。"

关真尧有些惊讶:"你给所有人都订了这个?"

我点头:"是啊。"

关真尧露出一阵肉疼的表情,我连忙说:"我请的,看你那出息!今天都收官了,请大家吃顿好的,后期剪辑的时候给你剪得漂亮点。再说,你现在还在乎这点饭钱?"

她歪着头想了一会儿,这才后知后觉:"也是。"

我在心里翻了个白眼,这饭才吃了一半,小悦在门口说:"余姐,外面有个女人要进来,说是找你。"

我估计是李小西,问:"什么女人?长什么样子?"

小悦眉间一紧:"短头发,长得不错,就是脾气太差了。保安拦着不让她进,她一没出入证二不是公司的人,现在就在门口吵着不肯走,骂骂咧咧地说要见你。"

那多半是李小西没差了!

我叹口气,可惜了我这么贵的套餐了,我三两口吃完,都来不及慢慢细品,拿起湿巾胡乱地擦擦嘴和手,这就起身准备出去会会李小西。

关真尧叫住我:"是谁啊?"

我笑着回头:"疯子。"

我又交代了小悦帮我看好两个鱼,这才理了理衣服走出去。走到大门外面的时候,我一眼就看见了和保安正在唇枪舌剑交战的李小西。

李小西说:"你叫余笙出来!我有话跟她说。"

保安说:"抱歉小姐,你不能进去。"

李小西抓狂:"叫余笙出来!躲躲藏藏的什么意思?霸着别人的老公不放,以为躲到这里就能了事?我告诉你,没门,你闪开!"

我看着都替保安大哥觉得心累,我说:"我就在这,有什么话说吧。"

李小西这才见到我,眼里立马射出不怀好意的目光。我一步一步走到大门外,我不想给人家保安添麻烦,也不想给关真尧惹事,这毕竟不是我们星源的地盘。

保安见终于有人出来接手,赶忙甩甩袖子离开。

李小西问:"你到底想干什么?为什么不跟唐诀办离婚证?你耍我是不是?"

说实话,我以为我会很生气,可再次看见李小西的时候,这种感觉变得很轻淡。

我说:"我之前就没放弃过,是你们拿孩子为筹码让我放弃的,现在唐诀在你手里,我又见不到他,怎么去办离婚证?"

劫后余笙。

我说的句句属实，让李小西一时找不到词来反驳我，她指着我的鼻子说："你就是故意的！明知道我们婚期将近了，你却这样搞事，你就不怕我让你在S市混不下去？"

我心里清楚了，恐怕李小西也说服不了唐诀，所以才从我这里下手。我信心满满地笑了笑："你可以去让唐诀来跟我说，只要他说离婚，我二话不说立刻去办。"

李小西的脸黑成了锅底，她肯定在想，要是唐诀同意还有你什么事。

她冷笑了几声："不错，很不错。算我小看你了余笙，原来在这里等着我呢。"

然后我俩陷入了相看两厌却久久沉默的尴尬局面，李小西情绪不太稳定，她的手紧紧地抓着皮包的带子，我都能看到她的手指关节在微微发白。

好在李小西虽然疯，可到底顾及这里是大庭广众，没有冲上来直接动手。她满腔愤慨，纵然有千言万语，到嘴边就变成了一句："余笙，你给我等着！"

谁料旁边有个声音说："等着多没意思，上去干啊，打一架！我看看你们谁能赢。"

我一回头，这不是那个叫张沛之的"妖孽"吗？

只见他手里夹着一个公文包，身后还跟着两个小弟，一身西装笔挺却难掩出众的容貌。我又感叹一番：真是长得太漂亮了。

没等我开口，李小西好像是找到了突破口，对着张沛之劈头盖脸就是一顿骂："你又是什么人？余笙的姘头吗？长得倒是人模狗样，怎么，龇牙咧嘴地要替你主子出来咬人啊？"

不得不说，李小西这一段骂人水平还是很不错的，基本做到了有中心有重点有思想，还没有脏字。

张沛之也不生气，微微一笑："就算我长得人模狗样，那也比你好看。"

李小西被张沛之给噎住了，她本来就不算是倾倒众生的大美女，现在刻薄的气质还全在眉眼之间。如果李小西当下是妆容精致又面含春风，那一定会让人忍不住多看两眼。

可现在的李小西，明显未施粉黛就出门了，还一脸张牙舞爪的狰狞。看上去没有活泼妩媚，反而有种让人心生厌恶的害怕。

李小西张口结舌没有说出个所以然，最后来了句："你知道我是谁吗？敢这样跟我说话。"

这样的话真的很耳熟，李小曼似乎也用过，看来嚣张跋扈的大小姐台词都一样。

第十五章 <<< 才下眉头，却上心头

张沛之弯起唇角："很抱歉，我孤陋寡闻，不知道S市有你这一号疯子。你是哪家医院跑出来的？我可以做个好事，打个电话叫他们带你回去。"

我忍不住笑出声："张先生，抱歉了，这是我和这位小姐的私事。连累你被骂，真的很对不起。"

张沛之收起笑容，淡淡地说："我手头有个剧本，你空了可以联系我。"

刚才关真尧还在问我有没有好剧本的，我出门吵个架剧本就来了。李小西那点事立马被我抛到了脑后，我说："好的好的。"

画风突变，从二女唇枪舌剑转成了达成合作意向，被隔离在外的李小西气不打一处来，等张沛之走后她眯起双眼："我会告诉唐诀，你已经有新欢了。"

我笑笑："尽管去说。"

李小西见怎么都不能激怒我，她索性丢下一句："这婚你是必须离的，不然我要你好看！"

尊敬的毛爷爷曾经说过：一切反动派都是纸老虎。此刻的李小西在我眼里就是这样的纸老虎，她看起来很猖狂，要架势有架势的，其实内里很虚。

男女之间，只要李小西搞定了唐诀，我根本就不足为惧。

只要唐诀坚定要跟我离婚，我顶多是拖延个两三年，最后这婚还是能离掉的，就看唐诀坚不坚定了。

李小西搞不定唐诀，也说服不了我，以她的脾气一定会弄出大动静才会罢休。可眼下，我根本没想她会如何，我满脑子想的都是张沛之说的那个剧本。

在家里酝酿了几天，我打电话给张沛之："张总，您上次说的那个剧本怎么样了？"

我不能太心急，别让张沛之这个老狐狸觉得我很好拿捏，可我也不能太端着，不然白白错过机会是小事，让张沛之为难就麻烦了。

这时间的点，得掐得正正好。既不让张沛之觉得我围着他，又不能让张沛之感觉我敷衍他。

张沛之富含深意地"噢"了一声："你还是亲自来一趟吧。"

张沛之找我，无非是看中了我带的关真尧。明媚现在的路线根本走不了大荧幕，而盛世原本也是电影起家的公司，看不上投资小荧幕。

我笑笑："那咱们约个时间呗？我请您吃饭。"

张沛之果断拒绝："吃饭就不必了，还是喝个下午茶吧，你挑个地方就好。"

喝下午茶，当然是去洪辰雪的咖啡店了，有生意还得紧着自己人啊。如

劫后余笙

果张沛之觉得不错，给盛世上下都安排订店里的咖啡，这又是一笔生意啊！

我爽快地说："行！那回头我把时间和地点发给您。"

张沛之应了一声，我们愉快地结束了话题。

约好了时间，又跟洪辰雪订了个包厢，我在咖啡店里恭候张沛之的大驾。张沛之很准时，分毫不差地出现在包厢里，他四处看看说："你品味还不错。"

我知道他说的是这家店，顿时满心欢喜："是吗？来来来，快请坐，这家店的咖啡很不错的。"

我以为他会挑一些比较小资精致的咖啡来享用，谁知张沛之却说："咖啡我只喝美式。"

好吧，算是比较低要求的咖啡了，这也是洪辰雪最拿手的咖啡。

因为这是我第一次在咖啡店里接待客户，洪辰雪肯定会打起十二分的精神来应对。点别的还好，点美式那不用说，肯定是得洪辰雪亲手煮。

张沛之尝了一口，连连赞叹："这是我来S市喝过最好的美式了，不错。"

张沛之心情不错，谈公事自然事半功倍。我暗自庆幸，表面上不动声色地问："那个剧本的事，张总有计划了吗？"

张沛之轻呷了一口咖啡："是的，因为编剧要求用关真尧，所以我才会找到你。这种小事，就不用麻烦到韩总那里了吧。"

我连声笑道："那是那是。"怎么说我也是关真尧的经纪人，这点权力还是有的。

我好奇地问："是哪位编剧要用我们小关呢？"

这年头，有的金牌编剧比制片人还强势，能够说动张沛之直接挑演员定角色的编剧，那一定不是一般人。

果然，张沛之说："是金韶的御用编剧，海丰先生。"

海编剧！我一下想起来了，之前关真尧获奖的那部戏就是海丰担任的编剧，我还给他送过一壶粥，那个保温盒现在恐怕还在海编剧家里呢。

我心里一喜："那又是金韶导演的戏吗？"

张沛之摇头："海丰的电影剧本都是给金导的，不是金导的戏，也就不会是电影。"

我明白了，这是一部电视剧。

虽然关真尧一直以来的路线都是走的大荧幕，可转头拍电视剧也不是不可以，业内也有不少这样的先例。但前提必须是这电视剧的收视要好，评论也要好，不能转头拍了电视剧，还是个烂剧，那无疑是自毁长城。

344

我试探性地问:"那导演是?"

张沛之邪魅地一笑:"是我们盛世的瞿少白。"

这名字可真是寡淡到不行,饶是我这样混了好几年的都没第一时间反应过来这是谁。

我顿了顿:"就是拍了之前那个很火的网剧的瞿导?"

张沛之点头,又喝了一口咖啡,看他的表情十分惬意,全然不顾我的脑海里已经乱成一团。

我明白张沛之的意思了,是用一流编剧、一流的演员去配他盛世二流甚至三流的导演,这是要捧那个瞿少白吗?

我又问:"这出品公司是……你们盛世吗?"

张沛之没有否认:"是的,我知道你担心什么,不过我可以保证,瞿导的水平不低,只是名气还不够响罢了。所以,我希望能用这一部作品让他打响名声。"

我想想也是,海丰的剧本、盛世的制片、星源的演员,这戏还未开拍就赚足了话题。更何况,这还是关真尧第一部真正意义上的小荧幕作品。

张沛之见我犹豫,他说:"你不想给你的艺人来个大满贯吗?电影电视都吃得开,挑剧本挑到手软。"

我咬咬牙:"我很心动,但是还需要跟我的艺人商量一下。"

张沛之也很好说话,点头表示理解:"那明天你给我一个答复。"

"好。"我爽快地回答。

走的时候,张沛之又买了两杯美式要打包带走,洪辰雪惯会为人处世,笑眯眯地说:"这位先生,这两杯美式算是我们送您的。"

张沛之好奇,随之打趣道:"为什么?你们店里还有点两杯送两杯的活动吗?"

洪辰雪一张俏脸因为忙碌而泛着健康的红晕,她说:"您是第一次来,再说又是我们小笙的朋友。最关键的是,您喜欢我煮的美式。这些理由难道还抵不过两杯咖啡吗?"

张沛之笑了:"是你煮的?那我以后会常来喝,你手艺很不错。"

得到称赞的洪辰雪分外高兴:"那就这么说定了,您只要来,我一定亲自煮。"

那会儿我还在琢磨剧本的事,完全没留意到这两人对话间有什么特别之处,直到很久之后我才反应过来,连连感叹命运的神奇。

回去之后,我先是跟韩叙说了一下,这厮不知道在干什么,只丢了句你看着办就好,然后了无音讯。

劫后余笙

我又跟关真尧说,关真尧正倚在沙发上涂指甲油,广告又拍完了一支,她得以清闲个两天。要不是怕引起骚动,她都打算去幼儿园替我接两个鱼放学。

关真尧吹吹指甲:"电视剧?我好久没拍了,就之前拍了个网剧,后面全是电影。"然后她头也不抬地问我,"你觉得我能拍得好吗?"

我说:"你影后都拿了,演技肯定是杠杠的,没问题。"

关真尧自得地一笑:"我也是这么想的。海丰编剧的本子应该不错,瞿少白的那部戏我也看过,还行。盛世嘛,换了东家这算是第一个大手笔的作品了吧?他们应该不会马虎了事。"

确实,这也是我想到的部分。综上所述,这部戏可接!而且可以由此机会打开和盛世的合作,说不定还能搞个强强联合、有钱大家一起赚的和谐社会。

第三天,我就把我的意思告诉了张沛之。张沛之似乎很喜欢"雪一笙"的咖啡,这次他主动约在了那里,把剧本带给我,并告诉我下周来他们公司正式签约。

果然是钱多不愁启动资金啊,一切准备就绪说拍就拍,怎一个雷厉风行了得。

很快各路热搜和小道消息疯传,光是一条影后关真尧主演的电视剧就足够八卦群众嚼舌用的了,这电视还未开拍就先热,果然足够造势。

我一面处理着关真尧的行程安排,一面准备给明媚接新的通告。

明媚这段时间很是魂不守舍,我都怀疑她是不是要和唐晓办婚礼了,自从那一天在唐宅见过之后,我和明媚之间一直保持着一种你不问我不说的良好默契。

我给明媚说:"有两个不错的活动,你要不要试试?然后公司有个网剧,我可以帮你争取一下女主角。"

明媚说得文不对题:"你觉得我和唐晓配吗?"

我立马反应过来,明媚是完全知道唐晓的身份了。也不奇怪,那天唐晓能带着她回唐家老宅就足以说明一切。

我迟疑了一下说:"挺好的呀,只要他对你好不就行了?"

明媚干巴巴地笑起来:"他要是对我好为什么一开始不说?为什么非得这样?你知道吗,我现在是又恨他又爱他,他说想跟我结婚,我真不知道该怎么去面对。"

我哑然了,突然很理解朱明媚。

她为了钱去出卖自己,却发现自己的男朋友才是S市最值钱的钻石级光棍，想回头重拾一切，才发现早已物是人非。她纠结在两种情绪里难以自拔：一种是对唐晓的怨，一种是对自己的厌恶。

我轻叹："明媚，你要知道有些事情已经发生了，你改变不了。你能改变的只有过程，但是过程最终会主导结局。"

明媚沉默良久，才淡淡地说："是啊。"

最后，明媚还是接下了那两个活动的演出和网剧的安排，她似乎想加紧工作，用这些来麻痹自己早已痛苦不堪的灵魂。

明媚还好心提醒我说："你要注意点，那个李家小姐最近就会真的放出婚期的消息了，她对唐晓的弟弟是志在必得。"

明媚说得很对，没过两天新闻就出来了，整个篇幅都写着：李、唐联姻，婚期已定，就在下个月的月底！

我翻翻里面的内容，还有什么唐诀生病，李小西不离不弃，最终感动了唐少爷等等消息。我看着发笑，眼睛却发酸，我要怎么办呢？

突然，手边的手机响了，是一个陌生号码发来的短信。

只有两个字：等我！

人的一生中要等很多次，有时候等的人会回来，有时候等的却只是一场空。

陌生号码只发来了两个字，却生生灼疼了心口，看着这两个字我几乎要忍不住将电话回拨过去。我想问一问，对方是不是我的唐诀。如果不是，那也好过我百转心肠、纠结难放。

可我还是默默地按下锁屏，黑色的屏幕反着光，我能清晰地看到自己脸颊上的泪痕。人世间，有万种劫难，然而对我来说，此时此刻相思最苦。

身边的两个鱼还在嘻嘻哈哈地看着电视里的动画片，我赶忙擦干泪水的痕迹，我不能让我的孩子陷入这种无助的恐慌中。

我对唐诀要有信心，因为曾经在我最低谷的时候陪在我身边的人只有唐诀。

如果对唐诀都丧失了希望，那我也不必留在这里了。我现在要做的就是把自己和孩子都照顾得好好的，然后等着唐诀出现在我面前。

这样才是对的吧？我在心里终究还是不确定地自问。

小鱼儿那酷似唐诀的脸对我笑开了花，说："妈妈，哥哥老是抢我的糖果吃。"

恍惚间，仿佛看见小时候的唐诀，我忍俊不禁："那你就抢回来呗。"

是了，我和唐诀有了两个鱼，这辈子是不可能断了联系的，永远不可能！

劫后余笙。

新闻上除了李、唐两家大婚的消息之外，还有一个重磅消息，那就是盛世易主！张沛之在接手了一切工作、办好了所有手续之后，这才不慌不忙地放出这个消息。

张沛之的行事作风比起韩叙来要爽利得多，他一接手就接连三个大动作：一是投拍海丰编剧的电视处女作；二是重新推出影后白安然，并换掉之前的盛世一姐张羽昕；三是投资一部奇幻巨制电影。

这三个动作里，前两个已经逐步落实，最后一个还是只闻其声、未见其人，看样子也是为下半年的造势做准备。

唐诀不在我身边，可我还是得按部就班地生活，毕竟我现在可不是一个人，我得把我的两个鱼照顾好。

从一开始的不习惯到后来的熟能生巧，我发现一个人带着两个孩子倒也能接受，只是平添了一笔日常费用——请钟点清洁工来家里打扫。

不过能花钱解决时间紧张的问题，我觉得很值。

关真尧开始整天看她的剧本，那精神集中得堪比那些即将高考、中考的学生，她甚至看了好几遍瞿少白之前的作品，细细地揣摩这位还没见面的导演的风格。

我说："这只是时装偶像剧，还不是正剧，看把你紧张的。"

关真尧翻着已经卷起页脚的剧本，一脸鄙视："这你就不懂了吧！自从有电视剧开始，但凡是正剧的，主角绝对不可能是女人。女人也就在里面刷刷脸，什么高风亮节或者倾国倾城，最后啊不是死了就是远走他乡。"

她边说边摇头："虽然正剧拍好了口碑好，但是我不喜欢。"

我想了想，还真找不到反驳关真尧的例子。我敏锐地抓住一点："海丰擅长的是这样的剧本吗？"

关真尧傻了几秒，然后乐不可支地连声念叨："我们都是小白鼠啊小白鼠。"

很快，关真尧接拍的这部剧就集结成功，第二天就要去采景入组了。我看了一眼他们组成的剧组群，里面居然有李小曼的名字，看起来是个女配。

转念一想，释怀了。李小曼现在也是盛世的人，许久没有她的消息倒让我差点忘了有这么一号人。

我突然灵光一闪，说不定李小曼能知道唐诀现在和李小西的情况，怎么说李小曼也是李小西的妹妹，李小西要结婚这么大的事她没理由不清楚。

可李小曼偏偏说的是："我真不清楚。"

我俩站在剧组采景的外围，李小曼穿着轻便的休闲装，脑袋上绾了个丸子头，因为角色需要，身上还挎了个大大的斜背包，看上去年轻了不少。

李小曼又说:"我很少回去了,不过我是没听过她亲自邀请我说要结婚。什么婚期的消息,也只是在报纸上看到的,知道的不比你多。"

我颇为失望地"噢"了一声,李小曼蹲下来捧着脸说:"不过呢……我觉得吧,人家结婚现在肯定家里热热闹闹的,可是他们却不是。反而啊,是整天往医院跑。"她继续自顾自地摇摇头,"反正是很奇怪。"

我忍住没把唐诀的事说出来,反问了她一句:"你当初不是也很喜欢唐诀的吗?怎么,放弃了?"

李小曼哈哈一笑,说:"没错啊,我是很喜欢他,我也很厌恶你,曾经也对你做过很多坏事,不过呢我不会道歉的。"

还真是够直接,我理了理被风吹乱的头发:"无所谓,我也没指望过你道歉。"

李小曼自说自话:"我虽然厌恶你,但是却不恨你,也明白感情这种事强求不来的。更何况,你们孩子都生了,我对当后妈可没兴趣。"

"所以,你恨你姐姐。"我淡淡地说。

李小曼没有否认:"当然啦!本来李家大小姐的位置是我的,她明明是个外姓人,却鸠占鹊巢这么多年。我当初想争取唐诀,也是想看看自己能不能胜过她。所以,比起李小西,我倒宁愿是你和他在一起,起码她李小西也没有赢。"

真正关键的地方或许也不是李小西占了她原本的位置,而是李巍的偏心和李小西的嚣张跋扈吧。虽然,我也不喜欢李小曼,可她终究没有彻底沦为一个疯子。

李小曼见我没吭声,斜眼看我笑道:"怎么样,要我去替你打探消息吗?可是有代价的哟。"

我疏离地笑笑:"不用了,谢谢。"

没有互相取利的基础,我不会和李小曼这样的人再次合作,面对的是李家,是李小曼自己的家。如果李巍到时候反抛个好处给李小曼,不用想,她肯定临阵倒戈。这样不安全的人,我可不敢用。

这次关真尧拍的新剧名字也很有小清新的味道,叫《爱你时,春暖花开》。

回想了一下海丰的模样,实在难以跟这样一部作品的风格挂钩,我一边感叹着人不可貌相,一边离开李小曼身边。

正围观关真尧拍戏,突然身后一阵骚动,我回头一看,只见洪辰雪拎着一只盒子从门口被放了进来。

我下意识地以为她来找我,连忙迎上去,谁知我还没开口,洪辰雪就抱劫后余笙。

怨了一句:"你怎么在这?"

我更好奇:"怎么,你不是来找我的?"这就尴尬了。

洪辰雪的额上出了一层薄汗,她说:"那个姓张的老板让我送过来的,就是那天在店里跟你谈生意的那个,他喜欢喝美式的。"

洪辰雪的描述让我立马从脑海里冒出一个名字:张沛之!

张沛之在这里?我怎么没看到呢?

我说:"你是不是找错地方了?这里是剧组取景的地方,张总应该不在这里吧,你应该送到他公司去。"

洪辰雪有些纳闷地拿出手机看了又看:"没错啊,我是按照他给我的地址打车过来的,还花了我七八十块车钱呢!"她立马又嘟囔着,"要不是看他之前买了很多我们店里的东西,我才不来呢,就送十几杯咖啡,亏都亏死了。"

我更好奇了:"你为什么不让店里的人送来?"

洪辰雪皱眉:"他让我亲自送来。"

我说:"那我带你去找找看吧,反正我今天来的时候就没见到他。"

我俩一起在剧组外围打转晃了两圈,突然身后有人在喊我们。扭头一看,只见最后一辆保姆车的车窗打开,里面露出张沛之的脸,他饱含歉意地说:"抱歉,有点事情在处理,我都忘记你快到了。"

洪辰雪不论刚才有多抱怨,面对客户的时候总会露出温暖的商业笑脸,她笑呵呵地说:"没关系没关系,是我自己也忘记打电话问你了。"

说着,洪辰雪把手里的盒子递了过去:"十六杯美式,谢谢惠顾。"

张沛之摸了摸口袋,最后掏出了一封红包递出来说:"麻烦你跑这一趟了。"

红包看上去有点厚度,洪辰雪连忙拒绝:"这太多了,您只要给我咖啡钱就好了。"其实她还想要车费和小费,只是没好意思说出来。

张沛之却很坚持,笑着说:"你不用您啊您地称呼我,拿着吧,以后还得多麻烦你。"

洪辰雪这才小心翼翼地收下,走的时候笑容满面,就差没有点头哈腰了。

后来洪辰雪告诉我:"你知道里面塞了多少钱吗?整整三千块啊!要是每个客户都跟他似的,买十六杯美式给我三千块,那我发财还不是指日可待?"

我打击她:"拉倒吧,整个S市你都找不出第二个这么喜欢喝美式的老总。"

第十五章 <<< 才下眉头，却上心头

本来我以为张沛之那句"以后还得多麻烦你"是句客套话，可第二天开始我就不这么想了，因为我又看见洪辰雪这个家伙提着盒子来送咖啡了。

有个贴心的老板是个什么滋味，我还没有尝试过，可有个张沛之可把我们这些站岗围观的经纪人和助理忙坏了。

剧组取景的地方离市中心那么远！打车也得一个多小时才能到，张沛之想喝洪辰雪煮的美式，只买一杯人家肯定不会送，所以张沛之索性就多买点。

第一天张沛之买了十六杯，被他还有导演、摄影师给分了。

于是第二天，张沛之上瘾了，一口气买了三十杯，把洪辰雪忙得一手拎一个大保温盒，快活地奔走在发家致富的大道上。原因很简单，因为每次洪辰雪送来咖啡之后，张沛之都会给一个大大的红包。搞得洪辰雪恨不得把张沛之复制粘贴很多份，这样离他成为S市首富还远吗？

连续喝了四五天的美式，我终于觉得有些不对了。这天，等洪辰雪送了咖啡离开后，我准备绕过去跟张沛之谈一谈。

好容易绕开大家的视线，我在一个角落找到张沛之，刚准备一脚踏过去，只见张沛之旁边站着一个妹子。我仔细看看，这妹子长得很漂亮，堪称绝色。

这不是张羽昕吗？张沛之的堂妹！

看着这兄妹俩站在一起，还真是赏心悦目。不得不说，张家这两个后辈单论长相，整个S市上流圈，没人能出其右。果然基因强大，生出来的都是顶尖的美人。

看起来张羽昕在跟张沛之吵架，只是张沛之一手端着杯子慢慢喝着，表情却是无动于衷的冷淡。反倒是他对面的张羽昕情绪很激动，连说带哭的，就差没指着张沛之的鼻子骂了。

站得远远的我也听见了一些，无非就是角色为什么不给我，我也要演戏这样的话。

张沛之终于听不下去了，说："你演技太差，我不想在你身上浪费资源。"

这话可真是够残忍的！果不其然，张羽昕终于哭着跑掉了。

其实，如果不是在盛世，就凭张羽昕的这张脸，想要红一阵子也不是没可能，说不定以后演技也能再提升提升。

等张羽昕跑远了，我赶忙瞅准机会走了出去，一下站到张沛之的面前："张总，不好意思打扰一下。"

张沛之看来是被打扰得有点烦了，眉头深锁："如果没有要紧的事，还

劫后余笙。

是不要来打扰我比较好。"

我斟酌了一下,说:"当然是要紧的事。"洪辰雪是像我亲人一样的朋友,她的事自然要紧,容不得半点马虎。

张沛之站住脚步,这才转过身:"你说吧。"

"你不觉得每天让一个女人跑这么远来给你送咖啡,她会很辛苦吗?"我先是试探性地问。

张沛之见招拆招:"我给她小费了,而且给得还不少。"

我皱眉:"你喜欢喝美式,附近应该有其他的咖啡店吧?至于这样劳师动众的吗?"

张沛之理所当然:"对于这个我向来要求高,不喜欢将就。"

我再退一步:"那……也不一定非得让她来送吧?其他服务员不可以吗?"

如果不是张沛之点名要洪辰雪亲自送来,以她的性格绝对不会跑这一趟。

张沛之眯起眼睛看我,然后问:"你到底想说什么?"

我毫不退缩:"我是想问,张总是喜欢咖啡呢,还是喜欢送咖啡的人呢?"

阳光下,张沛之的脸上带着好奇而又想一探究竟的笑意:"在我回答你这个问题之前,你能告诉我你和她是什么关系吗?"

我说:"我和她是最好的朋友,她就像我的家人一样。"

张沛之恍然大悟似的张大眼睛:"我还以为你是她老妈呢,管这么多。"

这个张沛之嘴巴够欠,跟从前的唐诀有得一拼。

我正要反唇相讥的时候,张沛之笑笑:"都喜欢。"

我倒没反应过来,愣在了原地,见张沛之走远了才想起来喊一嗓子:"你是认真的吗?"然而回答我的只有张沛之沉默的背影。

张沛之行动很快,快到当天晚上就跟洪辰雪告白了,洪辰雪这个没定力没主张的家伙一回头就把电话打给了我。

她说:"怎么办?太意外了,我送咖啡还送出了个追求者。以前我是赶着给别人送,别人都不带看的……这差别待遇大得我都有点接受不了。"

我有些好笑:"你是接受不了韩叙不搭理你,还是接受不了张沛之的追求啊?"

洪辰雪的声音恹恹的:"好奇怪,刚刚他跟我告白之后,我就心跳好快。你知道的,我抗拒不了长得帅的……"

我看了一眼手机,无奈地笑:"你不会这么快就被拿下了吧。"

洪辰雪仿佛被一道灵光砸中,各种赞同:"你说得对说得对,我必须要矜持一点。"

为了让洪辰雪更加矜持稳重,我又给她尽职尽责地提供了张沛之的各种资料,听完所有信息之后,洪辰雪特别没出息地来了一句:"你说我要是矜持着矜持着,把这么一个金山给矜持跑了怎么办?"

我直接说:"要是这样的话,那就说明他对你根本不是认真的!你又何必在意那么多。"

洪辰雪想想说:"也对,不管了,先矜持着吧。像他这样的人,身边肯定不缺美女的,你说他看上我,难道就是因为我煮的咖啡?"

她情绪立马低落下来,"怎么觉得好惨啊……我是个因为咖啡被看上的女人……"

我忍不住笑道:"那还有别人不被看上的,你叫人家怎么活?"

"你说的好像也有道理!"洪辰雪就始终在自我肯定和自我怀疑之间来回摇摆。

终于,我哄好了洪辰雪,她这才心满意足地去睡觉了。

洪辰雪是个大智若愚的女人,我已经把话说得够直白,她肯定会理解。我比这世上任何一个人都希望洪辰雪能获得属于自己的幸福,如果张沛之是认真的,我乐见其成并衷心祝愿。

但,如果他不是认真的,我就必须保护好洪辰雪不受伤。

张沛之认不认真很快就得到了验证,几天过后,张沛之气急败坏地给我打电话,张口就质问:"你到底跟她说了什么?我现在去她店里也见不到她,叫她来送咖啡她也不来,她在躲着我!"

我正在星源和韩叙一起讨论那部网剧的女主角人选,我刚把明媚的名字写上,耳边就被张沛之的问题轮番袭炸。

脑袋一秒短路,我又看了眼手机上的名字这才反应过来,张沛之说的是洪辰雪!

我不紧不慢地问:"那你去她店里喝到你喜欢的美式了吗?"

张沛之说:"喝到了,但重点不是咖啡!"重点是张总看上的妹子不见他。

我可没想过洪辰雪说的矜持就是躲,虽然有时候逃避不能彻底解决问题,但绝对可以暴露一些什么。

我坏笑着:"买到咖啡不就行了?张总这么着急干什么?"

对面的韩叙不满我在工作时间接私人电话,一脸的不快,用口型叫我快签字。我只得结束和张沛之的通话,谁知张沛之却在最后关头抛出一句:"这样吧,你帮我我帮你,我们互不相欠,只要你让她不躲我,我帮你把姓唐的弄出来。"

我心漏跳了一拍,手上的笔差点没拿稳,惹得韩叙直皱眉。

我赶忙说:"等会儿我打给你。"然后匆匆切断了电话。

韩叙好笑地看着我:"什么电话让你这么慌张?"

我快速地在合同上签好字,这部网剧的女主角就定下是明媚了。我叹气:"不是什么好事,也不是什么坏事。"

韩叙微微挑眉:"对了,怎么最近你那个送咖啡的朋友看不到了?"

最近是什么风向,怎么吹得洪辰雪的桃花四处飞舞?我笑笑:"你放心吧,她呀,应该不会再出现在你面前了。"

韩叙不好意思地摸摸鼻子:"看你说的,好像我很嫌弃她似的。"

我毫不客气地点明:"不嫌弃也不喜欢,这样互不干扰不是挺好的?"我收起桌上的文件和资料,打算回办公室去给张沛之打电话。

韩叙又问:"那你和唐诀呢?"

手上的东西一沉,我轻淡地说:"随缘吧。"

回到办公室,我收好合同就迫不及待地给张沛之回电话,他接得也很快,响了一声就接了起来。

"你说的是真的吗?"我抑制不住心跳颤抖,"你能帮我?你怎么知道我的事的?"

张沛之得意地笑了:"你是她朋友,我肯定调查得清楚。这样好了,作为条件,你帮我把她约到店里,我帮你把姓唐的弄出来。"

说实话,我很不喜欢张沛之这样行事张狂、颇为自负又有点霸道的男人。他调查我,我不爽;他用他调查到的事情来要挟我,我更不爽。

我不想因为自己而出卖朋友,可我又无限希望能解开我与唐诀之间的阻挠。

所以,这一刻洪辰雪的想法变得至关重要。如果洪辰雪不喜欢张沛之,我是无论如何都不会把她骗出来见他的!

第二个电话,我打给了洪辰雪,我开门见山地问:"小雪,你跟我说,你对张沛之是喜欢还是讨厌?"

洪辰雪应该还在忙,电话那边听起来乱糟糟的,她说:"什么?"

我又重复了一遍刚才的问话,并说:"赶紧回答我,你最真实的想法。"

洪辰雪迟疑了一会儿,说:"我……对他有点心动,你知道的,他那么优秀,也是第一次有这么好的男人追求我。我又是单身,心动不奇怪吧?"

听到洪辰雪这个回答,我长舒一口气:"那你为什么躲着他?"

洪辰雪有些奇怪:"不是你叫我要矜持的吗?我觉得我之前太主动了,

不能他一来就见吧。"

我把前因后果跟洪辰雪说明白,然后恳求:"你能帮我这一次吗?"

洪辰雪二话没说答应了:"我跟你之间说什么帮不帮的。就今晚吧,店面打烊之后。大鱼儿小鱼儿你有人看着吗?没有的话,我们就换个时间。"

我心里感激:"不用不用,就今晚吧,我让我助理到我家去帮我看一两个小时。"

然后我又把这个振奋人心的消息转达给了张沛之,他很雀跃:"看来你没骗我,你果然是她最好的朋友,老将出马,一个顶俩。"

我没好气地说:"你才老呢!晚上十点,雪一笙,你可别迟到了。"

我跟关真尧借了小悦用一晚上,又请她俩吃了晚餐,哄两个鱼睡着后,让小悦帮我看着。临近十点的时候,我才出发向咖啡店驶去。

刚开到咖啡店门口,我就看见里面坐着的张沛之了,收银处没有看见洪辰雪的身影,只有一个店员在值班。

停好车,我直接走了进去,张沛之见到是我,问:"她人呢?"

洪辰雪像变戏法似的从后面的员工休息室走出来:"在呢!"

我抬头一看,只见她脸蛋微红,一双眼睛闪着明亮的光彩,一副即将要进入恋爱的状态,整个人看上去十分神采夺目。

洪辰雪走过去,让店员下班回家,店里就只剩下我、洪辰雪还有张沛之。

对于我这个电灯泡,张沛之是浑身的不满意,他喝了一口面前的白开水:"你怎么还在这里?影响别人约会知不知道?"

洪辰雪真不愧是新时代好闺蜜,她立马站出来维护我:"小笙有话要说的,不说清楚她不走。"

张沛之漂亮的眉眼露出诧异的表情,随即绽开一个笑容:"那听你的,你说了算。"

这话一出,我顿觉空气中弥漫了粉色的糖味泡泡,我拉着洪辰雪坐在了他的对面。

也不浪费时间,我直接说出口:"你说你会帮我的,你要怎么帮?他们是李、唐两家一起阻挠,你就一个人,你可以吗?"

张沛之的表情微凛:"我说能就能,你这是在怀疑我吗?"

我斩钉截铁:"没错,我怀疑你,所以我要听你的具体方案。"

大概张沛之今天是抱着约会的心情来的,这下画风一变,让他立刻有点哭笑不得,看看我又看看洪辰雪,他无奈地说:"好吧,谁叫我先主动呢。"

人是很复杂的生物。有的人八面玲珑、混得风生水起,就难免会被说不够真诚，老好人一个；有的人呢，平日不爱多言，个性冷淡却性情单纯，又会被说是不好打交道，整一个怪人。

可人又是不断在改变的，吸取教训、累积经验，慢慢地成长为一个能适应环境的成年人。多少年月下来，你会发现你已经被消磨了热情，被磨平了棱角，再去做那些年少时的冲动决定，已经是难上加难。

感情亦是如此。

有人说过，看一个人对你好不好，不要看他为你做了多少细心的事，而要看他为你做了多少糊涂事。情到深处难自抑，这才是爱一个人最真实的状态。

比如唐诀，比如……张沛之。

越是经历过大风大浪的人，他的冲动，他做的傻事才尤为可贵。

看着张沛之在我们面前侃侃而谈的样子，我更多的却是注意到他时不时看向洪辰雪的目光。爱一个人有时候是没有道理可言的，你说吧，这S市里好喝的美式肯定不止我们一家，但却偏偏让洪辰雪入了张沛之的眼。

我又看了一眼洪辰雪，只见灯光下她的皮肤光洁如玉，嘴角噙着一抹淡淡的笑。我看得出来，这不是她的商业表情，而是情绪真实流露的表现。

我心里为她开心，忍不住的好心情。

张沛之明显看出来我的心不在焉，他有些不满："你到底有没有在听？"

上天保佑，我的记忆力还不错，赶忙接上他的话："你是要我们在他们举行婚礼的时候，把唐诀带走吗？"

没等张沛之开口，我就说："这不妥，我是想解决问题，而不是增加问题。"

开玩笑，李、唐两家如果真的办婚礼了，那绝对是轰动整个S市的大事！婚礼现场新郎跟别人跑了，这不仅仅是打李小西的脸了，更是把李、唐两家推向了共同对外的阵线。万一李小西想不开，直接去寻短见，那我和唐诀这日子还要不要过了？此乃下下策。

张沛之挑眉："看不出来，你还挺理智的。"

我轻叹："我一直很理智，只是……"只是之前如走入魔障一般，不肯服输低头，"不提也罢，说说吧，还有什么计划？"

张沛之又说："据我所知，唐家大儿子也快要结婚了。"

我算是看出来了，张沛之就是喜欢拿婚礼说事。我说："是的，不过应该不会赶在李、唐两家之前吧？"

新闻都说了，李、唐两家预备下月月底就办婚礼，这次动作这么大，应该不是空穴来风。

张沛之勾起一个坏笑："那不一定啊。唐大少爷等得住，他女朋友的肚子可等不住啊，这婚礼最多本月月底，最迟下月月初，肯定得办。"

我吃惊，这张沛之不去做狗仔队的领班真是可惜了，明媚怀孕这种消息我都不知道，他居然就这么大大方方毫不隐瞒地说出来。

见我吃惊，张沛之得意得很："怎么？是不是觉得自己这个经纪人当得太失败了？"

我揉了揉太阳穴，忍住情绪："就算他们要结婚，唐云山如果抵死不让唐诀出席，就说他身体不适还没痊愈。那也没辙啊！"

张沛之意味深长地来了一句："你不是她的经纪人吗？"

听到这里，我觉得自己被诓了，敢情张沛之就出了个主意，具体实施还得靠自己。

洪辰雪忍不住开口："你不是说你会帮忙吗？"

张沛之的眼神立马变得温柔起来，仿佛刚才的讽刺都是过眼云烟，他说："虽说得她自己出马，但等到了婚礼那天，没我帮忙，她怎么可能把唐二少爷弄出来？"

我快速地思索了一遍，说："那就先这么定。"

计划确定了开头，我拿起包就要离开。时间不早了，我还得让小悦早点回去休息，况且我这个电灯泡亮了够久了，再亮下去保不齐张沛之会轰了我。

洪辰雪没反应过来，还来了句："你这就走啦？那你等我，我坐你车回去。"

真是傻大姐，我笑着回头对上张沛之那饶有意味的眼神，好像我只要一口答应了，他就会立马吞了我。

我笑眯眯地眨眨眼睛："张总有车，而且他顺路。"

张沛之很满意我的说辞，殷勤地点头："没错，我顺路。"

洪辰雪闹了个大红脸，瞪着眼睛磕磕巴巴地没说出一句整话。

我一边感慨着，一边推开店门走人。果然好的感情会让女人越来越天真，因为有人护着疼着，可以在他面前像个没长大的孩子。

这样真好！

我观察了明媚一整天，她今天去拍杂志封面，工作量还算可以，我站在场外盯着她看，希望能从中发现蛛丝马迹。

然而，我什么也没发现。

我以为明媚会害喜、孕吐什么的，结果人家粉面桃花、精神奕奕，没半点不适的样子。

等到中间休息的时候,她坐在我旁边,拿起一张湿巾擦着手指,问我:"今天怎么有空盯我一整天?"

关真尧在家里研究剧本呢,为了这部电视剧她也算铆足了劲,这段时期不太需要我的存在。我挤出一个微笑:"我来陪着你也是应该的。"

然后我的目光忍不住挪到了明媚的小腹上,看了几秒后挪开,又问:"你最近身体还好吧?再过两个月网剧就要开拍了。"

明媚笑笑:"放心,我会准备好的。"

不是吧,看这云淡风轻的样子,难不成张沛之在骗我?如果明媚现在怀孕了,两个月后拍的网剧又不是长衣飘飘的古装剧,这肚子无论如何是藏不住的。如果张沛之没骗我,那就是明媚不打算要这个孩子!

我按捺住性子等啊等,终于等到明媚收工,我今天是肯定要从明媚这里问到消息的,所以两个鱼早就拜托洪辰雪帮我接回去暂管。

我说:"我请你吃晚餐,我们好像还没有在一起好好吃过一顿饭呢。"

明媚的脸上渐露疲态:"好呀。"

虽然明媚还没有承认自己是孕妇,可我挑选地点的时候还是避开了一些孕妇需要忌口的餐厅。挑来挑去,最后选择了吃海鱼火锅,不辣的口味,又是优质高蛋白,大补。

明媚点头:"行啊,听起来不错。"

你觉得不错就行啊,有好吃的,说起话来都顺当得多。

我开着车带明媚到了餐厅,两个人坐好后,点了一条三斤多的海鱼。我说:"一会儿不够,你再点菜,尽管挑自己喜欢的。"

明媚嫣然一笑,说不出的娇俏:"那我就不客气了。"

明媚的胃口看上去很好,一大盘的海鱼,有三分之二都进了她的肚子,她吃得那叫一个大快朵颐,边吃边说:"好吃!自从干了这一行啊,每天为了保持身材都不敢多吃。你挑的是鱼,我才敢这么吃呢,要是其他肉,我可就得掂量着了。"

我琢磨着怎么开口,试探性地问了句:"你和唐晓……确定婚期了吗?"

明媚的表情黯淡了下来,她摇头:"还没,我先顾着我自己的事业吧,其他的以后再说。"

这话题算是聊死了,我要怎么接?直接问她是不是怀孕了?这也太欠问话的艺术了,该多让人反感啊!

大概是海鱼吃多了,有点口干,明媚又要了一扎冰镇西瓜汁。我刚想拦着,她就已经快人快语地点了,拿到手就喝了一大口,直呼"爽快"。

我心有点发紧。要知道我怀孕那会儿,尤其是头三个月,饮食忌冷忌

第十五章 <<< 才下眉头，却上心头

辣，处处都很小心，别说冰镇西瓜汁了，我连个西瓜皮都没碰过。

我连忙劝："你少喝点，太凉了，对身体不好。"

明媚却不以为然："好喝呀，你也喝一点。"

我喝是没关系，可是你喝就不太妥当了。虽然我现下还没确定，可总得防着，万一有了呢？

正愁着不知道怎么开口，坐在对面的明媚突然肚子疼起来，瞬间脸色惨白，额上全是冷汗，那样子吓了我一跳。

"我就说你不要喝这么多冰的东西！"我手忙脚乱地把她扶上车，正准备往医院奔去。

明媚疼得上气不接下气地说："我不要去医院。"

我没好气地说："你要是疼得只是跑厕所的程度，我才不带你去医院呢，你看看你自己现在的脸色！"

明媚咬紧牙关，可能是疼得厉害了，没有再说话。

我想了想，把车开向唐家的医院，并给唐晓打电话："喂，唐晓，我现在在带明媚去医院的路上，你给你们家医院说一下。"

明媚怎么说也是艺人，万一真有什么，消息封锁才是最重要的。

唐晓急切地问："出什么事了？她伤着哪了？"

我总不能说你女朋友疑似怀孕吧？我只好说："你到了就知道了。"

唐晓的速度很快，我们到的时候，他就已经在医院门口等着了。一脸肃杀气息，看谁都带着狠戾，见到我们来，他一把抱过明媚就往里面冲，我跟在后面跑了个气喘吁吁。

急诊室的医生已经在等着了，一进去就开始检查，我连忙走过去说："医生，麻烦你检查得仔细一点。"其实我是想说，能不能再验个孕什么的，但是这么说太直白太意外了。

可是不说得直接点，万一给明媚用了不该用的药，这可怎么好？

我想了想还是决定先跟唐晓说，虽然我并不是很想看到唐晓这张脸。我把他拉到一边，轻声问："你觉得要不要给明媚验孕？"

唐晓听完我的话，整张脸都扭曲了起来，好半天才硬邦邦地说："你什么意思？"

我有些语无伦次："我是说验孕啊，你们和好之后都没……那个啥嘛？"说出去我也不信，看唐晓也不是吃斋的人。

唐晓的脸色阴沉了下来，片刻后他转身大步流星地走过去跟医生耳语几句，随后医生点头，就开始给明媚检查了起来。

很快，明媚一系列的检查报告出来了，诊断为急性肠胃炎，症状还算

劫后余笙。

稳定。

然后医生不紧不慢地说:"患者早孕,所以用药方面我们有考量,打针挂水虽然好得快,但是我们不建议用。"

唐晓脸上错愕了一会儿,然后盯着明媚。明媚倒是一脸平静,除了因为疼痛,脸色略微发白。

医生写了单子,我主动要求去拿药,总得找个机会暂时开溜,给这两个人一点解决问题的空间。看明媚刚才的表情,她显然是知道自己怀孕的,那么我之前的推断没错,明媚不打算要这个孩子。

等我拿了药回来,只听唐晓还在念叨:"我不懂你为什么什么都不跟我说!之前也是,现在也是,就不能好好地讲清楚吗?"

难得,我认识唐晓这么久,他的个性除了表面上看起来的温雅,其实本质还是很乖张。平时话不多的唐晓,此时此刻居然能说这么多。

躺在那里的明媚,眼睛看着别处,最后蹦了一句:"我配不上你的,唐大少爷。"

看得出来,唐晓在努力抑制自己的怒气:"现在说配不配得上太晚了,我们已经领证了,你也发了微博,最多半个月,我们必须办婚礼!"

明媚这么不情不愿的样子,看来之前的微博秀恩爱也是唐晓主动策划的了。我心里唏嘘,没想到再厉害的男人遇到一个情字,依然还是会犯傻。

明媚无声地冷笑:"你唐大少爷不是向来如此吗?刚开始的时候隐瞒,不就是怕我攀您的高枝吗?我现在不想攀,您又这么霸道地要结婚,我真是搞不懂了。"

我也搞不懂啊,所以我走了进去:"药在这里了,还有医生的处方。"

唐晓似乎是找到了发泄口,对我说:"你是她的经纪人对吧?推掉她下面的所有工作,我要办婚礼,最多半个月,必须办!"

我说:"这事我得跟韩总说一下,明媚刚刚签了三个通告。"

唐晓同志财大气粗:"有违约金我来付,你只要跟韩叙说明白,她要结婚了,暂时不接任何工作。"

明媚身体不适,看着唐晓光是生气,却没有力气再抗争了,最后闭上眼睛索性来了个不听不问。

唐晓待了一会儿,最后还是离开了,走的时候他说:"你可以仗着年轻任性,但是你总要为了孩子想想。"

经过我身边的时候,唐晓丢下一句:"你帮我好好劝她,我不会亏待你的。"

我坐在明媚身边,给她倒好了温开水,让她把药吃下。我说:"我叫你不要喝那么多吧？西瓜汁又是冰的，你真是跟自己过不去。"

明媚淡然地笑笑，拿了一只枕头倚在身后："你是不是早就知道了？"

我僵了几秒，索性点头承认："是，本来我想吃饭的时候问你，结果你却这样了。"

明媚试着勾了勾嘴角，还是没笑出来，她眼里全是泪光："你说，我该留下这个孩子吗？"

其实我知道，明媚想问的是自己能不能跟唐晓结婚，原本抱着玩玩而已的态度，却投入了真的感情。人，永远比自己想的要复杂，你以为自己可以从中全身而过，不惊起任何波澜，处的时候愉快地处，走的时候潇洒地走。可到了真正要抉择的时候，却发现是这样的难。

我当然是希望他们结婚的，唐晓不结婚，我怎么去让张沛之帮我捞唐诀？

我想了想说："其实，我觉得你们在一起这么久，彼此经历了很多，就这么放弃太可惜了。"

明媚露出一个勉强的笑容，静静地坐着看着窗外，久久无言。

我陪了明媚半宿，到了午夜时分才离开，基本都是我说得多她张口少，她似乎只是想有个人顺着她的心意去讲。听到最后，明媚的脸色也缓和了许多。我走的时候，她已经半迷糊着要睡了。

我走出医院看看手机，洪辰雪给我发了信息，说是两个鱼已经睡下了，叫我明天早上再去接。

我叹气，鱼儿们啊！为了你们的爸爸，你们就再忍耐一会儿。

我站在唐家医院的大楼下往上看，一片暗色，整个大楼都进入了梦乡。不知道我的唐诀在不在里面，又在哪一层。

仰着头数了一会儿，相思已经遍地，我终于收拾好心情回家。

做了一夜的梦，早晨醒来的时候才刚刚五点。真是心里有事睡不着啊！我简单地洗漱后，换好衣服去买了两个鱼和洪辰雪都爱吃的早餐，掐着点给送了过去。

洪辰雪正在家里给两个鱼洗脸，这是她之前做惯了的，熟门熟路，还顺带给两个鱼讲故事，真是好妈妈的预备人选，张沛之有福气！

我把早餐摆了一桌子，张罗着大家一起吃，洪辰雪走过来白了我一眼："还算有良心，知道送早餐来。"

我连忙赔笑："这点自觉性还是要有的嘛，来吧快吃，洪美女，这是你喜欢的双色卷。"说着，我殷勤地给她夹了一只还在冒热气的面点。

我们吃完了早餐，正在收拾的时候，明媚的电话打了进来，她说："我劫后余笙。

想好了，还是结婚吧，我也不想再折腾了，总归是逃不出他的控制的，我认命。"

明媚这番话引起我一阵怅然，可心底还是有一丝丝的庆幸。还真是被张沛之给说中了，半个月的时间就办好婚礼，可不是本月月底或者下月月初吗？

我深刻感觉到，张沛之也许还有当神棍的能耐，这就是穿越回去也有门张罗吃喝的营生了。

我说："别这么说了，公司那边的合约我去谈，你放心吧，不会耽误你的工作的。"

明媚感激："谢谢。"

"这是我分内的事，你照顾好自己就行。"我说完挂断了电话。

一旁的洪辰雪盯着我："有门了？"

我点头："他们要结婚了。"

洪辰雪一脸不可思议："还真是神了。"我知道她说的是张沛之。

等我去公司跟韩叙这么一说的时候，韩叙脸上露出略微不满的神情："你逗我呢？合约这边刚签下，又怀孕又结婚的。本来就是小制作，你还想一个剧组的人等她一个？"

韩叙肯定还有句话没说出来，那就是你又不是大牌，凭什么叫人等呢？

我说："他们的婚礼半个月内就会办，网剧的长度也不是很长，集中起来拍应该一两个月就能搞定。"

现在明媚才刚刚怀孕一个多月，全部拍完也不过三个月，虽然刚刚经历了急性肠胃炎的洗礼，可她肚子里的孩子却意外的坚强，没有半点异常。

韩叙揉揉手指："也只能这样了，那两个活动就推了吧，我再给他们挑更适合的人选。"韩叙到底是松口了。

我也长舒一口气："多谢。"

跟剧组沟通可不是件简单的事，你得上下打点，你得四处跑关系，堆了一箩筐的好话和钞票之后，总算搞定了一切。

剧组开拍就在下个月，算算时间，他们婚礼刚过，说不定还能度个蜜月，正好正好。

唐晓却不满意，非得让我把网剧的工作也给推了，明媚坚决抗议，说："我手头就这么一个工作了，做人要有始有终！"

我估计是最后"有始有终"这四个字打动了唐晓，唐晓终于同意明媚接下这个工作。

明媚在S市连个朋友都没有，所以挑选婚纱这件事，她也拉上了我一起。

第十五章 <<< 才下眉头，却上心头

唐晓有的是钱，选婚纱根本不用在意价位，唐晓直接让我陪着明媚去了S市最高档的一家婚纱高端订制会所。出入这里的女人非富即贵，一个个都珠光宝气，端的一派华贵。

明媚骨骼纤细，她又偏爱抹肩款式的婚纱，试了几件都是同一风格。旁边的店员连声夸赞，不知道是不是因为唐晓，这个店员说的好话都快把我给噎着了。

明媚换了一身婚纱，对着落地镜照了照，然后转身问我："你觉得怎么样？"

我点头："很漂亮，很适合。"

明媚笑笑："你可不能骗我啊，我让你陪我，就是希望参考女人的眼光。你要知道，男人和女人欣赏的角度不同，我不想到时候被那些贵太太千金小姐们评头论足的。"

我心想，你要嫁的人是唐晓，无论穿什么都会被点评一番。这些贵妇们平时没事做，逮着机会就会私下讨论。

我还是赞赏地说："怎么可能骗你？你漂亮我脸上也有光啊。不过……"我想了想对旁边的店员说："你们这里有订制款的吗？"

店员面露难色："有是有，不过唐先生要求的时间太短了，这么短的时间做不出来。"

也是，半个月就得出货，这订制婚纱又得设计又得手工制作，半个月根本不够，所以只能从今年的婚纱新款里挑现成的了。

店员赶忙又补充："不过您放心，我们这里的婚纱每一件都是独一无二的，绝对不会有第二件出售。"

这就够了，虽然美中不足，但也足矣。

明媚点点头："这件还不错，你觉得呢？"她对着镜子又左右照了照。

只见镜子里的女孩年轻娇美，肩头圆润又不失线条，头发随意地绾起，露出纤长雪白的脖颈，看上去十分美妙。

我赞美："很漂亮，关键是要你自己喜欢。"

是的，做新娘子的时候是一个女人最美好的光景。只可惜到现在，我都没能为唐诀披上婚纱，不可谓不遗憾。

明媚再次看着镜子，随后敲定了主意："那就这一款吧，看着挺好。"

到底是决定要结婚了，明媚的眼里都闪着动人的柔情，嘴角不自觉地自然上扬，一颦一笑都焕发着别样的光彩。

明媚确定了款式签好字，我俩还没出门，正在跟店员讨论细节的时候，只见门口店员簇拥着三五个女人走了进来。

劫后余笙。

为首的女人衣着华丽，一脸张扬的高兴，看见我的时候她愣了一下，随即笑得花枝乱颤："哟，这不是余小姐吗？怎么也有工夫来逛婚纱店？"

我盯着她，随后浅笑："陪朋友来。"

李小西把包换了只手拐，慢慢踱步走到面前，用只有我和她能听清的声音说："别以为拖着不离婚就有希望回到唐诀身边，你做梦。"

我也不生气，微微一笑："啊，李小姐，感谢你的邀请，你的婚礼我是一定会去的。"

李小西脸色突变："你！"

明媚大约也是知道一些的，她走过来凑趣说："那正好，我们一起去吧，反正那天我也要陪唐晓去的。"

李小西眼睛眯起："你又是什么人？"

明媚虽然年轻，但是混在娱乐圈里，什么人没见过，她大大方方地伸出右手："你好，我是唐晓的未婚妻，将来可能也是你的大嫂。"

李小西的表情很古怪，像是不敢认似的，迟疑着握住了明媚的手。

明媚随后很快松开，亲亲热热地挽着我的胳膊说："走吧，逛了这么久我都饿了。"

李小西在我们背后终于还是忍不住喊道："别以为跟唐晓老婆玩得好就能改变什么，我劝你早点去办离婚早点好。"

我一直在想，李小西究竟打的什么算盘呢？明知道我不会主动和唐诀办离婚，唐诀那边她更是无从下手。难道要这样一直强硬下去，逼着别人和她结婚，再逼着别人和她一起生活？

有句话说得好："千金难买我乐意。"

可是这世间百态，有时候又岂是一句"我乐意"就能解决的。纵然是高高在上的千金大小姐，也有办不到的事情吧，更不要说感情这种两厢情愿的事情了。

我转身露出微笑看着她："我从没有想改变什么，我也不需要改变。"

是的，从头到尾唐诀都没有说过要娶她，我相信唐诀。

李小西唇角往下一拉，随后从包里拿出一支手机，装模作样地说："我出来这么久，也许他会担心了。"

我一眼就认出那是唐诀的手机，心里涌起更多的担心，但我还是稳住了情绪，拉过明媚直接头也不回地离开。

我知道那是李小西故意让我看的，唐诀现在无法自由，手机在她手上也是很正常的事。突然我想起了什么，问明媚借了手机拨了唐诀的电话。

果不其然，对方是关机状态！

唐诀的手机就算在李小西手上，密码也不会告诉她。我笃定了心里的想法，越发迫切地希望唐晓和明媚的婚期快点到来。

分别的时候，我问明媚："你们结婚会请他的家人吗？"

我自以为问得很隐晦，明媚却眼明心亮地说："我会尽力说服他，让他弟弟过来的。"

和聪明人说话就是好，不用太费力，对方就能明白你在说什么。

明媚虽然这么说，可我也不能完全把希望寄托在她身上，我思前想后还是决定去求唐晓一次。

由于上一次的不愉快，我对唐晓还是心存芥蒂，可看在他后来帮了我的分上，我又忍不住劝自己。

唐晓说："我知道，我会让他来，但是我没办法让你直接从正门进。"

我激动得声音都有些变了，连声道谢："谢谢，谢谢！我自己会想办法的。"

前期工作铺垫好，我这才给张沛之打了电话，他说："那天我也会去，你就充当我的跟班吧。"

我又补充："我的孩子那天会请小雪帮我看一下，为了预防万一……"

我还没说完，张沛之不耐烦地打断我："小雪是我女朋友，我会照顾好她，当然也会顺带照顾好那两个小的。"

我心里顿时为这两个人的进展神速而高兴，这才短短几天，就已经转正上岗了。难怪洪辰雪这几天的朋友圈全是关于甜蜜爱情的鸡汤文，原来是感从心生。

随着唐晓婚期的临近，我反而觉得心情平静了许多，拿起手机反复看着那条只有两个字的短信，手指轻轻地摩挲着那两个字的位置，仿佛这样就能感受到那个人的温度和气息。

一时间，心潮涌动。唐诀，这一次换我来主动吧！

唐晓婚礼前一天，我收到了一封请柬，封面印着银色的钩花，打开一看，扑鼻而来的先是一股淡香，里面写着"唐诀&李小西诚邀您参加婚礼"。

我深呼吸了几次，才将涌起的情绪藏好。不要急不要冲动，这是敌人的招数，两军对战，攻心为上。我可绝对不能在这时候自乱阵脚！

我想唐家肯定是掐着点算好的，我收到请柬还没有一个小时，有个陌生号码打给了我。

我接起来一听，对方温柔的声音说："小笙啊。"

是丁慧兰！我的心一下子紧了起来。

我幻想过很多次，也许唐家会再次派人劝服我，这个人可能是唐晓，或

365

劫后余笙

是唐云山，实在不行李巍也可以。

但是，我从没想过这个人会是丁慧兰，曾经，我叫了多年"妈妈"的丁慧兰！

我心里顿时像是被打翻了的五味瓶，有对父亲的愧疚，有对自己的埋怨，更有对丁慧兰的不舍和痛心。

这些情绪送到嘴边，却又变成了轻描淡写的一句："你好，兰姨。"

丁慧兰的声音我不会不记得，所以无需做那些故意不相认的桥段。这个称呼还是再次刺痛了我的心，曾经我也是把她真的当成母亲来对待的，转眼间她就已经成为了唐诀的继母。这世事无常到让我措手不及，也让我难以置信。

她的语调还是那么温柔，带着江南水乡女子特有的侬语轻喃，听在人耳朵里特别舒服。

她说："小笙，是唐家对不住你，叫你受委屈了。"

眼睛一阵酸涩，我笑着说："我哪里受委屈了。我自己怎么不知道？"

丁慧兰叹气："你不用跟我逞强，我看着你长大的，我怎会不知道？"

这句话简直命中我的要害，我不得不感叹敌人攻势凶猛且知己知彼，一个大招下来，几乎叫我丢盔弃甲。

母亲，永远是人生里最温暖的字眼。

丁慧兰在我迄今为止的生命里就扮演了这样一个角色，她细心温柔，让我渐渐地依赖她并接受她。当我真的把自己最柔软的一面暴露出来的时候，她却已经转换了角色，用另一个身份说着让我似曾相识的话。

看着我长大？没错，丁慧兰是这样的，她作为继母简直无可挑剔。那时候人人都说我命好，虽然生母早就亡故，但是有个胜似亲妈的继母，还是那个被疼爱被娇宠的余家大小姐。

我说："没有逞强，我不懂你在说什么。"

丁慧兰就像慢性毒药，她又一点点地侵蚀着我的坚强："别这样，傻孩子。那天在唐家我也看见了，这么多天我多少也知道。"

她看见什么了？又知道什么？明明已经转身离开，投入新的生活，为什么要来对我这样貌似关心地问候？

我极力忍住这些几乎要脱口而出的问题，我说："不用您担心，真的。我挺好的，谢谢关心。"

丁慧兰的声音有些哽咽："我知道你怨我，对不起。"

眨眨眼睛试图让眼睛不那么酸涩，我吸了一下鼻子："不用这样说，您的人生您有权利选择，这是您的自由。"

第十五章 才下眉头，却上心头

丁慧兰迫切地说："小笙，我不管你还能不能听进去，是不是还在怨恨我。我只想跟你说，跟唐诀断了吧，唐家不是你惹得起的！更不要说还有一个李家！我不想看你受苦，你还有两个孩子。要是现在断了，我还能跟云山说点好话，多给你和孩子一点补偿，好让你们下半辈子的生活能自在从容。你就听我一次吧，啊？"

一连串的语重心长几乎让我以为她又把角色转换成了我的继母，可是敌人的糖衣炮弹再猛烈，我还是看清了丁慧兰的目的。

不得不说，唐云山这招很高明，他如果亲自打电话来劝服我，有失身份不说，还可能不欢而散。但是如果把劝降任务交给丁慧兰，那就是另外一种局面了。

我对丁慧兰有感情，面对她我做不到像对唐云山那样决绝。

丁慧兰的话里话外好像都透着她为我好、为我打算的意思，可我明白这不过是她惯用的手段而已。其目的只有一个，那就是让我和唐诀去办离婚手续。他们搞不定唐诀，就只能让我先主动放手，就像几年前那样，让我主动离开唐诀。

我可以傻一次，但绝对不会傻第二次！

我说："我和唐诀已经断了啊。"

是啊，在表面上看确实如此啊。我们彼此都无法互相联系，唐诀连家都没办法回，我甚至不知道他现在在什么地方。这不是断了，是什么？

我要逼着丁慧兰说出她真正想说的话，这样我也好真的对她死心，不再抱着对往日情分的眷恋去宽宥她。

丁慧兰被我噎住了，好半天才说："断了就好，断了就好。"

显然，在丁慧兰看来主帅那里提供的情报和实际敌人交代的完全不一样，如果她说得太明显就没有了温情攻势，可如果她说得太含糊，根本达不到效果。

她酝酿再三，说："你还这么年轻，以后总是要再嫁人的，现在手续都办妥，也好过以后纠缠啊。"

原来如此！果然跟我想的一样。心里拔凉拔凉的，我却依旧轻淡地说："这个啊，我现在正准备去外地出差呢。我的艺人在拍戏我得跟着，等我回去以后再说吧。"

丁慧兰的语气立马变得欢快起来："这样啊，那我就不打扰你工作了，你好好照顾自己，别让我担心。"

这虚情假意的问候我收下了，我也皮笑肉不笑地说："您也是。"

搁下手机，心口还是一阵酸涩。再也没有比被亲人背叛的感觉更糟糕的了，唐诀啊唐诀，姑奶奶为了你豁出去了，你可不能让我失望啊！"

因为我，已经没有东西可以再失去的了……

我收拾好行装，里面装着的是张沛之给我的衣服，我要假扮他的司机而不是什么女伴。做好一切，我打开门离开家，就像电话里和丁慧兰说的那样，我要离开S市前往外地。

唐家不可能这么轻易相信我，只有我真的离开S市，他们才能放心地让唐诀出席唐晓的婚礼。

我没有开车，而是选择了坐动车，按照约定好的，我于两个小时后抵达了张沛之正在出差的城市。

张沛之看见我半句废话都没有，直接就说："我们明天早上七点出发，预计九点能到，婚宴的流程从早上就开始，我们肯定能赶上。你有什么意见？是直接去晚上的婚礼现场，还是早上就去？"

我苦笑："您安排您说了算。"

张沛之果然是问问而已，他很快就侃侃而谈："要想把人弄出来，还是在白天比较好，到了晚上恐怕不太好弄。"

我始终觉得"月黑风高夜，杀人越货时"这句话很有感觉，所以像偷偷把唐诀救出来这样的计划，应该在晚上实施才对，为什么要在白天？

大约是发觉我的不解，张沛之说："白天人多忙得慌，一时丢人根本发现不了。但是到了晚上，诸事皆毕，就等着观礼了。少了唐诀这么一个大活人，他们肯定能发现。况且，这是唐晓的婚礼，他们就算发现人没了，也不敢大肆张罗地去找，不然得罪了唐晓岂不是得不偿失？"

这么分析起来好像也对，我住进了酒店，就等着第二天上战场了。

张沛之给我安排了一件不显眼的女式西装，还有一顶配套的帽子，看来他要单独赴会，不带任何女伴。

第二天一大早，我就把张沛之用电话轰炸吵起来，张沛之坐在车里看着我，冷不丁笑了笑："你好好开，我还是第一次用女司机呢。"

我穿了张沛之给我的衣服，戴上帽子，还给自己买了副墨镜架在脸上。

张沛之又乐了："你这样子倒有几分司机的模样。"

老实说，我有点紧张："今天必须要成功。"

张沛之坐在后排，直接倚倒了上半身："快到了喊我。"

上了高速后，距离就在一点点地拉近，刚过九点十分，我们总算顺利抵达了唐晓的家。

这是我第一次来唐晓独居的房子，我没想到唐晓早就给自己置办了这么大的家业，看这花园洋房的架势不比唐家老宅差。

第十五章 才下眉头，却上心头

张沛之看着点点头："不错，唐晓眼光独到。"

作为盛世刚刚上任的东家，张沛之显然是S市各方巴结的新贵，唐晓大婚理所应当也邀请了他，他一下车就被很多人围观，搞得我紧张到不行，生怕被人认出来。

张沛之对我说："车停好，然后里面有专门的休息区。"

今天是唐晓和明媚的大婚之日，不说唐晓的地位了，就是明媚也有点人气，所以会场宾客来来往往，热闹非凡。

我停好车，压低了帽檐，拿着张沛之给我的入场请柬轻松地踏入了大门。整个花园被营造成了浪漫的玫瑰之都，唐晓的婚期虽然安排得很紧促，但是细节方面一点都不含糊，从铺着的红毯到粉色、紫色相间的气球，到处都洋溢着甜蜜的感觉。

我在会场里走动着，观察四周。

唐晓家我是第一次来，根本不熟悉环境，我得勘察仔细了，为了接下来的行动打好基础。我看了一眼不远处的张沛之，他已经和商界里的同好开始谈笑风生了。

果然人还是得靠自己啊！

我晃了一圈，总算摸清了这里的情况，这时张沛之从我身边擦肩而过，丢在我耳畔一句："新娘在二楼，唐家主要亲戚都在。"

我看了一眼花园的大门口，在那里接待宾客的看起来是唐晓的管家，整个花园里没有看到唐家的主要亲戚，我快速地瞥了一眼，不动声色地向内宅走去。

因为进进出出的人很多，而且在场的宾客都要凭专门派发的请柬才可以入场，所以我混进去也不算太难。只是要上二楼就不简单了，毕竟，那是新娘在的地方。

我在大厅里徘徊了一会儿，掠过一个房间门口时与盛装打扮的李小曼擦肩而过！李小曼应该是认出了我，她的眼里飞快闪过一抹惊讶，甚至停下脚步回头看了我一眼，这一刻我的心怦怦直跳。

她身边的女伴问："小曼，怎么了？看见熟人了吗？"

李小曼声音平淡又打趣着说："没有，是我看花眼了。"

真是虚惊一场，不管李小曼认没认出我，起码她没立刻当众叫出我的名字，就算谢天谢地了。我为了能顺利进来手机都静音了，就是为了不引起别人的注意。

正厅里摆成自助餐的模式，放着水果甜点，供宾客们小食。这里还是女眷比较多，男人都在花园里畅谈，以拓展人脉圈和稳固现有人情。

劫后余笙。

我找了最靠近楼梯的角落站定,正想着该怎么上去,李小曼却不知什么时候来到我身边,她轻声说:"我帮你上楼。"

这个当口也容不得我多想了,反正李小西和李小曼是不对盘,所谓敌人的敌人就是朋友,李小曼这个橄榄枝送得很是时候。我总不能叫张沛之想办法帮我上二楼吧?或者我也不好叫明媚下来接我上去啊!

本来利用唐晓和明媚的婚礼已经是拜托他们了,这事还是越少人参与越好。

我也轻声回:"好。"

大概是因为李、唐两家即将联姻,李小曼在这里也算是半个主要亲戚了,她微笑着张罗了一堆东西让我抱着捧上楼,都是些糖果彩纸什么的,说是一会儿给新娘做礼物。大厅里的人倒也没注意太多,我就这么被李小曼带着踏入了二楼的大门。

一进入二楼,我瞬间被满目的精美布置晃花了眼,心想这个唐晓还真是少女心泛滥,这么粉嫩华丽的装饰,也亏他能弄得出来。

再往前走几步就是新娘的房间了,李小曼在前面走着,我在后面跟着,突然身后一个人叫道:"小曼!"随后就是几声清脆的哒哒声传过来。

我一下绷紧了神经,这是李小西的声音!

李小曼看了我一眼,很自然地说:"你把东西拿进去吧,再顺便把彩纸的颜色分出来,不要让新娘子费事。"

我也不敢出声,赶忙点头,然后快步继续往前走。

李小曼迎着李小西走过去:"怎么样了,我的好姐姐,找我有什么事呀?"

我站在新娘房间门口敲了敲门,憋着嗓子说是来送糖果和彩纸的,明媚在里面开了门,我赶忙闪了进去。

真可惜,听不到李氏姐妹说话了,但是还好李小曼关键时刻发挥了重要作用。

我喘口气,摘下墨镜,明媚见到是我一点也不意外,问:"我还以为你不来了呢。"

我摇摇头:"到这里可不容易。"我又不能让张沛之把我打扮成他的女伴,这样太过扎眼,根本混不进来。

明媚赶紧说:"一会儿他会过来给我送红包,你得抓紧。"说着,她握紧了我的手。

我这才有心情抬起头,看着眼前的明媚,她穿着那天我陪她去挑中的婚纱,头发绾成简单优雅的样子,带着新娘妆的明媚看起来灿若玫瑰,一扫她平日里娇弱的气质,整个人看上去华贵了许多。

可是我还没等到唐诀来送红包,门外又响起了敲门声,明媚赶忙让我躲进里面的卫生间,这才开了门。

"新婚快乐,嫂子。"门口俨然是李小西的声音!

明媚笑着说:"这声嫂子还是等等再喊吧。"

李小西不满:"你是看不起我,还是觉得我不会和唐诀结婚?"

明媚四拨千斤地说:"怎么会?我是指等我和唐晓正式完婚之后再喊。你可能不知道,唐晓他啊最重视这些礼节了。"

正说着,唐晓也来了,他站在门口问:"怎么是你来了,我弟呢?"

李小西娇笑道:"都快是一家人了,我来和他来不是一样吗?大哥你何必这么见外。"

唐晓冷冷地说:"你们李家打什么算盘我不想过问,但今天是我结婚,他是我亲弟弟怎么可能不来现场?你要让宾客看我唐晓的笑话吗?"

这话重了,李小西被说得无法反驳,过了好一会儿才心不甘情不愿地说:"我这就去叫他。"

脚步声匆匆而逝,李小西离开了,没过一会儿唐晓和明媚也走出了房间,我正纳闷这新娘子要去哪里。就在这时,房间门被再次打开,一个人走了进来。

我看着他的身影呼吸都颤抖了起来,生怕自己看花了眼,我拼命地揉了揉眼睛,正好看见他把脸转过来,那熟悉的面庞让我瞬间崩溃。

唐诀!是我的唐诀!

我从卫生间里冲出来,带着一张哭花了的脸,一下扑进了他的怀里!

大概是我扑的力气太大了,唐诀退后了两步才稳住身体,大手将我揽在怀里,说:"害我担心了那么久,看起来很有精神嘛。"

我在他的衣领处狠狠擦了一把脸,抬眼说:"不说了,我们先出去。"

天知道我是多想把唐诀抱个满怀,然后跟他亲亲热热地撒个娇,可现在的情况不允许我这么做,这是在唐晓的家里,一分钟不离开,一分钟都不安全!

唐诀松开手,揉揉我的头发:"走吧。"

我看得出来唐诀的身体还没有完全恢复,他的脸色微微发白,嘴唇也没有光彩,脸颊消瘦了许多,只有一双黑眸还像之前那样。

我们溜出了房门,唐诀说:"不可以从正门走,他们至少有四个人跟着我,这会儿都在外面。"

好吧,我就说嘛,不派人这么看着唐诀,唐诀早就能脱身了!

走正门离开已经是不可能了,只能趁着有限的时间找别的出路,我和唐

371

劫后余笙。

诀搜寻了一圈,发现了一扇正对着别墅后面的窗户。从这里看下去,正好是花园宴会的视觉死角,下面有个大花台可以做缓冲。

只要跳下去,再翻过那道围栏就算成功了一大半了,我给张沛之打了电话,让他把车开到小区等我。

张沛之意兴阑珊地"嗯"了两声,我也顾不上他会不会按时到了,现在再不跑,等过会儿李小西发现不对劲再找过来,那一切就完了!

我问唐诀:"可以吗?这个高度。"

唐诀浅笑:"你小看我,我们小时候爬的树可比这个高多了。"

谁问你小时候了?你要是小时候那会儿皮猴子的状态,我也不担心这么多了。

我说:"我先下去,你小心点。"

别墅二楼的高度说高也不高,但好歹也有个三四米的样子,我看准着陆点,轻巧地翻出了窗子,瞅瞅四周无人,赶紧一跃而下!

花台里松软的泥土起到了非常不错的缓冲效果,我几乎没什么感觉,抬起头刚想招呼唐诀也跳下来,他却比我反应更快,一下落在了我旁边。我们俩也顾不了膝盖上的泥,赶紧手脚麻利地又攀上围栏,最后逃到了别墅之外。

突然想起我和唐诀孩童时代一起玩耍的场景,也是这样经常一起跟三五个伙伴爬树玩乐,没想到我们两个年纪加起来都快古来稀的人了,居然还能有一起爬围栏的经历。

我拉着唐诀的手一路狂奔,还没跑到小区门口,只见张沛之的车就稳稳地停在了我们身后,他从车窗里探出头说:"上车啊。"

我和唐诀就这样带着一身泥土灰尘坐进了张沛之的车里,在后排的座位上,我看着唐诀,唐诀也看着我,我们对视傻笑了好一会儿。

张沛之看不下去了,说:"先别忙着笑,你俩这一身泥的,回头洗车的钱算你们的。"然后他嘟囔着,"这叫什么事,我怎么又成司机了?"

唐诀笑道:"这个自然,不知这位先生怎么称呼?"

我在一旁插嘴:"这是张沛之,盛世公司的老总,洪辰雪的男朋友。"

听到最后一句介绍,这位性格古怪的张先生总算露出了微笑:"幸会幸会,久仰大名,唐先生。"

原本想接两个鱼一起回家,张沛之却说:"你们今天晚上不会安宁的,孩子先放我那吧。"

好吧,看在张沛之说得这么有情有义的分上,我就忽略他把洪辰雪的家称为"我那"吧。

第十六章　唯有认真二字

回到家不久，房门就被敲响了。

唐诀的唇角弯起，眼里布满寒意："我还怕他们不会来呢。"

谈判谈判，结果看判字，而过程却系在一个谈字上。谈得好不好，会最终导致判得怎么样，是不是差强人意，是不是皆大欢喜，又或者是不是不欢而散。

能皆大欢喜自然最好，实在不行差强人意也勉强过关，最不想看到的就是不欢而散，这谈得没效果，判得也无用。

我在厨房里切着刚刚买回来的水果，把它们在盘子里摆成端庄的样子，一个个临危不惧的，好像是要奔赴刑场。

客厅里的沙发上，一字排开坐着唐云山、李巍、丁慧兰还有李小西。他们的左侧方、单独的沙发椅里坐着刚刚洗完澡的唐诀，他看上去清爽了很多，人也精神了不少。

我端着盘子放在了玻璃面的茶几上，发出一声轻不可闻的叮当响。

唐诀说："我先说好，你们最好不要有什么别的动静，我已经安排了人，就守在楼底下，像上次那样的事绝不可能出现第二次。"唐诀的声音轻淡，眼神却透着不容置喙的锐光，"尤其是你，父亲。"

被唐诀点名的唐云山脸上闪过一丝不快："你这是什么意思？我还不是为了你，为了我们唐家，小西有什么不好？你为什么反感至此？"

唐诀嘲弄地笑笑："如果是父亲你，被人绑着捆着，甚至还给下药，就为了让你娶一个女人，你会乐意吗？你会不反感吗？更不要说我之前就对她没什么好感。"

唐诀根本没顾着李小西在场，话说得直接又难听。我半倚着坐在唐诀身边的沙发扶手上，看着这一切，心里觉得很是有意思。

就在二十分钟之前，这一行人气势汹汹地敲响我们家的大门，我从猫眼里看到这几个人时，不得不佩服张沛之的远见。如果今天两个鱼在这里，我和唐诀势必会畏手畏脚、瞻前顾后。

唐诀说开门，我也不去纠结了，打开门后就变成了现在的架势。

见唐诀不吃他爸的那一套，李巍又语重心长起来："小唐，算是我这个劫后余笙。

爷爷辈的人求求你,你和小西的婚期都已经定下了,请柬也印好了,你就算帮我们李家圆了这个脸,好不好?"

一旁的李小西不住地抽泣,哭得一脸梨花带雨。如果不是知道她之前的风格,我都快被这张充满欺骗性的脸给忽悠了。

唐诀不开口,旁边的丁慧兰站起身向我走过来,边走边说:"小笙啊,我们还是去楼上休息一会儿吧。"

唐诀瞥了她一眼,紧紧拉住我的手说:"她哪里也不去,就在这里。这是她的家,你要她避什么嫌?"

丁慧兰肯定是在唐云山的授意下想要打圆场,把我支开,可经过上一次和唐诀分开的教训,我已经深刻领悟到,眼下李家的问题不解决,我绝对不可能当着他们的面离开唐诀身边!

我浅笑又疏离地说:"正是这个理,我哪也不去,我怕我老公再给人拐跑了。"说着,我拿出手机试探性地说,"我要不要给朋友打个电话,万一我们在家里丢了,他们好报警啊。"

唐诀的嘴角露出一抹笑意:"这样也行,有备无患。"

在场的其他四个人脸色均是瞬间白了,李小西一时间都忘了该怎么哭,瞪着一双眼睛看着我,像是把我当成了靶子,就差没把我万箭穿心了。

李巍沉下脸:"那你说你想怎么样?"

唐诀一字一句道:"我娶谁那是我的家务事,我和您孙女一天恋爱都没谈过,你们凭什么绑我娶她?!你们李家的闺女就这么恨嫁?还是李小姐有什么别的难以启齿的暗疾?要用这样的方式逼我们唐家就范?"

这话一出,让刚准备开口的唐云山也缓住了行动,眼神朝李巍的方向瞟去。

是啊,任谁都会这么觉得。就算李家给了投资给了赞助,也不用这样上赶着嫁孙女啊!李小西是真的没人要了?

原本唐云山一心想攀李家这门亲,却没想到这一层吧,猛然被唐诀点醒,唐云山的小心思也活动了起来。

看到这里,我要为唐诀鼓鼓掌了。这叫从敌人内部入手,分化敌人的团结,树立敌人新的矛盾,从而分开对付。

李巍愣了一下,赶忙反驳:"你胡说什么?有你这样坏女孩儿家名声的吗?还不是因为我们小西喜欢你,才想嫁给你!"

唐诀冷冷地说:"那您应该知道,感情这种事从来都是一双两好,没有一厢情愿的。"

李小西愤然抬头,瞪圆的眼睛似乎要冒火,她说:"唐诀,你不要逼我!"而后又盯着我看,"你们把我往绝路上逼,我今天就死在这里!"

我头疼,差点当众失笑,我拿起茶几上的一片西瓜殷勤地递过去:"别这么大火气,吃个瓜降降温,别把死啊活的挂在嘴边,不吉利。"

李小西万万没想到我是这个态度,看着眼前的西瓜,绿皮红瓤的甚是鲜艳,我又补了一句:"昨天买的,今天刚切开,新鲜着呢!"

李小西喘着气,胸脯起伏不定,她到底没吃那片摆在面前的西瓜,而是低下头去用纸巾擦了擦鼻子。

说实话,之前李小西闹过一次自杀,没有成功,今天我就更不会吃她这一套。这么多人,怎么会真的看她去死。这不过是李小西想出来逼我们就范的手段罢了。

我冷眼看着他们,不发一言,旁边又坐下去的丁慧兰抹了抹眼角:"你说,我们好好的两家人,本来多好的喜事,非得闹成这样,有意思吗?"

我暗道不好,丁慧兰这架势是要开启温情大招的模式啊!这一刻我很庆幸她之前给过我电话,让我痛彻心扉了一次,现在的我面对她大概只剩下麻木了。

果不其然,丁慧兰对着我说:"你打小就听话懂事,怎么这事你就想不明白呢?夹在中间多难做人?你又没个父母手足在身边,退而求其次不好吗?我们唐家不会亏待你的。"

李巍立马见缝插针说:"我也不会亏待你的。"然后,他露出一副你尽管放心的表情,满怀希冀地看着我。

我垂下眼睑,心里觉得好笑。

唐诀说:"没错,小笙是没有了父母,也没有兄弟姐妹。所以我现在是她的唯一,我不可能离开她去娶别人。"

丁慧兰又带着哭腔劝道:"阿诀,你这样对得起你父亲吗?"

唐诀看着丁慧兰,过了几秒才说:"兰姨,我敬重您,所以称您一声兰姨。看在您对小笙从小照顾的分上,我就不说别的了。您之前是小笙的继母,现在是我的继母,您嫁给我爸我不会多说一个字,那是你们的自由。至于您说我对不起我父亲,那您对得起小笙的父亲、您的前夫余世冲先生吗?您就是这样对待他留下的唯一血脉的吗?据我所知,余世冲先生可对您不薄的呀!海外的那些产业都归您一人名下了吧?小笙有跟您争抢过一分一毫吗?"

丁慧兰的脸色变得铁青,咬着牙一句话都说不出。

唐诀笑着缓缓道:"您不能觉着自己日子过得舒服了,就看不惯我们过得好吧?退一万步讲,小笙好歹也叫了您二十多年'妈',做人要讲良心的,

劫后余笙.

兰姨。"

最后一声"兰姨"，唐诀拖长了语调，臊得丁慧兰的表情一阵尴尬一阵愤怒，最后还是不开口了。

李巍和李小西大概是没想到丁慧兰和我还有这样一层关系，这个大八卦听得爷孙俩都忘了自己的事了，两双眼睛盯着唐云山和丁慧兰来回看，直看得唐云山故作冷静地清了清嗓子才罢休。

唐云山说："那你准备怎么办？李、唐两家要联姻的消息已经传出去了，你总得想个办法。"

唐诀微微一笑："办法？有啊，不是没有。两个办法……"他笑着竖起手指，"第一个，李家认了小笙做干女儿，让小笙从李家出嫁，李家给一份厚厚的陪嫁。"

唐诀还没说完，李小西就跳了起来："她做梦！"

我也一脸惊诧，实在感慨唐诀在想些什么，这种馊主意都能想得出来。

谁知道，唐诀又不慌不忙地说："第二个，兰姨不是有个儿子吗？既然您已经和我父亲结婚了，那您的儿子也是唐家的儿子，由他娶李小西，万事大吉。不也是李、唐联姻了吗？"

丁慧兰这会儿的脸色已经跟锅底差不多黑了，她脱口而出："不行！我们绝对不会娶她这样的！"

这话说得可真是直白了，李巍沉下脸，说："既然唐家这么看不上我们李家，这门婚事倒也不必谈了，你也不用想办法搪塞我们了。"说着，李巍站起身，"我们走吧，我不相信我们李家的女孩还嫁不出去了，简直笑话！"

李巍拖着心不甘情不愿的李小西离开，我追着送到门口说："你们慢走啊。"

李小西回头瞪了我一眼，那眼神里充满了嫉恨，我却笑笑不以为意。

送走了李家爷孙，客厅里就只剩下唐诀父子和一个丁慧兰了，气氛变得诡异起来，我试着走过去靠近了几步，心却不能克制地狂跳。

唐云山和丁慧兰的表情怪异，只有唐诀一脸淡然地看着他们，唐云山终于坐不住了，他起身要离开，走的时候却意味深长地看了唐诀一眼。

唐云山说："无论如何，你都是我儿子，这点不会改变。"

这话说得没头没脑，让人听得一头雾水，起码我是这样觉得。难道是唐云山良心发现了，觉得这段时间对唐诀这儿子太过霸道和苛刻，所以油然生出一丝忏悔？在这里表示歉意了？

唐诀的反应也很奇怪，他说："这个我知道。"一副你知我知、对暗号的感觉。

第十六章 唯有认真二字

送走了唐云山和丁慧兰，我忍不住想问，唐诀却将手指轻轻按在我的唇上："我知道你想问，我们等会儿再说这个，好吗？"

我幡然醒悟，对啊，今天唐诀终于脱身，我不应该去别人的事，我连忙说："你还有没有哪里不舒服？要不要再去医院检查检查？"

唐诀笑着揽过我，他的胸膛贴着我的脸，隔着衣服让我感受到那熟悉的温度和气息。一时间，如此心安。

唐诀瘦了不少，我摸了摸他的肚子和腰，有些哀怨地说："你得快点长肉，不然我都要超过你了，叫我怎么自处？"

他眼神暖了起来，眉目带着一股清浅的宠溺："是啊，我得长点肉，不然抱不动你了。"

想到今天在唐晓家会面时的场景，我不禁大窘："我也没长多少肉……"

唐诀不在的时候我强装着坚强，顾着孩子又顾着工作，不断地给自己打气鼓励才坚持到了今天，别说长肉了，能不瘦就不错了。

他捧起我的脸，轻轻吻了上来，我忍不住闭上眼睛，只想在这一片柔情中沉沦。这久违的温柔仿佛带着神奇的力量，让我全身每一个细胞都焕发着新生，它们欢呼着叫嚣着，如此欢快如此肆意。

唐诀伸手就开始挠我，我们在被窝里闹成一团，心却满满的都是彼此。这一夜太短暂了，我几乎舍不得睡去，直到唐诀跟我说起之前我好奇的事。

他说："你可能想不到，丁萧其实是我父亲的孩子。"

我吃惊："怎么会？"

听唐诀说完后，我才从难以置信里缓过神来。

年少无知的时候总以为世界的目光只能围着我们转，那样的无知轻狂，带着年轻的资本肆意挥霍。其实我们都忘了，谁不是从这样年轻的时候过来的呢？包括我们的父辈……

唐诀带着平淡的口气讲述了这一切，仿佛他是那个置身事外的旁白音。我猛然惊醒，原来唐云山一开始对我说的就是隐瞒的剧情，他和丁慧兰有过婚约，而且还爱得缠绵悱恻，后来因为他迷恋上我的母亲宋苑心才和丁慧兰解除了婚约。而在当时，丁慧兰已经身怀有孕，那个孩子就是丁萧。

遭遇这一切的丁慧兰如何不怨，如何不恨。

我自己也是女人，一边听着唐诀所言一边想着当时丁慧兰的心情，不由得一阵唏嘘。

说起来，唐晓只比丁萧小了两三岁，丁慧兰怀孕的那一年刚好是与唐云山解除婚约的时候。

这些复杂的关系几乎把我绕晕了，我突然生起了一个大胆而又荒诞的想

377

劫后余笙

法。也许，丁慧兰从一开始嫁给我父亲的时候就是不怀好意！

这样想着我惊出了一身冷汗，如果真的是这样，丁慧兰这个人绝对不简单。我有些分不清唐云山跟我说的是真是假，按照他说的，当初是我父亲和丁慧兰有染在先，所以我的生母宋苑心才会受到刺激，最终过早离世。

可是唐云山也说过，他曾经那样爱过我的母亲，怎么会如今再娶丁慧兰呢？

这些纷纷扰扰在我的脑海里一直盘旋，直到第二天早上起来，我都没想明白。

唐诀回来的几天里我都没让他去公司，而是押着他去医院好好地检查了一番，确定身体无恙后我才放心。

唐诀笑着打趣："别怕，我可是要一直活到你死了之后的，不然谁来照顾你。"

我心里一软，板起脸："呸呸呸，你才多大？乱说！"

自从那天唐诀跟我说了丁萧的身世之后，我和他都默契地没有再提起。我突然意识到，也许唐诀才是最痛苦的那一个吧，虽然他看上去依旧洒脱。

两个鱼看见爸爸回来兴奋得不行，长久没有见面也没能冲淡孩子们心里对父亲的渴望，趴在唐诀身上就如两块牛皮糖，怎么都不肯撒手。

唐诀一回来，立马就投入了奶爸的角色，还是跟以前一样照顾起两个鱼的饮食起居，除了去公司其他家里的事情唐诀都亲力亲为。

显然，我又被架空了。

当然，我不是没事做，我有很多事情要做，比如在剧组全天候地照顾明媚，这也是唐晓的吩咐。

这位唐家大哥说了："我帮你们那么大的忙，这是你应该的。"

唐晓说这话的时候满脸的不悦，我知道他是在埋怨我没把明媚的工作都推掉，反而还让她在孕期去拍戏，更不要说现在是他们新婚后的蜜月期。

可明媚不这么想，她这孕怀得满面红光，一点妊娠反应都没有，皮肤好得都泛着漂亮的粉色，看得我那叫一个羡慕。怎么我怀孕的时候就吐得天昏地暗呢？人和人真的是不一样的。

因为明媚怀孕了，我得把大部分的时间投入在她这里，关真尧那一边的电视剧也快要开拍了，见我焦头烂额，关真尧笑着打趣："你还是先忙小朱那边吧，反正她就拍一个月多点，然后再过来我这边得了。"

听关真尧的口气，还真像是给我天大的恩赐一般，我忙不迭地感谢："多谢影后大人体谅。"

这是明媚第一次拍电视剧，又是轧戏拍的，难免有些紧张不适。

第十六章 <<< 唯有认真二字

好在之前明媚和唐晓的结婚消息传遍了整个S市，明媚这会儿又冠上了个唐家大少奶奶的头衔，在片场里倒也自如得多。不知道是不是唐晓的影响力太大，我总觉得导演对明媚比对别人客气得多。

投资少的网剧制作周期也短，饶是明媚这样的女主角，全部戏份也就在一个月左右就可以搞定，能让明媚做女主的戏，配戏的演员全是清一色的新人，包括男主角都是嫩得能掐出水来的新人。

我在这堆新人里看了半天，像是能挑出朵花来似的。

这天，明媚拍完戏份从我手里接过炖好的猪骨汤，她喝了一口笑道："你在看什么呢？想挖新人？"

我不好意思地回神："职业病职业病……对了，汤好喝吗？"

明媚满意地点头："不错，炖到功夫了。"

那是当然了，这猪骨汤我可足足炖了一整夜呢！早上端出锅的时候那叫一个香飘四溢，馋得两个鱼都忍不住分一杯羹。

我出门的时候，唐诀都充满怨念地问我："你什么时候也为我炖一次？"

唐晓说了，明媚在剧组我得照顾好，首先这孕期的营养就得跟上，马虎不得。唐晓自己在家里不炖，让我亲自动手，美其名曰：还债！

看着明媚吹弹可破的皮肤，我一阵艳羡："你这肤质可真是绝了，还好做艺人了，不然多浪费。"

明媚拿着调羹失笑："余笙，你说我肚子里的是男孩还是女孩？"

我说："我的经验不可取啊。"我是一次生了男孩和女孩，我那时候的反应根本属于特例，无法参考比对。

明媚的脸上露出一抹母性的温柔："我还是想要个女孩……"

果然，女人做了母亲之后就会变得更加温柔宽厚，就连明媚这样的年轻妈妈也不会例外。

我问："为什么喜欢女孩呢？"

明媚抬眼俏皮地一笑："女孩就能制得住唐晓了啊，要是男孩跟他一样，家里该多压抑啊！"

我想了想唐晓年少时的模样，那样温润如玉又微笑如暖风的样子，忍不住说："唐晓其实表面上看还是很正人君子的。"

明媚惊讶地看着我，随后哈哈大笑："他私底下果然不是个好人。"

我有些发窘，当着人家老婆说人家老公，怎么看都有点缺心眼。

我就这样每天奔波在家里和剧组之间，偶尔打个电话慰问一下关真尧的进展情况，生活忙碌而又充实。

晚上回到家里的时候，总能看见或者等到唐诀的身影，那种踏实感仿佛

379

劫后余笙。

能充斥了整个人生,让我由心地感慨:唐诀,有你真好!

我有问过唐诀李、唐两家的事怎么解决,唐诀笑得神秘莫测说:"我也不知道。"

看他表情我笃定他肯定知道,只是他不愿告诉我,最起码也是现在不肯告诉我。我也不是钻牛角尖的人,问了两三次无果后,我索性就把这事抛在了脑后。不管怎么说能摆脱李小西的纠缠,这事就算与我无关了。

日子在一天天地往我希望的方向进展,大半个月转眼过去,这天我弄好了营养餐正准备带去剧组,车还没开到地方,我就接到了丁萧的电话。

我吃了一惊,又反复确认了一遍:"丁萧?你回国了?"我连丁慧兰都喊不了妈了,面对丁萧还是直呼其名吧,省得尴尬。

丁萧说:"是,我想跟你见一面,有空吗?"

我看了一眼身边摆好的餐盒,说:"恐怕最近没空,我这几天都在跑剧组。"开玩笑,明媚是唐晓交给我的重点保护对象,我可不想在快要杀青的时候出什么问题。

即便唐晓不嘱咐,我也得对自己的艺人负责到底!

丁萧轻叹:"那好吧,你在哪里忙,我去找你,这样可以吗?"

听着电话里丁萧讨好又商量的语气,我一阵心软。不论丁慧兰如何,丁萧对我一直是不错的,那时候我与梁修杰的事,也多亏了他陪在身边。

迟疑了片刻后,我说:"那你来剧组找我吧,不过我时间不多。"

丁萧赶忙道:"没关系,只要一小会儿就行。"

挂了电话我心忐忑起来,或许我不该答应和丁萧见面。自从我父亲去世之后,我就没有单独和丁萧联系过,现在丁慧兰又是这样的身份,我都不知道该用什么表情和心态去见这位昔日的大哥。

到了剧组后没过多久,丁萧就来了,这时明媚正在拍戏,我叮嘱了身边的生活助理,然后匆匆走到了丁萧面前。

"你来了。"我还是刻意避讳,没有喊他一声哥哥,我脸上带着仓促的笑容,"那边有个奶茶店,要不要过去坐坐?"

丁萧同意:"好,我也给你带了你喜欢吃的。"

在奶茶店里,我看到了丁萧给我带的点心,这是以前我一直喜欢吃的那款,没想到丁萧还记得。

心里一下软了起来,我道谢:"谢谢。"

大概是因为心境的改变,我和丁萧之间也多了几分生疏和尴尬。

丁萧看上去没什么变化,只是眉宇之间多了几分沉淀,他笑笑:"你喜欢就好,不用谢什么的,我以前也经常给你买的。"

听到他说以前，我的目光一下变得闪烁起来。

丁萧又说："我妈的事我听说了，对不起。"

很小的时候，我身边就有一个与我不是同姓的哥哥，他优秀出众，深受周围人的赞誉。与唐诀不同，他似乎少年老成，一直都是冷冷清清又沉默不语的样子，唯一和唐诀相似的是他超越一般人的能力。

乍一听丁萧提起他母亲，我有些如坐针毡，不好意思地笑笑："也没什么。这是个人自由，再说了，我们做晚辈的也不能太过干涉……"

我算是绞尽脑汁才勉强把话给说囫囵了，说完就喝了一口奶茶，入口甜腻的滋味一直灌入我的喉咙眼，让我忍不住轻咳两声。

丁萧注视着我："她跟我说了唐家的事，还有那个李小西。"

这个话题越聊越尴尬，我腾地想起唐诀跟我说的丁萧的身世，我耸耸肩说："是吗？好在现在没什么事了。"

丁萧沉默了一会儿，说："是真的没什么事了吗？我听说李家要唐家给个说法吧。"

那是……唐家明面上总共两个儿子，大儿子唐晓刚刚结婚，小儿子唐诀单身多年，这怎么看都是要唐诀出来给个交代的意思。

想到之前李小西的种种，我不由得心底生起一股恶气。

这女人自己做事没脑子，还喜欢一意孤行、孤注一掷，事败之后还要别人出来给她收拾烂摊子，这叫什么事？

我淡淡地说："给什么说法呢？唐诀从来没有说过要跟她在一起，两个人除了留学去过一个学校之外再无其他瓜葛。"按照李小西的逻辑，我爱上金城武，金城武也得娶我不是？什么道理！

丁萧抿紧了双唇："你放心，这事交给我。"

我心里咯噔一下，想到之前唐诀跟唐云山说的话，觉得莫名有些不安，连忙问："你想怎么办？"

丁萧不会知道自己的身世吧？

丁萧面无笑意地说："能为你解决烦心事，又能让我妈满意，何乐而不为呢？你就不要为我担心了，也许这是最好的办法。"

丁萧又看了我一眼："我来见你也只是想看看你好不好。叔叔的事……我很抱歉，我没能照顾好他。"

丁萧又提起了我父亲，我鼻尖一酸赶忙把心中涌起的难受给压下："不，不是你的错。其实，我也没一直陪在我爸身边，作为女儿我很失职。"

"我想去祭拜一下叔叔，你看什么时候方便。"丁萧缓缓地说。

我浅笑："什么时候都行，你事先给我电话就好。"

劫后余笙。

　　直到这一刻，我才有切身体会，也许丁萧一直都站在哥哥的角度，也许他和他的母亲丁慧兰并不一样。
　　这次和丁萧会面之后，直到明媚的戏杀青，他也没联系我，想来是刚回S市事务繁多。
　　而拍完戏的明媚就没什么事可做了，得到公司大老板韩叙的首肯，她开始了为期一年多的产假，时间充裕。
　　我这边也开始了关真尧的新戏投入，一时倒也没工夫去过问明媚了，反正她现在是唐家大少奶奶，出入有的是人跟着。
　　这天，我跟着关真尧去摄影棚拍定妆照，这是要作为以后官宣用的照片，剧组很上心，按照他们的说法，等戏杀青后还得再拍一组，看看哪套更好就用哪套。
　　我就守在摄影棚外面等关真尧，这时手机连着响了两声，我拿起一看。一条是唐诀的微信消息，写着明晚有家庭聚餐，你去吗？不在家里在酒店。另外一条是丁萧的短信，说的是这周周末能去祭拜叔叔吗？
　　今天是周五啊，这两个人还真是赶着一起去了。
　　我想了想先回复唐诀：酒店？哪家？你爸会不会又找人给你绑了？或者把我给绑了？要带孩子去吗？
　　唐诀几乎秒回，他给我发了个坏笑的表情，说：宾至，我有安排，不用担心。好像是为了解决李小西的婚事才邀请的饭局，你要是不想去那我也不去了。
　　解决李小西的事？我的好奇心生了起来。经历了这么多，我是多么希望这个任性跋扈的李小西有个非常稳妥的归宿，这样我才能心安。
　　我回：那就去呗。
　　然后我又给丁萧回：周六白天吧，你有时间吗？
　　过了一会儿，丁萧回复：好的，早上九点我去接你，怎么样？
　　我：好，没问题。
　　唐诀知道第二天我要陪丁萧去祭拜我父亲，他连夜让人准备了两捧白色和淡绿色相间的大波斯菊，还问我要不要他也去。
　　我总觉得丁萧不想让更多的人一起，况且还有两个鱼，孩子太小了，我暂时不想带他们去墓园这类的地方。
　　我说："我一个人去就好了，顶多中午的时候请他吃顿饭，你放心啦！你在家里看好孩子就行。"
　　被我冠上周末奶爸头衔的唐诀也不以为意，说："那你吃了午饭早点回来，休息一下，我们晚上再去吃酒席。"

第十六章 <<< 唯有认真二字

"好。"我笑嘻嘻地回答。

第二天是个阳光灿烂的好天气,丁萧准时在我家楼下等候,我换了一身素净的衣服,拿着唐诀给我准备的花束下楼了。

楼下停着丁萧的新车,一辆崭新的保时捷。

我吃惊地笑道:"看来你之前的时间都在挑车了,真漂亮。"

丁萧轻笑:"回国之前就定好了的,正好昨天拿到。"

丁萧的经济能力绝对负担得起这样的消费,我也没有过多吃惊,坐进了他的副驾驶。墓园在S市的北郊,开车大概四十分钟就能抵达。

周六的早晨没有早高峰的影响,这一路都很顺畅,我和丁萧没有多言,只是他问一句我答一句,气氛倒也不错。

抵达墓园后,丁萧停好车,说:"你带路。"

墓园长长的路旁边种着两排高大挺拔的翠柏,在这时候墓园里几乎没什么人,习习凉风吹来,吹起一片树叶发出的沙沙声,听在耳朵里格外的静谧。

墓园分成好几块区域,我带着丁萧往里面走去,绕过那些安静沉睡的墓碑,脚步匆匆却又轻巧,生怕打扰到这些已经逝去的生灵。

终于,在一个拐弯后,我说:"到了。"

眼前两座静静相守的墓碑靠在一起,左边的是我父亲,右边的是我母亲。只是属于父亲的那块碑上的照片已然老去、青春不再,而母亲的照片却还是当年她离开时的模样。

再一次站在这里,我突然能理解父亲为什么说没有资格和妈妈同葬了。时光匆匆,带走的不仅仅是回忆,还有更多是沧海桑田的无奈。我想母亲那时候,也不会想要那么年轻的父亲就此孤苦一生吧。

我走向前,将一束花放在母亲的墓前,又将另一束送到父亲的照片下,说:"爸,丁萧哥哥来看您了。"

这是自从丁萧归国之后,我第一次称呼他为哥哥,在父亲面前,我还想像从前那样,似乎从没改变。

丁萧把手里拿着的另一束白色马蹄莲放下,又对着墓碑深深鞠躬,用平淡缓和的声音说:"抱歉,叔叔,这么久才来看您。"

我扭过头去,只觉得眼前的一切物是人非,心里难受到不行,眼睛直发涩。

丁萧说:"在我心里,您其实就像我父亲一样,这么多年没有改口,大概是我最后悔的事了吧。"

丁萧说:"您放心,我会把小笙当成我的亲妹妹,绝不会让人欺负她,

劫后余笙

她在这个世界上还有我这么一个哥哥照顾她。"

我赶紧掏出纸巾抹了抹几乎夺眶而出的眼泪,丁萧的话字字句句都戳心。父亲去世了,这世界上除了我的两个鱼,我已经没有血缘至亲了。虽然唐诀依旧在,可属于亲人的那一部分,我以为我是永远地失去了。

可没想到丁萧居然会在父亲的墓前说下这样的承诺,我看着他的背影,心里充满了不解。

他,不是唐云山的儿子吗?他应该知道了吧……

唐诀都知道的事,丁萧没理由查不到,何况如果他不知道,那他根本没必要回国。看丁萧买车的架势,是要定居在这里了,难道他没想过回到唐家吗?

我正想着出神,冷不丁地他转过头对上了我还泛着泪光的眼睛,他说:"我知道你不好受,我说的都是真心话。从小你就跟我不是很亲,但是在我心里你永远是我妹妹,这点谁也无法改变。"

我低下头深呼吸了几下,说:"其实,我虽然……跟你不亲近,也只是因为你太优秀了。那时候,我爸老是拿你比我……"

想起往事,丁萧也笑起来:"是啊,小笙是女孩子,不用跟我比的,是叔叔对你要求严而已。"

我总算露出笑容:"好像是这样。"

祭拜过后,我提出要请丁萧吃午饭,他却拒绝了:"我中午还有点事要处理,说不定我们晚上就会见到。反正我现在已经回来了,一顿饭而已,以后什么时候都可以。"

我听到他说晚上,心里没来由地紧了一下:"晚上?"

难不成晚上唐家的家宴,是要用丁萧来解决李小西的事?

丁萧却对我笑笑:"别担心。"

回到家,还好唐诀准备的午饭还热着,我赶紧吃了两口,终于忍不住问:"晚上丁萧也会去吗?"

唐诀迟疑了一下,答:"应该。"

说是应该,那八成就会去了,我突然有种不安的感觉。唐诀从背后揽着我的肩:"别想了,这不是你能左右的。"

唐诀说得对。如果丁萧确信无疑是唐家的孩子,那么这一切在三十多年前就已经注定,确实是我不能控制的。可心底的惴惴不安告诉我,我宁愿晚上见不到丁萧,这样也许还能维持白天的兄妹友好。

见我愁眉不展,唐诀失笑:"你在担心什么呢?我以为丁萧已经跟你说得很清楚了,你怎么还是一脸苦大仇深的样子?"

第十六章 唯有认真二字

我反驳:"谁苦大仇深了……"只是声音越沉越低,说起来都没半点底气。

晚上要吃饭,我就推掉了剧组的探班,关真尧虽然不满意可还是表示理解。我没有另外换衣服,只是在那件素净的连衣长裙外面加了一件红色的小西装外套。

领着两个鱼,由唐诀开车,我们不一会儿就抵达了宾至酒店。

他们订的包厢在三楼,我和唐诀一人牵着一个鱼,坐着电梯上去。

推开包厢大门的一瞬间,我有些心跳加速,白晃晃的灯光下坐着上一次在我家谈判的几人,旁边还有一个唐晓。我一眼就看见坐在丁慧兰身边的丁萧,他冲我微笑,就像今天中午送我回家时那样温暖。

我努力挤出笑脸,和唐诀带着两个鱼依次落座。

唐云山依旧不看我,他只是看着唐诀,眼里有我看不懂的暗涌和神情。他说:"人都已经到齐了,那就上菜吧。"

坐在另一边上首的李巍穿着一件灰蓝色的中式短衫,只是轻轻哼了一声:"吃什么菜不要紧,要紧的是你们唐家预备怎么处理这件事。"

然后李巍又说:"我还请了一个人,这样也好做个见证。"

又请了谁?我看了一眼坐在李巍身边的李小西,她一直在盯着我,那目光算不上友好,只是褪去了之前的敌意还保留了一丝戾气。

菜上了一半的时候,包厢的门再次被打开,一个人大步流星地走进来,边走边说:"抱歉,路上堵车,我来晚了。"

看见这人我莫名一乐,来的不是别人,正是张沛之!

李巍怎么会请张沛之来呢?转念一想就明白了,下一秒张沛之的话就验证了我的猜想,他说:"家父这几天身体不太舒服,已经去保健医院做康复了,所以今天我代替他来。"

果不其然,李巍请的根本不是张沛之,而是张老!

像李、唐两家这样解决事情,需要见证人,怎么看也不可能会邀请资历尚浅的张沛之,虽然张沛之到S市的时候可谓风云涌动,处事大刀阔斧、雷厉风行,但他毕竟太年轻了,离众望所归的程度还差得太远。

李巍的眼神一凛:"你来?"那语气包含不信任和轻视。

张沛之径直走过来,与李巍和唐云山微笑见礼,然后又和唐诀还有唐晓依次握手,这才到桌边坐下。

一时间桌边坐了两位容貌足以倾倒众生的美男,只不过一个唐晓板着脸,一个张沛之笑眯眯。

笑眯眯的张沛之说:"当然,我父亲让我来,我想应该有我的用武之地吧。"

李巍刚才那一句反问实在太过直接,这会儿也缓和了神情,等菜上齐了,晚宴正式开始。

酒过三巡之后,唐云山借着酒意说:"李老,您之前对我们公司的支持,唐某人十分感激!"

李巍双颊泛红,笑着说起来:"唐云山啊唐云山,你就是这么感激我的?让我的孙女现在里外不是人?我们李家虽然现在不在商界立足了,可也不是随随便便让你欺负的。"

没等唐云山开口,旁边的丁萧说:"你们李家无非就是要一个李、唐联姻,之前的消息放出去了,迟迟没有回音。其实大家只是知道李、唐两家要联姻,但是具体是谁并不清楚。"

李巍一眼瞪过去:"话说得轻巧,他唐云山有几个儿子能出来娶我孙女的?大儿子刚刚结完婚,整个S市谁不知道?就这么一个唐诀,除了他还能有谁?!"

丁慧兰额上沁着一层细密的汗,她时不时担忧地看着身边的丁萧,一筷子鱼也不知是吃还是不吃好,放在碗里好长时间。

丁萧终于说出口了,他说:"谁说唐云山没有其他儿子了?"

丁慧兰急得从旁边扯了丁萧一把,压低了声音说:"这里还轮不到你说话呢,你给我闭嘴!"

丁萧恍若未闻,自顾自地说:"我就是唐云山和这位丁女士的儿子,我比唐晓大三岁,是家里的大哥,我娶你家孙女应该也可以吧?"

我和丁慧兰异口同声地说:"不行!"

丁慧兰没想到我也会反对,快速地瞟了我一眼,目光又死死地盯着丁萧,她说:"你不准再说一个字,赶紧回去!"

看来丁萧今天的行为丁慧兰事先不知道,我反对的理由很简单,丁萧在我眼里还是哥哥,我可不想他受罪,去娶李小西那样一个疯子。况且婚姻大事,丁萧应该和一个爱他敬他的女人在一起共度,怎么可以浪费在李小西身上?

丁萧看着我,微微一笑又转向李巍,此时的李巍还没反应过来,在他看来明明今天是来逼着唐诀把事情解决的,怎么又冒出一个唐家的儿子?

丁萧说:"李老,我也是唐云山的儿子,我不可以娶您孙女吗?"

李小西抬起头狠狠地说:"你是从哪里冒出来的?说是唐家的儿子就是唐家人了吗?你又不姓唐!"

丁萧一点也不生气,笑笑:"李小姐,我要是你我就乖乖地闭嘴,不会掺和到国内的事情来。我有点搞不懂,像您这样在国外臭名昭著的人,怎么好意思大张旗鼓地让唐诀娶你?你脸都不红的吗?"

李小西气得说话都磕磕巴巴起来:"你!你胡说什么?"

丁萧轻巧地笑笑:"我说什么,你应该自己心里清楚。"

李巍怒道:"你什么意思?我孙女岂是你能随便污蔑的?"

丁萧脸上的笑容丝毫未改,只是眼神冰冷了许多:"李老应该问问您的好孙女这是什么意思才对吧,她比我们都清楚。"

李巍立马转脸看向李小西:"小西,有爷爷在,这儿没人敢乱说话,你告诉这位丁先生他再胡说八道,我们可以告他诽谤!"

他的话还没说完,却看见自家孙女一张俏脸顿时惨白,嘴唇微微颤抖着说不出话来,眼神里满是惊恐。

李巍心里立马咯噔一下,暗道不好。

丁萧笑笑:"怎么不说了?我还等着听李小姐为自己辩解呢。不过我好意提醒一句,今天只要您出了这个大门,李、唐联姻就是一纸空谈,我们以后也绝不会认账。如果您肯息事宁人,那就由我吃点亏娶了您孙女,圆了您和唐家的脸,您看怎么样?"

李巍的目光逼视着李小西,她只得硬着头皮说:"丁先生别在这儿吓唬人,你刚才说的什么我根本听不懂。"

"听不懂吗?"丁萧顿了顿,"诺丁山酒店第七层第三间大套房不是以你的名义常年包下的吗?还有那些经常出入这个房间的人,我也有他们的联系方式,要不要让他们来帮助你回忆一下,在这个房间里会发生些什么?"

李小西再也坐不稳了,她的额头上沁出细密的冷汗。这个秘密怎么可能被这个男人知道?当初她出国留学,国外不少人作风开放,她也跟着入乡随俗而已,这些事情怎么会被丁萧知道?

李巍还想说什么,但看到自家孙女的模样心里已经凉了一半。

李小西什么性格,他这个当爷爷的了如指掌,如果丁萧说的都是胡编乱造,这会儿孙女早就跳起来反驳了,绝对不是这个反应。

他只觉得一阵头晕,心头又气又恨,闭了闭眼睛刚想将话题带到正轨上来,只见丁萧从上衣口袋里摸出一个白色的纸袋晃了晃。

纸袋上还印着几个龙飞凤舞的英文——诺丁山酒店。

"咣当"一声,只见李小西一下冲过去劈手夺下丁萧手里的纸袋。

这一幕来得突然,我都被吓了一跳,两个鱼也被吓得停止了吃饭的动作,餐桌上所有人的目光都聚焦在失态的李小西身上。

丁萧却笑了:"看看,李小姐这么紧张呢,若不是做贼心虚,何必如此

劫后余笙.

失礼？我只是想告诉你这是诺丁山酒店新一季度的优惠而已，这样你包下那间大套房的费用可以减免不少。"

李小西打开纸袋一看，里面果然是一封优惠通知。

她双肩一垮，顿感大势已去。

"言归正传。"丁萧清了清嗓子，"如果你们李家愿意，我勉为其难承担这次李、唐联姻的主要角色，代表唐家娶李小西。"

李巍凌厉地给了李小西一个眼神，李小西失魂落魄地坐了回来，表情一阵恹恹。

事情发展到这里，李巍已经从一开始的不相信变得将信将疑，毕竟李小西的反应骗不了人。

想到这儿，李巍不由得双手颤抖，他强迫自己紧握成拳，指了指丁萧，又指着唐云山："这、这真的是你儿子？"

看唐云山四平八稳的样子，多半是猜到今天丁萧的行为，只可怜了一个被蒙在鼓里的丁慧兰，这会儿急得如热锅上的蚂蚁团团转。丁萧可是丁慧兰的宝贝儿子，可以说是她毕生心血，她怎么可能看着自己唯一的儿子去娶一个李小西？

事实就是这样残酷，事情不轮到自己头上，永远不知道心疼。

唐云山缓缓道："我觉得阿萧的话有道理，李老或许可以考虑一下。"

丁萧又笑道："我们的时间不多了，您得快点考虑。"

李巍抖着身子站起来，他看着自己这个一直宠爱着长大的孙女，目光冰冷又残酷。李小西眼睛泛着红，愣是没有掉一滴眼泪，在爷爷的眼神凝视下，她最终心虚地低下头。

李巍左右为难地闭上眼睛，以现在的局面来看一定是自家孙女有什么把柄落在唐家父子的手里了，而且还是非常有辱门楣的大事。他深吸几口气，终于说："你们今天这样逼我，无非是想白拿我们李家的资金助你们唐氏一臂之力，说出去未免有些欺人太甚了吧。我可以不让我孙女跟你们联姻，但是我们李家付出的一切，我要全盘收回。"

李小西吃了一惊："爷爷！"

李巍冷冰冰地横了一眼过去，李小西当即不敢再说话了。

丁萧与唐云山交换了一个眼神，唐云山说："如今想撤回婚约恐怕很难了，李老真的要这么做吗？就算不联姻，我们两家也是共同利益体，只要唐氏发展得好，照样有你们李家的一份好处在，你又何必如此？"

李巍头上的青筋几乎暴起，他努力压制了声音："你们都把话说到这个份上了，还想让我们怎么样？我要撤回我李家的全部资助，你们唐家自己一个人唱戏去吧！"

说罢，他作势拉着李小西就要离开。

一时间餐厅里的气氛显得很尴尬，李小西明显不愿离开，她一直哀求着："爷爷，爷爷，咱们就这么算了吗？"

正在这时，坐在我身边一直没有开口的唐诀发话了："李老不用这么激动，我有两句话，您听完了再决定走不走，也不迟。"

李巍原本就不想走，只是想用这样的造势逼得唐家人松口罢了。

毕竟付出了那么多心血，也花了那么多精力，哪能说撤就撤？就算能狠得下心来撤走所有资金，可那对李家而言也是一笔不小的损失。

我回眸看了一眼唐诀，这家伙居然冲我眨眨眼睛，笑了。

真不知道唐诀葫芦里卖的是什么药。我赶紧低头专注吃晚餐，生怕一会儿饭桌上的气氛再次风起云涌，我连吃饭的心情都没了。

李巍犹豫了几秒，松开拉着孙女的手，重新回到位置上坐下来："你最好有点诚意，不然的话我不是说说而已，哪怕拼着我们李家的巨额损失，也会拉你们唐氏下水，我说到做到！"

唐诀淡淡地笑了，他拿出一个文件夹递了过去："这是这五年来你们李家各个产业的详细名单目录以及这些产业的盈亏情况分析，还有你们的产品成分和市场占有率，我也做了个详尽的表格，一目了然。"

李巍翻开看了看，有些不明白唐诀的意思。

"给我看这个做什么？"他冷冷地问。

唐诀笑了："我想李老应该对自家经济状况有基本的了解，所以这份报告只是抛砖引玉，关键点在最后两页上。"

李巍下意识地翻页，才看了没两眼就脸色突变。

谁也不知道唐诀在那两页纸上写了什么，怎么会让李巍的表情跟见了鬼似的。

唐诀继续说："李老看见了吧？这是你们李家资助唐氏之后自家产业的提升状况，所以这次的投资援助受益方不仅仅是我们唐氏，更有你们李家。如果李老现在要撤资，我没意见，只是你们李家产业依赖的唐氏技术和项目恐怕也会一并消失，到时候你们损失的东西恐怕会更多。"

李巍明白了，他颤抖着手指，终于将视线从眼前的文件上挪开。

那双眼睛寒光凌厉，李巍冷笑着问："所以，你是想用这个来劝我不要撤资吗？"

"你错了。"唐诀笑得清浅，那双黑色的眸子里满是锐气，"我是威胁你。如果你今天不彻底放弃让李小西与我们唐家联姻的想法，我会直接在接下来的项目发展里将你们李家彻底剥离,赶出所有发展计划。到时候,你们的成本运算仍然存在,但能支撑你们赚钱经营的后力会荡然无存。"

"李老,我希望你能明白我的意思。"

我愣住了,完全没想到唐诀居然早就准备了这么一手等着。

餐桌上的其他人也都傻了眼,尤其是唐云山和丁慧兰,他们今天的心情跟坐了过山车似的跌宕起伏,这会儿已经完全面无表情,只剩下惊愕了。

李巍眼角的皮肤在不断地抽搐,狠狠地盯着与自己隔了大半张桌子的唐诀,空气里的每一个分子都在沉默,这种沉默像极了无声的战场。

唐诀又笑着说:"反正李小西自己也其身不正,李老何不卖个好,我们两家都有台阶下。我们不会拿着李小姐的光荣往事往外面说,你们也不用担心日后的产业如何维持,这样不是皆大欢喜吗?"

李巍喘着粗气,终于重重地一下将文件拍在桌子上,连着喊了三声:"好,好,好!唐家果然后继有人,果然名不虚传。唐云山,这是你教出来的好儿子啊!"

唐诀丝毫不畏惧:"当然了,李老拥有自由选择的权利。不过对于这件事我向来比较心急,希望李老能尽快想好,给我一个答复。"

唐诀笑意满满,试图用喝汤来掩饰自己上扬的唇角,我身边的两个鱼自顾自地吃着,仿佛一切都与他们无关。

我在心里叹了一声气,却又不得不佩服唐诀的手段。

事先不漏分毫,事后又杀伐果断,几乎让李巍无力招架。

李巍一言不发地领着李小西离开了,从对方略显苍老的背影可以看得出来,李巍今天受到的打击有点太大了。

我担忧:"李家真的会妥协吗?"

唐诀:"会,李巍又不是傻瓜,能支撑李家光鲜到现在,他绝对不是笨蛋。"

我垂下眼睑想了想,明白唐诀说得在理。

如果不是这样,李巍又何必一门心思地要跟唐家联姻。还不是看中了唐氏背后的巨大利益,能带给李家更为繁华的未来。

至于李小西的感情,那恐怕得往后面排了。

我原以为今天的饭局还会像之前那样不了了之,没想到这么快就搞定了。唐诀不出手则已,一出手就让对方没有招架之力。但我很快发现,餐厅里的气氛变得更奇怪了。

唐云山怒了:"你们这是什么意思?我们说好了的,丁萧你得代替阿诀去娶李家孙女,是谁给你们的权利,让你们这样乱搞?"

唐诀一点儿都不生气，笑着反问："我们乱搞？是李家的大小姐乱搞吧，爸，你可能很喜欢这样的儿媳妇，可我消受不起。再说了我也给了李老选择的机会，大家都看见了。"

丁萧摊手："我也高攀不上。"

唐晓在一旁始终置身事外地吃菜喝汤，那一派优雅的姿势，仿佛刚才发生的一切都跟他无关。唐晓正好吃完了，用餐巾擦了擦嘴角，说："我回去了，我老婆还在家里等我，她怀着孕我不放心她一个人在家。"

这云淡风轻的姿态，敢情唐晓是真的来吃晚饭的。

三个儿子一个都不配合，气得唐云山怒极，对着丁萧和唐诀骂道："你们知不知道你们毁了多大的生意？如果今天的谈话顺利，我们唐氏集团的版图将会更大！鼠目寸光的东西，现在搞得李家与我们离心，以后还怎么更深入地合作？李巍那个老狐狸会把我们都当成眼中钉的。"

唐晓站起身，冷冷道："比起生意，我倒更想问一句，这位丁先生也是父亲的儿子吗？据我所知，他还比我大了三岁啊。"

唐晓的目光又看向了丁慧兰，那寒意十足的眼神让丁慧兰几乎没有勇气抬头和他对视，只能向自己的儿子求救。

唐云山的脸上一阵青一阵红，好半天才说："这是你老子的私事，轮不到你管！"

唐晓冷笑："那您儿子娶谁也是他的私事，您最好也少管为妙。"

第十七章 名分，是相当严肃的大事

这大概是唐晓第一次就兄弟的婚事与父亲唐云山翻脸，他的五官本就极盛，冷不丁地板起脸倒颇有几分大将风范。

唐晓说："您也不看看，这段时间闹得沸沸扬扬，就算李家是个香饽饽，您也得掂量着下嘴。别什么都没吃到呢，还惹了一身腥。"

唐云山想说什么，唐晓总是插在他之前开口："我早就说过，我觉得李家这门亲事算不上好，您不听我的。李小姐之前行事作风如何那都是另谈了，光是她这个性，恐怕一般人家都看不上吧？"

唐晓冷冷扫了一眼："您自己的事情我无权置喙，但是下次如果还有这样荒唐的晚餐聚会，您就不必通知我了。"

说完，唐晓麻溜地离开了，空留了我们一桌人在这尴尬地瞪眼。唐云山显然被气得不轻，瞪着眼睛喘着气，脸涨得通红。

唐诀跟我打了个手势，也站起来说："孩子要早点回去休息，我们也先走了。"

丁萧追上来道："我跟你们一起。"

丁萧似乎很喜欢我的两个鱼，走到停车的地方跟变戏法似的从口袋里掏出两个大红包，两个鱼一人一个。

我赶忙说："你这是干吗呀？又不是逢年过节的。"

老实说，今天的晚餐聚会我很感激有丁萧。与李家的事，我和唐诀首当其冲，我无法想象，如果今天没有丁萧在前面挡着，我和唐诀是不是会直接跟唐云山还有李家撕破脸。

丁萧略带酒意，笑着说："这是我这个做舅舅的第一次见外甥，应该的。"他俯下身子，又叮嘱道，"拿好啊！回去买好吃的好玩的。"

两个鱼看了我一眼，得到我同意后，这才收下了红包。我又提醒道："快谢谢舅舅。"

两个鱼立马奶声奶气地喊："谢谢舅舅。"

丁萧被哄得心花怒放，又揉了好一会儿两个鱼的头发，这才与我们告别离去。

直到晚上进被窝，唐诀才告诉我，今天的一切都是他和丁萧商量好的，

第十七章 <<< 名分，是相当严肃的大事

我吃惊："你拿丁萧当枪使啊？"

我说今天怎么唐诀那么淡定，明明应该是主角，却一直故意徘徊在矛盾冲击的边缘。

唐诀浅笑："我这也是给丁萧一个机会啊。"

我一时间没明白："什么机会？"

话刚说出口，我就想通了。这最近一连串的事情里，丁萧要没有怨气是不可能的，莫名其妙被挑明了身世，周围的知情人都抱着天知地知、你知我知的心态，明明都知道，就是谁也不说。

这种尴尬的气氛足以让一个成年人坐立难安，所以，丁萧需要一个发泄口。

丁萧不能对丁慧兰发泄，那毕竟是陪伴他成长的母亲，可他可以利用这件事情去向唐云山发难。

见我一脸顿悟，唐诀又说："本来我爸是想要李家手里的人脉资源以及资金的，你懂的，像我们这样的人家，只有姻亲关系才能最稳妥地达成合作意向。所以，当初李小西主动找上门的时候，我爸就心动投降了。"

我撇了撇嘴角："所以他就找到我了……"

唐诀看着我："他也没想到你那么好打发，只是区区一个风唐就让你退缩了。"

我无视唐诀的鄙视，白了他一眼："我是为了风唐吗？"

我只是那时候没想通，一身所谓的自尊傲气，无法接受别人对我的否定。现在回想，我突然很庆幸唐诀对我的坚持，让我还能抓住这来之不易的幸福。

唐诀伸手揽住我，然后另一只手捏了捏我的耳垂："笨蛋。"

这一声笨蛋叫得缠绵，我忍不住一阵心动，在唐诀的唇压下来之前，我慌乱地岔开话题："那现在你爸的计划泡汤了，要怎么办？"

唐诀吻住了我："谁知道呢？"

第二天一早，我正坐着发呆，两个鱼蹦蹦跳跳地进来："妈妈，爸爸喊你吃饭！"

我一看时间，不好，又得迟到了，今天说好了要去剧组看关真尧的！

吃完了早餐，有些歉意地向两个鱼道别，自从我恢复S市的工作以来，就开始越来越忙。我想着怎么着这个月也得抽个时间陪两个鱼出去玩，我们一家人好像已经很久没有集体行动了。

两个鱼倒是不在意，因为今天有爸爸陪他们，所以果断把我给抛弃了。

两个鱼笑眯眯地跟我挥手告别："妈妈再见。"连半点留恋的表情都没有

393

劫后余笙。

给我。

唐诀则一脸得意:"路上慢点开,早点回来。"

我起来迟了一点,等我到地方的时候,他们今天的第一场戏都结束了。远远地看去,关真尧瞪了我一眼,大大的眼睛里又是不满又是傲气。

我赶忙讨好地冲她扬起一个大大的微笑,然后从助理那里拿来了今天的拍摄进度表。不远处,小悦跟在关真尧身边兼职保姆和工作助理,忙得那叫一个脚不沾地,那表情别提多充实有干劲了。

关真尧是女主角,戏份多,又是时装偶像剧,衣服那是一套一套的,经常一天之内就换了三四个造型。我看了一眼牌子,还都是价格不菲的大牌,看来这张沛之拉的赞助商不少啊,个个都是财大气粗。

过了一遍关真尧的行程,我又开始琢磨关真尧的档期空隙了,按道理来说,关真尧这部戏结束后,将会有一个假期,时间最少是一个月。当然了,她休假不代表我就能休假,我得把她接下来的工作安排做一个详细的规划。

正在绞尽脑汁要不要去韩叙那里再拿点资源的时候,身边李小曼走了过来,她表情轻松,嘴角含笑,看起来心情很不错。

我想起之前在唐晓大婚的时候她帮过我,礼貌地笑笑:"上次谢谢你了。"

李小曼声音雀跃:"不用,我只是帮我自己罢了。对了,告诉你一个消息,我姐要结婚了。"

这是我第一次听到李小曼用这么轻松的口吻称呼李小西为姐姐吧,有些诧异,然后笑了笑:"是吗?那恭喜她了。"

李小曼似乎特别想找人一起分享这个消息,她又说:"是……我们远房亲戚介绍的,据说家世比我们家差了一大截,而且嘛,人还不行。"

我一时没理解这个人还不行是什么意思,李小曼继续幸灾乐祸:"好像说,对方小时候得过小儿麻痹症,是瘸的。"

原来是这样,难怪李小曼笑成一朵花了。

这样草草地给李小西处理了婚事,李巍的行动还真是快得叫人反应不过来。昨天晚上才跟唐家翻脸的吧,今天就已经敲定了婚事,果真雷厉风行,叫人佩服。

不过李巍这样做,倒是煞费苦心了。就算丁萧把李小西的那些照片已经全部给了李巍,可作为李巍来说,归根结底不放心。他只能快点把李小西嫁出去,还不能找特别好的人家。

只有让对方高攀,万一有天东窗事发,李家才能替李小西兜着事,对方也不敢轻易地给李小西脸色看。

第十七章 <<< 名分,是相当严肃的大事

不得不说,可怜天下父母心啊,尤其是李巍又当爷爷又操着父母该操的心。

只是李小西和唐家断了干系,于我也就没什么意义了。我轻淡地笑着:"说不定人品还不错呢,结婚过日子嘛,合得来最重要。"

李小曼眉眼弯弯:"说得轻巧,李小西那个人是好好过日子的人吗?她要是能跟这人过得好,我李小曼服她,不过我估计是不太可能了。"

看来李小曼还不知道为什么李小西被这样匆匆处理了婚事,只是一脸的欢欣雀跃,她看了我一眼说:"你忙吧,有新消息我再告诉你。"

原来这是把我当成八卦对象了。我心里好笑,也不明面上拒绝,只是敷衍地点点头,继续看手头上的资源资料了。

为了拍关真尧这部剧,张沛之租下了高档写字楼的一整层作为拍摄地点,因为租金昂贵,所以先紧着这里的场景拍,拍完了再去下一个。

我刚收好资料,突然听见里面一声巨响,然后一阵混乱,有人在喊:"不好了!架子掉下来了!"

我冲过去扒开人堆,一时间没看到关真尧的人影,心里一紧。

只见小悦看见我,像看见了救世主一般,她着急地喊着:"余姐!尧尧被压在下面了!"

我眼前是一片被摔成破烂的木质柜子,听小悦这么一说,我脑袋一蒙,上前就把一只最大的破损柜子搬开,只见关真尧露出半张脸说:"疼死我了……"

我上上下下看了一圈,还好还好,没有伤到脸,这才问:"哪里疼?"

然后只听身后有人吵吵嚷嚷地说:"打120啊,快点快点!"

等把关真尧送进了医院,医生检查了一番我才松了口气,只是压到了脚,有些皮外伤。不过拍戏的进度得拖延一周了,关真尧满脸的不开心。

我安慰她:"你就当是提前休假了。"

关真尧不满地瞪了我一眼:"我可不喜欢在医院休假。"

关真尧又补充道:"这可不能算我的休假时间,你知道吗?"

我连声答应:"知道知道。"然后拿着缴费单去交钱了。

张沛之还有剧组的人都来慰问过,乌泱泱一大拨人刚走,我这才有空去忙住院的事。原本也不需要住院,可是张沛之说了,你住酒店的钱也不过跟住院扯平,还不如在医院呢。

我想想也是,在医院还能好得快一点。所以我这才给关真尧申请了单人病房,她终于有空休息一会儿了。

拿着缴费单站在这里排队,看看四周我这才反应过来,这不是夏家的医

395

劫后余笙。

院吗？当初我也来过这里的，原来这家医院离剧组最近呀……我感叹着世界可真小。

交了钱，拿着发票单据，我折返病房。贵宾病房统一在住院部的十楼，这里人少，最注重隐私和病房品质了，只是价格贵得离谱。

回到病房的时候，小悦已经准备了一堆吃的，她甚至直接从饭店让人专门做了一道鱼汤，把冒着热气的碗摆在关真尧面前，小悦命令式地说："喝吧！"

她见关真尧没动，又补充了一句："这可是野生的黑鱼，补着呢！"

关真尧抬头看着挂在头顶的点滴说："我这已经够补的了，我可不想一周后开工胖了几斤，到时候衣服都穿不下。"

为了防止伤口感染，医院还是尽责地给关真尧挂了消炎药水。我走过去，闻了闻，说："好香啊，喝一点吧。你现在是伤员，赶紧好起来才最要紧。"

关真尧小口小口地吃起了鱼肉，一脸满足。

今天这事，明天肯定有新闻通告出来，我得想想要不要买个版面，就写上关真尧拍戏负伤住院！突出中心主题就是：关真尧认真敬业。

这算是一个吸引眼球拉曝光度的正面新闻吧，反正事情已经出了，作为一个合格的经纪人，我得抓住一切可以炒热度的机会。

我正在思考着，突然小悦在旁边说："余姐，外面有个大叔，看着你好久了。"

我下意识地看向门口，只见夏宗成身着咖啡色的大衣站在门外不远处，正深深地看着我。

来者是夏宗成，纵然他没有开口，我也不能视而不见。我走过去来到门外，随手关上了病房门，问："夏叔叔，有事吗？"

我腹诽：该不会是来要关真尧的签名吧？夏宗成也不是血气方刚的年纪了，不会这么疯狂地追星吧……

夏宗成缓缓开口："真是好久不见了，刚才在护士站我还以为我看错了，没想到真的是你。"

我个人以为，我和夏宗成关系还没有好到忘年交的地步，我礼貌地点头："我有一些私事，好久不见了。"

夏宗成老了不少，扳着指头算算我和夏宗成也有好几年没有见面了，本来就不是多亲近的关系，见不着我也不会想他。

见夏宗成欲言又止的模样，我有些焦急，但表面上仍不动声色："找我有事？"

第十七章 <<< 名分，是相当严肃的大事

夏宗成说："其实……有件事情想要请你帮忙，要不是今天在这里看到你了，我也不会动这个心思。"

我最烦的就是这样说话不说彻底，一半一半地给你慢慢吐，我微微皱眉："有什么事你就直说吧。"

夏宗成叹气："你能去看看颜颜吗？"

我一时间没反应过来："什么？"

"我知道之前你们有过很多不愉快，颜颜对不起你。可现在你也有了新的生活，能不能暂时放下一切，去，去看看她？也许，这对她的病情有好处。"夏宗成总算说明了来意。

我抓住了他话里的重点，问："夏颜颜她……怎么了？"

夏宗成眼神黯淡了下去："她也在住院，状况不是很好。她离婚了。"

夏颜颜离婚这是我之前就知道的，当初偶遇梁修杰的时候，唐诀就告诉我了。

我以为这对我来说只是一条无关紧要的插播新闻而已，我半带调侃地问："为什么一定要我去看？你不怕她看见我情绪更糟糕？"

夏宗成沉默了一会儿，终于说："她现在也许……已经记不起你了。"

犹记得小时候，夏颜颜像小公主一样被一帮男孩众星拱月般地围着。

不，我说错了，那时候的夏颜颜就是公主，是夏家的公主。

如果可以，我希望我的人生从未和夏颜颜有过交集，也许这样我就不会遇到后面的一切。当然，千金难买早知道，我和夏颜颜相识也不是由我说了算的。

我没有第一时间答应夏宗成，一是手头有事实在走不开，二是我觉得我根本没做好再见夏颜颜的准备。不是说好了，像我和夏颜颜这样的冤家对头应该就此老死不相往来。

我问了唐诀的意见，他看着商报喝着牛奶，一副悠然自得的样子说："去看也行，不看也行，看你心情。"

这不是等于没说吗？

犹豫了好几天，关真尧都快出院了，我才打定主意去看一眼。

就看一眼，我主要是想看看夏颜颜现在到底是什么模样。时过境迁，改变的不仅仅是我一个人的人生。

我给夏宗成打去了电话，夏宗成显然没料到我会答应，在电话里就高兴得不能自已："好好好，多谢你。"

见夏颜颜的时间安排在关真尧出院的那一天，夏宗成说了，夏颜颜的病房就安排在关真尧所住的上一层，单独一层的康复中心全给夏颜颜一人使

用。我听到后不禁咋舌,这是该有多隐秘的病情啊,让夏家不惜对外关闭了康复中心。

我说:"我只有二十分钟时间去见她。"

夏宗成忙道:"十分钟就够了,她如果能认出你,我也算没有白求你。"

关真尧不太开心,她问我:"你要去见谁?我今天出院这么大的事都得挪个半小时?"

我笑着看她:"我……曾经的同学。"

这算是我能找出的最平常的一个定位了——夏颜颜,我曾经的同学。

小悦问:"你要不要我陪你去?"

其实我也想过万一夏颜颜的病是具有攻击性的话,我该怎么办?从夏宗成的话里得知,夏颜颜得的分明是精神方面的疾病。

所以我让夏宗成在前面走着,我还当着夏宗成的面告诉关真尧和小悦,最多半小时我就会下来。为的就是怕夏宗成对我不利,我好有后援。

做好一切准备后,我跟着夏宗成去了康复中心的楼层。

从电梯一出来我就感觉到了这里别样的静悄悄,其实其他住院楼层也很安静,但是不同于这里,这里静得好像一根针落地都能听得一清二楚。

我安慰自己,这是好事,起码说明夏颜颜的情绪比较稳定,没有出现歇斯底里的咆哮或者攻击性。

走过透着光的长长走廊,在一间病房前,夏宗成终于停住了脚步,他回首对我点点头:"就在这里了。"

夏宗成轻轻打开门,走进去说:"颜颜,你看看谁来看你了?"

我的目光越过夏宗成看过去,只见偌大明亮的病房里有一张宽大的病床,白色的被褥叠得很整齐,夏颜颜就抱膝坐在上面,她倚着一只枕头,扭头看着窗外。

这时候正是快上午十点的样子,阳光正好。从透明的玻璃窗外透过来的金色阳光均匀地洒在地上,落成一片漂亮的颜色。

夏颜颜的脸色很苍白,可能是因为消瘦,她的一双眼睛显得比从前更大,只是黑漆漆的再无之前的神采。

夏宗成又试着往前走了一步,说:"颜颜,看看谁来了。"

夏颜颜这才好像听到了,像是被惊醒一般,扭头看了过来。

对上她的眼睛,我的心没来由地一跳,张了张嘴还是没能喊出她的名字。这感觉太怪异了,这在我和夏颜颜交锋的回合里,毫无经验可取。

夏颜颜看着我,突然皱起眉,然后笑起来:"我认得你!"

要说成年之后的夏颜颜,包括后来和梁修杰外遇的她,脸上都不曾再次

第十七章 <<< 名分，是相当严肃的大事

流露出少女时代的天真。

可刚才那么一瞬间，我竟然在现在的夏颜颜脸上看到了曾经年少无知时的样子。

只见夏颜颜看着我，笑得乐呵呵，然后却皱眉指着我，又问："你叫什么名字来着？"

我吃惊地看着夏宗成，夏宗成叹了口气，说："她已经这样好长时间了……我也不知道怎么办才好。"

夏颜颜之所以会变成现在这样，里面肯定隐藏了我不方便知道的家族秘闻，我也不会去开口问夏宗成。

我试着走近两步，问夏颜颜："你……真的不记得我了吗？"

夏颜颜露出困惑的表情，然后摇摇头。我又问："那你能告诉我，你是谁吗？"

窗外的阳光似乎变得更加炙热，照在我身上竟让我生出一丝暖意。眼前的夏颜颜突然笑得满面生花，口齿清晰地说："我是余笙。"

一瞬间，我的毛孔都收紧，很快一层薄汗沁满我的额头。我忍不住又靠近了一些，几乎可以看到夏颜颜那深栗色的眼珠里自己的倒影。

我又问了一遍："你说你是谁？"

夏颜颜似乎找到了答案，一笑露出雪白的牙齿："我是余笙啊，我是梁修杰的太太，我们有一个孩子，我们很幸福。"

她在阳光下笑得心无城府，我却好像被时间拉回了从前。看着夏颜颜疯言疯语的天真样，身边的夏宗成慌了手脚。

他说："我倒从没有这样问过，她是不是连自己是谁都不知道了？"

余笙，梁修杰的太太……

这段话听起来顿时让人有些感慨，我没有搭理旁边的夏宗成，而是继续问："那……你知道梁修杰去哪了吗？"

夏颜颜的眼睛像是被强行拉开，瞪得滚圆滚圆，然后她指着我说："他被你抢走了！我认得你我认得你！你是夏颜颜！你是夏颜颜！"

她说着就要从床上跳下，朝我扑过来。我赶紧退后几步，夏宗成一下子冲到前面紧紧抱住了夏颜颜。

夏颜颜开始哭闹，眼泪和鼻涕几乎糊了她的半张脸，她的声音又尖锐又粗暴："是你！是你抢走了我的梁修杰！是你啊！"

夏宗成勉强才能抱住夏颜颜，他吃力地说："余小姐，今天谢谢你了，麻烦你出去的时候帮我关上门，再帮我叫一下护士站里的医生。"

我匆忙地点头，转身关上门的一瞬间，我忍不住回头看了夏颜颜。她还

399

在那里哭着喊着，骂着自己的名字。

夏颜颜动静这么大，不需要我喊，护士站的医生就已经匆匆赶来了，三两个穿白大褂的人冲进房间，很快夏颜颜的声音越来越低，直到最后完全听不见。

突然一阵后怕，我快速地跑向电梯离开了这一层。

关真尧正戴着副大墨镜等我，见到她们我心跳才慢慢恢复，关真尧可不客气，张口就来："你怎么一副见了鬼的样子?"

我拍拍心口："没有没有，走吧。"

直到离开医院，我都没再敢去看一眼夏颜颜所在的那一层楼。

晚上回到家的时候我跟唐诀说了今天发生的事，我缩在他的怀里，紧紧抱着他，仿佛只有这样才能心安。

唐诀的手指轻轻摩挲着我的后颈，他说："也许，在她心底一直觉得是对不起你的吧。不然也不会把自己想象成是你，把你当成是她了。"

我一阵唏嘘，良久后终于叹了口气："都是过去的事了……"

唐诀低下头吻了吻我的头发："是啊，都过去了。"

也许正是因为失去过，所以我才会觉得此时此刻唐诀在我身边是多么的让人倍感珍惜。

生活似乎恢复了风平浪静，人生难得颠簸，才显得拥有格外令人着迷。

我满意地看着我的这一家子，那是之前在K市时从没有想过的场景，温馨甜蜜，叫人沉醉不已。

每当这个时候，唐诀总会用手指点着我的额头，说："看你一副小人得志的样子。"

我看唐诀系着围裙，满满的大厨模样，便笑得一脸荡漾："怎么说话呢?你应该说看你一副女人得志的样子。"我学着唐诀的语气。

唐诀无奈地笑："古人诚不欺我，唯女子与小人难养也。"

我一扭头："你可以不养呀。"

唐诀笑出声："怎敢?"

就这样波澜不惊地度过了将近两个月，关真尧新戏的拍摄进度也完成了一大半，日子就这样一页一页地翻过，累积的都是珍惜，忘却的都是遗憾。

这天，我忙里偷闲在家里收拾起两个鱼的东西。

自从回来S市后，这两个小家伙的东西是越来越多，什么衣服、零食还有各种玩具绘本，满满当当堆在他们的房间里，几乎占了一大半的空间。

而且这些东西还有继续扩张的意思，追究其原因很简单，谁叫两个鱼有个特别宠他们的老爸呢? 何况之前唐云山也买了不少，这买的时候很轻松，收拾起来就很难了。虽然有请钟点工，可是这里不是钟点工负责的区域，只能我自己来了。

在一堆涂鸦里我翻出了一张请柬，打开一看，居然是唐云山之前送给我的那张，上面还明晃晃地写着李小西和唐诀的名字。只是这张请柬上被两个鱼用油画棒涂花了，乍一看上去，就像一张即将被扔进垃圾桶的卡纸。

我忍不住轻笑，想想李小西的婚礼好像就在这几天了。

李家敲定婚事的速度很快，但是婚礼真正办起来就没那么容易了，更不要说李小西肯定不配合。这前前后后折腾了两个月左右，现在才算是板上钉钉。

我把手里被涂得看不出原来模样的请柬折好，连同其他垃圾一起打包，准备明天出门的时候带出去丢掉。

晚上唐诀有应酬，等他一身酒气回来的时候，两个鱼早就梦周公了。我倒了一杯蜂蜜柠檬水给他解酒，唐诀坐在沙发上一饮而尽。

我说："我去给你放洗澡水。"说着，就打算往二楼走去。

唐诀的行动比我更快，他一把拉住我的手腕，将我拖进他的怀里，然后用唇在我的耳边轻轻摩擦了几下，说："我们结婚吧。"

我一时间愣了，有些莫名："我们……不是已经结婚了吗？"

唐诀的呼吸带着酒气，声音却很稳，他说："对不起，没有给你一个像样的求婚，也没有一个正式的婚礼，到现在还没有个完美的蜜月。"

我没想到唐诀竟然是如此看重这些仪式的人，略微惊讶后，我下意识地拒绝："不用了，我们现在不是挺好的吗？那些都是身外之物，没有也没关系的。"

说实话，经历了这么多，我眼里已经看淡了这一切。在我看来能跟唐诀一起好好的，孩子们好好的，这就够了。

我不奢望也不敢再去大张旗鼓地捯饬，那一年充满幸福的春节似乎还历历在目，而到了现在这一切早就物是人非了。

唐诀眸子冷了下来，他看着我半晌说："我去洗澡。"

我也不知道我哪里说错了，自从这天起，唐诀仿佛成了冰箱，全自动多方位制冷，效果稳定且安静环保。一回到家里就是一张冷脸，看谁都是欠他一百万的样子。

我忍不住问他："你这是什么态度？"

谁知人家只是淡淡地看了我一眼，一扭脖子走人了。

好吧好吧，他是大爷。正好我手头又有新资源，处在谈合同的阶段，关真尧这边的戏也快到了尾声，我本想忙完了这段时间再去哄他，谁知道人算劫后余笙。

不如天算啊！

　　这天我在办公室看送上来的新季度网络调查数据，等着韩叙把新合同发到我邮箱，正忙得十分充实的时候，唐诀给我一个电话说："下午一点来我办公室。"

　　我下意识回："干吗？我忙着呢！"

　　说完立马意识到不对了，唐诀那边冷得像南极，我赶紧补救："没、没有啦，那我一点过去。"

　　等挂了电话，我回味出不对劲了，唐诀这口气怎么这么像我领导呢？

　　既然答应了唐诀，我也觉得这可能是破解我俩之间寒冰的好机会，于是抓紧时间处理了手头上的工作，看着时间快到了，我才不慌不忙地出发。

　　走之前，我还仔细补了补妆。这是我回来之后这么久，第一次去唐氏集团，总得注意点形象。

　　一路顺风顺水地抵达唐诀办公室，这家伙还在忙，他说："你先坐那。"顺着唐诀所指的方向看去，只见小小的会议区的茶几上摆了很多蛋糕零食。

　　我吃惊："那是给我的？"这还没到下午茶的时间呀，虽然我午餐吃得比较简单，可也不会到这个点就饿了啊。

　　唐诀看着手里的资料，头也不抬："嗯，多带点放包里，一会儿可能会很晚吃饭。"

　　然后他又说："我已经吩咐秘书一会儿去接孩子放学了，你放心。"

　　所以，你一个电话让我放下手里所有的工作，就是为了在你办公室里蹭吃蹭喝？

　　实在想不明白，索性坐在沙发里挑挑拣拣了几个两个鱼喜欢吃的点心。自从当了妈妈之后，买吃的或者逛街总会下意识地从孩子的角度出发，这是改不掉的毛病了。

　　我坐在沙发上拆了一袋泡芙果，唐诀却不满意地说："拿几个放包里，选你自己喜欢吃的。"

　　一下被唐诀戳中心思的我讪笑道："我就吃一点就好了。"

　　女人最应该注重身材保养了。特别是年纪不再青春，新陈代谢的功率下降，总是得多忌口。

　　唐诀不依不饶："拿着放包里。"

　　我赶忙塞了几只蛋糕放进了包里："你不是在忙吗？"

　　唐诀抬头看我，眼里闪过一丝笑意："等我看完标书，我们去参加股东大会。"

　　唐氏集团的股东大会？我为什么要去参加？我既不是高层又不是股东

第十七章 <<< 名分，是相当严肃的大事

啊，再说了，我对这个股东大会没什么好印象。

可看到唐诀认真的模样，我到嘴边的话又给咽了下去。都冷了这么多天了，我一直寻求和好的机会，难得他主动喊我，我可不能这么不识抬举。

静静坐着差不多有一个小时，秘书敲了敲门进来说："老板，会议马上开始了。"

唐诀收好桌上的材料："知道了。"

我心里一紧，试探地问："我……也要去吗？我去适合吗？"

唐诀横了我一眼："走，一起。"

跟着唐诀，我来到股东大会的会议室里，唐诀把我安排坐在位置最靠近他的地方，我顶着众人聚焦的目光，觉得压力不是一般的大。

好在我做了经纪人这行之后，别的长进不好说，但是脸皮绝对是被锻炼得够厚。就这样，我依然面不改色地坐着，脸上还带着淡淡的微笑，表示已经跟大家打过招呼了。

我不经意地扭头一看，发现我身边坐着的人一是唐晓，二是丁萧，顿时一身冷汗都出来了。

唐晓在这里不奇怪，我没想到丁萧也在！

转念一想，这是不是代表唐云山已经认可了丁萧唐家儿子的身份呢？偌大一个唐氏集团，现在又多了一个人出来分一杯羹，这是不是之前唐诀不开心的原因呢？可对方是丁萧啊，如果又是唐云山表示同意他进股东大会，我又有什么办法？

想到这里，我颇有怨气地看了唐诀一眼。

唐诀冲我挑了一下眉毛，说："人都到齐了，会议开始吧。"

这场股东大会真的是漫长，各种鸡飞狗跳和矛盾摩擦，那一个个问题听得我整一个头大，越发确定了一件事实，那就是我不适合任何公司的管理层，光是这些会议上的内容和会议成员提问题的方式就足以让我应接不暇了。

坐着听了好一会儿，我索性放空了大脑去想接下来关真尧的包装路线，想着想着我还从包里拿出手账本开始记录。

表面上看我似乎是在认真地听唐诀开会，其实私底下我只是在搞定自己的事情，一时间倒也和平共处，起码不会让我听得想打哈欠。

在本子上写计划的时候，冷不丁唐诀话锋一转，问我："你记得很认真，有什么心得可以跟大家一起分享的吗？"

我立马尴尬地笑了，随手用掌心挡着，说："老板说的都对。"

一个抬头碰上丁萧的目光，他显然猜到了我在开小差，拿着钢笔的手轻

劫后余笙。

轻掩饰了一下笑意,眼里尽是无奈。

唐诀也笑了:"说得很好。"

你要不要这么厚脸皮?!

就在我还不明白唐诀叫我来的用意时,唐诀说:"会议到此结束,大家休息一会儿,等下开始酒会吧。"

他话音刚落,大家顿时作鸟兽散,很快就撤离了会议室,就连丁萧都走得潇洒,完全没有留下来跟我攀谈的意思。

我还傻乎乎地坐着:"有酒会?那、那你让我带什么蛋糕什么零食?"

唐诀收起钢笔和桌上的文件:"你看看几点了?还有,你不饿吗?"

我看了一眼时间,我的天啊!居然已经快七点了。大概是因为我思考工作太过专注,居然没有感觉到很饿,可悲的是唐诀这么一提醒,我的肚子顿时咕咕叫了起来。

唐诀微笑:"不错,我以为你会直接吃的。既然会议上没有用到,那就带回家吃吧。"

我一阵脸热:"我怎么可能会在股东会议上吃东西啊?"我又不是小孩子!

唐诀牵起我的手:"走吧,我们去酒会。"

我心里大窘,为什么有酒会不提前告诉我呢?我穿着上班的衣服就来了,虽然也是一套精致的正装,可跟酒会的风格完全不搭啊。

等我到了会场就确定了自己这个想法,酒会里的女人个个花枝招展,装扮得那叫一个风姿百样。我只花了十秒的时间平衡了心态,管他呢,反正是陪唐诀来,唐诀没有在意我穿得不好看,我也不用在意那么多啦。

刚步入会场,只见两个鱼从不远处朝唐诀扑了过来,口里还清脆地喊着:"爸爸!爸爸!"

两个鱼显然是被打扮过了,小鱼儿穿着粉色的泡泡公主裙,大鱼儿还一本正经身着小西装,那模样别提多可爱了!

这两个小崽子在唐诀怀里扑腾了半天,这才看见旁边的我,端着两张笑得天真无邪的脸就过来了。我倒是想绷着脸,可面对他们俩我最后还是破功,失败告终。我搂着两个鱼,好一阵地揉。

唐诀说:"我先过去一下,你带他们吃点东西,别饿着了。"

不远处,那些刚刚在会议室里争得脸红脖子粗的股东,这会儿个个端着酒杯,一派悠然自得的样子,仿佛刚才的一切都没发生过。

目送着唐诀离去,我带着两个鱼走到角落的沙发座那,又取了两只盘子拿了一些吃的,主要是按照孩子们的口味挑选的。

第十七章 <<< 名分，是相当严肃的大事

两个孩子第一次到这样的场合，显得有些拘谨的同时又很兴奋，两双乌溜溜的大眼睛四处好奇地看着。

我把食物端到他们面前的时候，周围的选餐区突然围了好些女宾，她们穿得摇曳生姿，端着盘子姿态优雅、很是美丽。

一个说："哎呀，旁边这是唐总家的小少爷和小小姐吗？真可爱。"

另一个说："是啊，早就听说唐总家里多了两个孩子，今天还是第一次看到呢。"

又一个凑过来："可是唐总不是还没结婚吗？这孩子不会是领养的吧？"

第四个还嫌不够热闹，压低了声音："说不定是私生子……"

我听到气不打一处来，真是什么地方都有舌头长的八婆，居然说我的两个鱼是私生子！在公司股东酒会上八卦老总的家事，这些女宾是觉得别的人都没带耳朵吗？

可当着孩子们的面，我也不想直接上去发难，大鱼儿显然是听到了，他向来有些心直口快，直接问："妈妈，什么是私生子啊？"

大鱼儿这一声问得很响亮，旁边那几个女宾脸上一阵尴尬，没等我开口回答，唐诀的声音在身后响起："什么私生子？"

我朝刚才八卦的人群瞟了一眼，说："没什么，只是有些人不知道，以为你都有私生子了。"

唐诀脸一黑，用不大不小的声音说："要是闲得没事干就去加班，整天想这些，难怪你们部门的业绩上不去。"

那几个女宾连声道歉后，赶忙匆匆离开。

我好奇地问："你知道她们是哪个部门的？"

唐诀走过来反问我："你知道现在问题的所在了吗？"

我一时没跟上唐诀的节拍，傻傻地问："什么问题？"

唐诀无奈地叹气："你看，你不跟我办个正大光明的婚礼，别人都以为咱们的孩子是私生子，这也不能怪我啊，你一跑就是几年，要知道对外我还是个单身汉呢！"

这下我总算明白唐诀为什么生气了……原来这厮是在跟我要名分啊！

我一时语塞，竟然找不到理由去反驳，又低头看了看我的两个鱼，觉得似乎唐诀说得也对。像唐诀这样身份的人，结婚怎么可能遮遮掩掩的，这么久了没有婚礼，谁也不会去民政局查他的婚姻状况，自然在外人看来他还是个钻石王老五了。

这么一想，我有些心塞。原来我已经是两个孩子的妈妈了，而唐诀却还是那个炙手可热的黄金级单身汉，这一对比真叫一个惨烈！

405

劫后余笙。

我低下头，正不知道如何回答，唐诀又问："考虑得怎么样了？在哪里办婚礼呢？"

我抬眼对上唐诀那坚定的眼神，心知唐诀是认真的，这也是我欠唐诀和孩子的。虽然眼下我觉得我还没能成长到和唐诀比肩的程度，但唐诀肯定是不乐意再等了，我咬咬牙说："你定，我都听你的。"

唐诀满意地笑了："你是新娘，这事细节还得你来敲定，等我们回家了再说。"

于是这一天起，唐诀自动结束了制冷功能，家里又开始洋溢着一番甜腻的气氛，导致我一连几天腰都是酸的，别人问起来我也不好意思直说。

就这样，还是被火眼金睛的关真尧给发现了，她一脸贼兮兮地问我："小余姐，看起来你这几天过得挺滋润嘛？看你这脸色，啧啧，白里透红的。"

我仗着我脸皮厚，连眼神都没变，还是那么自然，我说："还有大半个月你的戏就要杀青了，有什么感言没有？"

关真尧对我面不改色地岔话题表示不满，她手里捧着剧本："当然有了，我希望我的这部小荧屏处女作能大热！"

因为这部电视剧杀青之后，算上剪辑、制作周期和宣传时间，差不多正好能赶上寒假档。

这又是一波可以创造收视神话的黄金时段，寒假里人人都有休息的机会，自然有空追剧了。

我心里对张沛之的时间安排佩服得很，这部戏天时地利人和占全了，如果再不红那就真是故事讲得太差了，神仙来了也没办法。

关真尧冲我摇晃着脑袋："你记得啊，我拍完这部戏可是要一个月的假期的！"

我连连保证："记得记得，你放心好了。"

好了，明媚已经在孕中期，不可能出来接通告再去工作。现在关真尧也要有一个月的长假预支，她后面的工作我都给安排得七七八八了，难不成我要用关真尧休假的这一个月来跟唐诀举办婚礼？

说到明媚，我抱着向过来人咨询的心态拎着两大篮水果去探望她。

孕中的明媚丰腴不少，浑身上下的皮肤越发地好，就像一只剥了壳的煮鸡蛋，光溜溜白净得很，看得我一阵羡慕。

见到我来，明媚眼睛一亮开心得很，说："还好你来了，不然唐晓得把我关在家里关疯了不可。"

工作上明媚算是我的合伙人或者下属，但是在家庭关系上，她却是我的

第十七章 <<< 名分，是相当严肃的大事

大嫂。我笑笑："我该叫你一声嫂子呢。"

明媚一张俏脸顿时变得粉红："那么喊别扭死了，还是不要了，反正关系在这，喊与不喊都改不了啦。"

唐晓在家里安排了大大小小的阿姨老妈子起码有四个，明媚皱着眉看一个阿姨端着茶进来，然后轻声地对我说："你看看，就安排这些人陪我，可我都不认识她们，连个聊天的话题都没有，闷都快闷死了。"

我笑了："他是关心则乱，你现在是非常时期。"

明媚冲我眨眨眼睛："话说回来，李家那头的事解决好了，你和唐诀准备什么时候结婚呢？"

又来了又来了，这唐家人好像约好了似的，这几天一直围着这个话题打转。

我说："快了吧。"

明媚催我："还是赶紧点的好，省得夜长梦多。"明媚显然是孕期在家里待得有点无聊了，居然开始向我催婚。

然后她又贴着我耳边说："你要记得，我生完孩子之后，最多休息半年就要恢复工作的。"还算你上进，不错不错！

我点头："好呀。"

我心里想的是，等到时候你家唐晓放不放你就是另外一回事了。我甚至在心里盘算起明媚解除合同的违约金了，反正唐晓有的是钱，这个我一点都不担心。

在明媚那里待了半日，我在回家的路上决定了还是尽早办婚礼，让唐诀安心，给唐大少爷一个名分。

这说起来容易，做起来就发现没那么多空余的时间来安排了。先是唐氏集团面临丁萧入股的各种事件风波不断，后是我这边关真尧新戏杀青，又是官宣又是炒话题的，忙得我脚不沾地。一来二去的，就把这婚礼诸事又给耽搁了。

可怜我和唐诀只敲定了一个在海边城市度蜜月的意向，剩下的流程一个没搞定，这办事效率不可谓不低。

好不容易忙完了跟关真尧有关的一切工作，她放假了，我也可以轻松一段时间，正想着利用这段空闲把婚礼的事情好好安排一下。

谁知道，休假才刚刚过了一星期，娱乐头版头条出了一则新闻，把我刚刚放松下来的心情又给揪了起来！

那会儿我正在拿着笔选定请柬的设计和糖果的分配，唐诀这个家伙在婚礼的问题上可谓是精益求精，要规划到每个细节必须完美无缺，这让我不免

407

劫后余笙

狐疑——这厮不是狮子座而是处女座吧。

小悦一个电话打破了我的宁静，我还慢悠悠地接电话，小悦那头早就轰炸了过来："余姐！你看新闻了吗？"

我哪里有空看新闻啊，这几天我都在看花边啊图案啊甚至喜糖搭配的寓意啊，我问："什么新闻？"

小悦急得不行："就是那个周一见啊！"

听到这三个字，我顿时浑身一寒："谁上了？"明媚不可能，她还在孕期，那就是关真尧了？

果不其然，小悦火急火燎地说："是关真尧啦！"

听到关真尧的名字，我头如斗大。周一见可是行业里赫赫有名的狗仔曝光团队，专职是曝光各路人气小花或者小生，这一次怎么会盯上关真尧的呢？按说关真尧也没有负面新闻啊，要是明媚我还担心一点，可偏偏是关真尧。

我连忙放下手里的事情去开电脑，只恨电脑开机太慢。

电话那头的小悦还在说照片的内容，我听她咋咋呼呼地讲觉得头更大了，还是要自己眼见为实最稳妥。

一上微博论坛，早就炸开了锅，热搜都不用买的，全是"关真尧周一见"，或者是"关真尧恋情曝光"。我来不及细看，点开周一见官博，只见里面贴了四张照片，远远看上去确实是关真尧的样子。

照片里，关真尧穿着白碧蓝三色相间的沙滩衬衫，戴着一顶帽檐奇大的草帽，墨镜挂在领口，侧脸过去和一个身材高大的男人说笑，表情很是放松愉悦。

下面连着三张都是关真尧和这个男人亲密举止的照片，最大尺度也不过是接吻。只是那男人的脸看得不是很清楚，而且很面生，难道是圈外人士？

看到这里我瞬间泄气，一颗心安了回去，闹了半天只是恋情曝光而已，这在娱乐圈算个什么周一见？

小悦还在电话里说着："怎么办怎么办？"

我反问："什么怎么办？关真尧又不是未成年人，她今年也有二十五六了，谈个恋爱有什么稀奇的？"

话虽这样说，可我的血压还是猛然上去了。为了不让小悦自乱阵脚，只能先这样安抚着。

我缓了缓情绪，问小悦："你把她现在的行程和落脚的酒店发到我邮箱里。"

之前因为答应了关真尧放假，所以她的旅游地点我也没过问，连机票都

第十七章 <<< 名分，是相当严肃的大事

是小悦去订的。本来我想着，关真尧都是成年人了，出去玩我就没必要跟前跟后的吧。再说了，她出道几年都没有什么绯闻，本想着应该没事，谁知道还真的是好的不灵坏的灵。

小悦的速度很快，我这边电话刚放下，就收到了她发来的邮件。

看到内容，我有些烦躁，关真尧目前不在国内，跑斯里兰卡看印度洋去了！这不跑则已，一跑狂远啊，追都追不上。这些狗仔也是神通广大的，这样居然也能盯到新闻。

这边网页还没关掉，公司的公关又联系我了，大领导韩叙传达旨意，说是要好好利用周一见。

可是我心里始终有个阴影，跟关真尧一起被拍那个男人是谁？这个人身份一天不确定，我一天都无法安心。

我告诉小悦，尽快联系到关真尧，让她第一时间给我回电话，我现在有点犹豫是去直接会会周一见的负责人，还是回公司配合公关。

权衡再三之下，我决定先回公司，至于周一见那头，我得等关真尧的消息。周一见的狗仔万一有更深的料，我这么冒冒失失什么都不知道就找上门去，不是等同于肉包子打狗——有去无回嘛！

团队公关已经把第一生产力放在了关真尧和周一见这件事上，我到公司的时候，公关小队长对我说："你觉得要不要买水军？"

我一阵烦躁："买什么水军？现在情况还不明呢，急什么？"

眼下网上炒得最热的新闻也不过是关真尧恋情曝光、神秘男主身份不明而已，有时候如果你不能一击即中，那还是放缓一点脚步。毕竟一旦买水军出手，万一事后反转，这黑点足够网民讨论一年的。

虽然说这年头没有新闻没有爆点的艺人不是好艺人，不管黑点粉点，只要能上热搜能吸引别人的注意，那就是好事。

除非是烂得不能再烂，不然成熟的公关团队都能有办法主导风向，这就是娱乐圈的现状。

说难听了，那些大明星的微博动辄几千万的粉丝数量，哪个没买过粉的，估计谁也不敢这样说。

大约半小时后，我接到了关真尧的电话，我走进办公室锁好门，直接问："你跟那个人是恋爱关系吗？"都这个份上了，没什么好拐弯抹角的，时间就是一切。

关真尧却道："还不算吧……他追着过来的，那个吻也是他偷亲的。"关真尧的声音里透着无奈和懊恼。

还能尾随我家艺人？这一追就是好几千公里啊！

409

我没好气地问:"这人谁啊?"

关真尧说:"之前拍戏的那个导演你还记得吧,就是他的一个朋友,好像是什么公司的老总,叫陈建树。"

我心里咯噔了一下,之前那个导演长得是圆是扁,现在我还真想不起来,但是陈建树这个名字我可是很熟悉。

他是我曾经待过的K市的商业才俊,不到四十的年纪,在K市混得风生水起。而且这人行事十分高调,那时候在K市听到的最多的新闻就是他和哪个明星有暧昧,或者是跟哪家名媛共度春宵啦什么的。

对这人我可没什么好印象,我怕不确定,又问了句:"陈建树?K市的那个陈建树?"

关真尧给了我肯定的答复:"就是他……"

我血压又上去了:"你知不知道他名声很差的?跟他的事业成反比。"

血压上去,语气自然也不好,关真尧被我说得像个小鹌鹑似的开口:"我、我也是后来才知道的……"

"那他成家了吗?有固定交往的女朋友吗?"我又问了两个最要紧的问题。

陈建树是个花花公子无所谓,陈建树是不是商业才俊、有为青年,这也不是重点,重点的就是陈建树有没有对象?这年头,娱乐圈再开放,也是容不下插足别人关系的小三呀!

关真尧说:"我又没想跟他在一起,我没了解那么多。"

听到这话,我眼泪都要下来了。关大姐,敢情你这几年光演戏了,演技提高了是好事,你也稍微长长脑子啊!

眼下不能自乱阵脚,我忍住了情绪,尽量平和地说:"那你……这几天和他保持距离吧,我尽快查出他的底细。"

关真尧郁闷得不行:"对不起,是我没注意。"

我安慰她:"事情已经出了,就看怎么解决。不是说了吗,混这圈子有爆料总比没有强。"

这话何尝不是安慰我自己。

我们这圈子的水很深,虽然大家都铆足了劲想红,可到最后谁都想赚一个德艺双馨的好名声。只是在德艺双馨这条路上,如果你曝光不足,会很快被观众遗忘。

投资商们是要看到回报才会出钱的,一个演员没有市场号召力,空有一身演技,那在他们眼里也只不过是尔尔。同样的,对于公司而言,一个艺人得给公司带来盈利才有被公司继续栽培的资本。虽然不想这么说,但是现实

第十七章 <<< 名分，是相当严肃的大事

就是很残酷。

所以韩叙觉得关真尧被周一见未必不是好事，起码在周一见这样的狗仔眼里，关真尧值得他们跨越几千公里去盯梢抢头条，这也从侧面说明了关真尧目前的人气。

有韩叙配合，我很快拿到了陈建树的一手资料。

陈建树，男，三十七岁，K市通达电子的首席执行官，也就是执行总裁，目前未婚。有一稳定交往的女友，已经相处十年。

看到目前未婚的这四个字的时候，我勉强松了口气，可下一秒心就提了起来。

稳定交往了十年的女朋友，这代表了什么意思，我很清楚。

不得不说陈建树瞒天过海的本事可不小，那会儿在K市的时候他也是经常被这些娱记盯着，可谁也没扒出他有个交往了这么久的女朋友啊！

来不及骂他一句了，一个陌生号码打了进来，他说："余小姐吗？我是周一见的小可，聊一聊呗。"

我忍住没发脾气，温温和和地说："好啊。我正好也想跟你们聊一聊。"

这个自称小可的男人可不像他的名字那样简单可爱，他笑笑说："关于您带的艺人关真尧，我们手上还有几张照片和内部消息，您想知道吗？"

我说："我当然想知道了。"表面上云淡风轻，其实我心里恨得牙痒痒。周一见为什么喜欢大费周章，不惜重金去盯梢艺人，就是打着拿到黑料的旗号，问艺人的公司或者艺人本人要"赎金"。

业内有业内的规矩，一手交钱一手交料，绝不反水。

我倒想看看，在他们眼里，我们家关真尧到底值几个钱。这个小可的回答让我很满意也让我很上火，他说："现在关大美女这么红，不久还有一部电视大戏准备开播，我们觉得吧开少了真是对你们的不尊重。这样好了，一个亿吧，您觉得呢？"

我听到差点晕过去！一个亿？就算艺人赚钱快，这个数字也足够吓人的了。

我看了一眼手机，真觉得你要一个亿干脆去抢银行得了。他们也是看关真尧年纪还轻，可挖掘的价值潜力还很大，况且这么年轻星途就走得如此顺畅，是真的不容易。他们在赌，赌星源和我不会放弃关真尧这棵摇钱树。

我笑笑，就算心里再生气，我也不会直接跟他翻脸，无论哪一行都是亲君子远小人，可是娱乐圈的情况特殊一些，有时候这些小人你不得不去亲，还得罪不起。不到万不得已，我不会直接跟他们撕破脸。

我说："在业内谁没听过周一见的大名呢？你们也算是独树一帜，生意

411

劫后余笙。

嘛，也做得红红火火。想来，是不差这几个钱吧？我们小关虽然现在人气还不错，可毕竟出道时间不算长，财富累积也是要靠时间来完成的。你们开口就要一个亿，不是我不想让你们发这个财，而是我们手头实在拿不出来。"

这番好话几乎说得我自己都犯恶心，对方也被我的好态度折服，语气软了一些："余小姐，您是不知道我们这里也有好多人指望着这个吃饭的，一个亿真不多，你们挤一挤就能有了。关大美女那么红，没几年就会赚回来的。"

一个亿挤一挤就有了？我又不是开天地银行的！

我叹口气："那这样咱们就谈不拢了，况且据我所知，他们也只是谈个恋爱而已，没你们说的那么夸张吧。"

小可笑得阴气森森："那……咱们就走着瞧喽。"

挂断了电话，我一口恶气被堵得上不来下不去，转念一想，我打给了正在处理这事的公关："你们现在去K市的论坛、各大社区，找最少五年以上的老帖子，跟陈建树有关的全部调出来。"

我就不信了！陈建树这么花心，还能真的做到水过无痕？

公关团队的效率喜人，办事速度一流。没有一个小时，他们就把收集到的资料整理归档，还分出了一二三类，把其中涉及私人情感的那一类额外标注。

这就是聪明人啊！难怪能做到公司公关团队的一线，果真都是人才。

与我预料的一样，早在四年前，K市的论坛里掀起过一阵陈建树扒皮事件，主要导火索是陈建树那时候爆出了和某某名媛的一夜风流。

那个帖子的楼主就几乎指名道姓地说了，陈建树有一个交往多年的女朋友，是那个名媛勾引了陈建树。帖子里甚至当初还有照片，只是现在图没有了，什么也看不到。

很可惜，这样的帖子在当时的论坛里几乎没有激起任何水花，看了一眼惨不忍睹的回帖数量和点击量，我叮嘱公关把这些类似的帖子盯住了，并跟论坛的管理员说好，不可以删帖。

做好一切准备，我打电话给关真尧，对她说："这几天不要刻意地避开陈建树，但是也要注意和他保持距离，记得该冷淡一定要冷淡。"

关真尧不解："我立刻飞回去不就好了？"

我懒得跟这姑娘解释："不用飞回来，你好好享受你的假期，国内的事交给我。记得我叮嘱你的就行，不要跟他单独出行，切记！还有，以后每天给我打一个电话报平安，知道了没？"

关真尧连连答应，这才结束通话。

第十七章 <<< 名分,是相当严肃的大事

我不确定周一见的那伙人还在不在斯里兰卡,但是我赌他们还在。

想了想,我又拿起电话打给狗仔秦,直接说:"你要不要一个关于我艺人的爆料?"

狗仔秦一愣,随即态度热火朝天:"余姐,您是说真的吗?关真尧吗?可是我看周一见已经在爆料了啊!"

狗仔秦消息灵通,他不知道周一见几乎不可能。我说:"你现在派你的人去斯里兰卡,地址我会给你。但是记得要是你的心腹,出行的机票和酒店我来负责,你去帮我采第二波头条。"

狗仔秦也是个人精,虽然比起爆料他不如周一见那个团队,但是我这么一说,他立马就懂。

他果断地同意:"余姐,机票和酒店钱我们自己负责,您能给我这个机会已经是看得起我了。"

我笑笑:"不用,我说负责就负责。你也不用跟我客气,那个酒店不便宜。最多是你工资涨了,回头请我吃饭。"

我一字一句地交代:"我只有一个要求,那就是要快,最好今天就能到。"

狗仔秦也爽快:"我现在就安排人手。"

"确定人选后,把信息发给我,记得没有护照的人出不了国,我给你们订机票和酒店。"我随即在办公室里打开电脑,开始快速地浏览酒店信息和航班班次。

狗仔秦不愧是狗仔秦,二十分钟后,我就收到了他给我的人员信息。一共四个人,狗仔秦自己也在内,我琢磨着另外三个是翻译、司机,还有个拍摄助手。

毕竟去国外不是在国内,宁可之前多想到,也不要到了之后人手不够瞎转悠。狗仔秦亲自去,我放心不少。

酒店就订在了关真尧入住的那家,价格确实不菲,我订好一间商务套房,看着价钱一阵肉痛。不过想想周一见开出的那一个亿,我也释然了。

订好酒店和机票,我把信息发给了狗仔秦,并给他电话说明:"你们应该是晚上十点左右就能到,加油,我等你们好消息!"

正如大家所料的一样,周一见跟我没有谈妥价格,在第一天爆料之后,网上炒关真尧恋情正火热的时候,周一见的微博又爆出了一个爆炸性的消息:关真尧神秘男友真实身份!K市商业界精英陈建树,男方已有交往多年的女友!关真尧插足!

虽然早就预料到,可看到的时候还是心脏咚咚直跳。这条消息的爆炸程

劫后余笙。

度可想而知，关真尧目前人气炙手可热，网上到处都充斥着对关真尧的质疑和讨伐。

真是人红是非多啊！

我告诉公关团队："这话题再炒一会儿，那帖子就可以被顶上来了。"

星源的公关团队堪称国内一流，反应快、狠、准、毒，不需要我多提示，大约到了晚间的时候，那个曾经扒皮陈建树的帖子被顶到了论坛的首页！

水军是个好东西啊，你用起来的时候，大有千军万马在手的成就感。但是如果你的水军不够强大，你就会面对各种无法把控的现象。比如，达不到预期的标准，甚至还可能误导了你想要的风向。

怎么用水军，用什么水军，这在公关这一行里是个很严肃很有技术含量的课题。

显然，星源的公关对这一课题有深入研究，水军用得那叫一个得心应手。舆论的风向很快改变，陈建树黑历史被扒出。

另一边，关真尧的粉丝团也不是吃素的。我给了一个暗示，他们自然继续往下扒，还开了一系列的对比帖。

因为关真尧出道以来都是拿作品说话，凭实力别人根本无法质疑关真尧，那些乌七八糟的绯闻根本就与她无缘。一个是黑历史铺满屏的花花公子，一个是出道多年没有负面情感新闻的当红女艺人，要的就是这个风向主导。

怎么从黑料里洗白，是个技术活，你不能大张旗鼓地立马跳出来，因为你不知道对方手里还有没有牌。如果牌打完了，你这边只能诉苦和辩解，观众们会觉得审美疲劳，甚至不愿意再去听你的争辩。

再者，我们有水军，对家难道没有了吗？

网上的事态越炒越热，几乎到了白热化的时期，不少人都去关真尧的微博下面声讨，急得小悦都要哭了，恨不得现在就冲上去跟他们反驳。

我淡淡地说："你就一个人，跟他们吵什么？再说了，还有粉丝团呢。我觉得让他们现在骂，等过两天再组团来道歉，不是很好玩？"

小悦急得跳脚："余姐，你是在说笑吗？"

说笑？我才不会说笑呢！既然周一见给了我们这个机会，不好好利用一番用来吸粉，都对不起我安排的这些套路。

正想着呢，洪辰雪给我电话了，她关切地问我："小笙，要不要我请沛之帮忙呀？我看网上都在骂关真尧呢。"

洪辰雪知道我带着关真尧，这么给我电话也是让我意外，本来她和张沛

第十七章 <<< 名分,是相当严肃的大事

之正在爱情的小河里甜甜蜜蜜,我可不想用这事去让洪辰雪欠人情,哪怕是张沛之的人情也不行。

我宽慰她:"别担心了,我会处理好的。如果实在没办法,到时候再让你出山好啦。"

对于要帮忙的朋友,得给她留足可以帮忙的空间,这样那种被需要感会让朋友觉得尤为满足,特别是洪辰雪这样的朋友。

所以,我不可以一口回绝死。

洪辰雪说:"那好,你记得啊,有事告诉我。"

"嗯,一定的。"

按照网上的舆论风向,周一见如果手上还有料,不是今晚就是明天一定会拿出来,对方要是拿不出来,说明就已经山穷水尽,肚子里没货了。

我正关注着事件的发展,唐诀这厮不满意了,直接打电话到我办公室的座机问:"你到底什么时候回家?"

因为关真尧的事,我已经两天一夜都守在办公室里了,听着唐诀压低的声音,我可以想象到他此时的表情。

我连连告饶:"老公大人,我现在在忙啦,您大人有大量,就宽容这一回啦。"

我难得这样软言细语地哄着唐诀,唐诀一听,立马态度来了个一百八十度的大转变,说:"那你要记得吃饭,或者我给你送过去。"

心里流过暖暖的一片,这么焦头烂额的时刻,一想到我身后还有唐诀在,顿时信心百倍。

我说:"你照顾好自己和孩子们,我争取忙好了今天就回家。"

唐诀还有点小脾气:"那我等你。"

唐诀又说:"一定要好好吃饭!"

我赶忙答应:"一定服从领导的指令。"

等到下午快三点的时候,狗仔秦给我发来了一系列今天拍摄到的照片,内容全是关真尧出行,跟我想的一样,只要有关真尧的地方,身后一定有陈建树的影子。

"嘿,还真是狗皮膏药,贴上撕不下来了。"我暗自腹诽了一句。

不过好在从照片上来看,关真尧是有把我的话听进去了,她时刻保持和陈建树的距离,脸上的表情也淡淡的,看不出很喜悦的样子,偶尔有对话的情节,也是看上去就很普通朋友。

我松了口气,我现在这里是三点,狗仔秦那里应该刚刚吃过午饭。我给狗仔秦发了条感谢的信息,这才坐在了椅子上稍稍放松。

415

劫后余笙

周一见不会就这么容易放手了吧?怎么觉得他们还会有后招呢?

果然,到了晚上周一见又放出了一批照片,照片里的场景跟今天狗仔秦给我传来的一样,甚至有些动作看起来都一致。只是周一见的照片在角度的处理上比狗仔秦的更加微妙,从狗仔秦给我的照片上我看不出关真尧和陈建树有什么,但是画面切到周一见的照片上时,一切就变味了。

我不得不感慨,这就是天生当娱记的料啊,没有暧昧也能给你创造暧昧。

周一见这一批照片上榜,引起的轰动可想而知了,多少人等着看呢,一部分人等着看洗白,一部分人等着看爆黑,还有一部分人看热闹,谁也不帮。

我看着直乐,一边通知狗仔秦,他们要抢第二波头条的话,现在时机最妙。

狗仔秦办事绝对让人放心可靠,大概在周一见放出照片约三个小时后,狗仔秦也在他们杂志的娱乐微博里悄悄地放上了他们拍的照片,并写上了:偶遇关真尧,怎么觉得跟现在八卦上的照片不怎么一样呢?好奇怪。

狗仔秦所在的娱乐杂志本来就比较出名,这样直接放了出来,一时间他们微博下的留言都给刷爆了,足足给他们涨了一倍的粉丝数量,而且都不是僵尸粉,是货真价实的关注度。这下狗仔秦的老板该开心了。

我看到下面的留言居然还有人写:这家娱乐杂志简直是业内良心啊。

我一边看一边盘算着下一步的计划,目前看来一切发展趋势还在可控范围内,想着等周一见没有招了,我就让关真尧回来,一次性翻盘!

正想得很顺畅的时候,手机响了,都已经这么晚了,唐诀的晚安电话又刚打过,会是谁呢?

拿起一看,又是个陌生号码。在这种暗潮汹涌的夜晚,越是陌生号码越会带来更多的不安定因素。

我怀揣着一丝忐忑接起电话:"喂?哪位?"

对方的声音带着成熟男人的玩世不恭,他说:"你好,余笙小姐。我是陈建树。"

陈建树的电话带给我一丝崩溃和不安的感觉,我说:"谁?陈建树?"

陈建树确定了一遍:"是的,是我。就是这两天在网上很火的关真尧的绯闻男友。"

他脸可真大,除了周一见,没有哪家媒体敢这么直接写,他倒好,干脆拿来自我标榜了,这个陈建树还真是一块狗皮膏药。

我没好气地说:"饭可以乱吃,话可不能乱说,我们小关现在还是单身,据我所知您可不是。"

陈建树"嘿嘿"几声笑起来，那声音听在耳朵里叫人一阵不爽，他说："现在是单身，以后就不会是了。"

他又说："我是真的很喜欢尧尧，希望你不要太过阻挡我们。"

我这个人，说白了就是个俗人。我羡慕肆意洒脱，却依然按部就班地完成人生大事；我喜欢随性自在，却还是沉迷于唐诀给我的一切，心甘情愿、不可自拔。

从在K市下定决心生下两个鱼的时候，也许就注定了在心底不愿与唐诀真的断开联系，我把这种感情叫做冥冥之中自有天意。

可是陈建树这样的喜欢恕我真的看不懂，感叹一下一样米养百样人，我说："是吗？那你是不是也很喜欢陪伴了你十年的女朋友啊？"

十年，一个人的人生里能有几个十年？更何况是一个女人的十年，这包括了她最美好的青春和纯粹的梦想。陈建树怎么可以负担着一个女人的十年，还在这里大放厥词地跟我说他喜欢关真尧？简直可笑！

陈建树是个老江湖了，被我直接点破也丝毫不见窘态，他轻描淡写地说："你都知道了啊？不愧是尧尧的经纪人，手段和速度都一流。"

我硬邦邦地说："承蒙夸奖。"

陈建树又"呵呵"笑起来："我只是跟你说一句，我会跟尧尧在一起，以后请你多照顾了。"

照顾？你幼儿园还没毕业啊？我照顾我们家关真尧那是因为有利益有感情因素在里面，你陈建树又是哪根葱。

我也"呵呵"笑了一声："您如果觉得自己年纪大了，可以去给自己找个保姆，我对照顾老人没有兴趣。"

虽然说爱情有时候可以忽略年龄、国籍，甚至信仰，但比关真尧大了十几岁的陈建树我可一点都看不上。

结束这样没有营养的对话，我又关注起网上的炒作来，因为有狗仔秦的介入，风向开始转变，越来越多的人倾向于关真尧根本不知情。

甚至有真爱粉在网上做出了两套照片的对比图，重点的地方都圈出然后以文字详解，周一见的阴谋论很快传遍各大渠道。

就这样炒了一夜的热度，第二天关真尧打电话给我，说是准备提前结束旅行归国。

我说："回来得正好，那个姓陈的知道你回来吗？"

关真尧说："应该不知道，我提前订的机票。"

"那就好，"我叮嘱道，"你下了飞机就更新微博。"然后我把要更新的内容告诉她。

关真尧也是第一次面对这样的情况，她很是不安："这样行吗？"

"放心。"我给了她一个肯定的答复。

然而计划赶不上变化，人算不如天算，就在我以为周一见没有后招的时候，网上又出现了一个自称是陈建树女朋友的人的发帖。内容很简单，就是让关真尧还她的男朋友。

帖子里写着自己陪伴了陈建树十年，一直都默默无闻地守候，以为可以修成正果的时候却杀出来一个关真尧。那写得可真是闻者伤心、听者流泪啊。

我看了一眼时间，这个时候关真尧还在飞机上，无法联络。

正想着该怎么应对的时候，网上立刻又出现了一个扒皮帖，这回是个黑客发的，标题是：周一见，你究竟想黑多少人？而帖子的内容比刚才那个诉苦帖更直接，就甩了两个网络地址。地址显示了发诉苦帖的人其实和周一见是在一个地方。

而这几天的开扒成果，网民都知道，陈建树是K市的商业精英，他的女朋友应该也在K市。就算不在K市，那也不可能跟周一见的网络地址是一样的。

不知道这是哪路大神给的援手，不过好意我收下了。

就在关真尧短短几个小时的飞行中，网上的事态又经历了一波三折的起伏，终于到关真尧下飞机了，才堪堪达到我预期的环境目标。

关真尧下了飞机按照我说的发了三条微博，最后一条是姿态很平和地解释了一切，对于黑她骂她的人也报以了谅解，并表示插足别人感情是最恶劣的行为之一，她永远不会去做。

一时间，关真尧的微博被热搜炒到了最前线，这几天的新闻累积，终于等到了当事人清楚的解释，关真尧态度明确，且周一见拿不出他们所谓的证据。很快，关真尧因为态度谦和，微博下面又被一圈人的道歉刷了屏。

看着关真尧又在发微博感谢粉丝的信任和帮助，我心里的大石这会儿才算放下。收拾好包，我要回家吃饭看老公孩子！

我刚开着车上了高架，唐诀打电话问我："你忙完了吗？张沛之要请我们吃饭。"

我惊讶："谁？张沛之？"

我心里奇怪，张沛之请我们吃饭，为什么是他打给唐诀？这两人平时应该没有业务往来呀。

再不济，也得是洪辰雪打给我啊。

第十七章 >>> 名分,是相当严肃的大事

我说:"好,我在开车,大概二十分钟左右到家。"

挂了电话,我立马又给洪辰雪打了过去,谁知道这家伙居然关机,转了语音信箱。

我心里纳闷得很,可一时联系不上洪辰雪也没办法,只得先回家。回到家,我痛痛快快地洗了个热水澡,直到把皮肤擦得有些微红才出来,那叫一个神清气爽。

唐诀拿着毛巾站在外面,我一出卫生间的门他就按着我的脑袋一阵猛擦,我连连告饶:"唐老板,轻点,轻点啊!"

我这是真头发,又不是头套。

唐诀把毛巾丢我头上,略带怨气地说:"你还知道回家啊?!"

我连忙赔笑:"当然了,家里有美人。"

唐诀白了我一眼:"你再不回家,我就准备直接去韩叙办公室坐着了。"

我纳闷:"去那干吗?"韩叙办公室乱糟糟的,而且楼层采光都不怎么样。

唐诀露出一个坏笑:"谁叫他霸着我老婆,一个劲地让她加班?我去要人不行啊?"

听唐诀喊我"老婆",我脸上莫名热了起来,想到之前为了哄唐诀喊了他一声"老公大人"。我清清嗓子:"我有加班费的。"

唐诀走过来捏捏我的耳垂:"来,再叫一声听听。"

我明知故问地装傻:"叫什么啊?"

唐诀不依不饶:"叫'老公'来听听。"

我朝房间门口瞄了一眼,两个鱼在外面的客厅玩着呢,我有些不好意思:"别闹了啊,我们要去吃饭了。"

唐诀大手揽过我的腰,态度强硬:"叫不叫?"

看着他在眼前越来越放大的脸,我一阵心跳加速,忍不住两只手试图挡住他的进攻,口里压低了声音,生怕两个鱼听见:"你干吗呀?"

我和唐诀随后开车去了吃饭的地方,张沛之订的酒店在一家私人会所里,没错,就是第一次我见到张沛之的地方。这是张家自己的地盘,看样子张沛之是准备拿出压箱底的好菜来款待我们一家子了。

到了地方,偌大的包厢里只有一个张沛之在等,看不见洪辰雪的影子。

虽然心里有点谱,可我还是忍不住问:"怎么就你一个人?我们家小雪呢?"

张沛之站起身:"先坐吧,我们边吃边说。"

张家的私人会所里好菜确实多,据他自己讲,张老爷子好这口,所以不

劫后余笙

惜重金挖了几个擅长做私房菜的厨子,那手艺才叫一个高超啊!出入这家会所的客人,不到钻石级会员都没资格享受这些厨子的全方位服务。

两个鱼也吃得停不下来,弄花了半张脸,看得唐诀忍俊不禁,拿着餐巾给大的擦干净又去忙小的。

我吃了个半饱,开口问:"你和小雪吵架了?"

张沛之笑笑:"也不算吧,她在躲我。已经躲我一天了,我联系不到她,有点担心。"

我转念一想明白了,洪辰雪来S市的时间尚短,根基未稳,没什么事业牵绊,要说能躲的地方那就只有一个了,K市的雪一笙总店。

我喝了一口鲜榨的果汁,暗道爽口,问:"她在K市吧。"

张沛之满意地点头:"不愧是小雪的闺蜜,果然了解她。"

我又问:"那她为什么躲你?你们既然没吵架,她躲什么?"

张沛之有些无奈:"因为我向她求婚了。"

听到这里我心里咯噔一下,下意识地看向唐诀,唐诀也一脸无奈的表情看着我。我连忙讨好地冲他笑笑,要知道为了关真尧的事,我和唐诀的婚礼行程暂停了步伐,看唐诀的意思我得加快速度了。

我说:"求婚?你们才交往多久啊?闪婚吗?"这不像是张家这样的人家能接受得了的呀。

张沛之叹气:"闪不闪婚都无所谓了,关键是她一听我说结婚就跑得没影了。我是求婚了,可我没有说现在就要结啊!"

看着张沛之那张倾倒众生的脸上露出懊恼的神情,我不禁感叹,真是神仙下凡尘啊。

我又问:"那你想我怎么办?她关机了,你联系不上她我也联系不上。"毕竟,我还没那么高深的道行,能够意念传信。

张沛之说:"我想请你们替我跑一趟,看看她在那里是不是安好。"

我没敢一口应下,因为我怕再耽搁婚礼的事宜唐诀会不开心,可洪辰雪那头我也不放心。

刚准备去看领导的眼色好行事的时候,唐诀说:"好啊。我正好也请假去一趟,有些事情要处理。"

张沛之笑了:"费用我来承担。"

唐诀一口拒绝:"不用,今天吃到这顿饭就算是你的谢礼了。"

也是,这么好吃的私房菜盛宴也不是在哪都能品尝到的。

一家之主唐大爷发话了,我也轻松不少:"是啊,挺好吃的。"

唐诀和张沛之敲定了出行的事宜,一顿饭吃得心旷神怡,两个鱼也满足

第十七章 <<< 名分,是相当严肃的大事

得不得了,走的时候"张叔叔张叔叔"地喊,那叫一个嘴甜。

我很好奇,直到睡在被窝,我才问:"你为什么会想到答应张沛之去K市呢?"我以为唐诀会拒绝张沛之,然后让我一门心思在家里解决婚礼细节问题。

唐诀笑而不语:"我就是想去了,不行吗?"

唐大爷枕着双臂,合上眼睛,嘴角还带着淡淡的笑,一副你不懂我不告诉你的样子。

我瘪瘪嘴:"不说拉倒。"

唐大爷伸手过来在我的腰间挠了几下,引得我缩成一圈虾米:"你干吗?君子动口不动手的!"

唐诀笑道:"能动手就少叨叨。"然后对我一阵上下其手,被窝里的温度一时飙升,烫得我双颊通红,大脑根本放弃了思考。

一夜缠绵,我睡到日上三竿才起床。

唐诀早就准备好了一切,和两个鱼一起跟在我后面催啊催的。我赶忙洗漱完毕,简单吃了早餐就跟着他们出门了。

我们这次还是坐飞机去K市,自驾太累了,还带着两个孩子,时间上并不宽裕。两个鱼再次坐飞机,兴奋得蹦蹦跳跳,不停地跟我说他们的经验谈。

小鱼儿一副大人模样,说:"妈妈,你不要怕,坐飞机很快到了。"

我忍住笑意俯下身子摸摸她圆乎乎的脸蛋,只觉得手感甚好,我说:"好,妈妈不怕,有小鱼儿陪着妈妈呢。"

两个多小时之后,我们一家人顺利抵达K市,我想先去咖啡店确认洪辰雪是否平安。

结果我们赶到咖啡店的时候,店员告诉我洪老板刚刚出门了。知道她在这里,我的心就安了一半,叮嘱店员让洪辰雪回来了给我打电话。

从咖啡店离开,我盘算着要去哪,唐诀对我说:"你当时是在哪家医院产检的?"

我一下明白了,唐诀是想问我在哪家医院生的两个鱼,我说:"在城北医院。"

唐诀对我笑笑:"我们去看看吧。"

心里一时间五味杂陈,我好像明白唐诀为什么要来K市了,可还是无法确定。我们打车来到城北医院的门口,唐诀站在那里看了一会儿,说:"那时候只有洪辰雪在你身边吗?"

突然想起过去,我早已释然,心里却是满满的回忆:"是啊。那一天是

421

个大晴天,天气很好呢。"

唐诀的声音淡淡的:"疼吗?"

我生两个鱼的时候是剖宫产,出了手术室之后的疼痛让我记忆犹新,可眼下我却只能想起那一天第一次见到我的孩子时的心情。

我说:"当然疼啦,不过值得。"

想起当初在病房里的日子,别人都有老公有家人在身边,我就只有一个洪辰雪,刚生完的时候情绪低潮,几乎陷在一片黑暗里面。就觉得怎么自己的人生会变成这样?感觉被全世界背叛了。

唐诀说:"对不起,那时候我没在你身边。"

眼睛一涩,鼻尖微酸,我赶紧眨眨眼睛掩饰:"都过去了,没事了。再说,也是我自己太傻了一意孤行,不是你的错。"

是啊,现在想来我真的是个大傻瓜。我和唐诀错过的何止是一个三年,还有其间各种可以制造回忆的机会,而且有些桥段上演结束后就再也无法复制。

心里微微涌起悔意,指尖微凉,眼前看到的一切仿佛都是回忆。

正在恍惚间,眼前的唐诀不知从哪摸出一个黑色的盒子,打开递到我面前。

第十八章　你愿意嫁给我吗

我以为这黑色的盒子里会是一枚钻戒，原本想着在这里收到唐诀的求婚也许不那么浪漫，但绝对意义非凡。

可我再仔细一看，唐诀手里的盒子根本不是装戒指的盒子的大小，我一阵纳闷。唐诀不容我拒绝就把盒子塞进我手里："拿好，这是以后我们家安身立业之本。"

我狐疑地打开一看，只见盒子里面不是没有戒指而是足足有五六枚戒指，每一款都流光溢彩般美丽，叫人几乎挪不开眼。

我哑然失笑，别人求婚都是一枚戒指搞定，为什么唐诀弄了这么多？

我问："你这是要把我手指都套满吗？"

唐诀轻淡地说："从我们刚在一起的时候开始，我每一年都想过向你求婚，但是好像总是波折不断，也许这就是好事多磨。"

眼里一阵暖意涌动，我哽咽地问："那你就这样一年买一个？"

唐诀冲我笑起来："因为好像每过一年，我对你的感情都会加深，还用从前的戒指会不会诚意不够？"

盒子里的钻戒都是按照我的喜好定制的，风格也是投我所好，我问："那……哪一个是今年的？"

唐诀笑得神秘莫测："你猜猜看呢。"

只见盒子里最上方的一枚戒指上镶嵌了一对弯月拥抱着一对星星模样的钻石，我心念一动，下意识地把这一枚挑了出来，看得好生迷恋。

我说："是这个吗？"我小心翼翼地看着停留在掌心里的戒指。

唐诀夸赞："好眼光。"

我声音在颤抖："为什么是月亮？"

唐诀笑笑："因为你像它。"

就像是时空倒流，我仿佛回到了与唐诀还在少女时代的光景，那时候我们分开两地，他曾经送给我一叠有月亮印记的信纸。我问他为什么要送我，他当时也是这样说的。

我笑起来："你当我是美少女战士啊？"

唐诀上下打量了我一下："你身材可没有人家那么标准。"

劫后余笙。

我瞪着唐诀:"敢情你不是来求婚的?是来找茬儿的吗?"
唐诀笑得一脸浪荡:"你不是已经答应了吗?"
我气结:"我答应什么了?"
唐诀继续笑:"你没答应那你手里的是什么?"
我一时语塞,半晌才说:"唐诀,你套路我啊?"
不远处,两个鱼嘻嘻哈哈地玩闹着朝我们跑过来,大鱼儿问:"爸爸妈妈你们在做什么?"
唐诀低头笑眯眯地说:"在给你老妈戴戒指。"
然后他不由分说地拿起我的手,将那枚戒指套入了我的无名指,我下意识地想挣脱,唐诀一双黑眸盯着我:"你愿意嫁给我吗?"
唐诀的双眸像亿万星辰般闪耀深邃,让我一时竟然无法挪开视线,就这样呆呆地任由他给我戴上了戒指。
他摸着我的手,心满意足地说:"看,多好看。"
我忍不住湿润了眼眶:"我还没答应呢!"
唐诀抬眼,凶巴巴地说:"怎么?你想反悔啊?"
我失笑:"一点都不凶,假象!"
唐诀伸手刮了刮我的鼻子:"好好戴着,剩下的带回家,高兴了换着戴,想戴哪个戴哪个。"
我也笑着打趣:"是,唐大爷。"
我们牵着两个鱼又去了他们曾经最爱的小公园玩耍,两个鱼再次回到这里很是开心,跟着唐诀疯玩了好一会儿,直到浑身上下全是汗。
坐着没一会儿,洪辰雪的电话终于来了,在电话里她有点气喘吁吁:"你怎么来了?"
我说:"来看你啊!你一句话不说就跑了,某人急得跳脚。"
洪辰雪被我点明了心事,尴尬不已:"你在哪呢?来店里说吧。"
"好。"
唐诀认为这是我和闺蜜间的悄悄话,他不方便参与,于是带着两个鱼先去酒店订房间。我和唐诀在路口告别,一个人径直走向了咖啡店。
推门而入,一眼就看见了坐在里面的洪辰雪。这妹子一手托腮一手敲着咖啡杯,两眼不聚焦很是空洞,正在神游天外。
我走到她面前,她还是这副表情,我伸手在她眼前挥了挥:"喂,想什么呢?"
洪辰雪这才回神:"你来了啊!就你一个人?"
我坐在她面前:"有些事咱们俩才好说吧,带着灯泡怎么讲?"

第十八章 <<< 你愿意嫁给我吗

洪辰雪叹气:"他找你了,对吧。"

我点头:"是啊,说吧,你俩怎么了?要你这么大费周章地躲到这里来,好像现在还不是你之前安排的回来监督的时间吧。"

洪辰雪给我叫了一杯奶咖,然后一副郁郁寡欢的样子:"他跟我求婚。"

我笑笑:"这是好事啊。"

要知道像张沛之那样的人谈个恋爱不结婚是很正常的事,对他们来说享受恋爱的过程远比真的结婚重要,就算要结婚很可能也不是现在这个流程,或许更不会是和洪辰雪这样的一个人。

我没有半点贬低洪辰雪的意思,在我的心里,小雪是千般万般好,只是我不想让她受伤,不想让她难过。

我害怕别人贬低她,至少在我还没有能力完全保护她之前,我想要她受到的伤害越少越好。

可是张沛之的主动让我大吃一惊,我知道他们感情发展得很好,但是万万没想到张沛之会这么快跟洪辰雪求婚。

见洪辰雪沉思着不说话,我又问:"你在担心什么呢?"

洪辰雪苦笑:"我也不知道,刚开始的时候,我是很喜欢他带给我的感觉。像他那样的人为我花心思,说喜欢我,我很难不动心。"

我点头表示同意,张沛之这样的天之骄子在婚恋市场上绝对是抢手货,多少妹子为他趋之若鹜,这就是一个男人魅力所在了吧。

洪辰雪又说:"可是,我也很明白我和他之间的差距。我和你不一样,你好歹还是出生在那样的家庭里,可我就是一个实实在在平凡到不行的女人。"

这样清楚的认知让洪辰雪叹口气:"也许,从一开始我打心底就觉得自己配不上他,所以他一说结婚我就跑了。"

洪辰雪情绪低落地说:"你别怪我啊,我从你身上看到的例子。唐诀那么爱你,他爸不也反对吗?我自认没有你那样的毅力。"

我低头看着杯子里的奶沫发呆,彼此间沉默了好一会儿,我试探性地开口:"小雪,你要不要去试一试?你看,我一开始也是像你这样逃避,像你这样离开,可是我最后发现还是要自己去面对才能得到一切。"

"你以为张沛之向你求婚的时候他没想过吗?"我看着洪辰雪,她的鼻尖微微发红,眼神充满了迷茫,"你都说了他是那样一个几乎完美的男人,他会想不到你想的这些吗?"

洪辰雪吸了一口气:"那你说我……我该回去吗?"

我伸手握住她的手:"别怕,你等了这么久才有一个人真心待你,就这劫后余笙。

样放弃了多可惜啊！张沛之是真心对你的，你也应该勇敢起来。"

洪辰雪的眼泪溢出，她快速地用手抹掉，嗔怪地看着我："你也被他收买了啊？在这里一个劲地为他说话。说，有没有收他好处！"

我笑着拍拍肚子："好处啊？已经全都消化光了。"

我没有告诉洪辰雪，如果她失败了没关系，她身后还有我。在我最无助的时候，是她陪在我身边，所以为了洪辰雪能得到幸福，我一定会全力以赴。

洪辰雪笑着扶额："我真是服你了！为了一顿饭还跑这么远。"

我也怪笑道："是啊，谁叫某人只会关机叫人担心啊。"

洪辰雪的眼睛亮晶晶的，仿佛透着无限的神采，那是被爱情温暖着的信号，带着甜蜜和憧憬，所以才有无限的勇气。

爱情里的人总是带着一份孩子气的天真，看得叫人羡慕，洪辰雪就是这样。

她本身也不是那种郁郁想不开的人，和我简单地聊了半天之后，一切的烦恼似乎云开雾散，正像她最后跟我说的："人啊，总该勇敢一点，不勇敢怎能强大？"

我的洪辰雪从来都是勇敢的，她当初能为了我放下S市刚刚起步的一切，她如今也能面对和张沛之之间的差距，关于这点我从没怀疑。

本以为安慰了洪辰雪之后，我和唐诀很快就能回S市，结果到了晚上唐诀说是有应酬，我不得已推掉了晚上洪辰雪的邀约。

我好奇："他们怎么知道你来这里的？"

唐诀有些懊恼："有一个以前合作过的客户正好也入住了这家酒店，在前台的时候撞见了，他的消息传得比我想的还要快，正好今天K市有个商界的讲座，他就邀请我去了。"

我立马说："那你一个人去就好了啊，我可以带着孩子们去跟洪辰雪吃晚饭。"我可是不喜欢那种讲座的气氛，个个都是业内精英，各种论调云集。

唐诀换了一件衬衫，然后扭头看我，高深莫测地来了句："人家邀请的是我们全家。"

看着唐诀脸上的笑容，我笑着说："我是怕孩子太小了坐不住，而且那种高档的讲座应该气氛比较严肃吧？"两个孩子万一闹腾了，该多影响大家啊。

唐诀笑得像朵花："没关系，这种会议旁边就有休息室，里面有家属有餐饮，形式应该跟自助餐差不多，你可以带着孩子去那里坐坐。"

我也不知道为什么，自从我处理了关真尧事件之后唐诀这家伙就巴不得

第十八章 <<< 你愿意嫁给我吗

天天黏着我，一刻都不想分开。

我也理解，大龄儿童有的时候就是有这样的烦恼，我管这个叫：能控型失爱症，简单来说就是距离焦虑。

我表示同意："那好吧，可我出来的时候也没带衣服。"

唐诀换好了一身休闲款的衣服，外面轻轻松松加了一件深色的大衣，说："我也只是旁听而已啊。"好吧，唐大爷都不是正装出席，我也没必要矫情这个了。

这个季节，K市还是比S市冷得多，我在衣服外面还加了一条刚刚新买的毛绒披肩，两个鱼也被包裹得很严实。

出了酒店大门，早就有人停着车等我们，我不禁感慨，资本家就是好啊。到处都是为您服务的快捷通道。

唐诀大概是注意到我的眼神，解释说："盛情难却，拒绝了多不给人面子。"

我莞尔："我也是沾光啊。"

车行大约半小时不到，我们终于抵达了讲座地点。这里跟上次我和韩叙去的那里感觉风格雷同，只是场地更加宽大，格调一下子就上去了。

我和唐诀一手牵着一个孩子，被人迎了进去。在旋转大门后的两个拐弯处，我们被分开，服务生很有礼貌地说："先生，会议室在这边，休息区在那里。"

唐诀点点头说："你带着我太太和孩子去休息区，我自己去会议室。"

然后唐诀笑道："好好的等我来，他们应该很快就结束了。"

其实我蛮不赞同资本家们这样劳心劳力地举行各种讲座会议什么的，唐诀可是一口晚饭都没吃呢，这种会议没有个两小时都对不起这样的布置。心有不满，可还是跟着服务生去了自助休息区，等推开大门的时候我就发现我错了。

不是唐诀没有晚饭吃，而是我们根本就是来晚了，因为偌大的休息区里早就坐满了女眷和家属，我们站在门口时，还有不少人诧异地看着我。

再一看布置的时间，上面写着下午四点至七点。而我手表上的时间清楚地告诉我，现在刚刚六点一刻。唐诀还真是把旁听这个角色扮演得很到家，只是踩了个时间的尾巴过来凑个数。

没有理会其他人，我带着两个鱼找了一处相对僻静的角落坐了下来，两个鱼也不是第一次出入这些地方了，他们似乎很明白安静一点比活泼热闹更讨人喜欢。

就连性格大大咧咧的大鱼儿都一反常态，带着小女儿的娇羞对我说：

427

劫后余笙。

"妈妈,我想吃那个。"

我抬眼,忍不住笑了。大鱼儿指的是不远处盘子里的烤翅,这是小孩子都喜欢的食物。小鱼儿也一脸渴望地看着我,大大的眼睛像黑葡萄一般。

"好。"我拿起盘子取了四只烤翅,两个孩子各两只。

周围有些人的目光时不时落在我身上,但我权当是空气,唐诀只是来走个过场,我也没必要太引人注意。

渐渐地,大概是我太低调很没趣,她们的目光也放松警惕,不再围着我和两个鱼打转。我吃了些点心垫垫肚子,看了看时间差不多唐诀他们该结束了。

正想着呢,只见休息区的大门打开,那些商界精英人士鱼贯而入,场面一下热闹了起来。我一眼就捕捉到了我们家唐大爷,他也看见了我,匆匆跟身边的人说笑几句就朝我这里走了过来。

还没等他走到,半路又来了个人攀谈,唐诀冲我充满歉意地笑笑,只得停下脚步。

因为休息区里的人突然多了一半,大厅里也开始三三两两地聚集交谈,一时间倒有几分酒会的样子,这里的服务确实到位,原本放着安静的钢琴曲,这会儿变成了欢快的交响乐。

我正耐心地等着唐诀过来,谁知比他更快站在我面前的却是另外两个人。

这两人一男一女,男的看着很眼熟,女的我也认识,这不是张沛之的堂妹张羽昕吗?

那男的冲我温和地笑笑:"余小姐,初次见面,我是陈建树。"

我微微一愣,陈建树?他不是应该在斯里兰卡吗?怎么会在这里?身边还跟着一个挽着他胳膊的张羽昕?

我站起来面无表情地说了句:"你好。"

说实在的,要是在自己的地盘上,我撕了他的心都有。要知道培养一个艺人有多不容易,更不要说培养一个出名的影后了,关真尧没有走歪已经是十分运气,我还希望她能走得更远。摇钱树还没有独木成林,这个姓陈的就出来想要攀高枝了,真是是可忍孰不可忍。

陈建树一派儒雅的样子,如果没有之前的事,我大概也会被他的外在欺骗,这厮太有亲和力了,难怪这些年能在花丛里自由来去。这不光光是有钱就能办到的。

见我没有什么好脸色,陈建树也不在意,他笑道:"没想到会在这里见到你,真的是很有缘分。"

第十八章 <<< 你愿意嫁给我吗

跟你有个鬼的缘分！

我皮笑肉不笑地说："陈总效率很高啊，我以为你还在印度洋的沙滩上看美女呢。居然会在这里碰见，果真是年轻有为，实力不可小觑。"

陈建树听出来我在嘲讽他，他继续笑得春风满面："尧尧走了，我待在那里也没什么意思，正好国内有这个讲座，我就直接过来了。"

我勉强扯了扯嘴角："是吗？"

陈建树似乎还想继续聊，他把身边的张羽昕介绍给我："这是新人演员张羽昕，你们也算是一个圈子里的吧。"

单论长相，张羽昕本就算是女演员里的翘楚，这样盛装打扮挤在一堆外貌素质参差不齐的贵妇里，那是要有多扎眼就有多扎眼。

我和张羽昕认识，她肯定记得我，因为我俩之前的相处也不算太愉快。

张羽昕红唇微启，娇娆地说："余经纪人，好久不见了。"她的眼线画得极为勾人，看上去像是要把自己打扮成神话故事里的蛇精。

只可惜张羽昕长相那是美艳绝伦，可是因为年纪尚小阅历欠缺，就算拼命想表现出风情万种的样子，也心有余而力不足。

美人在骨不在皮，大概就是这个意思了。

我浅笑："好久不见，张大美女还是这么明艳动人。"

对于外貌，张羽昕向来是自信的，她轻哼了一声："不敢当，再漂亮也没有余经纪人手下的关小姐混得好，人跟人是不同的。"说到最后，她居然带了一抹对世事的无奈。

陈建树很感兴趣："你们认识啊？真是有缘。"

这是我第二次在心里对陈建树说的有缘反感了，虽然他总共就说了两次。

我点头同意张羽昕的话："正是呢，人和人是不同的。张小姐这么漂亮，家世又这么出众，自然是如鱼得水，我们小关虽然在演戏方面有点运气，可跟张小姐这样的名媛比起来还是差得远了。怎么，张小姐现在在跟陈先生交往吗？"

放眼望去，这里的贵妇名媛不是正房太太就是千金小姐，张羽昕能这样正大光明地挽着陈建树的胳膊进来，想来不是未婚妻也得是正牌女友了。

想到这里，我不禁为陈建树那个隐藏了十年的前任可惜，更为我们家关真尧叫屈。

陈建树和张羽昕一起开口，陈建树说："不是。"

张羽昕却自信满满："是啊。"

我好笑地看着两人，陈建树的脸上也是第一次露出尴尬和恼怒，他瞪了

429

劫后余笙。

一眼张羽昕，然后对我笑着说："张小姐只是跟着我来见见世面，你也知道她出身不错，我这样白手起家的人怎么配得上呢？"

我的笑容这时候才算真实起来："真有感情，这些都不算问题的。"

其实看到这里，我有点理解张沛之为什么要来S市接手盛世了，张羽昕被教成这样，张沛之那个叔叔估计水平也就一般，甚至还不如夏宗成吧。

听到陈建树反驳，张羽昕直接发作了："陈建树，你之前可不是这么说的。去了一趟国外，你把你跟我讲的都丢进印度洋了吗？我可不是那些可以任由你玩弄的蠢蛋！"

张羽昕从来就是大小姐脾气，当初在金韶的剧组里她就是这样的，没想到经历了角色被换她还是没有半点长进。

这是什么地方？也能这样想都不想就直接开火？

张羽昕的声音可不算低，惹得周围不少人都对我们频频侧目。

我脸皮厚，我反正无所谓，便好心开口劝："你们意见不一致，还是回去慢慢商讨吧，这里这么多美酒佳肴，还是不要破坏自己的好心情了。"

我就差没说，这里是公共场合，请注意素质和形象。

陈建树满脸尴尬，但还是争着跟我辩解了几句："不是她说的这样，你千万不要跟尧尧说，我会给她一个解释的，我对她是认真的。"

任哪个女人都无法接受自己的男伴当面向别人表忠心吧？张羽昕更是如此，她怒不可遏："陈建树，你耍我啊？"

我眼看着场面要失控的样子，赶紧拉起两个鱼要离开，我可不想像上次那样被拖出来当枪使了。上次白安然卖了我一个人情，我就算看在顶头上司韩叙的面子上不去计较，现下眼前这两人我都不喜欢，犯不着给自己找气受。

刚刚退出火药中心区，张羽昕的声音就提高了八度，她说："我跟你说姓陈的，你以为我是你家藏着掖着的那个黄脸婆啊？你想这么甩了我，我告诉你没门！我张羽昕也不是好惹的，招惹我，你就得付出代价！"

本来陈建树就花名在外，在场只要认得他的人都知道，陈建树之前交往或者暧昧的对象都很识时务。

大家都是成年人，撕破脸对谁都没好处，还不如各取所求的强。陈建树大概没想到张羽昕是这样一个女人，这大大出乎了他的预料，估计他要是事先知道，打死他都不会来跟我打招呼。

休息区里所有人的目光都聚焦到了他们身上，陈建树就算有再好的风度和内涵这会儿也要撑不住了，他说："张小姐请你自重一些，我是受你父亲之托才带着你出席的，如果你觉得这样我就是你的男朋友，我想你还是现在

430

看清一些比较好。"

　　我是不知道陈建树和张羽昕发展到什么地步了，但就凭张羽昕这样不会拐弯的脑回路，她肯定是有一说一、有二说二。陈建树绝对跟她暧昧过，而且还很热情。

　　张羽昕何曾受过这样的侮辱，哪怕那次在金韶剧组里，也只是内部人员知晓，可不像现在这样到处都是上流人士的目光。

　　她咬紧了牙关，狠狠地说了句："陈建树，我记得你了。"然后踩着高跟鞋快步离开了休息区，只留下了一串清脆的哒哒声。

　　事件主角退场，大家自然也都默契地不再去追问和围观，场面一下又缓和了下来。

　　陈建树刚想走过来跟我说些什么，唐诀却挡在了他前面牵起我的手，说："走吧。"

　　陈建树赶忙转了话锋："唐总，你好。"

　　唐诀浅笑地转过头："我今天心情不是很好。"

　　唐诀这家伙不按常理出牌，倒把人精陈建树堵得不知如何开口，陈建树目光闪烁了几下说："那就是刚来K市，唐总还不习惯了。"

　　唐诀也不接他的话，说："我饿了而已，先走一步。"

　　说完唐诀就拉着我，带着两个鱼离开了这里，走出会场大门，我深深吸了一口空气："总算出来了。"

　　唐诀替我把披肩往上拽了拽，然后问两个鱼："你们想吃什么呀？"

　　显然他这个问题问错了，两个鱼纷纷摇头："吃饱了，不想吃了。"这是自然的呀，这两个小家伙把休息区里的各种食物都尝了一遍，这会儿肯定肚子饱饱的。

　　我假装不满意地说："你怎么不问问我呀？你儿子闺女是吃饱了，我可是一直等着你的哟。"

　　唐诀失笑："老婆大人，你想吃什么呀？"

　　轻轻咬着他的耳朵，我故意呼吸暧昧："吃你。"

　　然后看着唐诀满脸涨红，在两个孩子面前大窘，我放声大笑。

　　这趟来K市本就是为了洪辰雪而来，现在洪辰雪没事了，我和唐诀打算第二天就赶回S市。趁着关真尧的假期还有段时间，我得加快行程，把婚礼的诸项事宜给敲定。这可不是个小工程啊，关乎我和唐诀的切身体验。

　　第二天一大早，洪辰雪就打了电话过来，说是要跟我们一起走。

　　我表示同意，能直接把洪辰雪带回S市，张沛之肯定高兴，我也开心洪辰雪没有再逃避，简直皆大欢喜。

劫后余笙。

　　我订了下午的机票，商量着一起吃了午饭再走。谁知道午饭还没吃，陈建树又出现了。

　　他出现的时候，我和唐诀带着两个鱼正坐在酒店一楼的餐厅里吃早餐。因为昨天晚上玩得太晚了，两个鱼和唐诀都赖床起不来，等我们收拾好坐在这里吃饭的时候，已经早上十点多了。

　　陈建树显然直奔着餐厅而来，见到我，他眼睛一亮，快步上前说："余小姐，你们是今天回 S 市了吗？"

　　我拿着一片面包就着白粥吃，嘴里一片寡淡，我说："是啊，陈总这么早就找我，难道是还没吃早餐吗？"

　　陈建树没有理会我的不满，直奔主题："关于昨天的事，我想亲自跟你解释一下，我和那个张小姐真不是你看到的那样。我只是受人之托在张小姐来 K 市的时候照顾她，我并没有其他的企图。"

　　陈建树气都不带喘地一下子说完，然后认真地看着我："我对关真尧是真心的，希望你能帮帮我。"

　　我腹诽：帮你？我不挖个坑把你埋了就算仁至义尽了！

　　我看了一眼坐我对面的唐诀，这家伙埋头苦吃，显然不打算插手。也是，这是我艺人的事，唐诀插手也不好处理。

　　我抬眼看着陈建树："你喜欢的是关真尧又不是我啊，你应该去跟她说。但是呢，我有个小小的建议，能不能把你后院的事情都处理干净了再来追求？你要知道，现在网络发达，信息几乎透明化，什么事都瞒不住的，我不想我们家小关受你影响。"

　　我这话说得其实有推卸责任的含义，别人我不敢说，但是关真尧的恋情我说不定真的能左右。

　　一来是她现在依赖我的程度比较重，向来艺人和经纪人是一体的，无论是名声还是财路；二来，关真尧也不打算跟陈建树有什么瓜葛，尤其是之前的网络暴力事件之后，我可以想象到关真尧现在对他是厌恶至极。

　　果不其然，陈建树一脸懊恼地说："可是她现在不接我电话了啊，我打不通，我怎么跟她说呢？"

　　干得好啊！我在心里默默地给关真尧点赞。

　　陈建树又说："我本来想等我手头事情忙完就去 S 市找她的，现在又遇到了余小姐，我怕……"

　　怕我这个对你印象不好的经纪人回去跟关真尧吹枕边风吗？我笑得言不由衷："怎么会呢？我是这样的人吗？谈恋爱是你们自己的事，我不会干预的。"

第十八章 <<< 你愿意嫁给我吗

不会就有鬼了！对于艺人怎么谈恋爱也是要规划到事业版图里的好吗？

我说这话的时候，唐诀抬头充满笑意地看了我一眼，我知道他懂我的意思。

一旁的陈建树显然松了口气："多谢余小姐体谅。"

我笑笑："好说。"

陈建树还站着，唐诀喝完碗里的最后一口粥，用餐巾仔细地擦了擦嘴角，然后眉眼弯弯地抬起眼，问："陈总站着不累吗？要不要坐下来一起吃？"

陈建树一慌，赶忙摆手："不用了不用了，是我打扰了，我是关心则乱，实在不好意思。"

真情假意向来令人觉得扑朔迷离，难以分辨。都说人心隔肚皮，更不要说像陈建树这样一开始就令人印象分为负数的人了。

在唐诀的微笑下，陈建树忙不迭地离开了。

我们一家四口和洪辰雪一起飞回了S市，下飞机的时候，洪辰雪满面喜色，笑得合不拢嘴。我问她："什么事这么高兴？"

这妞眼波流转，居然生出一股娇羞感来，洪辰雪说："他说他会来接我。"

我感慨这两人和好的速度还真快，刚落地就急着秀恩爱了，还好我不是孤家寡人，不然得受到一万点的伤害，这心理阴影面积该有多大啊！

果然，在一堆接机群众里，我一眼就看到了那个妖娆惑众的张沛之，他眼里带着笑，迎着走了过来，和唐诀握手后揽住了洪辰雪的腰。

两人恨不得跟麻花似的搅在一起，我连忙说："你们赶紧回去吧，别在这里缠绵了。"

张沛之笑得温暖："多谢。"

我犹豫了一下，还是没有把在K市看到张羽昕的事说出来。虽然张羽昕和张沛之都姓张，可隔了一个父母，张沛之又不像是极为喜欢妹妹的哥哥，不然他接手盛世之后也不会晾着张羽昕不给她安排工作了。

对此，盛世给出的理由是新人还需磨炼，没有什么比打好基础更重要。

机场分别后，我回到家就一头扎进婚礼流程的设计安排中，眼看着关真尧为期一个月的假就快结束了，我却连个像样的婚礼方案都拿不出来。

唐大爷很不爽啊，我只能紧赶慢赶地埋头苦干啊！

敲定了婚礼时间和日期，原本唐诀还觉得要快点把事给办了，结果到关键时刻，他还是考虑了一系列的因素。比如是不是黄道吉日啦，是不是艳阳高照啦，是不是气候宜人啦。

劫后余笙。

总之一句话，事多得你想快都快不起来。

大约是之前的事还在心里留有阴影，我强烈反对婚礼办在春天，于是我说实在不行就元宵节吧，又是传统节日又是情人节，而且月圆人团圆，寓意也好啊。

被我天花乱坠地说了一大通，唐诀总算松口了，他点头："那行，我去订酒店。"

别看婚礼日期、细节是我订初稿，其实最后拿主意的还是唐诀，唐诀面子大人脉广，订酒店这种小事肯定不用我操心。

就在唐诀说订酒店的第二天，他就拿着酒店提供的婚宴菜单问我："你来挑，选点你喜欢吃的菜。"

按说像唐诀这样的身家，选个婚宴自然是排场越大越好，酒店已经订了S市最有格调的地方，这婚宴的菜也是一样，一桌二十八个菜，看了一圈菜名我居然不知道都是些什么。

只能凭感觉挑了一桌，我问唐大爷："一桌两万六千八百八十八元，可以不？"

唐大爷可能在批文件，电话里的声音显得意兴阑珊，他说："你订就好。"

想想还是古代女子出嫁的时候风光，尤其是贵族小姐，一百二十抬红妆洋洋洒洒，铺满十里长街，新郎人高马大、风采无限，这样想想都觉得过瘾。

既然唐大爷叫我订，那我就订了，果断发扬土豪精神，哪个贵点哪个，就算唐诀肉疼也没关系，我手头上也有一笔钱，拿来结婚应该绰绰有余。

正想着婚宴的事呢，突然大脑里闪过一个念头，我这才反应过来，婚纱要怎么弄呢？看看订的日期离结婚还有三个月左右，这样赶得及吗？

唐诀说："赶得及，我打过招呼了，你这几天就去量个尺寸吧，会有人给你设计量身定做的。"

我又问了句："款式都不用挑？"

唐诀淡淡地说："不用，对方会根据你的气质给你独家设计，所以你得赶紧点。"

我好奇："那我要是不问你，你打算什么时候告诉我？"

唐诀笑出声："明天就会亲自陪你去。"

唐诀真的是好脾气，光是一个下午我就给唐诀打了不下十个电话，都是我拿不准主意的婚礼事宜，他居然没有一丝的不耐，反而觉得十分有趣。

我事后问他："你都不嫌烦吗？"

唐诀款款而笑:"欢迎来烦,求之不得。"

我脸上故意板着,心里却早已如打翻了蜜罐一般的甜。

安排和筹划婚事确实是个很累人的活,我又没有父母在身边,唐诀那头更不要指望,一切都得靠自己。我化了三天左右的时间,终于拿出了一份还算像样的婚礼策划书,毕恭毕敬地拿给唐大爷过目。

唐大爷轻轻拍了一下我头顶:"不错嘛!我来看看。"

我说我们家拿主意的是唐大爷,唐大爷顺利接手,我量完婚纱尺寸就可以小憩一下了。盘算着关真尧的假期快结束了,后续的工作安排也得跟上,手上正好有两个代言广告要拍,之前拍的电视剧也会尽快播出,这个冬天看起来还是挺忙的。

我一个电话打给了韩叙,开门见山地问:"有没有新资源啊?"

韩叙却有些苦恼地说:"有是有,不过女主被制片人内定了,只有女配。"

"巨制?老戏骨?"我反问。

韩叙避而不答:"是一个新晋的演员,资质还不错。我看过剧本了,还行,对方也是诚心诚意地邀请。原本想等你们假期过去再跟你说的。"

韩叙顿了顿:"白安然也在里面配戏。"

韩叙都拿到剧本了,也就是说这个资源想不拿都不成了,眼下星源在一线徘徊的女演员不是没有,跟关真尧地位差不多的也能数出两三个来。所以韩叙可以把控角色的流向,不一定要给我们。

韩叙这么公开地示好,我倒一时无法拒绝了。

虽然让我们家关真尧给新人配戏,有些不爽,可是如果是巨制又有老戏骨在的话,倒是能刷刷口碑。

况且韩叙刚才说了,白安然也接了。

我好奇地问:"那现在其他角色敲定了吗?你有演职人员的信息吗?发个给我看看。"

韩叙笑起来:"你怕什么,我是不会坑自己家艺人的。罢了,我一会儿发到你邮箱,你自己判断吧。对了,你现在只带了一个艺人,要不要考虑拓展业务啊?"

我一口否定:"我现在还得忙婚礼呢,等我过完年再说吧。"

韩叙软磨硬泡:"其实你可以先挑人啊,其他的再说好了。"

韩叙不愧是做娱乐业的老手,这样的话都能说得出来,可也是因为他,星源最好的资源都紧着真尧拿,我怎么好再次拒绝顶头上司呢?

所以我说:"那好吧,去看看吧,不过要等我假期结束。"

韩叙爽快地答应了："没问题。"

我以为韩叙这边给我的资源是不会再动了，谁知道等我刚看完剧本，和关真尧讨论之后，我们都觉得这部戏可接的时候，却传来一个令人震惊的消息。

"什么？换角色？"我有些不解地看着韩叙。

要知道，我还在假期中，这时候来公司，算不算加班啊？

韩叙有些歉意地看着我："是这样的，他们求到我们家老爷子那里，说是这个配角想换个人。"他也一脸抱歉和无奈。

我问："敢情你还不能做主啊？那之前跟我说什么？"为了韩叙介绍的这部新戏，我甚至推掉了其他两部档期与它冲突的资源，这下好了，鸡飞蛋打！

韩叙被我这么直接的话搞得有些下不来台："拜托，我也不想的，我当初接手公司的时候，老头子就说了他欠这个人一个人情，这回正好是还上了。"

我有些愤愤："你们是还上了，那我们关真尧呢？"

韩叙赶紧安抚我："这个女二的角色是没了，还有女三、女四，人设还不错，就是戏份少了点。"

我一口拒绝："那还是算了吧，你把这个机会留给其他人吧，下面的行程安排我自己去想办法。"

不要搞得我们关真尧接不到戏一样，女二说让就让，还打人一巴掌给个甜枣，改演女三、女四？

我颇为不满地看着韩叙："没别的事我先回去了。"

韩叙一脸赔笑："别这样嘛，你既然来了，不如替我跑一趟盛世好了。"

我提醒韩叙："我还在休假中。"

韩叙笑笑："不是还有三天就结束了吗？去一趟看看，你说不定有其他的收获。"

韩叙这才说明，原来是让我去盛世挑新人。这也是他之前跟我签的那个艺人共同培养合约的一部分，只是在张沛之手上，这份合约被进一步完善了。

我答应了韩叙，今天去盛世看看有什么资质不错的新人。

盛世自从张沛之接手之后，就各种大手笔大动作，甚至搞出了几次海选潜在艺人的活动，吸引了不少怀揣着明星梦的年轻男女。

所以我走进盛世的时候，里面热热闹闹，人气十足。

晃悠到盛世的新人训练教室，站在外面看了好一会儿，只感叹现在新人不得了，各种才艺，五花八门的。

正想得出神，冷不丁耳边有人说："怎么样？看中哪个了？"

我扭头一看，居然是白安然，她一身素朴的驼色毛衣，披肩长发，看上去多了几分知性。

我大感意外："你怎么会在这里？"

白安然眯起眼睛微微一笑："我现在是带他们的演艺老师啊，怎么样？是不是觉得很惊讶？"

惊讶，何止是惊讶啊！我以为上次之后，张沛之会重用白安然，就算不重用也起码不用让她就这么转幕后吧，毕竟白安然还年轻，路还很长。

白安然接下来的话却让我更意外，她说："其实我现在在看这些看得很淡了，有戏了就去拍，没有的话就在公司里带带新人，也蛮好的。之前我也攒下一部分资产，起码养活自己不成问题。"

白安然现在的气质跟我第一次见她时简直南辕北辙，就是上一次见她，她还没有这么淡泊名利呢。

我突然想起什么，问她："我听说，有部戏你去配戏了？"

白安然眼睛一亮："你也知道了？消息很灵通嘛，看来韩叙很器重你呢。"

我连忙笑道："哪有啦，本来说是安排我手下的艺人也接这部戏的，结果半路上角色被换了。"

在这行里抢角色这样的事虽然不常见，但也不是没有。可要说能抢当红艺人的角色的，那这个人一定来头不小，起码背景够硬，带资进组的钱够多。

白安然点头："我只知道那个女主角是有后台捧的，至于抢了女配角的事，我还不了解。要不要我帮你打听一下？"

我摇头："算了，不演也罢，我去给我们关真尧挑女主角的剧本不更好？"

想想也是，我主要是生气对方出尔反尔，又用钱、势、人情来逼着韩叙换了人选。不过，我们混的是这个圈子，这个圈子里纯至净的人几乎没有。就说我自己，也得靠人脉靠关系才能拉到更多的资源。

这么想着，也就释然了。

白安然垂下眼睑，她的睫毛很长，甚至没有眼妆，看上去依旧神采奕奕。看来白安然没有骗我，她是真的状态不错，真的甘愿从一线退下来。

她说："你看中哪个新人了？我可以给你推荐一下。"

我笑着打趣道："我看中了的可是要带回我们星源的，你舍得吗？"

劫后余笙。

  白安然也顺着打趣:"那你这么说,我还得给你挑个最好的了。不然以后你该说我眼光不行,选的都是凡夫俗子。"
  我和白安然说话间,时不时有人从身边走过,都很有礼貌地向白安然点头打招呼,看起来在盛世白安然并没有因为退居幕后而受到轻视。
  想来也是,她和张沛之早就认识,而且交情匪浅。也许,正是张沛之让白安然这样做自己,这样洒脱自然。突然我很羡慕白安然,身边还有一个好朋友为自己着想,真是人生一大幸事。
  我试探性地问了句:"那你和韩叙……"
  白安然的脸上终于流露出一丝苦笑:"随缘吧,我也不强求了。"
  我看着白安然一阵唏嘘,感慨这样一个女子正值芳华,就能如此看得开,但愿韩叙不要错过白安然,这样他说不定会后悔。
  和白安然闲聊了一会儿,训练室里的课程正好结束了,她指着角落里的一个高高大大的男人说:"你看那个人,怎么样?"
  我顺着白安然指的方向看去,只见一个年纪二十四五岁的年轻男人坐在那里,他神情淡漠,时不时喝一口手里的矿泉水,似乎十分孤傲。
  不得不说,是个帅哥。可我没想过要带男性艺人啊,这样我们家唐大爷会不会吃醋啊?
  我突然想到一件事,那就是我和唐诀在一起这么久,我好像真没怎么看到他为我吃醋。这样一想,我心里顿时有些不是滋味了。不吃醋该少多少人生乐趣啊!
  白安然说:"虽然他看上去很不合群,但是你要知道你能在人群里一眼就识别出他,这是做艺人做演员天生的优势。"
  我在心里补充了一句:是做主角的天生优势!
  白安然是资深的演员了,作为影后在演艺圈里摸爬滚打了将近十年,她和很多知名男演员都有过合作,起码在看男演员这点上,她比我经验足。
  白安然笑着看我:"你手下都是女演员吧?敢不敢挑战一下?"
  我想了想,说:"敢啊,就是他看起来不好相处呢。"不好相处是另一回事啦,要是好高骛远情商低,那就苦了包装团队和经纪人了。
  白安然冲我挑了挑眉:"不试试怎么知道?"
  古话说得好,富贵险中求,老实说在我正式接手关真尧的时候,她已经名满演艺圈,我只需要按照她之前规划的路线继续走下去。只要不走偏,关真尧不会出现大的方向问题,就算不能一直爆红,那也会维持相当高的人气,一直出现在公众的视线里。
  可是一直这样,是不是显得我这个经纪人有点不思进取?一上手就是关

第十八章 <<< 你愿意嫁给我吗

真尧这样的人物,就算后来带了个明媚,可也是带了一半她就投身家庭事业,结婚生孩子去了。

不得不说,白安然的话激起了我的斗志,我思索片刻后说:"好,我就试试。"

在白安然的办公室里,我拿到了那个男孩的一手资料。

林杰奥,男,二十五岁,大学毕业两年,之前从事过金融业方面的工作。

我很诧异,金融业啊,公认的高薪行业啊。林杰奥怎么会放弃转投娱乐圈呢?要知道这里的水可不是一般的深,比金融业可难混多了。

而且林杰奥的学校也不是什么电影学院,又是个半路改道的主。

我又在盛世蹲点了两天,在关真尧复工之前,终于敲定了主意,我要签下林杰奥!

我把人选报给了韩叙,韩叙大笔一挥给了我合同,一切琐事办妥后,我就等着新人林杰奥来报到了。

我不知道是不是林杰奥的名字取错了,还是他因为桀骜不驯才会起这个名字,总之第一次见面的时候,这个林杰奥就给了我十分差劲的印象。

差劲到什么程度呢?几乎让我想毁了合约的程度。

要知道当初无论是关真尧还是明媚,起码刚见面的时候都是单纯小女孩的样子,纵然有时候有点心直口快,但绝对是抱着良好的态度去沟通的。

可这个林杰奥呢?第一次见面居然爱理不理的,我问他三个问题,只有一个回答了,我是不是该庆幸他没有迟到?这样我就不好以消极怠工、故意为之的理由开了他。

我耐着性子问:"林杰奥,你说说你自己想走什么路线呢?"

只有这个问题林杰奥愿意搭理我一下,他淡漠的双眼里透着不屑:"演戏,或者唱歌。"好嘛,有志气,除了综艺不走之外,其他两大行业都想涉及。

我心底叹了口气:"林杰奥,你是对我有什么不满吗?"

林杰奥的眼里闪过一丝不耐烦,说:"我一开始就想去盛世。"

我懂了,这是怪我把他从盛世签到星源来了,不管是盛世还是星源,都是各有各的强项,但论综合实力,星源绝对不可能比刚刚走上正轨的盛世差。

我暗笑:"为什么?能给我个理由吗?"

林杰奥沉默了一会儿,说:"因为盛世比你们重视新人。"

要说星源不重视新人那是根本不可能的事,尤其是在更新换代比苹果机还快的娱乐圈里,新人就意味着新鲜的血液,是任何一家娱乐公司都不会轻视的部分。能够让观众保持新鲜感,一直关注自己公司的艺人,那也是赚钱的必备因素之一。

我又问:"你从哪看出来的?"

林杰奥扫了我一眼:"你是星源的经纪人却跑到盛世挖人,不是自己公司没新人还是什么?只好去别家挖脚,我说错了吗?"

我冷笑,看来这个小子不先给他磨磨性子是学不乖了。公司跟公司之间的合同,有时候像关真尧这样地位的艺人都不一定能了解清楚,我根本没必要向一个初出茅庐的新人解释。

我轻淡地笑笑:"是吗?那既然这样,你就回盛世吧,我会跟你们的白老师打招呼。"

林杰奥明明已经出社会有两年了,却还是像个愣头青似的横冲直撞,听我这么说,他眼里居然迸发出异样的神采,问我:"你是说真的?"

我点头:"是啊,你现在就可以带着你的资料回去了。"

我以为林杰奥会迟疑一会儿,没想到他连声道谢后飞一样地冲出我的办公室,看得我一阵错愕,终于忍不住笑出声来。

小悦拿着关真尧的行程进来,好奇地问:"刚才那是谁啊?余姐你怎么笑得这么开心?"

小悦虽然天真,但是跟我也有几年了,她天真单纯却不像林杰奥是个傻瓜。这么一想,我倒有些不忍心这样教训林杰奥了。可惜,箭在弦上,不得不发。

我叹气:"没什么,只是给新人上一课。"

璞玉总是要打磨方能彰显光华,如果打磨了还没用,那就是块烂石头了,弃之无妨。

把林杰奥暂时丢在脑后,我盘算起关真尧的行程来,虽然推掉了之前的戏,看起来档期有些空。但因为关真尧主演的电视剧即将播出,一些综艺谈话类节目都有通告邀请,我便 从中选择了一两个让关真尧去参加。

之前关真尧的形象都是从荧幕角色得来的,参加一次这样的活动,也算是吸引粉丝的眼球。

我从手头的剧本里挑挑拣拣,愣是没有选到一个中意的,突然明白,到了关真尧这个位置剧本少了不好选,剧本多了更不好选。如果选错了剧,白白浪费艺人时间不说,还很可能给艺人的星途造成影响。

我突然怀念起直接从老板手里拿的资源了,那起码制作团队有保障。正看着呢,突然一个剧本出现在我眼前!这是星源自己投资的戏,资金方面不用愁，但因为星源今年的重点不在这里，所以也没有大肆宣传。

　　这剧本跟之前关真尧拍过的戏有一点与众不同，这是一部用热门网文改编的影视剧，虽然还没有开拍，但是因为有众多的书粉，将会使这样一部剧未拍先热。

　　只可惜，还是一部电视剧，我比较想给关真尧继续接电影。

　　把剧本掂在手里半天，我才敲定了主意，用电视剧来提升人气，用电影来打造口碑，只能这样了。我刚想替关真尧选定这个剧本，韩叙那边又传来了新的消息。

　　韩叙说，明年"cold"还有出大碟的计划，现在公司已经安排了金牌词曲人来打造新的专辑，争取明年夏天的时候专辑上市。

　　我这才想起，关真尧还有"cold"组合成员这个身份呢。

　　韩叙又说，明年星源与其他公司联合出品的电影也即将投入制作流程，公司会优先考虑关真尧担纲女主角。

　　本来还以为关真尧无大通告可接，没想到一来就是这么多，我再接下手头这个电视剧的话，关真尧的档期就得排到后年了。

　　也好，有工作是好事。我问了关真尧的意思，她在电话里说："接呗，趁我年轻多赚钱，我可不想才刚刚红上路就被遗忘了。"

　　关真尧真是敬业的好艺人，有她这句话我就放心了。对接了一下电视剧的档期，我给关真尧接下了这个剧。

　　大概这个电视剧制作团队也没想到能请到关真尧来做女主角，两天后我刚敲定了合同，那边导演的电话就打进来了。

　　我接起人家导演的电话没说两句，只见办公室门口突然窜进来一个人，是林杰奥。

　　后面跟着一个跑得气喘吁吁的小悦，说："余姐，我拦不住他。"

　　小悦今天应该跟关真尧去电视台的，我按着话筒的一头对小悦说："你先去忙吧，这里不用管了。"

　　小悦担心地看了一眼脸色不好的林杰奥，这才转身离开。

　　林杰奥急匆匆地说："我有话要跟你谈！"

　　我冲他做了个噤声的手势，不慌不忙继续跟导演在电话里寒暄。

第十九章　忙碌的人生总是特别有意义

无论你从事什么职业,脑力工作也好,体力工作也罢,有个好耐性是一个好员工必备的素养之一。这一点,就算是在光怪陆离的娱乐圈也是一样。

林杰奥外表十分不错,光凭外貌条件来看,他确实是吃这碗饭的料。

不过嘛,人总是会辩证地看问题,上天是公平的,给了你超于常人的优势,就给你一块致命的短板。林杰奥就是如此。

我突然明白为什么这样一个大学毕业的金融系高材生居然会跑来做艺人,这样的性格在职场上可不怎么受欢迎呀。

万幸的是林杰奥还算有点眼力见儿,见我没空搭理他,也老实地待在一旁等,只是表情郁郁看起来十分焦急。

大概三五分钟后,我挂断了电话,问:"找我什么事?"

原本林杰奥急匆匆像是要来问个清楚的架势,这会儿又偃旗息鼓,半天才问了句:"我……还能再回来吗?"

我好笑地看着他,明知故问:"回来哪?"

林杰奥抬眼看着我:"回……你这。"

我温和地笑笑:"你是说你想回星源?"

林杰奥似乎下定了很大的决心,用力点点头:"是。"

我的笑容算不上热情周到,但绝对温和可人,我继续微笑:"你以为我们星源是什么地方?是你逛的超市?想来就来,不想来就不来?"

人无知不可怕,可怕的是无知又无畏,还不懂装懂。

我不知道林杰奥之前关于星源的道听途说是从哪里得来的,在没有确凿证据之前就这样大大咧咧地说要出去,简直傻到了极点。星源可以收很多资质一般的新人,但绝不要这样心里没有公司甚至贬低公司的员工。

林杰奥一张俊脸涨得通红:"之前是我莽撞了,还请余小姐不要见怪,我很想回来,希望您能给我一个机会。"

不错,起码脸皮比上回厚了点,没有因为我的刁难掉头就走。

我开口问:"你说想回来,我倒想问问你,为什么?之前你不是质疑我们星源吗?怎么才短短两三天的工夫,你就改变想法了?"

林杰奥勉强抬眼看我:"我回盛世的时候被赶出来了,白老师跟我说了一些话,我才知道是我太不知天高地厚了。"

林杰奥有这样的结局不奇怪。

原本新人培养计划就是结合甲乙双方公司的资源,共同发掘新人,再根据新人的不同特质进行划分,毕竟术业有专攻,不同的娱乐公司也擅长不同的领域。就说盛世吧,虽然财大气粗,新的领导人也颇有魄力,但手下的团队却只擅长小荧屏、时尚圈和综艺这一块,要论电影和音乐方面的资源和实力还是星源更胜一筹。

林杰奥如果定位自己只是电视演员,那待在盛世也算有一席之地,可按那天白安然给我透露的意思,这小伙子的目光长远,想在大荧幕上开辟属于自己的天地,甚至希望能够走出国门。

志向远大是好事,但是眼高手低没情商就是另外一回事了。

我意味深长地点点头:"那我也告诉你,我们星源的大门不是那么好进的。我手下也不是没有其他艺人,一个艺人最重要的品质不是你有多出众的外貌、有多强大的天赋,而是你得有一个事事稳重的谦和之心,更要对自己和他所在的公司负责。"

人往高处走,这是世间常态。

林杰奥一开始拒绝星源,那是因为他一叶障目,一叶障目不要紧,要紧的是他能不能认识到自己的错误。

林杰奥低下头去,他握紧了双拳,好一会儿才放开。他抬起头看着我:"之前是我的错,我还是希望您能再给我一次机会。"

我满意地笑笑:"好,下周关真尧有个广告拍摄,我会带着你一起去。"

林杰奥的眼睛一亮,但我很快就打消了他的希望,我一字一句说得很明白:"你去给广告里的男主角做替身。"

林杰奥眼神瞬间黯淡了下去,但很快他点头:"好,非常感谢您能给我这个机会。"

看着这个大男孩离开的背影,我心里对他也有了新的评价。虽然为人有些莽撞太过直白,但好像也不是那么无药可救。

从这周开始,我正式结束了休假,跟关真尧一起恢复了工作。一个月的假期累积了不少之前没有处理好的事,等我结束一天的文案草稿后,天都快黑了。

看了眼时间,早就过了公司下班的点,我赶忙匆匆离开直往家奔去。好在现在还有唐诀在我身边,不然只靠我一个人怎么都不能把孩子和事业都照顾妥当。

车开在半路上,唐诀给我电话让我直接去医院。

劫后余笙。

我一惊:"你怎么了?还是孩子受伤了?"

唐诀说:"你放心,我没事孩子也没问题,我哥那边有点事。"

我又一惊:"是你哥还是他老婆?"

直觉告诉我,八成是明媚。如果是唐晓出事了,唐诀这会儿肯定也会赶去医院。正因为明媚是我的艺人,唐诀才第一时间通知了我。

唐诀轻叹:"好像是他老婆在家里摔了一跤,刚送去医院了。"

我的心一下子被拎起:"我知道了,我现在就赶过去,你在家里照顾好自己和孩子。"

唐诀又叮嘱我:"你开车慢点。"

我在去的路上还在想,怎么会摔跤呢?按照唐晓把明媚宝贝的程度,怎么会犯这种低级错误?我真是想不通了。

紧赶慢赶地赶到医院,我饥肠辘辘来不及吃一口东西,就飞奔进了病房。

明媚看起来刚刚结束治疗,正静静地躺在床上,腹部微微隆起,看起来孩子没事,只是明媚还没有苏醒的迹象。

唐晓一脸颓废地坐在病房外面,我看到明媚没事这才松了口气,轻声问唐晓:"怎么回事?"

唐晓见是我来,眼神立刻变得凌厉起来,像是要一口咬死我。我退后两步:"你干吗?又不是我让她摔跤的,结婚后她已经全权交给你了,你干吗这样看着我?"

之前我是为了唐诀才对唐晓忍气吞声,但不代表我余笙就真的好欺负。

唐晓闭上眼睛,似乎在努力平复心情,好一会儿他递给我一只大号信封,说:"你自己看看吧,因为这个我们吵架了。"

我打开信封,从里面拿出了一叠照片,上面的内容让我大吃一惊,竟然都是明媚之前陪酒被潜规则的场景。

难怪唐晓会和明媚争吵了。纵然唐晓之前已经知道明媚的过去,但被人如此赤裸裸地揭开,任谁都受不了。

我拿着照片一张一张地翻过去,唐晓声音低沉:"我气不过,和她推搡了几下,她从楼梯摔了下去。"

唐晓的表情又愤怒又自责,他深陷在两种情绪里无法自拔。原本说好了摒弃前嫌,却在最风平浪静的时候被人扒出了一切。

我强压着愤怒:"这些是谁给你的?"

唐晓说:"早起的时候跟信箱里的报纸一起拿到的,只不过我早上的时候忙,到了晚上下班回来才翻看到。"

看来这人连唐晓的家都摸清楚了,我又问:"除了这个信封,还有其他东西吗?"

唐晓摇头:"没有了。"

看着唐晓面如死灰的样子,我的心一下混乱了起来。明媚是我的艺人,出现这样的丑闻为什么不直接拿给我?对方显然已经掌握确凿的证据,想要以此黑掉明媚的前途简直轻而易举,这个藏在暗处的人究竟想做什么?

思索片刻后,我收好信封和照片,对唐晓说:"打起精神来,这些事情明媚并没有瞒你,你也是知道了还是选择和她在一起。况且明媚现在还在孕期,有什么事情你们最好摊开来谈的。"

唐晓双手交叉,托在下巴处:"我知道。"

我总觉得这事是冲着我来的,我说:"这事我来处理,你不用插手了,好好照顾好她,解开你们的心结。别忘了之前你们为什么会走上弯路,还不是因为彼此不坦诚?"

人这一辈子长得很,有谁能说自己绝对不会犯错?

有了错误不怕,怕的是不能重新站起来去正视那些不光彩。这门课题,我曾经困扰了许久,也徘徊了许久,最终才有了现今的余笙。

唐晓陷入了沉思,见他不理我,我叹气:"她醒了告诉我,我先走了。"

这里不需要我,唐晓和明媚之前的问题还得他们自己去解决,我要做的只能是防患于未然。只是现在这个患已经存在,我要怎样才能应对一切?

明媚的照片要如何处理,才不会伤及她的前途和公司的形象?

就这样一路想着开回家,刚停稳车,手机又发出了"叮咚"一声,有短信。

我拿起来一看,号码是我熟悉的,来自周一见。

信息的内容却让我从头凉到脚,他说:余小姐,我是周一见的小可,您这回觉得明媚小姐的照片是不是值一亿了呢?

给车熄了火,我直接电话回拨过去,那边一接通我就问:"你们究竟想做什么?要钱吗?"

对方的笑声贼兮兮的:"余小姐是个聪明人,上回的事算我们没有准备妥当,这回您觉得是不是可以重启我们之前的生意呢?"

我怒极反笑:"你们确实神通广大,想要钱也不是没有,但是你们的诚信我很怀疑。我也跟你们直说,生意不是你们这样做的,有什么事冲我来就好,让别人家里乱成一锅粥很好玩吗?"

对方连声抱歉:"我们只是想引起您的注意而已,方法方式欠妥,还请您不要介意了。我们觉得眼下这件事还是尽快处理了比较好,您觉得呢?"

劫后余笙。

别说明媚现在只是个名气一般的小演员兼模特，她还这么年轻，等生完孩子之后是肯定要复工的，甚至不用问上层的意见，出了这样的丑闻，星源高层肯定会放弃明媚。

一个亿？明媚得大红特红起码两三年才能给公司赚出一个亿！

可明媚现在对我来说还是唐晓的老婆，唐诀的事上她也多少帮了我，我实在不忍心看她就这样没落。我可以想象出，万一前途毁了，可能她的家庭都保不住。纵然明媚之前做错过事，但是并没有达到天人共愤的程度吧。

我轻笑地说："我知道了，我有空了会通知你们，找个相对隐秘的地方吃个饭，咱们坐下来慢慢谈，怎么样？"

对方满意地说："余小姐果然是聪明人，那还请您快点订时间，毕竟对我们来说时间就是金钱。"

我强忍着心头的恶气："好，我会尽快。"

我该怎么办呢？独自承担下一亿的封口费，根本超出我的能力范围，可我也不愿就这样放任不管。

回到家里，我和唐诀简单说了一下情况，说着说着我越发觉得前途未卜，眼前一片灰暗。

索性瘫在了被窝里，我一脸生无可恋地说："怎么办？我想不出辙。韩叙那头肯定不用说的，就算是朋友他也不会拿公司利益给我做人情，要是关真尧可能还不会被放弃，是明媚的话90%会被当成弃子的。"

无论什么公司，都是以盈利为最终目的。在投资数额巨大，且回报前景未明的情况下，任何老总都会三思而后行。

毕竟，星源又不是专职搞慈善。

唐诀笑着摸摸我的头发："你去问过唐晓的意见了吗？一亿对他来说应该，嗯，还好吧，在承受范围内。"

我当然知道这笔钱对于唐晓来说很容易，可我实在不能保证唐晓愿意出这个钱。这事说到底不光彩，我都不确定唐晓会不会跟明媚离婚。

见我闷声不说话，唐诀合起手里看的书说："你不了解我哥，他从小就是个怪人。我也是第一次看到他对女人这么执着，你也说了明媚那些事情他都知道，知道了还选择跟她结婚。我觉得你可以试着去相信他，唐晓没有你想象的那么脆弱。"

也是，生在唐家那种家庭，一定经历过更多的风雨。何况之前李、唐两家的糟心事，还有唐云山迎丁慧兰进门，唐晓都没有表露出很受打击的样子。或许，我可以去找他试一试。

唐诀又说："别担心了，我跟你打赌，这钱唐晓一定会出。"

第十九章 <<< 忙碌的人生总是特别有意义

听了唐诀的话,我再三权衡以后,还是决定先跟唐晓说一下。周一见是拿唐晓开刀在先,无论如何也应该让唐晓知道。

第二天,我就找到了唐晓,跟他说了事情的来龙去脉。

唐晓还守在医院里,明媚醒过来了,但情绪不佳,两个人始终保持着淡淡的冷意。即便我去了,明媚也没有露出太欣喜的表情,只是拉着我的手说:"你当初不应该签我的。"

我连忙安慰她:"在我们这个圈子里,真正绝对清白的人凤毛麟角,不是运气超好就是后台一流。你什么都没有,在那个时候也只是无奈的选择。别想了,好好养着,你还怀着孕呢。"

我给明媚做了好一番的心理开导,总算让她的表情舒缓了许多。我退出病房让她好好休息,门外的唐晓刚刚打完电话,一脸的铁青。

见我出来,他冷笑道:"你跟他们订什么日子见面?择日不如撞日吧,就今天。"

我看唐晓情绪不对,忙劝:"唐晓,你得冷静下来。阎王好送、小鬼难缠。他们做这行的,最不怕的就是来阴的。"

唐晓阴霾的眸子亮起:"我还怕他们不来阴的呢。"

唐晓要跟我同去,他是出钱的主,我赶忙约了周一见的人。地点选来选去,选在了张沛之家的私人会所里,我给张沛之说了情况,让他给我安排一个最隐私保密的包厢。

张沛之还问我:"你搞得定吗?搞不定我可以帮你,像这种狗仔也就只能这样发发财,其实对付起来不算难。"

张沛之是盛世的老总,我连韩叙都不想惊动,怎么可能让张沛之出手?我婉拒了他的好意。

谁知张沛之却说:"没关系,反正帮你们也不是第一次了。"

我立马反应过来,那一次关真尧事件里最后力挽狂澜的人是张沛之?

我很快想通了,看来张沛之为了请我出马替他劝回洪辰雪,还真是不惜下血本。

我向张沛之送上迟来的感谢,然后跟周一见的人敲定了见面的时间。大概他们没想到我会这么快,而且安排的地方又这么隐秘高档,看起来是要好好解决问题的样子。

周一见他们的人说:"我们一定会准时到的。"

我也皮笑肉不笑地叮嘱:"我们要的东西,也请你们一一带齐。"

周一见的人老到惯了,立马理解了:"您放心,一定。"

包厢里就坐着我和唐晓,唐晓一脸阴沉,搞得周围气氛压抑得很。不过

447

劫后余笙。

也是,现在这样的情况怎么看也不像是能好好吃饭的场景。

周一见的人到得很快,有重金吸引果然办事麻利,他们来了两个人,一个贼眉鼠眼地四处乱看,一个故作沉稳眼底却流露出一抹阴戾。

我忽然很庆幸,还好我让唐晓跟我一起来了,眼前这两个人看上去就不好对付。

四人纷纷落座,我早已点好了菜,打算跟他们边吃边谈。虽然我估计大家都没吃饭的心情,但这些场面事还得做。

贼眉鼠眼率先开口:"余小姐,这位是?"

我心里好笑,两个混媒体的狗仔会不知道唐晓长什么样吗?这是故意的。我也轻淡地解释:"这位是唐晓唐先生,也是明媚小姐的丈夫。"

旁边那个故作沉稳一开口,我就猜到他的身份,这是之前一直跟我电话联系的小可。

小可说:"我们明人不说暗话,一个亿,一手交钱一手交货。"

贼眉鼠眼还补充了一句:"对,我们只要现金。"

听到这里,我忍不住笑场:"现金?"

说得轻松,你以为一个亿有多少?还现金?

我笑着说:"一个亿的现金啊,那恐怕这事第二天就得传遍大街小巷了,咱们得雇人来抬钱才能完成。我们这边是无所谓啊,不知道你们能不能拿出这么多人手?对了,去银行存起来也是个大工程。"

贼眉鼠眼显然刚入行,这么一说被旁边的小可狠狠一瞪,顿时脖子一缩没敢再开口。

小可说:"当然不可能是现金了,我会给你们不同的账号,你们可以分批打钱。"

唐晓开口了:"在这之前,我要看你们手上的东西。"他眼神充满戾气和暗沉,"全部的,你们最好不要糊弄我。"

小可被唐晓的气势一惊,好一会儿才说:"那不行,我们要见到钱才给你看。"

唐晓弯起嘴角冷笑:"你知道我是谁吗?你信不信我今天可以把钱都给你,但我保证你们第二天就在S市混不下去,这些钱你们一毛都花不出去。周一见?我要你们天天都见不着。"

贼眉鼠眼一愣:"你威胁我们?杀人是犯法的!"

我听着又想笑场了:"唐先生可没有说过要杀了你们啊。你们做媒体的应该知道,除了官方的渠道,其他一切媒体的背后站着的是什么人。"

小可刚想继续瞪贼眉鼠眼,被我这么一点拨,眼神都涣散开来。

第十九章 <<< 忙碌的人生总是特别有意义

是了,媒体的背后都是资本。只是有些资本被官方控制,有些则是私人所有。唐晓的实力大了不说,弄掉一个周一见应该不是什么难题。只是业内很多有实力的人都不屑于动手,况且周一见除了爆料之外,还是个给艺人增加曝光度的渠道,可谓有利有弊。

与其腾出手来花工夫对付他们,不如留着制约别人,周一见有个长处就是,它目前还不属于任何资本,严格来说就是个小团体。

唐晓继续说:"把你们手上有的资料都给我,我看过了再来判定给不给你们钱。今天你们要是拿不出来,也不要想走出这个大门了。"

贼眉鼠眼也许不知道,但是小可绝对清楚唐家在S市的势力,这些生意场上的巨头们利益盘根错节,他们也只是想从中捞一点蝇头小利,只是做得越来越顺手,导致他们忘了他们其实还只是虾米。

小可从口袋里拿出一个移动硬盘,说:"都在这里面了。"

贼眉鼠眼大概是没想到同伴这么快就缴械投降,一双小眼睛瞪得滚圆,活像一只大型版的老鼠。

唐晓随身带着笔记本,拿过移动硬盘直接连上数据线插入电脑浏览了起来。我坐在唐晓身边也侧目望去,移动硬盘里的内容真的很丰富,他们几乎掌握了明媚从出道以来的所有潜规则资料。可能是之前觉得明媚不够人气,拿这些出来也赚不到几个钱,索性留到了现在。

唐晓面无表情,全部看完后,他选择了删除并格式化,说:"还有吗?"

小可咬紧了下唇:"没了,都在这里了。"

唐晓微微一笑:"你们最好说实话,我会让人黑进你们的电脑一一排查,如果你们有说谎,我保证你们不但一分钱拿不到,还会有其他的危险。"

这话的语气明明是带着欢快,可我明显发现对面两个人颤抖了起来。

就在这时,菜好了,服务员进来摆了满满一桌。

贼眉鼠眼逮着机会窜起来就往门外跑,唐晓好笑地看着他,等了约莫不到一分钟,贼眉鼠眼又折返了回来,面如土色。

小可的脸色也差了起来,被人当众抛弃,这感觉可不好。

唐晓笑眯眯地问:"不跑了?"

贼眉鼠眼偷偷瞟了一眼:"不、不跑了,我刚刚只是去下洗手间。"

我出言提醒:"包厢里都有独立的洗手间,不用出去的。"

贼眉鼠眼连忙点头:"好好,我知道了。"

唐晓继续问小可:"想到了吗?还有吗?或者,我们可以先吃饭,但是我要提醒你,你每想一分钟就扣掉五百万,扣完一个亿为止。我唐晓的钱,可不是那么好拿的。"

449

劫后余生。

终于，小可迟疑了片刻，紧紧咬了咬下唇说："还有两个文件包在电脑里。"

唐晓点头："算你诚实，这消息刚刚我的人已经告诉我了。"

眼前这两人突然没有了刚才进门时的气势，小可像是孤注一掷地问："唐先生，今天是我们惹错了人，你能不能放我们一马？钱我们不要了，这些证据就算我们向唐先生示好，我们会一点不留地全给你，只想你能放过我们。"

唐晓的嘴角在笑，可是眼神冰冷："示好？我还是第一次见人这么跟我示好的。简直见所未见、闻所未闻，叫人大开眼界。"

他又说，"放过你们？当然可以。我唐晓不是那种拘泥小事的人，不过这钱你们必须收下，这是封口费，明白吗？"

唐晓果然是明白人，怎么可能因为小可的话而就此省下这笔钱呢？这是业内的规矩，拿人钱财，替人消灾。

小可低下头好一会儿，才抬眼说："好。"

桌上满满摆着的都是美味佳肴，可坐在桌对面的两个人根本无心品尝，贼眉鼠眼如坐针毡始终坐立不安，那个小可还算稳，勉强耐得住性子。

唐晓说："先吃饭吧，这里的菜很不错。"

估计现在就算是山珍海味摆在面前，这两个人也很难吃得下去。可是大老板发话了，不吃怎么行呢。两个人拿起筷子，有一搭没一搭地吃着。

因为唐晓一锤定音地解决了事情，我心里的负担也少了很多，吃起来反而比对面两个要香得多。反观唐晓，他叫先吃饭，自己却一动不动，只是看着手机，似乎在等什么消息。

一桌子的人气氛凝固，只有时不时有筷子碰到碗盏的声音，就在我刚吃了个半饱的时候，唐晓说："你们电脑里的东西我已经让人清理干净了，以后做事情小心一点，什么人能惹什么人不能惹，自己眼睛放亮点。"

对面两个人同时噎到，表情顿了一下，然后连连点头。

唐晓又说："给我你们的账户，一会儿钱就会打到你们的账上。"

唐晓缓了缓："你们应该很清楚业内的规矩，你们的资料我都查得清清楚楚，我也不想以后为了你们这些事再去费心劳神。要知道，我很忙的。"

对面两个人又小鸡啄米似的点头，小可说："您放心，我们都是懂规矩的。这次，是我们有眼不识泰山，对不住对不住啊。"

唐晓报出了一个银行账户，问："这个账号可以吗？"

小可没想到唐晓能这么快就摸到他们交易的账号，脸色瞬间惨白："是、是的。"

第十九章 <<< 忙碌的人生总是特别有意义

我坐在旁边吃得津津有味,想看唐晓怎么彻底结束,谁知唐晓欲言又止了一阵子,看了看我说:"你吃完了没有?"

这话的潜台词就是要赶我走了呗。

我连忙用餐巾擦擦嘴角:"还行。"

"吃饱了就回去休息吧,替我去医院看看她,告诉她我会处理好,让她好好养身体。"唐晓说话的时候眼睛都不看我,只是直直地盯着对面的两个人。

我猜唐晓应该还有事情要做,只是碍于我在不方便实施,我只得站起来说:"好,你解决好了就快点来,她还是最希望你在她身边。"

从私人会所出来的时候,已经快下午两点了。

我赶去医院,把最新情况一五一十都告诉明媚,然后宽慰她:"别想了,他一定能把这些事摆平的。"

明媚的气色相较于昨天好了许多,她坐在病床上,头发已经剪短至齐肩的长度。只看脸的话,明媚看上去还是很年轻,完全没有孕妇的样子。

她叹气:"这就是当初我没有想好,太过愚蠢的代价吧。你也跟我说过,但是我没有听进去。说实话,我很后悔。"说着,明媚的眼里闪动着泪光。

说起来,我何尝不后悔?我本以为这是明媚自己的决定,出了事也应该由她自己承担,可这段时间一连串的事情告诉我,我和她们是一体的。

无论是明媚还是关真尧,或者是刚刚收入囊中的林杰奥,我作为经纪人的任务就应该是让他们不走或者少走弯路,怎么可能留下这么大一个把柄?我很清楚,这些把柄如果被扒出来,对明媚的事业会有多大的冲击。

我说:"错的人不是你一个,还有我。我当初也太愚蠢,没有好好跟你说,没有劝得住你,这是我的失职。"

明媚看着我,突然无助得像个孩子:"那我现在该怎么办?"

我以为明媚还是担心她的工作,我安慰:"没事了,唐晓一定会处理干净的,你放心吧。"

明媚不敢大幅度地摇头,生怕眼里的泪夺眶而出,她缓缓而又坚定地摇了摇头:"我不是说这个,我是说,我和唐晓该怎么办?我、我要怎么面对他?"

我一下愣住了,我还真没想过这个问题,出事以来我都是以上司或者经纪人的角度去处理这个事情,在我看来只要不用影响明媚的前途,这事就算是圆满解决。

现在明媚问我的,分明是以妯娌的身份,而不是我的艺人。

静下心来一想,我也忍不住在心底叹气。明媚担忧是肯定的,出了这样的事，那种照片都给唐晓看见了，夫妻之间该增加多少隔阂和不信任？也许之前唐晓是知道的，可知道和真的看到是两回事。

夫妻之间情爱也许不是第一位，但信任一定是摆在最前面的，如果信任土崩瓦解，有再多的情爱也难以磨合。

我不确定唐晓能不能真的做到不在意，但起码一点，今天的事唐晓站出来了，他没有因为情绪而放弃明媚，这是个好现象。

我轻轻握住明媚的手，她的手在颤抖还带着微微的凉意，我说："你要相信唐晓，相信你自己。已经过去的就真的必须让它过去，有心结要跟他面对面地谈，千万不要藏在心里。"

因为跟唐诀在一起的时间也不短了，对于这对唐家兄弟，我觉得他们在某种程度上十分相似。

比如，特别执着自己所爱；再比如，特别有自己的一套想法，别人很难去动摇。

明媚和唐晓的性格偏偏也有异曲同工之妙，都是特别固执己见，而且心里有话不愿意说出来，正是因为这样，这两人才会走了这么多不该走的弯路吧。

我又说："你要记得，你现在不是一个人了，你有孩子。再说，唐晓也不是那么容易就被击垮的男人，他是什么人？他是唐家的大少爷，像唐家这种家庭什么事没有遇见过？他比你想的要能抗压多了。"

明媚垂着眼睑，终于还是落下了两行泪："我还是觉得很愧疚，也许，我不该跟他结婚。"

我叹气："你有没有想过，唐晓也很愧疚呢？"

明媚惊讶地看着我："为什么？"

"因为你住院是他不小心导致的，你是他最重要的人，又是特殊时期，他怎么舍得看到你受伤？你再想想这段时间以来，他对你怎么样？他不是不知道这些过往，他知道了还能对你这样，你难道不应该对他多点信任？"我按照心里揣测的说了出来。

就在这时，病房外有人推门进来，明媚赶紧慌乱地擦掉脸上的泪痕，我回头一看，门口站着的正是唐晓。

唐晓脸色平静，只是看到我微微点头，然后对明媚说："感觉怎么样了？"

明媚因为哭过声音有些沙哑："没什么了，挺好的，我觉得明天就可以出院了。"

唐晓微微皱起眉："那怎么行？看你气色还不太好，等稳定了再说。"

第十九章 <<< 忙碌的人生总是特别有意义

听着眼前两人平常又充满暖意的对话，我放下心来，站起身准备告辞："你来了我就先回去了，今天关真尧去电视台录节目，我得去看一眼。"

明媚看着我，像是很怕我离开似的。

我知道她有点害怕和唐晓单独相处，我拍拍她的肩，贴在她耳边轻声飞快地说了句："哪有人的爱情是完美无缺的？加油！"

没来得及看明媚的表情，我就快步走出病房，再不去电视台盯着，关真尧得发飙了。

刚走到楼下，手机上传来唐晓的信息，他说：谢谢。

一阵失笑，也许在唐晓看来我那番话是为了他去说的，但实际上我只是想让明媚能更快振作起来，解开这个心结。看明媚的意思，她是不甘心在家里做个全职贵太太的。

我回：不用客气。

开着车来到电视台，眼看着已经要到吃晚饭的时间了，关真尧的录制还在继续，场外我一眼看见了小悦。

小悦见到我眼睛一亮，然后就小声地抱怨："余姐，上次那个男人是不是咱们签的新人啊？他在公司里的训练室外看了一整天了，还问我要通行证，我没给他。"

小悦一脸不高兴，看起来还在计较那天林杰奥闯进我办公室的事。

我看着小悦这个小丫头轻轻笑了，小悦是单纯的，在她看来跟我和关真尧不对付的人就是敌人，哪怕是即将跟我们上一条船的林杰奥。

说起来也是我这两天事情太多，倒一时忘记给林杰奥通行证的事，小悦这么一说算是提醒我了。

我说："你明天在公司见到他的时候，就把通行证给他吧。"

小悦还想多说些什么，听我这样一说小脸微微垮下来："好的，余姐。"

说起来，如果林杰奥的工作正式入轨的话，我还得跟韩叙要人了，光是助理就缺人手，别说现在明媚还在休息中，等她复工了也还得用人。

小悦已经是为我和关真尧单独服务的助理了，不可能再搭上一个林杰奥，看情况小悦也不是很喜欢林杰奥，我得重新发掘适合的人员。

站在场外看了一会儿，关真尧顺利收工，今天彩排没问题，明天就正式录制了。

关真尧从台上下来，接过小悦一早准备好的温开水喝了一口："你可来了，这两天忙什么呢？"

关真尧过了年就得把录制唱片的工作提上日程，所以从现在开始一切刺激性的饮料都不可以入口，只能喝温开水。

劫后余笙。

我不想把明媚的事告诉她们,这种事越少人知道越安全。我说:"明媚怀孕了啊,情况有点不太好,我去医院看她了。"

关真尧也知道明媚的老公就是我家唐诀的大哥,她表示理解,点点头:"我要不要去看一看,买个礼物什么的。"

我说:"等她好了再去吧,或者等她生了孩子。"

关真尧也不坚持:"也好。"

这样算算明媚的预产期也在来年盛春左右,也就是还有三四个月就能生了。

陪着关真尧结束了一天的通告,她说要请我们吃饭,我又婉拒了:"我今天得早点回去。"

关真尧冲我翻了个大大的白眼:"干吗?怕我请不起啊?"

我笑着拍了她后背一下:"胡说,是你余姐我要结婚了,有些事情得回去办了。白天我们都得忙工作,只有晚上有点时间。"

关真尧瞪大眼睛:"那我可要你给我亲自送请柬啊,不然我不去。"

我连忙答应:"好好,一定亲自给你送。"

给关真尧她们订好了吃晚饭的地方,又送她和小悦上了保姆车,我这才转身打道回府。

回到家里,正好是晚餐时分,唐诀一个人在厨房里忙忙碌碌的。我看到这一幕,心里涌出一些不自在,唐诀的工作不比我轻松,可他这段时间硬是推掉了很多应酬,在家里带孩子、做饭,俨然一副"家庭煮夫"的样子。

两个鱼正在客厅里看动画片,见我回来,一起冲到我面前,各种求抱抱亲亲举高高。我把在路上买来的点心分给他们,先吃着垫垫肚子。

然后我换下外套,轻手轻脚地走进厨房,从后面抱住了正在洗菜的唐诀。

"猜猜我是谁?"我的脸贴在他宽厚的后背上。

唐诀笑出声:"你应该捂住我的眼睛,再问这个问题吧?"

我哑然:"好吧,我错了,再来一遍。"

唐诀转身刮了我的鼻子一下:"别来了,过来帮忙做饭。"

两个人做饭的速度肯定要比一个人快得多,我俩一个洗菜一个切菜,一个下锅一个端盘子,很快桌上就摆上了四菜一汤。唐诀还给两个鱼准备了红烧鸡翅和糖醋小鱼丸,看上去简直叫人食指大动。

我欢快地喊:"吃饭了!"

热气腾腾的餐桌旁很快被我们占领,两个鱼对今天的晚餐十分满意,大鱼儿连吃了三块鸡翅才空出嘴来夸一句:"爸爸做得真好吃!"

第十九章 <<< 忙碌的人生总是特别有意义

另一边慢性子的小鱼儿则是不慌不忙，喝口汤吃口饭再拿鸡翅和小鱼丸，还不忘提醒哥哥："你不能光吃鸡翅的，你还得吃蔬菜。"

一顿只属于家人的晚餐，虽然平淡，却充满了烟火的香气，让人打心底里觉得温暖舒服。

吃完了饭，我们一起洗碗。唐诀简单询问了唐晓的事，我也大概说了一下，然后叹气："希望他们能好好的，我可不想再出什么岔子了。"

晚上给两个鱼洗澡的工作就由我来负责，两个孩子特别喜欢洗澡，在各自的泡泡浴缸里泡了好一会儿才起来，小身子都热乎乎的。

趁着热，又给两个鱼喝了牛奶，哄他们睡觉，等两个鱼完全进入梦乡，已经晚上九点过十分了。

我从楼上下来，看见坐在桌边的唐诀正在整理什么，我凑过去一看，禁不住"咦"了一声："请柬已经到了？"

原来桌上堆着的是之前我敲定设计的请柬，它们被整整齐齐地摞成一叠，唐诀正在仔细检查每一张，看是否有瑕疵。

漂亮的大红色请柬上有暗金色的描纹，看上去又大气又低调。本来我还觉得请柬也跟别人一样用红色，是不是不能显得我们的特别，可现在看来，还是老祖宗的眼光好。

结婚就应该用大红色，喜气！

唐诀笑着看我："坐下来一起检查，我这里有个名单表，你按照这个一一填写就好。"

唐诀果真是对婚礼分外上心，一点点的细节也不愿假手于人。

我和唐诀一起，很快就检查好了请柬，我拿着钢笔看坐在对面的唐诀一笔一画地写着，他的字向来就漂亮，从小自柳体开始练过，用黑色的钢笔写出来格外行云流水，让人看着赏心悦目。

我嘟起嘴："我的字没有你好看。"

唐诀只是浅笑，依旧专注地写着，直到最后一笔写完，他轻轻地吹了吹字迹，确认墨水都干了之后，才递给我说："我早叫你小时候要好好练字了啊，现在后悔了吧。"

我接过来一看，上面是唐诀亲手写下的，我忍不住念出来："唐诀、余笙诚邀您出席我们的婚礼。"

可能是因为唐诀亲自书写，我顿时觉得这样一份请柬里包含了唐诀对我们婚礼浓浓的期待和用心，我由衷地赞叹："真好看。"

大红色的请柬在橘色的灯光下，上面飘逸自在的墨色仿佛带着淡淡的香气，让人忍不住充满向往，忍不住轻放收藏。

455

劫后余笙。

　　唐诀笑着把那份名录递给我："照着我这个写，千万别写错了，咱们每人一晚上写个一二十张，差不多十几个晚上能写完。"

　　我没反应过来，问了句："啊？你要请多少人啊？"

　　唐诀一本正经地数起来："这些年我的生意伙伴，还有重要的客户都是要请的。还有我们之前的同学，中学同学、大学同学等等，还有家里的亲戚、周围的邻居，还有彼此的好朋友，以及你我公司里的同事吧。怎么算也得八十桌才能坐得下！"

　　我眨眨眼睛："这么多？酒店摆得下吗？"

　　唐诀不以为然："我已经包下了最大的大厅，至于摆不摆得下他们酒店想办法，我说得很明确了。如果这点事都办不好，怎么成为 S 市第一流的酒店？"

　　唐诀说完笑眯眯地看着我："好好写，千万别写错了，写完了咱们还得亲自送过去。"

　　这时，我突然想起关真尧跟我说的亲自送请柬的事，忍不住觉得你俩是串通好的吧。

　　不要以为请柬是那么好写的东西，虽然它面积不大，甚至还没摊开的作业本半个那么大，上面写的字也就不超过五十个，包括邀请诚言、酒店地址和公历农历两个日期。但是真写起来可比当初写作业还要战战兢兢，一丝不苟。

　　那几天我和唐诀每天晚上坐在灯下，面对面地写请柬，我握着钢笔一笔一画，不敢有丝毫的马虎，二十张请柬写完我的眼睛都成蚊香圈了，脖子更是酸得不行。

　　唐诀在对面无情地笑话我："你看你，几年不写字了笔都拿不稳了。"

　　我瞪着他，心想：写字漂亮了不起啊！

　　虽然写请柬很累，但唐诀这样认真却让我觉得由衷的感动，这个男人的细节不光体现在事业上，对于生活尤其是二人世界的细致，他远远超过了我。

　　突然很庆幸，我兜兜转转了这么久，身边还能有一个唐诀在等我，这是多么的幸运。

　　眼神顿时温软起来，我笑着说："唐诀，谢谢你。"

　　对于爱人，对于身边的人，我们往往都缺乏了一份感恩，总觉得对方付出的一切都是应该的。其实越是眼前人越值得我们去珍惜，去感恩他们为我们付出的一切。

　　让爱变得更好的方式只有一个，那就是我和他共同成长，一起变得更好，更珍视对方。

我们不仅仅是爱人，更是相知相依的伴侣。

唐诀却坏笑道："我更喜欢你在床上说这句话。"

我大窘，心里刚刚酝酿出来的那么一点情绪被他这句话立马打击得烟消云散，我又狠狠瞪着唐诀："这几天忙得很，早点睡觉！"

等到第二天起来，我再欣赏我自己写的请柬时，那真是越看越满意，没耐得住性子，终于在这天去探班的时候把请柬亲自送给了关真尧。

别人我不好这么快就送，但是先给关真尧和小悦没问题。

关真尧惊讶于我的神速，然后又问了句："这是手写的呀，字还不错呢。"

我得意扬扬："那是，你余姐我亲自写的能差吗？"

关真尧瘪瘪嘴，眼里却带着笑意："你就不能夸。"

小悦倒是毫不吝啬赞美之词，可是翻来覆去就两句话："余姐你真厉害，余姐你的字真好看！"

好吧，虽然简单了一点，但胜在真情实意，我就慷慨地收下了。

这边请柬刚刚送给关真尧没几天，之前我通知林杰奥参加的通告终于来了。前一天晚上，我给林杰奥打了电话，告知他地点、时间和需要注意的衣着。

林杰奥大概是没想到我会亲自提醒他，有些受宠若惊，电话里的声音好像都要喜极而泣一般："谢谢余姐。"

这支广告的合作主演是关真尧，但是因为内容需求，广告方还邀请到了时下当红的人气小生宋岩作为搭档。宋岩因为之前拍戏受伤，所以在广告设计里有一出跳入泳池的镜头必须用替身，这也是我今天让林杰奥来的原因。

我让他在这支广告里做宋岩的替身。

这是一支关于沐浴露的广告，主打明年的春夏市场，是该品牌明年推出的首个洗化系列产品。算算关真尧的档期，这支广告上市的时候正好卡在之前拍摄的盛世电视剧的大结局播出时段。不得不说，这家品牌很会挑时间。

只是他们聪明，星源也不傻，这支广告给关真尧的酬金高达七位数，因为代言的价格没有谈拢，所以这价位也只是明年两个季度的广告费用而已。

至于那个当红小生宋岩，拍了几部反响很不错的偶像剧，拥有了大批女性粉丝，只是粉丝年纪都比较小，多数都是高中生或者大学生。所以尽管人气很高，但是粉丝群体消费能力欠佳。

我到达片场的时候，关真尧和小悦已经在那里了。

关真尧在上妆看台本，旁边的小悦拿着一条厚厚的大毛巾给关真尧披劫后余笙。

着。因拍摄需求，要营造出春夏季度的感觉，这里的布景都是以清凉为主。可现在外面还是初冬的天气，纵然室内有暖气也是有些冷的。

我四下环顾，看见了站在一边已经被透明化的林杰奥。

有工作的通行证，林杰奥也得以顺利进入片场，只是他一个人都不认识，甚至跟同门的关真尧都搭不上话，只得独自站在旁边。

我冲他招招手，示意他过来。林杰奥赶忙快步走向我："余姐，我能做什么？"

想来林杰奥已经看明白了，今天的两位主角一个是关真尧，一个是宋岩。他肯定很奇怪，为什么已经定好的人选，还要叫上他呢？

只是比起上一周，林杰奥明显耐得住性子多了，起码没有立刻开口这么问。

我领着他走到导演面前，说："这是我上次跟你推荐过的，今天带过来当替身，你看看怎么样？"

导演看了一眼说："脸长得好看不要，我们签的是宋岩。"

第一句否定让林杰奥顿时脸色难看起来，但他还是坚持站着，说："导演你不试试怎么知道呢？"

不错，虽然从进门开始就被我刻意打压，但好歹没有失了这份勇气，敢于看准时机毛遂自荐，说明有点长进。

我笑笑帮衬道："是啊，试试吧，不行咱们再换。"

导演也不苛求："一共有两个场景需要用到替身，第一场是从泳池旁边跳入，第二场是在旁边搭好的浴室里。"他说得简洁明了。

我看了一眼坐在外面躺椅上正在悠闲地看台本的宋岩，他受伤的地方在腿部，看起来不可以碰水的样子。

宋岩感应到我的目光，转脸过来冲我微微一笑，小伙子长得不错，阳光活力那一类型的。笑起来露出一颗虎牙，明明是成熟的男人却透着大男孩的青春。

我一个晃神，只听耳边林杰奥的声音："好的，没问题。"

林杰奥一下脱掉了外套和里面的T恤，露出精壮的上半身，导演看到连连点头："不错，就你吧，去准备一下，等会儿我们试试镜。"

能做当红小生的替身，首要的一点就是身材条件必须过硬。本来这个广告就是卖的洗化产品，美男当道的时代，偶尔展示下身材可以增加吸睛度，想不到林杰奥表面上看起来是文瘦型的，其实还蛮有肌肉的，一看就知道平时有健身，起码该有的肌肉他都有。这也是导演看了一眼之后，立刻就松口的原因之一吧。

第十九章 <<< 忙碌的人生总是特别有意义

身体条件好，又不怕导演苛责，态度还不错，这样的新人谁都喜欢。下面只要林杰奥自己表现好，肯定会有不少的收获。

林杰奥之前在盛世进行过新人培训，想来不是完全不懂的门外汉，在外面进行简单的换装和发型处理后，林杰奥重新站在了大家的面前。

可以这么说吧，光看脸，林杰奥更胜宋岩一筹。

更不要说林杰奥的身材还不错，被化妆师和发型师一起这么一打扮，从后面看还真和宋岩差不多，只是身高方面比宋岩高出了半个头。不过这是广告，拍起来观众也察觉不了。

林杰奥站在了泳池边，他披着毛巾毯听导演给他讲具体应该怎么做，那毛巾毯我看着眼熟，这不是跟关真尧身上的那条差不多吗？

我一扭头，发现身边站着关真尧和小悦，关真尧看来也对这个新人很感兴趣，她说："我听小悦说了，你签他了。"

我点头："算是吧，还没最后敲定，看他表现。"

我又看着小悦："你带了不少这样的毛巾毯啊。"

小悦皱起鼻子："看他光着身子怪可怜的，我就把备用的拿出来给他用了。别让别人看见，还说我们一个公司的厚此薄彼呢。"

小悦就是这点好，我欣慰地冲她笑笑，以示赞赏。

我们三个远远地站着，而那位负伤的宋岩却不知什么时候来到泳池边，加入导演和林杰奥之间，看起来在讨论的样子。

大约五分钟之后，林杰奥的第一场试镜开始了。

镜头从他后面拉长，林杰奥需要一个简单的冲刺然后跳进泳池，看起来是很容易的动作，但真的拍起来也不太顺利。

从角度动作方面，林杰奥被导演挑了几次刺后，总算跳得让导演满意了。

室内十度左右，林杰奥光着上身一直在跳入泳池，这会儿已经冻得嘴唇发紫，纵然有个毛巾毯也无济于事。

这个镜头过了之后，导演说："行了，你休息一会儿，我们拍其他镜头。"

林杰奥点头答应着，我已经让小悦安排助理给林杰奥拿了干净的干毛巾和姜汤送过去。

谁知道，姜汤还没送到林杰奥的手里，旁边的宋岩却说："导演，不如替身的镜头让他今天都拍完吧，剩下其他的时间，我们也好慢工出细活。"

我走过去，正好和听到这话的林杰奥交换了眼神。我心里暗自冷笑，像这样在片场打压新人不是什么新闻，几乎每个新人都会在从业生涯的初期劫后余笙。

遭遇。

明星也是人呀，是人就有不同的素质，而观众们从电视杂志上看到的，也只是明星被放大的优秀一面，真正的暗面他们是无缘得见的。

我面不改色，让小悦把姜汤送过去给林杰奥喝下。不管怎么说，我让林杰奥此行的目的就是磨炼他的性子。拍戏不是那么容易的，像今天这样大冬天跳冷水，以后肯定会遇到，说不定还得在冷水里再泡个几小时才能拍好。

现在就吃不了苦，那也不要指望有以后了。

我没有开口为林杰奥提出休息的请求，那导演试探性地看了我一眼，见我没说话，胆子也大了起来，说："那就这样吧，小林，你准备一下，我们去拍下一场。拍好了，你也好早点收工回家。"

林杰奥刚灌下半壶姜汤，二话不说就答应："好。"

看着现在的林杰奥，我倒是对他有了几分刮目相看。

第二场戏还是有水，是在浴室里使用他们的沐浴产品，然后冲洗的镜头。同样不难，但就是这里比刚才的泳池更冷。

小悦留在泳池附近陪着关真尧，我拿了一件羽绒大衣和干毛巾跟了过去。

我慢悠悠地晃到拍摄点附近，只见里面正在拍着，宋岩依旧在跟着导演挑林杰奥的毛病，不得不说这家伙说得还有几分道理。只是这样故意为之，在场的人只要不傻都看得出来宋岩在为难新人。

不过这种为难是你看得见却摸不着的，说出来，宋岩可以说自己是指导新人，他自己要不是因为负伤才不会请替身。宋岩还可以说是为了广告方着想，希望作品精益求精，这还能落得一个敬业的好名声。

就算林杰奥自己哭诉被欺负了，也没有人会出来替他说话的，一个毫无名气的新人和一个已经人气正旺的当红小生，该帮谁大家心里都明白。

宋岩看到了人群后的我，他冲我笑笑，我也礼貌地回以微笑。大概是觉得我这个经纪人都不把林杰奥当回事，他下面挑刺的频率就更高了。一连让林杰奥在冷水下冲了二十多次才算完成了这个镜头，中间还不包括让林杰奥站在原地听指导的时间。

终于，这个镜头总算完成了，导演还很感激地对宋岩说："看不出来你这么年轻做事却很稳重认真啊，外面这么冷你还跟出来一起看拍摄。"

宋岩露出阳光般的微笑说："这本来就是我的戏，我不能亲自拍，也只能这样尽尽心意了。"

看，我刚才说什么来着？

我挤进去，把大毛巾盖在林杰奥的头上："快点擦干，小心感冒了。"

然后等林杰奥擦干身上的水，我又把羽绒大衣递给他，林杰奥穿上衣服脸色这才好看了一些。林杰奥自己的衣服除了外套被脱在片场外，只有件T恤在小悦手上。

我笑着跟导演告辞，客套话说了一通后，就带着林杰奥离开了。宋岩想要跟我搭话，我却始终没有给他眼神交汇的机会。

我带着林杰奥提前离开，林杰奥冻得脸色都青了，还跟在我身边不停地问："我今天表现得怎么样？"

我拉开车门。冲他抬了抬下巴："上车，先送你回家。"

车上的暖气开了一会儿，林杰奥终于没那么冷了，他又问了句："我今天表现得还行吗？您还能给我一次机会？我想留在星源。"

我浅笑反问："你觉得你今天尽力了吗？"

林杰奥点头："尽力了，比我任何一次训练都要认真。"

"那就行了，那就说明你今天表现得很好。"我第一次从正面给予了他赞扬。

林杰奥松了口气："那就好，我可以留在星源了吗？"

我看了他一眼："你当我和你的合同是白签的吗？我真是好奇，你之前在做金融的时候是怎么混的？这么直肠子在职场上也难以出头吧。"

林杰奥面上一红，神情窘促起来："我从小就喜欢演戏，学金融是我父母的意思。毕业之后我发现我不适合职场，所以就想也许我能圆了我小时候的梦。就离开家，来这里了。"

我看了他一眼，心道：小伙子，你这叛逆期来得这么晚？

不过好在正是因为林杰奥身上具备的这种冲劲，才会引起白安然的注意吧。一个外在条件出类拔萃的新人，只要肯努力，配上公司的正确包装和力捧，他总会出头的。

林杰奥的家是租住在一个中档小区里的一室套房，简称单人公寓。

我把他送到楼下，又把他之前的衣服丢给他，说："回去好好洗个澡睡一觉，必要的时候吃点感冒药预防一下。"

林杰奥追问："还有我的工作吗？我想工作。"

我说："明天来公司找我。"

我又补充："如果你没感冒的话。"

晚上回到家，我感慨终于不用趴着写请柬了，心里一阵舒服。

吃完晚餐，两个鱼今天有幼儿园安排的手工作业，我带着两个鱼拿着剪刀卖力地做着。唐诀今天明显有些烦心事，他带回来一大堆的材料，坐在书房里看了半天了。直到我这边全部忙完，他还没从书房里出来。

劫后余笙。

等两个鱼睡着，家里安安静静的，我很享受这种属于家庭氛围的宁静，充满了让人心安的温馨。我坐在沙发上，把电视的声音调低，抱着抱枕边看电视边等唐诀忙完。

墙上的挂钟嘀嗒嘀嗒地走着，指针快指向十点的时候，门外响起的门铃声把我吓了一跳。

这么晚了会是谁呢？

我走到可视门铃处一看，出现在画面里的竟然是唐云山！

一瞬间我脑海里闪过各种可能，正迟疑着要不要开门，唐诀走到我身后，他皱着眉也看到了唐云山的脸，说："开吧，看他想说什么。"

唐云山来了，唐诀只能暂时推开手边的事，父子俩坐在了沙发上，我去厨房弄了两杯绿茶端出去。

唐云山脸色很不好，他说："你就不能劝劝你哥哥？"

不知道为什么我总觉得唐云山这段时间老了很多，自从上次李小西事件之后，我也有很长一段时间没有见过他了。

奉上绿茶后，我走到离他们最远的沙发坐下来，以一个旁听者的角度静静地看着。

唐云山又说："我知道这样对你们兄弟俩不公平，但你也要知道，这公司是我一手打理起来的，按理说我可以不经过你俩的同意，我愿意给谁就给谁。"

唐诀不以为意："既然爸你这么强硬，为什么不去直接跟我哥说这话呢？"

唐云山眼睛一瞪："你哥这几天一直在往医院跑，我哪里逮得住他的人。"

唐诀轻笑："你就算逮住了，你也开不了口。"

唐云山语塞，好半天叹气："那你说怎么办？你兰姨那边我是必须要给个交代的，再说了他也是我儿子，我不可能一分不给。"

兰姨？儿子？我一下警觉起来，他们说的是丁萧！

唐诀低垂着眼睑，看不清眼里的神情，他的语调没有变，依旧那么淡然。他说："我只拿我应该得的那一份，其他的我不去想也懒得想。"

说完，他突然抬眼，一双黑眸隐隐散发出锐气："但我想请爸你好好想想，唐家之所以有今天，跟一些陈年往事有割不断的关系。做人，还是得有点良心比较好。毕竟我现在结婚了，也有孩子了，您应该知道怎么办，不需要来问我。"

唐云山突然飞快地看了我一眼，眼里满是悲戚，最后低下头叹气："你果然比你哥哥心狠多了，我三个儿子里，你最像我。"

唐诀微微一笑："有时候我宁愿不怎么像你。你要知道，妈过世得早，我对妈妈的感情不及我哥。您的大儿子是在和妈妈结婚前就有了的，这里面的门道不用我说吧？你想轻描淡写将此事揭过，我和我哥没意见，你年纪也大了，也该留点脸面。"

唐云山一张脸皮顿时涨红起来："我来不是跟你讨论这些的！"

"你不是说我哥为什么不肯同意吗？我只是在跟你分析原因。"唐诀向沙发靠背上轻轻一躺，"你待妈妈并不是真心的，我都觉得难以容忍，更不要说跟妈妈感情最深的唐晓了。你现在带着你和你情妇的儿子要来公司分家产，还想唐晓不阻拦？你想想可能吗？"

唐诀的话说得直接又粗暴，听得我也忍不住尴尬起来。那个情妇也是我的继母，是我父亲相信并依赖了二十多年的丁慧兰啊！如今真相揭开，我都觉得抬不起头来，更不要说唐家兄弟和丁萧了。

唐诀见唐云山不说话，又继续说："据我所知，丁萧也没有要继承唐氏的意思，他已经跟我说得很清楚，过完年他就会递交辞呈，他找到了更好的可以施展拳脚的地方了。"

唐云山大口大口地喘着气："就算他不愿留在唐氏，也该把他应得的给他！"

唐云山说的是唐氏的股份吧，这才是真正值钱的东西。

唐诀浅笑："我说了，这个我不反对。我只要我应该拿到的，至于唐晓那边，你得自己想办法。我向来劝不动他，你是知道的。"

唐云山突然看着我说："那你去，你和唐晓老婆不是关系不错吗？你去跟她说！"

我一时愣住了，几秒后才说："我就算愿意去，也得能见到唐晓老婆吧？您不知道吗？大哥这几天一直跑医院，是因为嫂子在保胎。"

唐诀轻笑出声："爸，你最近太在意你的兰姨了，我们也是你的儿子啊。尤其是大哥，这么多年一直是他陪伴你比我多，你这样伤他的心，难怪他不会松口答应了。"

唐云山最后都说不出个所以然来，坐了坐就走了，唐诀要开车送他回去，唐云山拒绝了，说是带了司机来的。这老头还是为自己想得周到。

折腾了好一会儿，我和唐诀休息的时候已经快十一点半了。

我打着哈欠问他："你晚上有烦心事，是因为这个吗？你爸要把公司股份给丁萧？"

唐诀一手揽着我，用下巴亲昵地蹭了蹭我的头发："是，也不是。公司

劫后余笙

最近在谈一笔大生意,我和唐晓都挺忙的,尤其是唐晓还得照顾他太太。我爸却在这个节骨眼上给我们整这一出。其实我对丁萧印象还不错,他能力也很强,有他在唐氏利大于弊。这也是为什么唐晓没有阻拦丁萧进唐氏的原因。"

唐晓果然是个做大事的人,眼界格局要比一般人高远得多,起码不会因为家庭的琐事而影响公司的长远发展。

我点点头:"那你爸准备给丁萧多少股份?"

唐诀笑了:"这就是唐晓不同意的地方了,老头子想把自己名下将近一半的股份给丁萧,这样一来丁萧就会越过我和唐晓,成为唐氏第二大股东。"

我心里忍不住咂舌:这么多!唐老爷子真是大手笔啊!

唐诀用手轻轻拨弄着我的耳垂:"我觉得这跟兰姨绝对有关系,凭我爸那个人他想不到给这么多。好在丁萧也没有第一时间答应,大概是觉得尴尬,所以很快向我提出了辞呈。"

我没想到这段时间里唐氏居然发生了这么多事,虽然表面上唐诀每天都回来吃晚饭带孩子,看起来就像普通的父亲、丈夫一样。其实他背负了比我还要多的东西,只是他不愿意说出来。

我反手抱住唐诀的腰:"要不我们婚礼办过之后,我就辞职在家吧,不然你太累了。"

唐诀笑了,用鼻尖蹭蹭我的鼻尖:"不用,我们得做两手打算。万一在公司竞争的时候我失败了,家里还有你可以养我啊。"

我心里一暖,伸手捏住他腰部的肉:"好啊,你原来打的这个算盘!"

唐诀笑得更开心了:"哎呀,不小心说出来了,你假装没听到啊。"

我知道,这是唐诀在保护我,他希望我能做自己喜欢的事情,有一份可以自保的事业。

唐云山的到来没有让我觉得恐慌,索性唐家的事情我也不问了,唐诀能处理好,正如他说的,如果处理不好他失败了,家里还有我呢。

一夜好眠,我早上抵达公司的时候,办公室里的气氛怪怪的,林杰奥前脚踏进我办公室,后脚韩叙的夺命连环电话就打过来了。

他在电话里语气很不好地问:"上次关真尧那个绯闻事件,你到底处理好了没有?为什么一大早就有人把花送到公司里来了?"

我吃惊:"花?我没看到啊。"

韩叙说:"我让人处理了,下次再这样肯定要上新闻了,追关真尧追到星源来了,大手笔啊,花都要摆满你那一层的走廊了,要是我动作慢一点,说不定人家就以为我们这是要改行卖花了。"

第十九章 <<< 忙碌的人生总是特别有意义

难怪呢，我说怎么早上来的时候气氛怪怪的，原来是这样。

我问："你处理干净了，那有什么证明对方身份的东西吗？"送花总得有卡片吧？有卡片就应该有署名。

韩叙说："有，我让人塞你办公室抽屉里了，你自己打开找找。"说完，韩叙又叮嘱，"你给我处理好，我可不想再看到第二次！"

我拿出钥匙打开抽屉，找到那张还散发着清香的淡紫色卡片，上面写着：尧尧，我的宝贝，多日不见甚是想念。

我翻来翻去，还是没有找到署名。这人谁啊？怎么会给关真尧送这么多花？

我呆坐在办公桌前良久，久到林杰奥忍不住问："余姐，今天有我的安排吗？"

我这才回神看他，只见林杰奥一双漂亮的大眼睛里闪着期盼，这种目光我实在招架不住，说："有，你等等跟我出去一趟，我去看看现在有什么资源适合你。"

其实我脑子里想的是，能这么叫关真尧的人肯定是那个陈建树，这么一想我浑身汗毛都竖了起来。我犹豫了好一会儿，还是打算先瞒着关真尧，不想让她知道。

带着林杰奥走到这一层的电梯口时，正好看见清洁工拖着一大袋的花走过去，边走边议论："这么好的花，说丢就丢了。"

另一个说："是啊，有钱人真是搞不懂。"

那袋子里漏出来不少新鲜的花朵，看上去都是粉色的玫瑰。居然是粉色的玫瑰，陈建树是想表达关真尧是他的初恋吗？

我一阵恶心，这样的花花公子要多白日做梦才能在遇到关真尧时说是自己的初恋？

带着林杰奥我拿到了一系列他目前适合的剧本，老实说这里面根本不会存在大制作，星源的资源是很多，但是星源的艺人也不少，想要从这里面出头，就得有一技之长。

我翻看了起来，发现都是一些网剧或者小制作的戏，甚至还有一部民国爱情电视剧，我看了看林杰奥出众的外表，问他："你近代史学得怎么样？"

林杰奥呆了呆："还、还行吧。"

我把这个剧本挑出来递给他："你自己看看觉得怎么样，这里面你只能当个男三的角色。"

是了，男三号，起码比演没两集戏份的配角强，还能露个脸有不少台词，虽然到剧集差不多一半的时候就得下场了。

劫后余笙。

林杰奥看都不看，说："就这个吧，余姐定就好了，我没什么意见。"

我好笑地看着他："你就这么信任我呀？不错不错。"

林杰奥不好意思地挠挠后脑勺："我对挑剧本没什么经验，再说了我刚刚才起步，拍什么都是累积经验，我不挑的。"

话是这么说，新人总有一段青黄不接的混沌时期，这时候的艺人往往不清楚自己的定位和以后的方向，有的艺人团队自己摸索了一段时间后会渐渐领悟，而有的艺人就没这么幸运了。通常会在红了之后，被团队压榨剩余价值，胡乱接戏。这样的后果，就是提前消费观众的耐心，对艺人长久发展来说，弊大于利。

不过，我也不打算跟林杰奥明说，我点点头："那就这个吧，先试试你的水平在哪里，能不能扛得起这个男三号。"

林杰奥立马开心起来："谢谢余姐。"他这会儿屁股后面要是有一条长尾巴，肯定摇得只能看见影子。

正和林杰奥说着，突然小悦的电话打了进来，她现在应该陪关真尧在广告片场才对啊，没大事不会给我打电话的。

我接起来一听，小悦在那头火急火燎地说："余姐，你快过来看看吧！我真是不知道该怎么说了，那个姓陈的把花送到片场，搞得我们这边一团乱，烦都烦死了！"

我心里一惊："陈建树人现在在你们那？"

小悦急得跳脚："是啊！"

"我马上来。"我挂断电话拎起皮包就快步离开。

林杰奥跟在我身后问："出什么事了呀？余姐，我跟着你去吧！"

我沉思片刻："好，一起去。"我是看林杰奥是个大男人，带着去有底气，不然单独对着陈建树这个狗皮膏药，我真不知道我能做出什么事来。

要说咱们这拨人里除了我和关真尧，谁最讨厌陈建树，那肯定是小悦无疑了。

在我离开的那几年里，小悦一直陪伴着关真尧成长，可以说关真尧今天的成功有小悦功不可没的付出。所以上一次网络绯闻事件，小悦气得不行，就像是自己一直呵护看着成长的果树，眼看着果实圆润红透，越结越多了，这会儿给你飞来一群害虫。

如果这次陈建树的举动再对关真尧有什么影响，相信我，小悦绝对会头一个掐死姓陈的。

我赶到片场的大门外，只见门内堆满了鲜花，而小悦一个人插着腰挡在门口，颇有"一夫当关，万夫莫开"的气势。

第十九章 <<< 忙碌的人生总是特别有意义

她对面的台阶下,是手捧着一大束蓝色妖姬的陈建树,他今天穿着深蓝色格子西装,看起来倒是人模狗样的。

我快步走过去,听到小悦的质问:"你到底想干吗?你是不是有毛病啊?"

我心道,小悦到底是关心则乱,再有事情也不可以在大门口这样交锋。要知道,这年头狗仔们可是无处不在的啊。

我挡在小悦前面,笑眯眯地对陈建树说:"陈总,好久不见了。"

陈建树立马堆起笑容:"是好久不见了,余小姐,啊不,是唐太太。"

第二十章　余生是你

我无视陈建树的称呼，依旧笑着说："陈总，外面这么冷，还是进去说吧。"

我带着陈建树走过大门，绕到里面的一个空置的休息室，顺便让小悦把门外的花都给处理好，这下休息室里就只剩下我、陈建树和林杰奥了。

充当保镖的林杰奥显然没有这层觉悟，站着没到一分钟就被小悦支走了，说是花太多需要个帮手。我倒搞不清，小悦是讨厌林杰奥围着我打转呢，还是讨厌林杰奥当我保镖，总之一句话，进了休息室正式面谈的只有我和陈建树。

我不露痕迹地上下打量了陈建树一番，心里对他今天这身衣着只有两个字的评价：油腻！

是的，油腻，一个大叔年纪的男人颜值不过尔尔，却总是想要扮嫩，搞出一副奶油小生的样子。

我真的很想提醒他一句：陈大哥，你这套风格现在过时了啊！

可话到嘴边，我却说："陈先生为什么今天会在这里？有什么特别的事吗？"

陈建树也不以为意，说："我来接尧尧收工回家，怎么？难道经纪人连谈恋爱这样的私事也要过问吗？"

还真不巧了，如果是其他行业、助理、顾问肯定不会管你跟谁谈恋爱，可关真尧是在娱乐圈，有时候谈不谈恋爱、跟谁谈恋爱、要不要公布恋情，经纪人还真的必须得管。

我说："据我所知，你们还没有正式交往吧？陈先生不用这样展开天罗地网式的攻击吧？"

我又假装好意地劝："追女孩子要有点耐心。"

这个陈建树，明知道关真尧今天在这里拍广告不在公司，却还是把花也送去了星源。他的意图很明显，就是想向周围的人宣告：他和关真尧已经在一起了。

我突然有个大胆的猜测，上次周一见的绯闻说不定也是他背后授意的。如果上次关真尧没能澄清，那现在她身上就已经打上"陈建树的女朋友"这样的标签了。

怎么看，这件事的受益者都是陈建树。

陈建树也不赞成也不反驳，只是问了我一个很好笑的问题："唐太太，你是结过婚的人了，应该明白爱情有时候让人不受控制，你为什么要这样呢？我只是想见尧尧一面。"

我直接点破："陈先生，我们还是不要打太极了。你找到这里来无非就是我们小关不理你了，你没办法私下跟她联系，才想到这样的办法吧？感情是需要两情相悦的。"

陈建树反驳我："你怎么知道以后我们不会两情相悦呢？只要给我一个机会，我不会让她离开我的。"

见陈建树如此冥顽不灵，我问了个更尖锐的问题："那你那个女朋友呢？你处理好了吗？"

陈建树眼神躲闪了几秒，说："这个自然。"

我浅笑："真的吗？如果真的是这样，那么那位张羽昕小姐呢？也是跟你没有关系的，对吗？"

我继续说："上回在K市，你和张小姐之间的互动就很多很暧昧，我后来回到公司也查了一下。你们在K市的时候，也有小道消息流出，说是你找到了新欢。但是因为张小姐的名气远远不及我们小关，这条消息才没有被放大。"

陈建树眯了眯眼睛："唐太太，调查别人的隐私好像不太好吧。"

我莞尔："你带着张小姐出入各种社交场合，对外都是以情侣的身份出现，这也算隐私吗？还有，我现在在工作，你得叫我余小姐或者余经纪人。"

陈建树失笑："好，那我今天可以把花送给尧尧吗？"

我说："这个嘛，我得先去问一下她的意思。"

陈建树又建议："不如你让她过来，我和她单独谈一下。"

我拒绝："这个恐怕不行。"我才不会傻到把自己的艺人跟一个摸不清底细，看不透心意的男人放在一个房间里。

我直接给关真尧发了信息询问，过了一会儿她回：不见，我忙着呢！

我抱歉地对陈建树说："她今天很忙，恐怕没时间见你也不想收你的花了。"

陈建树点点头："那我把这个留在这，你们谁喜欢谁拿走吧。"说着，他把那一大捧蓝色妖姬放在了桌子上，径直离开了。

关真尧收工的时候，我拉着她又问了关于陈建树的事，她一脸不耐烦："老是提他干什么？想想上次的事就觉得恶心。本来对他还有点好感的，结劫后余笙。

果他自己有女朋友。有女朋友还来招惹我做什么?"

关真尧坐在车里,对着镜子就开始卸眼妆。这是她的习惯,收工后等不及回到家,立马就要卸掉眼妆,据说长时间带妆会给眼部皮肤造成巨大的负担。

关真尧说:"我已经很辛苦了,我可不想年纪轻轻的就出现皱纹。"

完了她又说了句戳心的话:"余姐你也是,好好注意保养。"

这是觉得我年纪大了吗?我心里顿时涌起年华不再的悲哀感。

有时候人的执念是非常强大的东西,比如陈建树。他自从那一天开始送花之后,就天天送过来,只不过架势没有第一天那么恐怖了,每天一大捧的玫瑰送到关真尧的片场,我严重怀疑关真尧身边出了内鬼,不然陈建树是怎么知道关真尧的行程的?

陈建树送花后一星期,我忙完了手头上的事之后,直接将关真尧身边的两个生活助理给撤了。有证据显示就是她们其中一个给陈建树透露了关真尧的行程,而且另外一个似乎后来也被拉下了水。

终于在这一天,关真尧忍无可忍,拿着那捧花直接还给了陈建树,说:"陈先生,谢谢您的厚爱,只是我们并不适合,还请您以后不要再给我送花了,这给我的工作造成了非常大的困扰。"

那确实是困扰,一到片场陈建树的花就如影随形地到来,一些不了解内情的人都在纷纷猜测这是关真尧的地下男友。关真尧不生气才怪。

陈建树的脸皮那是比我的还厚的,他说:"尧尧,不试试怎么知道呢?我明白,我以前是做了很多荒唐的事,但是你对我来说不一样。给我一个机会,好吗?"

陈建树如此声情并茂地说着,我都忍不住要赞赏他这个语气和神态了。

关真尧终于使出了杀手锏:"对不起陈先生,我妈说了,无论找男朋友还是找老公,最好不要大我太多,大五岁已经是我承受的极限了。"

我在旁边听到忍不住偷笑,这关真尧果真厉害。陈建树的年纪比她大差不多十岁,如果陈建树没有那些花边新闻的话,这两人也许还真的是很配。

这一句话的攻击绝对是沉重的,无论男女都是很忌讳很在意别人说年龄的,尤其是青春不再的尴尬时期。

这天起,陈建树的花就跟他的人一起消失了,我眼前清静了很多,心情也跟着顺畅起来。

天气越来越冷了,时光匆匆,一眨眼又快到圣诞节了。越到年底越忙,林杰奥接的那部民国爱情剧也开拍了,不过好在他的角色是男三号,戏份不算多,年前应该可以拍完,不用在剧组过年了。

第二十章 <<< 余生是你

我正筹划着圣诞节或者平安夜订一个不错的饭店，然后带上我们家唐大爷和两个鱼去大吃大喝一顿。

年底了，唐氏也忙得不像话，唐诀已经有连续两周的时间超过半夜十二点才睡觉。正好趁这个机会，给他补补。

我在浏览着S市口碑不错、具有特色的饭店的时候，洪辰雪打电话给我了，我接起来问："怎么想起来给我打电话了？"

这段时间洪辰雪忙着店里和谈恋爱，时间根本不够用，我们家也只有两个鱼能受到她时不时的"赏赐"。

我本以为圣诞节和平安夜这两天，洪辰雪和张沛之肯定会到处约会的，就没想过喊她出来，影响别人约会多不好。

没想到，洪辰雪自己给我打电话了，我怎能不意外？

电话那头洪辰雪喜滋滋地说："哎呀，这不是问你平安夜那天有约会吗？没有的话，邀请你们一家子来参加张家的晚宴。"

我一听打趣道："不错嘛，都代表张家发出邀请了，好事将近啊。说吧，准备什么时候办事？"

洪辰雪害羞道："平安夜去张家，也是他的意思。说是要正式跟他的家人介绍我，办事的话……没那么快啦！"

没想到张沛之的速度还挺快的，这就准备带着洪辰雪见家长了。见家长好啊，说明小张同志是真的想跟洪辰雪在一起，奔着结婚去的。

听洪辰雪这么说，我心里也安定不少："那我肯定去啊！我要去见证这个独一无二的时刻，你那天要穿得漂亮点，知道吗？"

洪辰雪答得欢快："那一定。"

原本计划我们一家四口都出席张家的晚宴，结果在平安夜当天，唐诀因为要赶一个标书的策划去不了了，他索性申请在家里带孩子。

我想想，随后释然："那你就在家吧，我们明天再一起出去吃饭看电影。"

唐诀连忙感激："感谢老婆大人体谅。"

出席这样的场合，我还是喜欢穿正式的裤装，给自己搭配了一套简约风格的礼服就出门了，手上还拿着送给洪辰雪的礼物。

开着车按照洪辰雪给我的地址开到张家，一下车我忍不住惊讶，我本以为是个比较私人的宴会，没想到眼前张灯结彩，搞得还挺像模像样的。

看起来张家今天邀请了不少亲朋好友，纵然是在寒冷的平安夜，这些出席宴会的女客们也是打扮得风姿娇娆、争奇斗艳。

我进去后，很快找到了洪辰雪，她穿着一身黑色的礼服，看上去无功无

471

劫后余笙・

过的打扮。只是她双颊绯红,眼里透着万分神采,整个人都在发光,这样子真是美得叫人挪不开眼。

洪辰雪拉着我的手:"你可来了,怎么办?我好紧张啊!"

见洪辰雪又是兴奋又是担忧的样子,我宽慰她:"紧张什么呀?丑媳妇总归是要见公婆的,迟早要过这一关。你看你今天这么漂亮,还怕什么呢?"

洪辰雪的眸子闪动着异样的光彩,她红着脸低头:"也是。"

我问:"张沛之呢?怎么没跟你在一起?"环顾四周,我没有看见张沛之的人影。

洪辰雪说:"他呀,刚和我进来之后就被他爸妈叫走了。"

我心里咯噔一下:"他还没正式介绍你给他父母吗?"

洪辰雪用手轻轻拍了拍脸:"是啊,好像是有什么事要商量的样子。"

我藏好心底的不安,伸手替洪辰雪理好发尾:"嗯,别担心啦!平安夜快乐。"说着,我把手里的礼物递给她。

洪辰雪娇嗔地看了我一眼:"居然还带礼物来,这么客气。"话虽这么说,她还是把礼物接了过去。

我们俩站在一隅说着悄悄话,不远处张沛之大步流星地走过来,拉过洪辰雪的手说:"我们走。"

我大吃一惊,完全没预料到张沛之会这样出现:"怎么了?"

洪辰雪也是一头雾水:"干吗呀?不是要参加晚宴吗?"

张沛之脸色很差,双唇紧抿着,都来不及跟我打个招呼,只是草草地点了个头,说:"这样的晚宴不参加也罢,我们走吧。"

我以为洪辰雪会这么被带走,谁知道这姑娘反手拉住张沛之,说:"你得告诉我出了什么事,我不会就这样不明不白地走!"

洪辰雪眼珠一转,问:"是你爸妈不同意我们俩?还是别的什么事?"

张沛之一脸尴尬,最后终于说:"他们办这个晚宴,是要给我正式介绍未婚妻,我事先完全不知道,我以为只是个平安夜的普通家宴而已。所以,刚才进门的时候我爸妈也吓了一跳,他们不知道我已经有你了。"

我在一旁听呆了,这是什么情况?父母和儿子一起准备了惊喜给对方,结果却发现是个大乌龙!

我问:"那……那个什么未婚妻今天也来了?"

张沛之点点头:"她家以前就是我们家的世交,后来因为生意拓展离开了这里,去年才刚刚回来的。"

张沛之看着洪辰雪说:"我们先离开,这事以后再说吧。"

洪辰雪却一反常态地拒绝:"不,我们不能离开,既然你不知情我们就该把事情说清楚。不要这样逃避，这样拖着，对人家女孩也不公平，难道不是吗？"

我有些惊讶，没想到之前还有些逃避的洪辰雪在这短短的时间里，已经成长了不少。

她说："那个女孩在哪？我们一起去跟她说吧，或者我们一起去跟你父母说。在没有宣布之前，一切都还来得及。"

洪辰雪说得对，只要没有对外宣布，这个乌龙事件还是可以在内部自行消化的。这样既能顾全大家的颜面，也可以让张沛之和洪辰雪这对恋人的关系公布于众。

张沛之没想到洪辰雪会这样勇敢，他说："那女孩在跟我堂妹说话，就在那边。"

张沛之的堂妹是张羽昕，我远远地看过去，果然在对面看见了一个长得十分温婉的女人。她和张羽昕相谈甚欢，看起来是早就认识的。

张沛之又说："她叫谭慈。"

名字听起来也颇有古典风，看上去十分大气古典，是个大家闺秀的样子。

洪辰雪牵着张沛之的手："走啊，我们一起去。这种事咱们退让，那就得受制于人了。"

我相信，这是洪辰雪从我身上得到的教训。

我当初面对李小西的时候，就是这样一直退让，这才生出了后面一系列的麻烦事。如果我那时候有洪辰雪现在的勇气，也许我和唐诀之间也不会有这么多蜿蜒崎岖。

不过这是想当然了，我无法改变已经发生的过去，但是我可以见证我最好的朋友的现在！

看着洪辰雪和张沛之离去的背影，我忍不住远远地跟在他们后面，生怕洪辰雪吃亏，我怎么也得护着她的。

只见洪辰雪和张沛之走到谭慈面前，洪辰雪大大方方地笑道："谭小姐，你好，初次见面，我是洪辰雪。"

随后，她跟张沛之交换了一个眼神，说："我是张沛之的女朋友。"

原本谭慈还有些意外，当听到最后一句时已经满脸惊愕了，看来这位千金小姐也是知道今天晚上会公开她和张沛之订婚的消息。

谭慈惊愕后就变得委屈起来，旁边的张羽昕一见情况不对，赶紧说："你是从哪里冒出来的？在这里胡说八道什么？"

虽然我也明白洪辰雪这样做有些不地道，但是作为朋友我站洪辰雪这

劫后余笙.

边,这事要是妇人之仁,将会带来更多的后患。

如果今天洪辰雪藏着掖着,或者直接一走了之,也许明天她和张沛之就能被分手,就不要谈什么以后了,都是空想。

张沛之将洪辰雪拉到自己身后,横了张羽昕一眼,说:"注意你的语气,这是你未来堂嫂。"

被张沛之这样开诚布公,张羽昕的脸上也挂不住了,急着压低了声音喊:"哥,你是不是傻啊?这是谭小姐,我伯父没跟你说吗?"

看起来整个张家都知道了,只是瞒着张沛之一个人。

显然今天的晚宴也是有预谋的,说不定张家早就知道张沛之有洪辰雪这个女朋友,这样一想,我很庆幸洪辰雪的勇敢。

张沛之装作一无所知的样子,说:"说什么?我本来今天就是要给大家介绍我女朋友的。这是我女朋友,也是我未来的妻子洪辰雪。"

谭慈一张俏脸白得吓人,眼神都变得屈辱和羞愤起来,她站起身说:"不好意思张先生,我有急事要先离开了。"

谭慈也不看其他人的表情,就这么径直走出了张家大门,门外一个中年贵妇追了过来,谭慈拉着她就往外走,直到消失在茫茫夜色中。

没想到这个大小姐倒是真有几分千金的傲气,纵然家族联姻她一开始不会拒绝,但这样被羞辱再坐着等宣布婚讯也太没骨气了。

看到这里,我对这个谭慈的印象居然还不错。

洪辰雪有些蒙了:"我是不是做错什么了?"

张沛之握紧她的手:"并没有,相反你做得很棒。"

张羽昕怒了:"哥!你知不知道你在做什么?我要告诉伯父去,你太过分了!"

诚然,在他们的眼里张沛之和洪辰雪今天的举动又无礼又过分,但我却在心里大大赞许了他俩。能这样一起勇敢地面对一切,洪辰雪可比当初的我要厉害多了。

原本安排在张家晚宴里的隐形订婚仪式就这样宣告破产,我在宴会里大快朵颐,这边还没吃完,那边洪辰雪和张沛之就被叫走了,看来今天晚上他们俩的事就会有个结果。

吃饱喝足后,我看他俩一时半会儿回不来,索性也就打道回府了。

第二天就是圣诞节,正好是星期六,街上早就一片喜气洋洋的过节气氛。

在S市,圣诞气氛是最为浓郁的,其实多半都是商家炒出来的,不过顾客也挺买单。每到圣诞节的时候,餐厅都人满为患,好在我提前预订了位置,这才能跟全家人一起坐下来好好吃顿饭。

我和唐诀八卦了昨天看到的一切,唐诀取笑我:"你看看人家,再看看你自己!胆小鬼。"

我脸皮厚,我无动于衷:"吃你的菜!"

圣诞节这样过好像挺无趣,但我却觉得十分满足,能在节日里和家人、爱人在一起,就已经是最大的幸福了。

圣诞节过完,紧接着就迎来了元旦,我们要在元旦前一天开始发请柬,这也是之前说好的时间。提前一个多月左右送出,这是唐诀专门请人算好的日期。

为了结婚,唐诀这个新时代的无神论者也会变得这么迷信。

我拿着我这边的请柬四处分发,光是早上在公司我就发出去了一大堆,送给韩叙的时候,韩叙心不在焉地恭喜了一句:"新婚快乐啊。"

我正在兴头上,也懒得顾及他的态度了,依旧很欢乐地说了句:"谢谢。"

我正要跨出韩叙办公室的大门,只听他在背后叫住我:"那个,余笙,你的请柬有送给白安然的吗?"

我下意识地回答:"有啊,我正准备去盛世呢。"

韩叙犹豫再三,问:"你要是见到了白安然,麻烦给我说一下。"

我莫名其妙:"说什么?"难道就说我见到了白安然?

我注意到韩叙的耳尖都红了,他支支吾吾地说:"嗯,就问问她最近怎么样。还有,别说是我叫你问的。"

奇怪,怪人!我在心里念叨了一句,嘴上还是满口答应:"好呀,没问题。"

我保持着雀跃的心情来到盛世,却没有找到我要找的白安然,四下一问,原来她今天入剧组了,就是上次那个做女配的戏开拍两天了,看来是打算在春节之前拍完白安然的戏份。

找不到人,我还特地给韩叙打了个电话说明。谁料,韩叙在电话里没好气地问我:"她去拍戏,你就不会送到剧组啊?"

我想想也是,万一白安然春节前都在剧组待着,我还是得去一趟。趁着现在有时间,早点办完早点了事。

于是我一个电话打给白安然,问了她现在在的地方,好在她这次拍戏的取景地就在离S市还算不远的影视基地城,开车过去两个半小时。

说干就干,我立马开着车奔赴影视基地城,大概是心情好的缘故,这一路特别顺畅,两个小时多一点我就抵达了白安然所在的剧组。

劫后余笙。

这会儿才刚刚吃午饭的时间,我给白安然打了电话,让她出来拿。

白安然在电话那头笑了:"你这么远给我送请柬,我不请你吃饭说不过去吧。"

我也不推辞,笑嘻嘻地说:"好呀,我们就简单吃一点,吃完我还得赶回去。"

就这样,我和白安然在影视城外围的一家小吃店坐下来吃砂锅。冬天吃一顿这样热气腾腾的午饭,真是又保暖又满足。

我吃了两口,问:"对了,你最近怎么样呀?"

白安然看起来气色不错,眼神也平和了许多,褪去青涩的外衣,这个女人越发透着美和知性。

她说:"挺好的呀,有喜欢的戏就拍,没有就在公司里做幕后。张沛之是我老朋友了,每个月发点工资给我还是可以的。再说,之前我攒下的钱也买了不少房产,起码吃喝不愁。"

白安然说着,脸上是一派悠闲,我知道她是真心话。

我又试探性地问:"那你不打算结婚了?"

白安然笑了:"恋爱嘛,还是要谈的。只是结婚……"她的语调沉了下去,过了一会儿才明亮起来,"随缘吧,我不强求。"

我点点头,决定还是出卖韩叙一次,说:"其实,是韩叙让我问你的,他好像很在意你最近好不好。"

白安然有些惊讶:"他为什么不自己来问?"

我摇头:"我也不知道啊,他知道我要给你送请柬,就让我顺便问了。我也觉得他怪怪的。"

白安然歪着头思索了一会儿,然后嫣然一笑:"我知道为什么了……"

人的气质和性格最本质的一面,还是天生就有的。后期的磨炼和成长,只能在此基础上发芽开花,当我们遇到真正需要直面内心的时候,这些本质的东西就会显现出来。

爱情里有一种通病,叫不坦率。

为什么会不坦率?原因很多。

有的人是因为天生性格细腻软糯,有的人则是由于前车之鉴。比如我自己,就是在之前失败的婚姻里得到的教训,所以当唐云山第一次为难我,让我知难而退的时候,我就不战而逃了。

至于韩叙,我觉得他是天生不善表达。

可能是因为私生子这个尴尬又敏感的身份,让他很多时候都不会讲真心话。

第二十章 <<< 余生是你

作为一个曾经一无所有的私生子,韩叙多么怕失去现在拥有的一切,这些我都能理解。

他和白安然在一起那么久,居然连一丝风声都没有透露出来,可见韩叙这个人心思缜密又目光长远。在我看来,他心里是爱过或者现在还在爱着白安然的,但是他要顾虑的太多,往往是放下了又忍不住去想,释然了又忍不住去遗憾。

白安然说:"我交了个新男朋友。"

我吃惊,随后恭喜:"太好了,祝贺你。"能一直享受恋爱的女人是幸福的,整个人都会散发出不一样的光彩。

白安然理了理额前的刘海,说:"是我们公司的策划总监,我也是开始转幕后的时候才认识他的。他是张沛之的得力助手,跟着张沛之一起过来S市。是个很不错的人呢!"

见白安然微微低头,露出羞涩的神情,我不禁在心情骂韩叙:你不是喜欢人家吗?你不是放不下人家吗?为什么不主动点?像白安然这样的大美女怎么可能缺人追呢?人家为了你单身了这么多年,耗费了青春,现在人家谈恋爱了,一会儿看你怎么哭,真是拎不清!

不过白安然和我也是朋友,见她幸福我也由衷地祝福:"对你好才是最重要的。"

白安然点点头:"所以我刚才说了,恋爱嘛总是要谈的,至于结婚我不抱太大的希望。"

我明白,白安然之前那么喜欢韩叙,为了跟他在一起努力地提升自己,韩叙不愿意公开两人的关系,她也一直隐藏着不说,甚至在交往过程中,白安然的绯闻次数都十分稀少。

这是白安然那么用心地爱过的证明,却得到这样的结局。

想爱而不敢爱,大概就是她现在的心态吧。

我踌躇了一会儿,问:"那你现在对韩叙是怎么想的呢?"

白安然长长的睫毛挑动了一下:"见面还是朋友,他帮过我,也曾给我的事业不少点拨。至于成不了爱人这件事,只能说是我不够好,配不上他吧。"

白安然心里还是有韩叙的,她都没有正面否定,这样软绵深厚的感情夹杂了太多的时光洗礼,想要就这样从生命里彻底拔除,谈何容易。

与白安然吃完了午饭,我就开着车回到了S市。

刚刚在公司楼下停稳车,韩叙就迫不及待打我的电话,问:"请柬送到了吗?你回来了没有?"

心里有些抱怨，我语气也就一般："回来了，马上到。"

真是有意思，自己喜欢自己不争取，像个不懂事的孩子似的，这就是韩叙爱一个人的方式？

我走进韩叙办公室，问："你想知道什么呢？"

韩叙犹豫了半天，思考了好一会儿，问出口的还是那句："她最近好吗？"

我在心底翻了个白眼："她挺好的，看着比之前的状态要好得多。"

韩叙"噢"了一声，说："是吗？那就好那就好。"

我立马杀了他一个回马枪，说："大概是因为她恋爱了，你知道的，恋爱里的女人总是格外的幸福。"

听到我的话，韩叙的眼神都直了："你说她恋爱了？"

我耸了耸肩摊手："她又不是未成年。"一个单身多年的漂亮女人谈个恋爱有什么好稀奇的。

韩叙忍不住从座位上站了起来，连珠炮似的发问："你知道对方是谁吗？对她好吗？她喜欢他吗？"

我打断韩叙的问题："你要想知道这些，那就自己去问白安然。不过我只想说一句，你既然这么放不下，当初为什么要选择离开？"

该抓紧的时候不抓紧，现在觉得人家珍贵了？藏在心底多年抹不去？早干吗去了？以为人家会一直等你吗？

韩叙像是泄气的皮球一样坐在了椅子上，喃喃自语道："我早该想到的……她有新的男朋友了。"

我瘪了瘪嘴，实在不想去安慰韩叙，在我的立场来看，虽然韩叙是我的上司，但这事他做得极不地道又缺乏勇气，黏黏糊糊的拎不清。

所以我说了句："我还有事先走了。"就直接离开了星源。

今天一天什么也没做，就在发请柬了，好在手头就还剩一张属于洪辰雪的请柬没有送出。至于我以前的同学，还在S市的自然发了请柬，没有在S市的我也另行通知了。

拿着手上最后一张请柬，我一边坐上车，一边给洪辰雪发了条语音消息："小雪啊，你在店里不？我过来找你呀。"

过了好一会儿，洪辰雪才回我："你等等来吧，我这里有点事。"

洪辰雪那边听起来乱糟糟的，听她声音也不是情绪很高的样子。反正我们家唐大爷说了，今天得把请柬送出去，符合黄道吉日的办事流程。我想着洪辰雪也许是因为店里很忙，我可以去给她当个帮手。

一路开到咖啡店，我从外面看了一眼，店里的客人不算多，洪辰雪没有

478

忙到不能见我的程度啊。"

停好车，我直接走了进去，找到店员问："你们老板呢？"

店员是认识我的，连忙堆起笑容："余小姐，我们老板在跟人谈事呢，就在里面的休息间。"

谈事？我狐疑地向休息间走去。

我轻轻推开休息间的门，只听里面一个中气十足的女人在说："洪小姐，我希望你能明白，我今天不是来跟你商量的。你的生意做得是不错，但小本经营怎么可能比得上张家？你还是有点自知之明吧。"

这话我可不爱听了，我走进去只能看见那女人的背影，她的头发被盘成老式的发髻，看上去虽然精致但显然上了年纪。

我大步走到洪辰雪身边，说："不知道太太您是哪位啊？"

眼前的中年妇人看上去保养得很好，只是一双眼睛透着打量人的不屑，让我觉得十分厌恶。

我评价：又是个豪门贵太太！

洪辰雪见到我惊讶极了："你怎么来了？"

那贵太太眼睛微微眯起，笑道："你又是谁？"

洪辰雪赶紧打圆场介绍："这是谭太太，这是我朋友。"

谭太太，那就是那位名叫谭慈的小姐的老妈。我皮笑肉不笑地点点头："你好夫人，我是余笙。"

谭太太很不屑："我在跟你朋友谈事情，你这样没礼貌地冲进来，真是给你朋友丢人。"

我不怒反笑："谭太太此话差矣，我再怎么没礼貌，也不会叫人有自知之明的。谭太太这么懂礼貌，应该明白刚才我们俩谁更无礼吧？"

敢欺负我们小雪，没门！多年跟唐诀斗嘴累积下来的经验可谓丰厚至极，单论嘴皮子功夫，这谭太太还不是我的对手。

谭太太果然表情一凛："小姑娘，你结婚了吗？我们谈的事情你听得懂吗？少在这里大放厥词！"

我笑笑："我当然结婚了，我老公是唐诀。"

是了，老公就是这个时候拿出来显摆的，就算你谭家多厉害，也比不过唐家这个盘踞S市多年的地头蛇啊。

谁知谭太太轻视地笑了："我当是谁呢，原来唐家二少的老婆。你们两口子逼得人家李小姐嫁给自己不爱的人，又逼得人家要自杀，果然厉害啊。"

她不提李小西还好，提了李小西我就一肚子火气，我说："我和我先生结婚已经几年了，孩子都上幼儿园了。你说李小姐，她充其量就是个爱慕我劫后余笙。

老公的女人。怎么？您也是夺人所爱的小三吗，所以这么替李家小姐抱不平？她自己追求不得，也是我们两口子逼的？真是搞笑。"

谭太太被我这一番抢白噎得话都说不出来，索性站起身，气呼呼地对洪辰雪说："我改日再来，刚才的话希望你好好考虑。"

洪辰雪拉住我，我才忍住没有冲谭太太的背影再来一次重击。

等到谭太太离开，洪辰雪才说："你干吗这么冲动啊？她也就是来找我谈判的而已。有钱人家的贵妇都这样，一副趾高气扬的态度，看多了就习惯了。理她干吗？"

我愤愤不平："我还不是看不得你被欺负？"

洪辰雪笑着捏了捏我的脸："我没有被欺负啦。"

洪辰雪后来告诉我，谭太太来只是为了让她离开张沛之，列举了一大堆他俩如何如何不配，还是谭慈最适合做张家儿媳之类的例子。从苦口婆心说到最后，终于忍不住说话刺人了，追究其原因，是洪辰雪太过淡定。

谭太太说："张家水很深的，你一个没有根基的小姑娘怎么站得住脚？"

洪辰雪说："是啊是啊。"

谭太太说："张沛之那么优秀的孩子，还是应该要得到妻子家里的助力，才能走得更好。"

洪辰雪打太极："你说得很对。"

谭太太说："那你们尽快分手吧，我这边也好去跟张家谈。当然了，事后我不会亏待你的。"

洪辰雪茫然："谁要分手？"

如此几番下来，谭太太再好的脾气也忍不住了，尤其是后来还被我抢白。

我忍不住笑了，从包里拿出请柬递给她："喏，我和唐诀的婚期订好了，你得记得给我包个大红包。"

洪辰雪开心地接过："那肯定的啦，不用你说。"

我端起咖啡喝了一口："你带着你们家张沛之一起来，两口子出席多好。"

洪辰雪先是微笑，然后轻叹："我不知道我是不是做错了，那位谭慈小姐并没有什么不好，她也是听从家里的安排。"

我放了一颗方糖进去，用小勺轻轻搅拌："你啊，想那么多干吗？她无辜，你就不无辜了？本来就是自由恋爱，他们不问张沛之的意见横插一脚，能怪谁？她要怪，就怪自己爸妈事先没调查清楚吧。"

放下勺子，我又小酌一口，赞扬道："真香。"

这时候的我还以为谭慈只是出现在洪辰雪生活里的小烦恼，元旦一过后，我就不这么想了。

那一天，唐诀出门很早，我负责送两个鱼去幼儿园。木就是快过年了，幼儿园的课程也慵懒了不少，很多孩子都躲懒请假。我和唐诀计划着，等下周上完，也给两个鱼提前请假回家。

我把两个鱼顺利送到班级，还没开车去公司，唐诀打电话给我说是忘了一个文件在家里，我立马表示我回去拿了送到唐氏。

唐诀笑道："辛苦老婆了，路上开车慢点。"

过了元旦，气温一天比一天低，我哈着白气拿着文件跑进唐氏集团的大楼里，这才缓过了神。真是佩服那些艺人，这么冷的天还穿着短裙热裤，我是半点都受不了。

唐诀的请柬已经发到公司了，所以坐电梯上去的时候，不少之前认识我的人都在预祝我结婚快乐。收了一拨祝福，我满心欢喜地来到唐诀的办公室。

一开门，里面的一幕让我顿时酸得不行。

唐诀一手拿着文件，一手握着钢笔，低头在跟人商量着什么。而他身边一个女子抱着文件夹弯下腰，长长的头发几乎和唐诀的身体碰到了一起。

我故意放重了脚步走进去，唐诀和那个女子听到声音同时抬头。看到我唐诀眼睛一亮，而那个女子却目光黯淡下来。

我把文件丢在唐诀办公桌上，说："喏，你的东西，我送到了啊。"

然后看了一眼站在旁边的女子，我这才在心里惊愕，这不是那天在张家见过的谭慈吗？她怎么会在这里？

唐诀从办公桌前离开，绕到我面前握着我的双手："冷不冷？我给你暖和一下。"

我瞪了他一眼，试图把手抽离，说："有人在呢，注意点。"

唐诀这才扭头对谭慈说："你把材料放下吧，我让人弄好会送过去。"

谭慈浅笑，露出两个可爱清甜的梨涡："那好吧。唐总，我就不打扰了。"

谭慈走到门口，突然转身又问："唐总，这位是您太太吗？"

唐诀还在给我焐手，抬起头说："是啊，我们下个月就会办婚礼了，到时候你有空的话，可以来吃喜酒。"

谭慈浅笑："是这样啊，那恭喜了。"

不知道为什么，我总觉得这个谭慈怪怪的。

等办公室的门关上，我突然伸手掐住唐诀的脸颊："以后不准跟女人单独在办公室里。"

唐诀被我掐着脸,怪模怪样地笑:"哎呀,我老婆吃醋了啊。"

我不依不饶:"快说!以后还跟不跟女人单独在办公室里了?"

唐诀大手扣住我的后腰:"不敢了不敢了,以后绝对不敢了。"

得到唐诀的保证,我才稍稍平息了胸口的醋意,两手刚松开,唐诀这厮就以迅雷不及掩耳之势抬起我的下巴就吻了上来!

好一番纠缠,直到我和他都脸色绯红、微微气喘才分开,我看着唐诀眼底的情欲,心跳早就不受控制地加速。

出了唐诀的办公室,我脑袋还晕晕的,满脑子都是刚才唐诀给我的那个火热缠绵的吻。顺着记忆中的路走到电梯口,按下一楼时,身后有个女人说:"看起来,唐总对你很好呢。"

我正沉浸在自己的世界里,冷不丁被这个声音打断,吓了一跳。回头一看,眼前眉目弯弯,笑得甜美温婉的女人,不是谭慈又是谁。

她不是离开了吗?她是谭家的大小姐,没道理来唐氏上班吧?

我礼貌地笑笑:"还好。"

我可不喜欢跟别人讨论我和唐诀之间的事,在我看来这些事都是值得被珍藏在心底的小秘密,供闲暇回忆的时候拿出来一一细品。

谭慈抱着文件夹,她穿着一身剪裁得体的职业套装裙,藕色的设计很衬她的肤色。她的头发没有染过,也没有烫卷,而是轻盈地落在肩头,标准的黑长直外加白富美。

大概是察觉到我的目光,谭慈和我一起踏进电梯的时候,问:"我很好看吗?为什么一直盯着我?"

被她点破,我也不尴尬,笑笑说:"抱歉了,这是我的职业病,看到漂亮的人总喜欢多看几眼。"

谭慈问:"唐太太是在哪里工作呢?"

我简单报出两个字:"星源。"

星源的大名谭慈一定听过,她点点头:"原来是和我们不同圈子的,难怪上次见你的时候,就觉得你很特别。"

上次?难道是说上次平安夜在张沛之家的晚宴上?

那次晚宴我几乎都没有露脸呀,再说了,谭慈的注意力难道不应该在洪辰雪和张沛之身上吗?为什么会注意到我呢?

心里虽然有疑问,但我依然不动声色,到了一楼,我简单跟她告别就快步离开。

这个谭慈怪怪的,按说她刚才早就离开唐诀的办公室了,该不会是一直在外面等我出来吧?如果真是这样,这个女人到底想做什么呢?

我开着车胡思乱想着,不一会儿就到了公司楼下。今天是敲定"cold"年度大碟曲目的日子,韩叙特地叫我早点来公司。看了眼时间,心道还好出门早,这会儿还不算太晚。

在会议室里,我见到了久未谋面的周茉,她看上去更清瘦了一些,中性气质愈发明显,站在韩叙身边,居然没有被韩叙比下去,反而能让人一眼就发现她的存在。

不一会儿,关真尧也来了,她身边只跟着两个生活助理,我正好奇小悦去哪了,关真尧走到我面前说:"等会儿忙完了,我有事跟你说。"

丢下这句话,关真尧就越过我给了周茉一个大大的拥抱:"周茉,好想你啊,我们好像有大半年没有在一起了。"

周茉看到搭档,也很开心:"是啊,你太忙了。"

韩叙在一旁清了清嗓子,说:"这是这次公司花重金请知名词曲人写的歌,一共七首,周茉你自己有原创的作品,凑一张十首歌的大碟应该没问题。"

韩叙说着递给我们每人一份文件,上面都是为这次大碟新写的歌,韩叙又说:"周茉你比关真尧懂这个,你看看,然后确定一下这张碟的主打歌。"

韩叙摸了摸下巴,又对我说:"然后就是专辑的销售模式要改一改了,我是这么想的,可以在线上购买,正好关真尧那部电视剧快播出了,可以趁机造势吸引一下眼球。"

本来"cold"组合单从歌曲的角度来说在国内不算最当红的音乐组合,但论起名气还真的很少有能跟"cold"相较的团体。

韩叙倒真是提醒了我,关真尧这一年真是开门红,一部大制作的电视剧即将在寒假档播出,然后在结局的时候又会迎来新一轮广告的密集播出,这边又立马放出"cold"年度大碟发售的消息,这半年里关真尧的人气还会再上一个新台阶。

周茉倒是不以为意,在她看来有好歌就满足了,我们还在商量这次专辑的营销模式和策略时,她已经在旁边打着拍子,沉浸在音乐的世界里了。

关真尧在她的影响下也看得懂乐谱了,两个人哼哼唱唱,倒也默契十足。

韩叙跟我唠叨了一番说:"虽然营销模式不是你的主业,但关乎你自己的艺人,你也得拿个方案出来,如果能大卖的话,说不定还能冲击一下年底的金曲大奖。"

听到金曲大奖这四个字,周茉抬起头来,眼里闪着希冀的光。

劫后余笙。

其实"cold"出道也有几年了，陆陆续续也发了不少歌，周茉自己也单飞出过单曲，虽然有几首很红的歌，却从没有拿过年度金曲大奖。看来这也是周茉一个还未完成的心愿吧。

我点头："好，我们一起努力，为了年底的金曲大奖！"

没有目标的艺人不是好艺人，而不配合自己艺人努力的经纪人是失职的经纪人。

关真尧和周茉凑在一起商量了半天，终于在快吃午饭的时候才分开，周茉拿着歌的乐谱要带回去好好研究，这项她擅长，关真尧也不跟她争。

在周茉婉拒了我们的午餐邀约后，我和关真尧直接来到星源的员工餐厅吃午饭，因为商量了一上午实在懒得再开车去别处了。

简单点了一份套餐，我和关真尧面对面地坐着，我先喝了一口玉米排骨汤，然后问："你之前说有事跟我讲，是什么事呀？"

关真尧吃下一口鱼丸，一脸不爽地说："你什么时候给那个姓林的配个专职助理啊，他都把我的小悦借用了好几天了，我不说他也不准备还，怎么能这样啊！"

我惊讶："还有这回事？"我记得小悦是不太喜欢林杰奥的呀，怎么会跑去剧组帮林杰奥的忙呢？

算起来林杰奥去拍戏也有一段时间了，我却还没去探过班，我想想说："行，那我下午去看看。"

吃完了午饭，我给林杰奥打了个电话，然后开着车去了他们的剧组。

说来也巧，林杰奥剧组所在的地方就是上次我去给白安然送请柬的影视基地城，只不过他们在民国板块，跟白安然他们的剧组隔得有些远。

在影视基地城里兜兜转转了好一会儿，我才摸到林杰奥所在的剧组，偷偷地从外围往里看，我一眼就看见穿着白色毛衣忙忙碌碌的小悦。

小悦的身边站着林杰奥，看起来现在没有他的戏份，他一脸认真地看着片场，时不时用笔记录着，俨然一副好学生的架势。

在门口看了一会儿，我才给他俩发消息，说是我已经到了。

这是我第一次来探班林杰奥，之前跟在关真尧身边的时间比较多，在这里反倒没几个工作人员认得我是林杰奥的经纪人。

进去少不得要跟剧组上下打点一番，尤其是导演，更是趁着空闲的时候说了一堆的客套话。光说客套话可没用，还得花银子，花大把的银子给在场的每一个工作人员和拍戏的同行都买了暖手炉一个。

林杰奥毕竟是我们星源出去的，纵然现在还只是个男三号，可这是他的荧屏处女作，谁知道以后他会不会一炮而红呢。

看起来小悦已经做过不少人情了,我去打点的时候剧组不少人都认得林杰奥,只是对我这个经纪人有些陌生。

忙完之后,我拉过小悦,半开玩笑地问她:"你怎么跟着他到剧组来了?你家尧尧很不满呢。"

小悦皱皱眉,圆圆的眼睛显得有些懊恼:"哎……一开始是尧尧让我帮帮他,正好那天空闲我就来了,谁知道他是个纯新手,什么都不懂。我又不好真的把他丢在这里,这一帮忙就耽误时间了。"

小悦是之前在杂志社就跟着我的助理,她所做的一切出发点都是为了我们这个团队。林杰奥已经签在了星源,收在我手下,小悦再不喜欢也会帮衬着些。

看来,关真尧说得没错,我是该给林杰奥配一个助理了,但在这之前我得亲自看看他在剧组的情况。

我让小悦回去平息关真尧的不满,打算自己留在剧组里待个两三天。

跟我家唐大爷请好假后,我在这附近找了家酒店入住。林杰奥是随剧组住在另外的酒店里的,我不想去麻烦他们剧组的人。

做好这一切,我再回到剧组时正好赶上林杰奥他们收工,跟导演客套一番后,林杰奥扭扭捏捏地过来问我:"那个……余姐,小悦呢?"

我好笑地看他一眼:"小悦?她是关真尧的助理,现在当然回去了呀。"

林杰奥一脸无奈,好久才回了我句:"噢。"

很可惜,我原本打算在剧组待满三天再回去,可世事难料,到了第二天晚上我就待不住了,因为整整一天了,唐诀的电话都打不通。

原本我以为他年前忙,可能还在开会处理事情,到了晚上十点多的时候,打家里电话也没人接,我一下慌了神,一个电话打给了洪辰雪。在S市里,这个点我唯一能求助的只有她了。

洪辰雪在电话里轻声告诉我:"孩子都睡着了,你这么晚打电话来干什么?"

我一下反应过来:"大鱼儿和小鱼儿都在你那?唐诀呢?"

洪辰雪说:"我不知道你老公在哪呀!下午的时候他办公室的秘书请我去幼儿园接孩子,然后就没下文了啊。我知道你现在在出差,我以为你都清楚的。"

我清楚个鬼啊!

看看时间也十点半了,这个时间也不好麻烦洪辰雪去我家看看,只得拜托她照顾两个鱼,然后满腹心事地挂断了电话。

我很想当夜就走,但还是忍住了。第二天一大早,我起来先去剧组跟导

485

劫后余笙。

演和林杰奥打完招呼，随后早餐都来不及吃，开着车直奔S市。

唐诀的电话还是打不通，我一路狂奔回到S市后先回了趟家。可是家里没人，我又立刻调头往唐氏奔去！

抵达唐氏集团我才发现，这公司上上下下显得军心动摇，人人都惶惶不可终日的样子，似乎公司里出现了大事。

我被堵在了唐诀办公室门外，只听里面隐隐约约传来争吵声，好在这写字楼的质量过硬，靠得这么近我都很难听清里面在吵什么。

门口堵着我的工作人员一脸抱歉，他轻声说："老板说了，不可以让别人进去。"

这个工作人员我没见过，如果是唐诀的秘书说不定就会放行了。我也不想为难别人，我问："你们老板在里面吗？我是说唐诀。"

他跟地下工作者似的冲我点点头："老唐总、唐总和小唐总都在。"

我一听就明白了，看来唐家父子三人都在，那这是在吵什么呢？我不禁想起唐云山来的那个晚上，难不成还是为了给丁萧股份的事情？

就在这时，不远处的电梯"叮咚"一声，唐诀的秘书拿着一叠文件走了过来，他看见我眼睛一亮，然后快步上前："您可来了！我昨天晚上就想通知您了，可是老板不让，说是您在出差。"

我心里骂道，唐诀这个笨蛋！有要紧事了不通知我，还顾着我出差？还有不接电话是什么意思啊？

我说："我现在能进去吗？"

秘书连连点头："您跟我进来吧。"

一打开门，里面的争执声如潮水一般涌来，一下充斥着我的耳膜，唐云山心脏不好声音倒是一点都不示弱，他叫道："这公司是我打拼下来的，你有什么资格说不给？"

秘书领着我走进去，然后战战兢兢地把一堆文件放在桌上，说："唐总，这是您要的文件。还有，小唐总的太太来了。"

眼前的架势是唐晓站着、唐诀坐着，沙发上还坐着正在抹眼泪的丁慧兰，跟唐晓一起站着对峙的是宝刀未老的唐云山，父子俩之间的紧张感几乎一触即发。

唐云山怒道："滚出去！这是我们的家事，轮不到外人来管！"

没等唐诀开口，唐晓就不甘示弱地回击："这个屋子里只有一个外人，那就是你那个姓丁的情妇！"

唐晓这个回击极为简单，但杀伤力极强，丁慧兰更是哭得帕子都湿了一半，唐云山脸红脖子粗地叫道："好小子啊，你现在翅膀硬了啊？老子做事情也要你来管?"

唐晓冷笑:"以前我觉得妈妈早年过世,您一个人孤苦得很,所以这么多年来我几乎每天都回去陪您。我以为你对妈妈是一往情深,没想到您确实藏得够深。"

这一出子揭父短一下将办公室里的气氛炒到了高潮,丁慧兰再也忍不住了,站起来说:"我是有错,我是对不住你母亲。但这是你爸!唐晓,有你这样跟父亲说话的吗?"

我从围观者的角度第一次觉得丁慧兰十分可怕,这是怎么样一个女人?她能游走在三个男人之间,她能跟唐云山暗通款曲后又嫁给另外一个人,改嫁又收住了我父亲的心,如今居然还能站在唐氏,让唐云山帮她儿子争公司抢家产!

这个女人的面具实在太多了,与她生活了二十多年,竟然完全不知道她藏在温柔之下的野心。

唐晓冷笑,没有再出声。

我身边的唐诀拍拍我的后背,然后站起来说:"这样好了。爸、大哥,你们都不要吵了,我们把公司分成两部分,爸在公司时算前一部分,我和大哥接手算后一部分。这前一部分,随便爸你怎么分,后一部分我不要也行,全给大哥。"

我惊讶地抬头看着唐诀,要知道现在唐氏早就位居S市商界首屈一指的位置,他如此轻描淡写地让出去的都是以亿为单位的价值。

唐晓也吃惊地看了唐诀一眼,说:"不用,我们兄弟的部分平分就好。"

丁慧兰都忘了哭泣,眼睛瞪着看唐诀,大概也是没想到有人愿意把这么多财产往门外推吧。

唐诀苦笑:"说真的,我不要这些只是为了我自己着想。唐家二少爷的头衔我戴够了,因为身后有庞大的家业,我连婚姻这样应该自己做主的事都曲折万分。我只是不要这些财产,但我还是父亲的儿子,是大哥的弟弟,这点不会改变。"

唐云山的怒气一下子蔫了不少,他有些不好意思地看着自己的小儿子,说:"其实,爸怎么可能不顾及你们兄弟俩。你们陪着爸爸一直走到今天,看着我们唐氏发展到如今的规模,爸爸心里都清楚。"

唐云山说着语气低沉了下去:"只是爸爸也想赎罪,以前是爸爸对不起兰姨,所以想给她一些补偿罢了。你说的方式也好,股份咱们就不动,就把我在公司时候的资产折现,分一半给丁萧吧。"

唐云山这是让步了,这一让步可让得不少。一个是资产折现,一个是唐劫后余笙。

氏股份，这两者之间的差距谁都知道。

丁慧兰难以置信地看着唐云山，一句不满脱口而出："唐云山，这跟你和我保证的不一样啊！当初咱们说好的……"

谁知，丁慧兰这句话还没说完，唐云山就急不可耐地打断她："你放心，该给的我会给，有些话能在这里说吗？"

丁慧兰一下被唐云山的话给镇住了，她不甘心地看了眼唐家兄弟，目光扫到我的时候，居然带了一丝不自然就匆匆躲开了。

唐晓微微仰起头："爸，你决定好了吗？就打算这样了？"

唐云山看了唐晓、唐诀一眼，说："就这样吧，你们还有其他意见吗？"

唐晓的双眸清冷，仿佛看不出表情；而唐诀一脸的不在意，似乎不是在说自己家的事。

末了，唐晓说："如果唐诀没意见，那就这样吧。"

这是唐晓的妥协了，在他看来没有让出公司股份就是最大的胜利，额外的钱给得再多那也是身外之物，有公司在有股份在，唐晓不愁赚不回这些钱。

唐诀又再次申明："你们办好了告诉我，我就不再回来唐氏上班了，这里气氛太压抑，不利于我身心健康。"

唐晓瞪了他一眼："你这是要把摊子都丢给我吗？"

唐诀笑笑："其实丁萧这个人能力很强，撇开私事，他确实能帮到你。"

丁慧兰听到这里又插嘴说："你也说了丁萧能力强，那为什么逼得他在公司待不下去了要辞职？"

我忍不住开口："兰姨，其实逼得他在公司待不下去的人不是他们，是你才对。"这一句兰姨喊得我尴尬万分，可还是硬着头皮说出口。

丁慧兰不以为然："胡说，怎么会是我逼的？"

我道："他们本就是兄弟，唐氏发展得再大再好，现在就开始分家产，你让丁萧哥怎么待得下去？他本身就不是这样的人，你太不了解你儿子了。"

丁萧那样自傲的人，怎么可能容忍自己陷入这样的争执之中？他能进入唐氏工作，在我看来已经是十分难得的妥协了。

丁慧兰轻哼了一声，没有再搭理我，唐云山叹气："就这样吧，你们弄好了给我一份文书，该办的手续办了，该给的钱给了，这事就这么定了。"

唐云山的脸看上去像老了十岁，家业庞大、子嗣众多，居然还在这时候遭遇三子分家产的闹剧。

虽然这闹剧是唐云山自己一手促成的，只怕他现在心里也是难受得不行吧。

488

最后，唐云山带着丁慧兰离开了办公室。这样吵闹了一天一夜，连睡觉都在公司，难怪会引得唐氏内部员工惶惶不安了。老总要换了，可不是要变天了吗？

唐晓也重重地叹气说："先休息吧，这事我来处理。"

我以为唐诀之前说的话不会那么快实施，但现实就是快到让人措手不及。才过一星期，唐晓就把处理的措施安排妥当，一大笔钱汇入了丁慧兰的账户，这也是丁萧的意思。丁萧明确表明了，他不要这些钞票。

事情办好的第二天，唐诀就从唐氏集团办好了交接，把整个唐氏都丢给了唐晓，一个人陪着两个鱼在家里休息玩闹。

我笑道："你还来真的啊？"

唐诀倒是肆意洒脱："唐家二少爷的帽子我戴够了，等我们结完婚，我就自己单干，比用老头子的江山要自在多了。"

我不禁为唐晓觉得身上担子重，我问："那你哥呢？他忙得过来吗？"

唐诀手上正在玩着拼图，说："你太小看唐晓了，在我没进公司之前，都是他做主打理公司事务。多亏有他在，老头子才会这么早就提前退休。再说，唐晓在公司这么多年，不会没有自己的心腹的。"

我想想也是，从后面钩住唐诀的脖子："那以后我要养着你了。"

唐诀坏笑地偏过脸："你钱够不够呀？没有的话，我可以自掏腰包。"

我伸手在他的后背捏了一把："怎么可能不够？放心吧，一定把你养得胖胖圆圆的。"

此时我还不知道唐诀之所以要离开唐氏最主要的原因是我。

他突然伸手抱住我，说："我说如果，我是说如果，我希望你不要离开我。"

唐诀这两句话说得不明不白，我有些纳闷，贴在他的耳边说："我为什么要离开你？给我个理由。"

唐诀的黑眸看着我，里面盛满了脉脉温情，这浓得化不开的感情里似乎又夹杂了一些我看不懂的东西。

我忍不住问："你是不是有事瞒着我？"

唐诀看了我一会儿，这才弯起嘴角："我只是婚前恐惧症罢了，我怕还像上次一样，快结婚了，新娘跑没了。"

被唐诀点到了我的窘处，我手劲加重："不可能跑的啦！"

唐诀边笑边求饶："我错了，老婆大人。"

对面两个鱼不满地说："爸爸，你拼图太慢了。"

婚期越来越近，唐诀自己给自己放了假，我索性把所有关于婚礼的事都劫后余笙。

交给他。我要在婚前攒足假期，好好地度一个蜜月。

寒假开始了，关真尧的新剧未播先热，赢来了第一天的收视高潮，当晚播出收官后，新剧的收视率达到了17%，这真的是一个让人尖叫的数据。只要以后每天的收视率维持在10%以上，这就是一部足以刷新前人纪录的火爆电视剧了。

我原本想的是，收视率能在8%左右就是很不错的成绩了，没想到这个火爆度大大超过我的预料。我坐在电视机前，拿着公司刚刚给我传来的数据，不禁又上网把今天播出的剧集重看了一遍，直到快十二点才上床睡觉。

我在被窝里翻来覆去好一会儿，直到唐诀忍不了了，大手将我揽在怀里，这才把我兴奋的心强行安定了下来。

没办法，之前关真尧的电影上映的时候也没让我这么兴奋过，大概因为这是关真尧的小荧屏处女作，又是我一手决定的作品，所以才会在今天开门红的时候让我如此难以入眠吧！

其实这一夜根本没睡几个小时，第二天一大早我就起来了，人逢喜事精神爽大概就是这意思，虽然睡眠时间不够，但我丝毫没感觉到累。

整装待发后，我匆匆往公司赶去，一路顺风顺水地抵达公司。关真尧今天居然也在，一见到我，她迎面给了我一个大大的拥抱，她素净的脸上未施粉黛，眼睛激动地闪闪发亮。

我笑道："你今天不是应该出席活动的吗？"

关真尧兴奋地笑："现在还早啦，我迫不及待就来公司了，想第一个见到你！"

我高兴地揉揉关真尧柔软的长发，她是真的很开心。作为主演，如果第一部电视剧没能取得预料中的成绩，那么关真尧在电视剧这块几乎就可以止步了。

原本我对于张沛之之前的大肆宣扬也抱着怀疑的态度，在我的处事方式里，先抑后扬才是主流。万一炮火都放出去了，最后是个空响，那多尴尬呀！可是事实证明了，张沛之能一人撑起盛世绝对是有原因的，光是魄力这一点，他就甩了我好几条街。

关真尧为了出席我的婚礼，把之前的工作都加紧安排，那部网文改编剧就被她推到了年后，反正现在关真尧人气高，改编剧能请到关真尧做女主角，现在看来就是赚到了，哪里还会在意推迟了一个月的时间开拍呢。

关真尧笑眯眯地放开我，不远处她的保姆车开过来，她冲我脸上亲了一口说："我太爱你了！这剧接得就对了，我先走了，你好好工作哈！"

那边小悦打开车门冲我扬起一个微笑："余姐早！"

这边关真尧像一只欢乐的小鹿一样跳进了车里，说："余姐拜拜！"

我看着保姆车离去，禁不住摇头直笑。

一转眼，到了大年二十九这一天，大街上的年味已经很浓郁了，街边的商家早已贴上了"福"字对联，各种恭贺新禧的祝词也说得天花乱坠。

关真尧的剧已经播出十多天了，每天的收视率都在10%以上，网上也掀起了讨论热潮，各种数据被刷新，各方喜气洋洋，又赚了票子又赢了口碑。

这天，张沛之请我们吃饭，说是庆祝关真尧新剧大热。这个理由好呀，我都找不到借口推脱，反正年关将近了，诸事皆毕，大年三十晚上我们还得去吃团圆饭，张沛之的邀请正好给我一个放松的机会。

晚上，我们到了约定的酒店，这里早就人满为患，好在张沛之订的是包厢，没有那么吵闹。

包厢里，张沛之和洪辰雪早就到了，我们一家四口坐进去，立马占领了半壁江山的位置。

洪辰雪对着两个鱼一人亲一下，说："可想死阿姨了，我的小乖乖们，你们想吃什么尽管点。"

张沛之有些吃味："你都没有这么亲过我。"

洪辰雪娇嗔地笑道："你还跟孩子吃醋啊？"

张沛之清了清嗓子，把菜单递给唐诀："想吃什么自己点，这家的海鲜做得不错，是招牌菜。"

唐诀又把菜单交给我："我们家我老婆说了算。"

我脸一红，瞪了唐诀一眼，打开菜单点了我们四口人喜欢的菜，然后又点了洪辰雪爱吃的，最后把菜单交到洪辰雪手里，说："你来点你男朋友喜欢吃的，你的我已经点好了。"

洪辰雪爽快地答应："好咧。"

点完了菜，我们一起坐着聊了一会儿，话题主要还是集中在关真尧的新剧上。这电视剧是眼下的大热话题，又是盛世投资制作的，张沛之聊起来不比我兴趣低。

等到菜上齐，我们开吃的时候，张沛之突然问唐诀："你的事我听说了，要帮忙的话尽管开口。"

唐诀正在给两个鱼剥虾，听到张沛之这么说，他笑道："好呀，那我就不客气了。"这两个男人倒是达成了一致。

吃饭的气氛很好，我很久没有跟洪辰雪这样坐下来好好吃一顿了，如今看到她也有了自己的幸福，我由衷地为她开心。

吃到一半的时候，张沛之接了个电话，然后脸色古怪地说："姓谭的知劫后余笙。

道我们在这吃饭。"

洪辰雪夹着一片山药,愣了一下:"谁?"然后反应过来问:"她们怎么知道的?"

张沛之懊恼地说:"应该是我家里有人说漏嘴了。"

我看着眼前两人脸色如土的样子,说:"不如我们打包带回去吃吧。"惹不起,总躲得起吧。

我话还没说完,包厢的门打开了,一个被服务生领进来的贵妇笑呵呵地边走边说:"哎呀,我说我都逮不着你的人,我听你小堂妹说了你今天在这里吃饭就赶过来了。"

谭夫人显然没留意到桌上的另外几人,等她绕过屏风,完全走到我们面前的时候,这才看清了在场的所有人。

谭夫人的脸色一下就白了,然后坐在了唐诀旁边的空椅子上。

张沛之用餐巾优雅地擦擦手,说:"既然来了,您就坐下吃吧。反正我也不差多添您这双筷子。"

这话说得够冷漠的,我也佩服谭夫人的脸皮,居然这样也能坐下来吃得四平八稳。

倒是我觉得有点如坐针毡,这饭局上的气氛一时间瞬息万变,只有两个鱼还闹着小雪阿姨给他们夹菜添汤的。还好有这两个小家伙在,不然整个包厢里就冷场了。

吃着吃着,我看快到九点了,差不多可以回去了。我还没开口说,旁边的谭夫人放下手里的碗盏,白瓷做的汤匙就撞击着盘子发出清脆的声响,仿佛县太爷案上的惊堂木一般,随着这一声响,谭夫人开口了。

谭夫人说:"沛之,你打算让我们家小慈怎么办?就这样晾着,不太好吧?"

张沛之轻轻瞟了她一眼:"你要是吃饱了就自己离开,我没工夫跟你废话。"他显然不打算跟谭夫人纠缠这个问题,话说得又直接又残酷。

谭夫人咬紧牙关:"张沛之!我们两家的联姻在你没出生的时候就订下了,你现在想反悔,我告诉你,没门!"

张沛之笑了:"既然是我没出生时候的事,那就更和我无关了。你们谭家小姐是这么愁嫁吗?如果真是这样,我倒是认识不少青年才俊,可以给你们介绍一二。"

谭夫人见张沛之油盐不进,索性将靶子对准了洪辰雪:"你这个女孩子为什么这么不知羞?我上次跟你说得很清楚了,你为什么还是要搅和进我们两家的事?"

洪辰雪还没来得及回应谭夫人的指责,旁边的张沛之皱着眉问:"她去找过你?你为什么没告诉我?"

洪辰雪脸上一阵尴尬:"我没觉得是大事啊,就没说嘛。"

张沛之眉头紧锁:"胡说,这怎么不是大事了?万一她带人去砸你的店呢?万一对你不利呢?你怎么一点警戒心都没有?"

洪辰雪像个孩子似的被张沛之教育,终于忍不住说:"哪有你想得那么严重啦,再说了那天小笙也在的,我一个大活人她能把我怎么样。"

张沛之看了我一眼,说:"她傻你跟着傻?像这样不请自来,还能坐下来蹭饭的女人什么事做不出来。"

看着眼前一唱一和的两人,我突然说不出话来,只见旁边的谭夫人脸色越来越差,终于她噌地站起来,说:"张沛之!我好歹是你的长辈,有你这样跟长辈说话的吗?"

唐诀在一旁正好结束了用餐,拿着餐巾擦拭了嘴角,慢悠悠地说:"那也要您像个长辈呀,不然叫小辈怎么尊重您呢?"

张沛之显然对唐诀这个刚刚达成意向的盟友很满意,他点着头附和:"说得没错。"

每个人的一生里总有各种想要得到的人或物,抑或是想要实现的愿望。但俗话说得好,人生在世,不如意者十之八九。正是因为不如意的事情很多,才显得幸福弥足珍贵。

曾经在李家人眼里,唐诀是块香饽饽。如今在谭家人眼里,张沛之就是案板上的猪头肉。说好了一起订的婚约,你怎么能跑到别人碗里去呢?

要是张沛之今天的成绩不过尔尔,那谭家人也许就不会这样穷追不舍,只是这样纠缠下去,最后总归是会让双方都尴尬。

谭夫人再也坐不下去了,白着一张脸匆匆离去。

我不免有些担心地问张沛之:"你父母知道婚约的事吗?"

张沛之毫不在意:"婚约?不过是以前两家人关系好的时候口头的一句玩笑话罢了。我要不是今天的张沛之,他们会想得起来这样的婚约?"

好吧,看来张沛之十分清楚这里面的门道。

一顿饭吃完,各自回家,第二天就是大年三十了。

关于这一天要不要回唐家老宅,我和唐诀展开过深刻而又友好的讨论,最后达成一致意见,我们还是不打算回唐家老宅吃晚饭了。那次唐诀和我被分开的记忆实在不算美好,我对唐家老宅也从一开始的充满期待变成现而今的避之不得。

团圆饭是不去吃了,大年初一去拜个年,塞个红包就回,这年就算这么劫后余笙。

意思意思过去吧。

大年夜我和唐诀准备了一桌子的好菜，两个鱼也是第一次和爸爸妈妈一起过年，早早地就端着小碗守着，时不时拿点好吃的祭祭五脏庙。

等菜都端上桌的时候，门铃响了，我一看，门外来人居然是丁萧！

大感意外，我以为他会去唐家老宅跟唐云山还有丁慧兰一起过年的。丁萧进了门笑着说："是我打扰了。"

然后他冲我展开双臂："不会不欢迎吧？"

我赶忙恢复了神情："怎么会呢？你也不事先说一下，我好准备你喜欢吃的菜呀。"

丁萧笑得满脸温柔："就是要来个出其不意，好看看你的厨艺有没有进步呀。"

唐诀对丁萧一直印象不错，两个男人握手后一起坐下来，我们家第一顿年夜饭正式开始了。两个鱼之前见过舅舅，但还有些陌生，都用大眼睛时不时地偷偷看着丁萧。

餐桌上，丁萧和唐诀相谈甚欢，唐诀把自己年后的计划说给丁萧听，两个人越聊越起劲，最后竟然直接在这里敲定了丁萧要来唐诀的新公司帮忙。

丁萧早已有几分醉意，他说："唐氏我是不想去了，你帮我跟你哥说说，我不是不想去帮他，而是那个地方我每待一分钟都觉得难以忍受。如果是你们兄弟俩的公司，我一定二话不说就来，可是现在的唐氏，我做不到。"

丁萧说着，突然转脸看我："我知道我妈做得不好，我也在替她赎罪，我对不起你。"

这话听得我莫名其妙，丁慧兰很快改嫁纵然让我觉得难以接受，可从她的角度来说，她并没有做错什么。我父亲突然离世，也是她所不愿的吧。

唐诀赶忙扯开了话题："你喝多了，丁萧，有些事情过去了就让它过去吧。"

丁萧红了眼眶，半天才缓过神："说得对，该过去了。"

我有些纳闷："你们在说什么呀？"

丁萧抬眼看我："都过去了。"然后从口袋里掏出两个大红包分别塞给两个鱼，"拿着，这是舅舅给的压岁钱。"

看到丁萧来，我心里其实是很开心的，这让我想起了从前父亲还在的时候，我们也是这样一起过年的。只是如今父亲不在了，我也有了自己的新生活，丁萧的到来平添了几分温暖的回忆。

这顿团圆饭吃到了很晚，两个鱼撑不住只能先去睡觉，唐诀和丁萧借着酒劲说了很多，里面还包含了我听不明白的话。

虽然不太懂，可我的直觉告诉我，他们说的跟我有关。这种被蒙在鼓里的感觉不太好。丁萧喝多了，当夜就没走，我收拾出一间客房给他休息。

我窝在唐诀怀里，用手点着他的胸口，问："你们刚才在说什么呢？是在说我吗？"

唐诀洗了澡，身上的酒气淡了许多，混着他常用的沐浴露的香味，格外好闻。

他闭着眼睛微微一笑，然后伸手抓住我不安分的爪子："小笙，你得记得，有些事情你被瞒着只是在保护你。"

我不满，想抽回自己的手，无奈唐诀的力气大，我失败了。我说："我都多大了？还需要你们保护？"

唐诀笑道："在丁萧眼里，你永远是他妹妹。在我眼里，你也永远是被保护的那一个。不管你成长到什么程度，这点永远不会改变。"

听到他这话，我不感动是不可能的。丁萧于我的感情十分复杂，这复杂的原因来自于我们复杂的家庭，也来自于他的母亲。但丁萧对我好得没话说，我也从来没打算把对丁慧兰的芥蒂转移到他身上。

只是唐诀和丁萧实在太过优秀，我似乎再怎么努力，都还是只能被他们保护在羽翼之下。就好比今天，他们透露出来的种种讯息说明，他们有事瞒着我。但他们却十分有默契地统一口径，谁也不开口。

我叹气："我知道。"

唐诀伸手摸着我的头发："别担心，也别乱想，有我在呢。"

想到和唐诀的婚礼近在眼前，我顿时有些紧张又有些忐忑，点点头："好。"

他们不让我知道的事，我不会去执意挖掘。我会按照我自己的计划继续前进，哪怕有一天我知道了这些被隐瞒的真相，我也不会只依靠他们才能坚强。

大年初一，我们一起吃了早餐就出发去唐家老宅。丁萧看起来和我们的计划一样，都是避开了年夜饭，选择在今天去拜年。

在唐家老宅的门口，我们意外地看见唐晓从车上下来，他看见我们也不惊讶，淡淡地说："真巧，一起进去吧。"

看唐晓带着司机拎着大包小包的礼物，我推断唐晓昨天也没回唐家老宅，所以昨天除夕夜唐家老宅只有唐云山和丁慧兰两个人，这样一想顿时觉得有些寂寞冷清。

兄弟三人一起进门，让正在喝粥的唐云山脸色缓和了一些，他没好气地放下碗："你们还知道回来，眼里还有我这个父亲吗？"

劫后余笙。

唐晓不咸不淡地开口："这是买给您和兰姨的礼物，新年快乐，这是红包。"唐晓一连串的动作配合言简意赅的措辞。

唐云山看着放在自己面前的两只鼓鼓的红包，一时倒不知如何开口了。

正尴尬着，丁慧兰端着做好的点心从厨房出来："你们都回来了？吃早饭了吗？都坐下吃吧。"

丁慧兰一扫之前争家产时的戾气和哭闹，似乎又变成了那个温柔贤惠的兰姨。

唐诀道："不了，我们吃过才过来的。"

丁慧兰走到丁萧面前，打了他胳膊一下："你这孩子，过年也不回来，昨天跑到哪里去了？电话也不接？"

丁萧浅笑："昨天我在妹妹家里吃饭的，实在太喜欢我那两个外甥了，情不自禁，喝多了没听见电话，这不是一早就过来了吗？"

唐云山的脸色不知道该摆成什么样，三个儿子，一个说是要照顾怀孕的太太不方便过来；一个说是家里不太平觉得不安全，也不回来；至于剩下的一个，干脆玩失踪，第二天再一起出现。

这叫什么事？

不过大年初一头一天，唐云山也不好发火，只得按捺着脾气。我们买来的礼物堆满了茶几，唐诀看起来是和唐晓商量过，给的红包金额都一致。

兄弟三人略略坐了一会儿，又一起起身离开，唐云山瞪着眼睛说不出话来，只有丁慧兰在旁边轻轻拍着他的后背以示安慰。

看到这一幕，我别过脸去，忍不住想起曾经她也是这样陪在父亲身边的。时光匆匆，早已物是人非。他们一起要走，我也没有留下来的必要，也拉着两个鱼跟着唐诀离开了唐家老宅。

上车之前，我问唐晓："明媚最近怎么样，还好吗？"算算日子，还有一个多月左右她就要生了。

唐晓沉默了一会儿，说："身体还行，只是心情一直不太好。你要不要去看看她？"

这是唐晓第一次发出邀请，我跟唐诀说了一下，于是打算改道跟着唐晓去他家看看明媚。

唐诀打趣道："你这是逼着我大过年的跟我哥讨论公事啊。"

我想想也忍俊不禁，唐诀说的也是，我和明媚聊聊心事，他和唐晓就只能聊公司了。

S市的冬天较为阴冷，明媚的房间里暖意融融的，她看上去气色不错，见到我明显情绪高涨了不少，眼神都活跃了起来。

她说:"你怎么过来了?"

明媚站着身子,肚子已经很大了,我走过去浅笑着说:"今天初一,过来给你拜年。怎么样,现在感觉如何呀?"

明媚苦笑:"身子好重,晚上睡觉都不安生。只盼着快点熬到日子,早点生了就好了。"

我不禁说出了心底的实话:"等你生下来呀,就会觉得还不如在肚子里待着呢!"那会儿两个鱼出生,两个新生儿可把我和洪辰雪忙坏了,特别怀念怀孕那时候能吃能睡的时期呀。

明媚被我的话逗乐了,她笑道:"我又不是怀个哪吒。等生了孩子恢复好,我还想继续工作呢。"

我点点头:"你放心。等你忙完了,我自然会给你安排妥当。"眼下明媚不仅仅是我的艺人,还是沾亲带故的妯娌,于公于私我都会给她安排好。

跟明媚闲聊了一会儿,我宽慰了她几句,本以为明媚是因为之前的心结,没想到她摇着头说:"这些事我也想通了,我郁闷的不是这个,唐晓他自从上次的事之后,对我可谓是严加保护,从不让我碰他认为不安全的东西。"

明媚苦着脸:"你是不知道,我现在连娱乐杂志、报纸都不可以看了,说是什么怕我惦记工作,于心情不利。"

我听到这里忍不住失笑,这的确像是唐晓能做出来的事,唐晓这个人啊,涉及自己在乎的人或者事总会做到极致。

在唐晓家里吃了午饭,我们才告辞回家。接下来就是为婚礼做准备,年初三的时候,订制的婚纱到了,年初五各项都准备妥当了,我邀请了洪辰雪做我的伴娘。

到了婚礼前一天,我突然像想起来什么似的,对唐诀说:"我们今天是不是应该分开不见面呀?传统婚礼上,应该是这样的。"

唐诀好笑地点了点我的额头:"我们的婚礼就应该是不一样的。"

我也知道我傻了,和唐诀的婚礼只是一个符号,虽然这个符号对我和唐诀来说意义非凡。

元宵节这天一大早,天还没亮我就起来了。唐诀早就不在家,出门去安排婚车了,家里只剩化妆师、洪辰雪和两个鱼陪着我。

新娘妆刚化完,两个鱼醒了,洪辰雪又去忙孩子,她笑着说:"我这是伴娘兼保姆呀。"

我连忙拍她马屁:"你是能者多劳。"

婚礼办起来繁琐,实施起来忙碌,等我们这边弄好,唐诀的车已经在楼劫后余笙。

下等着了。洪辰雪突然说："不对吧，新娘出门是要兄弟来背的，你哥呢？"

我一阵哑然，虽然筹划的时候我有想到这个，但不知出于什么原因我始终没有向丁萧开口。正想着呢，突然门外有人敲门，打开一看居然是丁萧。

这是从年夜饭那天起，丁萧第二次给我惊喜了，他穿着西装笑容满面："哥哥来了。"

丁萧看着我说："今天就让我代替叔叔吧。"

丁萧的话让我眼里一阵酸涩，好不容易才忍住没有哭出来，我点点头："好。"

丁萧背着我到了楼下，一直送进了唐诀的婚车里。犹记得那一次和梁修杰的婚礼，丁萧是拒绝这样做的，现在想来他拒绝的不是我，而是我选的那个人吧。

婚礼现场早就按照我和唐诀的想法布置好了，不得不说唐诀真是势大，八十桌的宴席要吃一整天，这期间的各种节目互动也安排得极其精妙，这些都是我一开始没有想到的。

酒店为了配合唐诀的要求，甚至拆掉了两堵隔离墙，打通了左右两边的场地，形成一个巨大的婚礼晚宴现场。

全场一片浪漫的气息，唐诀知道我的所有喜好，他的布置都是按照我的喜好而来的。

看着会场里的一切，耳边是宾客们的嬉闹和窃窃私语，我挽着丁萧的胳膊站在红毯的这一头，对面是让我余笙心系余生的人——唐诀！

眼前的婚纱似乎刻意模糊了他的轮廓，可我依旧能清晰地辨别出唐诀的一切，一步步地走近，就像是我和他之间那条走了很久的路。

最初，我们是朋友是玩伴，是彼此童年的回忆和见证。我没想到，在我还懵懂无知的时候，我身边的这个人早就把我装进了他的心里。直到今天，我才能叹一句：还好没有错过，还好一切都来得及。

丁萧将我的手放在唐诀的手里，他说："好好待她，她是我妹妹。"

唐诀说："一定。"

我低着头不敢看，生怕一个不小心眼泪就夺眶而出，他们的神情我看不到，他们的语气却像是我生命里最值得依靠的阳光。我走到唐诀身边的时候，才抬眼看到正面的丁萧。

他从另一边离开，脸上带着满足的笑容。

我还在这里看到了唐云山、丁慧兰，还有我的很多朋友。一时间感慨万千，唐诀用只有我和他才能听到的声音说："我好开心。"

听着他充满孩子气的表达，我笑了："傻瓜。"

第二十章 <<< 余生是你

跟所有婚礼一样,我们倒了香槟,切了蛋糕,交换了戒指后拥吻。这些流程也许充满了格式化,但因为对面的那个人是他,所以一切都变得不一样。

仿佛在这一刻,天地之间只要有他,我的人生就是完整的。

婚礼繁琐又喜人,我一连换了六套礼服,虽然中间有节目穿插,饶是这样还是累得不行。

看得洪辰雪一阵咋舌:"我觉得我以后还是选择旅行结婚吧,这样实在吃不消啊!"

我赶紧打消洪辰雪的主意:"算了吧,你家张沛之肯定不同意。"

洪辰雪歪着脑袋想了会儿,有些郁郁地说:"也是。"

洪辰雪的手袋里装着的全是红包,我瞟了一眼,早就有冲动要拆开来一一数清。化妆师又给我补了三四次妆,这才迎来了夜幕降临,这一天的热闹让宾客意尽而归,我和唐诀也像是被脱了一层皮那么累。

新婚之夜,我们俩什么也没做,卸了妆换了衣服,倒头就睡。

一直睡到了第二天的日上三竿,唐诀兴奋地搂着我亲了一口:"老婆,我们出发去度蜜月吧!"

我的腿似乎也特别配合唐诀的兴致,明明昨天还很累的,睡了一觉起来居然没有半点酸软。

我笑着说:"好,带着孩子度蜜月!"

是的,天蓝水清,身边还有唐诀,这是我们最好的蜜月!哪怕它迟了几年,但终归还是来了。

499

番外 疯城

很奇怪,今天一天唐诀都觉得心神不宁的。

他甚至嘲笑自己有婚前恐惧症,明明一切已经准备就绪,哪怕现在有点公司方面的难题也能迎刃而解,他搞不懂自己到底在担心什么。

担心到自己一整天都没办法安心工作,光是签字的文件他就弄错了两三份,总是在最后关头才发现,真是有惊无险。

唐诀知道,这样下去可不是办法。

他太清楚自己有多在乎那个女人了,那个跟自己自小相识,却在前不久才刚刚互表心意的女人——余笙。

他爱余笙有多久了?恐怕唐诀自己都说不清。

感情这东西向来没有什么理由可以讲明,唐诀只能说余笙就像是天边的一道彩虹。

"斯人若彩虹,遇上方知有。"

然后就像那句广告词里的话:"遇见彩虹,吃定彩虹。"

很可惜,这句广告词在唐诀这儿反过来了,因为他是遇见了生命里的彩虹,但却没有把对方牢牢吃定。

是自己的外貌让对方看不顺眼、还是自己不够优秀?想来想去唐诀只能总结:那是从前的余笙太过瞎,才有了后来种种的颠簸。

嗯,一定是这样。

唐诀一边想着过去的事情一边翻阅着手里的文件,心情似乎稳定多了。每当觉得心神不宁的时候,心底那张熟悉的脸总会浮现,那是他的余笙,再过不了多久,他们的婚礼就要举行了。

他会告诉所有的人,她是他的唐太太!

内线电话响起,秘书沉稳的声音说:"唐总,李小姐来了。"

唐诀皱眉,美好的心情瞬间消失得干干净净:"不见。"

话还没说完,办公室的大门已经被人无礼地推开,站在那儿的不是李小西又是谁。

李小西一头利落的短发,看起来神采奕奕。像她这样家世的女孩子,根本不愁嫁,但她偏偏爱上了唐诀,从留学初见的那一刻到现在,这份感情从来都是愈演愈烈。

"干吗不见我？我可是很想见你呢。"李小西甜甜地笑着，性感的嘴巴咧开，格外具有活力。

唐诀深吸一口气："你到底想做什么？这儿是我的办公区，如果你没有要紧事的话，请你离开。"

李小西慢慢地靠近："我当然是有要紧事啦，唐诀，我们结婚好不好？"

唐诀听了这话脸上浮起一抹讥笑："怎么？你已经疯到这个程度了？我跟你爷爷说得很清楚，我不会娶你李家的任何一个女儿，我已经有老婆了，我是个有妇之夫，劝你不要再围着我打转。"

这话说得又狠又快，即便是李小西脸上一时间也挂不住。

她可是李家千金啊，就算李小曼在这儿，也不能分去她半点风采。

她看上的人向来没有拒绝她的道理，但眼前这个男人已经拒绝了她很多很多次了，只是这一次李小西有点不耐烦。

"唐诀，那个女人到底有什么好？她已经不是余家千金了，这里早就没有余家的位置了，你跟她在一起对你不会有任何的帮助。"

李小西说着，越发急切地上前一步，"她办不到的事情我可以啊，我背后是整个李家，李家现在已经不抛头露面了，你不必担心会有公司跟唐氏抢利益，我能拿到的资产都可以跟你共享，我们完全能达到全新的高度，甚至比现在的唐氏更壮大！"

她越说越兴奋，眼中隐隐地透着暗芒，那里面的喜悦就快要溢出来一般。

资产？利益？这是谈合作，不是唐诀要的婚姻吧。

唐诀头也不抬："抱歉，我没兴趣。"

"唐诀！"李小西上前一步，正要抬手打翻唐诀手里的材料。

谁知唐诀比她的动作更快一步，他一边躲开李小西一边按下了内线电话："叫保安进来。"

李小西难以置信地看着他："你要把我轰出去吗？"

"李小姐，最初我认识你的时候，以为我们能成为很好的朋友。后来我就知道不可能了，你不是个正常人，你所谓的喜欢无非就是追求不得的占有欲。说实话，你又喜欢我什么呢？不就是因为我不像其他人那样对你俯首称臣吗？"

唐诀讥讽地弯起嘴角，"别闹得最后大家都收不了场。"

很快门外的保安进来了，李小西的双眸里噙着泪光："你当真这么心狠？"

"你走吧,我对你没感觉。"唐诀淡淡地宣布。

李小西却笑了起来:"没关系,我可以等,在国外那几年都等过来了,还差这么一会儿吗?"

她到底要保持李家大小姐的风范,没有让唐诀命人将她赶出去。

李小西转身走到办公室门口时又停了下来,她已经收敛好之前的泪意,依旧是满脸笑容:"对了,忘记跟你说要紧事了,你现在是不答应跟我在一起,那你有没有想过你的那位余笙小姐会自己离开呢?"

唐诀本就心神不宁大半天了,听到李小西这么一说,顿时心跳如鼓。

"你什么意思?"

李小西娇笑着:"没有什么意思,只是做个猜想罢了。"

说罢,她轻轻一叹:"这世界上的事情不就是我爱你,你爱她,她爱他吗?唐诀,你也不要把自己想得太好了,搞不好人家余笙从头到尾都是被你逼着在一起的。"

轻飘飘地丢下这句话,她拂袖而去。

留下唐诀一人在办公室里久久不能释怀。

是的,唐诀害怕余笙离开,他前所未有地担心。

终于他忍不住了,想要给余笙打个电话。

刚这么想着,手机屏幕就亮了起来,跳动着余笙的名字。

"怎么了?"唐诀欣喜若狂,却强迫自己的声音听起来跟平时没什么两样。

余笙的声音听起来像是有点沙哑,不过她还在跟他撒娇:"没事啦,就是想你了,你忙吧。"

她说想他了!唐诀瞬间觉得心花怒放,他克制不住笑意:"好,我晚上尽量回家吃饭。"

谁让这段时间太忙了呢,唐诀急意要将很多棘手的事情都在婚礼之前搞定,他要全心全意地给余笙一个永远铭记的婚礼,这是他的夙愿,更是给予余笙和自己未来的美好希冀。

大概是余笙这一通电话的缘故吧,唐诀突然觉得莫名放心,他的余笙打电话说想他,还有什么好担心的呢?一定是自己最近工作太忙让她担心了。

这么想着,唐诀立马投入到工作里,希望今天能将大部分的事情解决,然后早点回家陪伴自己的爱人。

时间在工作中总是过得飞快,唐诀抬眼时窗外已经是月明星稀了。

再看看时间,他暗道一声:"糟糕,怎么都快九点了!"

他忙碌得甚至忘记了吃晚餐,这会儿公司上下已经空无一人了。唐诀连忙收拾好东西,匆匆下班回家。

开着车经过一家店时,唐诀鬼使神差地停了下来,这是余笙平时最喜欢的点心店,以前总是因为工作繁忙,而这里还得排队,总是延后才能吃到。

现在看这会儿人不多,唐诀连忙下车买了两大盒点心打包带回家。

这一路上,他都觉得轻快无比。

等抵达楼下时,唐诀察觉到一丝不对,家里的窗户都黑漆漆的,一盏灯都没有。

奇怪,难不成余笙已经睡了?

唐诀一阵纳闷,拧紧眉头赶紧在地库停好车,拿着点心就往楼上狂奔而去。他急切得甚至连等电梯的时间都觉得无比煎熬。

到家一打开门,唐诀喊了一声:"小笙,我回来了。"

回答他的是一片安静,还有满满的黑暗。

"啪嗒"一声,他自己打开灯,明晃晃的光线落下,将他的影子投射成孤单的形状。

唐诀心慌了起来,他来不及脱鞋子就开始在每一个房间疯狂地寻找起来。可到处都没有余笙的身影,到处都安静到可怕!

唐诀从没觉得一个人的家是如此的令人觉得心寒,他的余笙去哪儿了?

他疯了一样地打开衣柜,然后整个人都愣住了,因为衣柜里原本属于那个女人的东西已经消失得干干净净,旁边空出来的地方就只剩下他自己的衣物。

紧接着,他像不信邪似的将家中每一个抽屉都打开,最后他揉乱了头发全身无力地坐在了床边。

窗帘开始自动合并,这是余笙之前的想法,说是在布置的时候就改动了,只要房间的灯一亮,窗帘会自行拉拢。

唐诀看着窗外那一轮月亮越来越暗,最终消失在眼前。

拿起手机,开始不断地拨打那个电话,但得到的回音却始终都是关机!

唐诀像个绝望的孩子一样,目光四下游离,他失去了生命里最重要的阳光,他的世界几乎再也不会亮起。

不知道坐了多久,直到脑海里响起了李小西的那段话,让他浑身一凛。

不对,余笙不会就这么离开的,一定是有人跟她说了什么!

李小西绝对知道,绝对知道!

李家从没有招待过凌晨四点来的客人,今天是个例外,因为门外的人是唐诀。

李小西兴奋地一扫刚刚的不满,只穿着白色睡衣就从房间跑到门口,一张脸上写满了愉悦。这可是唐诀第一次主动找自己啊,不管是凌晨四点或两点,她都认了!

"唐诀!"她开心地喊着心上人的名字。

唐诀满脸阴霾,一双眼睛红得几乎滴出血来:"是你跟她说了什么,她才会离开的,对吗?"

"你让她去了哪了?"

"跟她说了什么?"

"感情婚姻这是我自己的事情,我说了我不喜欢你,你为什么还要跟条狗似的跟着我,你都没有廉耻的吗?"

一连串越来越过分的话仿佛一下下落在李小西脸上的耳光,瞬间就让她面无血色。

"你说什么?谁是狗?"

"就说你!"唐诀冷笑。

李小西也大笑起来:"她要走是她的事,关我什么事?没错,是我让我爷爷跟你父亲说了,我要跟你结婚,我们李家将会以重金投资来让你唐家跟我们联姻。是你父亲答应了的,他保证了你的那点破事他会出面解决,有什么问题吗?"

"要怪就怪你的余笙没有投胎到个富贵人家,命不好家道中落,这能怪谁?"

啪!唐诀再也忍不住,一巴掌打得李小西半张脸都肿了。

"你敢打我?"李小西难以置信地看着他。

然而,唐诀并没有留下来跟她纠缠,他来得很快走得更快,几乎一阵风的工夫他已经消失在茫茫夜色中。

谁也没有看见,唐诀的心在滴血,他不明白为什么,他只是想要和一个自己所爱的人相伴终老,为什么就这么难?

一路疾驰,终于在天色大亮之时,唐诀顺利来到了唐家老宅。

他深吸一口气,掏出钥匙走了进去。

厨房里,常妈已经在准备早餐了,唐晓也一如既往地起来坐在沙发上看着今天的晨报。作为大哥,他并不惊讶弟弟现在会出现,只一眼的工夫他就看出唐诀的不对劲。

"父亲呢?"唐诀木木地问,"还没起来吗?"

唐晓说:"嗯,大约再过半小时吧,他会下来的。"

唐诀侧脸看过来,满脸都是冰霜,那眼神即便是唐晓看了也不由自主地从心底一阵胆寒。

唐诀问:"你也知道了吧。"

"嗯。"唐晓没有否认太多,因为他知道否认也没用。

他们两兄弟太像了,有些事情根本不需要狡辩,反而能省下更多的时间。

"不过你不必担心,她离开的时候我给了她风唐的股份,就算离开你她也不会生活得太差。"

唐晓的话还没说完,唐诀已经冲过去,一拳打在了他的脸上!

唐诀的愤怒根本克制不住,打李小西那一巴掌只是个开端,至于唐晓,他根本不怕,既然做得出就不要怪唐诀疯得彻底。

唐晓只是擦了擦嘴角的微红,终于放心地微笑了:"不错,还知道发火,比我想象的情况要好得多。"

就在这时,唐云山从楼上下来了,他依旧是那个模样,仿佛跟从前的慈父没有太大的差别。

只有唐诀知道,他们父子之间早已天翻地覆。

唐云山轻飘飘地看了他一眼:"来了啊,来了就一起吃早餐吧。常妈,开饭。"

"好的,先生。"

唐诀就这么看着自己的父亲,冷冷地问:"你就没有别的话要跟我说?"

"说什么?夸你回头是岸?"唐云山背对着唐诀,根本不看他的表情,"还是夸那个女人足够听话守承诺,没有拿了我们的钱还死缠着你不放?"

"唐诀,你是我的儿子,你出生时就注定了跟别人不一样。享受了多大的光环和荣耀,你就要付出比常人更多的代价。"

唐云山语重心长起来,"我知道,你不喜欢李小西,但是李家背后的财力是我们现在需要的。如今集团已经卡在这个关键点,只要有了李家的援助资金,我们下一步会做得更大更好,难道你想为了一个女人眼睁睁地看着偌大的帝国就此崩塌吗?"

唐诀的情绪冷了下来,只是眼神越发寒意浓重,他一言不发。

唐云山叹了一声:"我一开始确实是想让你跟小笙在一起的,她与我们家毕竟颇有渊源,关键你又喜欢。只能说她与我们家没缘分吧。"

没缘分?唐诀在心里冷笑。

什么叫没缘分,不就是嫌弃他的余笙是绊脚石,不就是觉得他唐诀还有利用的价值吗?一切的一切,说好听点是为了家族利益,说难听点其实是如此的冰冷残酷。

唐诀突然觉得眼前的父亲是如此的陌生,陌生到让他几乎不敢认。

唐云山说了一堆,身后的唐诀却始终都保持沉默。

他忍不住回眸看去,只见自己的小儿子静静地看着他,目光里没有多余的东西,似乎半点都不为他刚才的话所动。

唐云山心头咯噔一下,他一直知道自己的两个儿子秉性相似,认定的东西向来不会轻易放手。如果不是这样,当初余笙结婚后,唐诀早就已经谈婚论嫁了,可他偏偏把自己拖成了一个大龄未婚青年。

要说不是为了那个女人,唐云山打死都不信。

他作为一个父亲,想要继续酝酿一些台词来缓和气氛。

余笙已经离开了,目的达成了一半,唐云山心底还是很欣慰的。

正在这时,常妈从门外进来:"先生,这是加急的快递,刚刚拿到的。"

唐诀一眼瞟过去,看见了上面熟悉的笔迹,他立马夺了过来,不由分说地直接撕开。因为动作太大,他还差点撕坏了里面的纸张。

等拿出来一看,唐诀先是愣住了,因为眼前的几个大字无比刺眼,刺得他心头一阵阵地疼,疼得几乎喘不过气来。

离婚协议书!

居然是离婚协议书!

唐诀用尽最后一点勇气翻到最后,清晰地看见了余笙的签名,还有那一团小小的红手印。这是说好了要跟他牵手共白头的手按下去的吗?

唐诀笑了起来,笑着笑着,他就哭了。

唐云山不知道该说什么好,他很想上前安慰一下自己的儿子,但他偏偏一句话都说不出来。要说什么呢,他就是这件事的始作俑者啊,再说什么都觉得虚伪。

唐诀微微喘着气,转身大步流星地走出唐家老宅的大门。

唐云山心里一慌,追出去几步问道:"你要去哪?"

唐诀挥了挥手里的那几张纸:"你不就是想让我签了它吗?我带回去签字,这总行了吧。"

事情真的会这么顺利?唐云山一边纳闷一边暗自高兴,目送着小儿子离开,他只觉得心里沉重又释怀。

唐晓淡淡的声音从背后响起:"但愿您不要后悔。"

唐云山眨了眨眼睛,努力掩饰着什么:"我能有什么可后悔的。"

唐晓笑而不语,坐在餐桌边准备吃早餐了。

天色已经大亮,今天又是个万里无云的好天气,明媚的阳光将大地的每一寸土壤都照得暖烘烘的,沐浴在这一片希望里的人们也显得忙忙碌碌,唯独唐诀不在其中。

他的世界开始下雪了，冷得让人几乎无法控制住颤抖。

他将那封离婚协议书拿了出来，一直翻到了最后，将那有签名的一页留下，然后剩余的全部送进了碎纸机里。

唐诀像个木偶一样，拿起一把剪刀，认认真真地将那个签名完整地剪了下来，然后又将那圆圆的红色指印也跟着剪了下来。

他将那个签名放在唇上吻了吻，然后伸出自己的手指与那个指印轻轻地按在一起："我们结婚了，我不签字，你天涯海角都逃不掉。"

他喃喃地说着，久久不能自拔。

接下来的日子里，唐诀陷入了另外一种疯魔当中，他疯狂地寻找着S市的每一处角落。只要是跟他的余笙有过联系的地方，他都不放过。

就连风唐、星源这样的娱乐公司都没能幸免，韩叙受不了了："唐总，唐少爷，您到底对我有什么意见，您可以直接提，您不要这样刺激我的心脏了！"

唐诀冷冷地问："余笙呢？"

"我怎么知道？"韩叙几乎要抓狂了。

"她不是跟你的公司签了合作协议吗？她这么一走，你会不知道？"

韩叙浑身无力："你是她老公你都不知道，我怎么可能知道！"

这话刚落，韩叙明显察觉到空气里的异样情绪，他连忙摆手："好好好，我投降，我说错了。不过，你找我也没用啊，她要是真心想躲你，你要做的应该是把让她离开的原因找到并解除，不然就算找到了她，她还是会离开的呀。"

不得不说，韩叙看自己都没这么透彻，这句话算是说到了点子上。

从这一天起，疯了的唐二少爷又恢复正常了，他开始更加奋力地投入到工作中，唐氏集团从低谷迎来了另一个巅峰！

时光匆匆，已经过去了数年。

又是一年冬天来临，这个冬天似乎格外不一样。

唐诀刚刚结束了一个会议，突然手机"叮咚"一声，是韩叙发来的一张照片。只一眼的工夫，他的瞳仁一紧，瞬间什么事都顾不上了。

照片里，一个面带微笑的女人温婉知性，大大的黑色双眸里透着倔强，极为迷人，她瘦了不少，这不正是他心心念念许久的余笙吗！

一瞬间，唐诀的心都在颤抖。

"通知下去，后面的工作暂缓。"他淡淡地向身后的秘书吩咐。

"可是唐总——"

没等秘书说完，回应他的只有唐诀冰冷远去的背影。

劫后余笙。

　　他已经等了这么久了,怎么可能再克制。如今还能安稳地出现在众人面前的不过是他即将破裂的面具。

　　风一般地赶到K市,他顾不上空气里冷冷的气息扑面而来,他的手里是秘书刚刚查到的全部资料,短短两个小时,在他下飞机的时候就已经发到邮箱中。

　　当看到最后一段时,唐诀的瞳仁一紧,原本浑身的激动也平息了下来。

　　她有孩子了?她当初离开的时候已经、已经怀孕了?

　　一瞬间,唐诀闭上了眼睛,不断地用深呼吸平复着心头的情感。那种复杂情绪的交织几乎能让他当场崩溃,找了那么久,等了那么久,到今天却还有个不知是惊喜还是悔恨的消息等着他。

　　他的余笙带着他们的孩子,一躲就是这么多年。

　　他错过的不但有两个人本可以相濡以沫的岁月,还有亲自看着孩子出生、成长的片段,这一切根本无法重头再来。

　　唐诀独自站在雪一笙咖啡店的门外,透过玻璃门窗看着里面那个自己魂牵梦萦的女子,渐渐地,他目光柔软,嘴角微微弯起。

　　是啊,这就是自己最真实的情感,只要看见她他就不由自主地想笑。

　　余笙啊余笙,我既然重新找到了你,这辈子你就不要再想从我身边逃开了。

番外 父子秘密

唐朵有个秘密,那就是她知道哥哥余朗的秘密。

在母亲余笙知道之前,其实他们两个小家伙早就见过唐诀了。

第一眼,他们就能猜到这八成就是自己的父亲了。因为他跟唐朵长得很像,因为那种冥冥之中的血缘带来的亲近感。

在早教中心的门外,是余朗最先发现了他,然后就带来了唐朵。

两个小娃娃粉雕玉琢,眨巴着四只黑漆漆的灵活的大眼睛,齐齐地看向唐诀。

那个男人只是略显生涩地笑笑,显然他并不擅长跟小孩子打交道。尤其是这两个孩子还是他一直以来不知道的秘密,纵然有父子亲缘割舍不掉,这里面的疏离感还是相当浓厚。

最终,是天不怕地不怕的大鱼儿余朗开口问了:"你是谁呀?为什么跟我妹妹长得这么像?"

唐诀苦笑,没想到自己一个成年人居然被一个小娃娃主动发问。

他清了清嗓子,斟酌了好一会儿用词才开口:"我……是你们的爸爸。"

唐朵扬起那张跟他十分相似的脸:"爸爸?我们只有妈妈呀。"

短短的一句话,几乎让唐诀本能地感觉到了疼。是啊,小孩子的话最是天真无邪,总能准确无误地戳到那个点,让人猝不及防又理所当然。

唐诀深吸一口气:"我是你们的爸爸,只是你们的妈妈把你们藏了起来。你们难道不想要一个爸爸吗?"

唐朵是想要的,敏感如她的小女孩从一开始就在纳闷自己为什么没有父亲。

看着唐诀那张脸,她似乎有点动摇了。

余朗却笑得满脸灿烂:"他说他是我们的爸爸呢,那我们要回去告诉妈妈还有小雪阿姨,问问她们知不知道他。"

唐诀温柔地说:"恐怕你们告诉妈妈的话,就看不到爸爸了。"

唐朵抬眼:"为什么?"

没等唐诀回答,小女孩就已经先发制人,她歪着脑袋:"是因为你之前伤害了妈妈,对吗?所以妈妈才会离开你的。"

伤害？是自己伤害了余笙吗？

天知道这些年自己是怎么过的，那样痛入骨髓的感觉至今想起来都不能释怀。如今却被自己的亲生骨肉质疑是不是那个施害者，唐诀都要哭出来了。

他蹲了下来，以前所未有的好态度开口："没有，爸爸妈妈只是有一点误会。但是爸爸想跟妈妈和好，能不能请你们帮忙呢？"

余朗直接一口应下，唐朵却拉着哥哥："这个男人说什么就是什么吗？你可不要相信，现在外面坏人多，万一是来拐走我们的怎么办？妈妈见不到我们，她会难过的。"

唐诀没想到自己在商界横扫无敌，遇到这个女娃娃却束手无策。

一连数日，唐诀每天都去早教中心偷偷地看望这两个孩子。

大概是他的用心真的起到了作用，一天，女娃娃终于主动问他："你说你是我们的爸爸，那你知道我们的妈妈叫什么吗？"

唐诀喉间一阵哽咽："她叫余笙。"

"那你知道我们的小雪阿姨吗？"

"嗯，那是你们妈妈的同学，是她最好的朋友，叫洪辰雪。"

"那你知道我们住在哪儿吗？"

"知道，我还知道你们家的大门是暗红色的，门锁是金色的，你们家的门牌号是2028。"

这些内容在唐诀的脑海里几乎倒背如流，不需要细想就能脱口而出。小女娃认认真真地审问着，他也同样严肃地回答，半点玩笑的意思都没有。

是的，这是女儿这么多天来对他唯一的主动，他必须要抓紧机会。

女娃娃终于问完了，她想了想："你是真的想跟妈妈和好吗？那我可以帮你。"

唐诀愣住了："你怎么帮？"

"你来看我们，无非是想让我们跟你离开，好让妈妈去找你。"女娃娃冰雪聪明，一下子就戳破了唐诀原本的打算。

"这样虽然可以，不过你要知道如果没有我们的配合，你很难将我们俩都带走。难不成，你要对我和哥哥动用暴力手段吗？那就不是个好爸爸了。"

唐朵粉嫩的脸上写满了认真，一板一眼地说着，根本不像她这个年龄应该有的模样。

"好，我们好好配合，为了让妈妈回家，好不好？"

"嗯。你要答应我，不可以让妈妈再受伤。"唐朵终于牵着哥哥过来了。

一大两小，认认真真地许下了各自的承诺。

于是，在余朗和唐朵的配合下，唐诀终于顺利带走了他们俩，搭乘赶往S市的飞机。在飞机上，唐朵拉着哥哥悄声耳语。

唐诀很想听一听，没想到这两个小家伙却一致对外："你不能听。"

唐诀纳闷了："我不是你们的爸爸吗？"

"还不是，妈妈没回来之前你都是临时的。"余朗皱皱鼻子，十分笃定地说。

临时爸爸……唐诀突然觉得这两个娃娃怎么这么聪明，聪明得有点让人吃不消了。

这个秘密直到余笙和唐诀和好后，都没有再被提起。

二十年之后，唐朵已经成为唐氏集团的继承人，而哥哥余朗也是国际知名的金牌律师，父母之间的感情多年如一日甜美和睦，经常让兄妹两人羡慕不已。

这天，唐朵回家吃饭，这是她和哥哥之间的约定。

常年在国外的余朗根本顾不上回家，唐朵每周都要回去陪父母吃饭、聊天、散心。

女儿回来了，余笙和唐诀早就吩咐厨房做好了她爱吃的菜品。

唐朵走到房间里，发现这儿乱七八糟的，原来是母亲余笙正在收拾过去的一些东西。年纪到了，似乎就喜欢做这样的事情，整理着这些过去的物件，仿佛也是在整理自己的记忆。

唐朵笑道："妈妈，我帮你一起吧。"

"好啊，这儿乱糟糟的，你爸那人根本都不愿意进来。"

"妈，你是嫌弃他不会帮忙还添乱吧。你只要开口，我可没见过我爸拒绝的时候。"唐朵拿着相片一张张擦拭着，脸上满是戏谑的笑意。

外面唐诀的声音响起："还是我女儿最懂我。"

余笙板起脸："你还不快点去厨房看着我煮的汤？别让帮佣的阿姨忘记了，要是煮过头我看你怎么赔我。"

"好好好，我去看着你的汤。"唐诀忙不迭地下楼。

唐朵笑得更开心了，每当自己累的时候总觉得家里是最温馨的港湾。

突然，她拿起一张照片时愣住了。那是一张在飞机上的合照，照片里的她和哥哥才不过三四岁的年纪，旁边的人是唐诀。

唐朵记得，这是他们的计划成功时，第一次在飞机上的合照。

她不由自主地看向旁边正在忙碌的母亲，不由得弯起嘴角，唐朵可半点都不后悔呢，感谢当初不知哪里来的勇气，竟然做出这样大胆的决定。

不过现在看来真是太好了！

劫后余笙。

她突然眼珠一转，笑盈盈地挪到母亲身边，贴着她的耳侧说："妈，我告诉你件事，你可不能跟我生气。"

余笙纳闷："什么事呀？"

楼下的厨房里，唐诀正在认认真真地看着汤锅。这是老婆大人给的任务，他向来没有懈怠的时候。

刚刚将火打到最小，只听楼上大声叫道："唐诀你给我上来！！"

嗯？听这声音不对劲啊。

唐诀又忙忙碌碌地一路小跑上楼："怎么了怎么了？"

只见女儿的笑颜如娇花映水，旁边的余笙拿着一张照片恨恨道："好啊，你们当初是三个人一起忽悠我，你知道当时我有多着急多心痛吗？！"

"嗯？"唐诀纳闷了。

"你去给我把厨房里的土豆都削皮切丝！反了你了，这么多年居然不主动坦白！"余笙说着，看着丈夫连忙离开的背影，却不由得笑出声来。

窗外柳枝刚刚冒出新芽，又是一年春送雪，唐朵觉得阳光好极了。